李晓梅 著

HAN BOOK 武汉出版社

（鄂）新登字 08 号

图书在版编目（CIP）数据

八刀 / 李晓梅著 . -- 武汉 ： 武汉出版社，2024.
8. -- ISBN 978-7-5582-6960-8

Ⅰ . Ⅰ247.5

中国国家版本馆 CIP 数据核字第 2024TU8670 号

八刀
BA DAO

著　　者：	李晓梅	
策划编辑：	王雨轩	
责任编辑：	叶　飞	
封面设计：	陈慕颖	
出　　版：	武汉出版社	
社　　址：	武汉市江岸区兴业路 136 号　邮　　编：430014	
电　　话：	（027）85606403　85600625	
http://www.whcbs.com　E-mail:zbs@whcbs.com		
印　　刷：	武汉市籍缘印刷厂　　　经　　销：新华书店	
开　　本：	710mm×1000mm　1/16	
印　　张：	25.75　　　　　　　字　　数：395 千字	
版　　次：	2024 年 8 月第 1 版　2024 年 8 月第 1 次印刷	
定　　价：	78.00 元	

序

文学内外，更广阔的天空

梅 明

李晓梅老师又要出新书了，这回是影视剧本。

一般写序，都是德高望重的前辈给年轻人写，很少有相对年轻的人给年长的作家写。若是这种现象出现，肯定是时代的发展方向有了巨大变化，玩法变了，越年轻越容易掌握新规则；二是两者有一些行业背景的渊源，这种相互理解的便利超越了年龄和资历的距离。

故我接到李晓梅的邀请时有点诧异，然而随即一想，自己索性扬长避短，"70后"的我给"50后"的资深作家写序，把优秀传统文化孕育出的史诗力作推荐给"90后""00后"看看，也算是一件大好事。这么一想，我便立马理直气壮，海阔天空起来。

一、政法干警的文学跨界

晓梅老师家里几代公安人，政法干部的集体特征已在她骨子里长存。这里虽然是给剧本出书作序，但我通过多年的政法调研采访工作经历依然判定，公安工作是李晓梅的第一性，文学创作只是第二性或者第三性的。这一点判断，决定了作品的价值取向和历史定位，决定了哪怕是女性题材的民国故事，也充满了自立自强、奋斗不息的正能量。

很多"00"后对主旋律作品或者"公家人"作品是比较排斥的，那是因为他们看到了太多陈词滥调的、突兀怪异的、自以为是的伪艺术，而没有看到深入生活乃至深入"虎穴"的鲜活作品。

晓梅老师为创作一部关于农民工题材的长篇小说，曾亲自租住到农民工聚居的区域，跟他们处成朋友，以便深入了解进城务工人员的生活环境和工作状态。在一次清查中，她的身份证号码与其他农民工的汇集到了公安局的电脑上，把派出所民警吓了一跳，马上打电话询问，才知是因文学创作挖掘素材，而深入底层体验生活。又如为写好留守儿童的文学作品，她与搞剧本创作的女儿陈爽参加"乐善助学"公益活动；同其胞妹春阳开展"才艺进校园"，深入到鄂西地区五峰土家族自治县大山里的教学点体验生活，并创作出文学作品。又如为写好嫘祖桑蚕题材的作品，与春阳和陈爽数次去到远安嫘祖故里采桑、养蚕、下茧，与农户"三同"。对比现在"00"后熟知的诸如直播带货收入过亿一夜暴富、一夜成名的炒作，李警官的书更值得阅读，书中指引的人生道路也更稳健更踏实。

时下的很多网络爽文让读者们趋之若鹜。然而现实中哪有做梦穿越？哪有特异兵王？这些爽文不过是一时的自我麻痹罢了，终究还是得被现实血淋淋地修理。

纵观《八刀》整个剧作，也由李晓梅作了题解："八刀"意为分离的"分"字所拆。自日军侵华，林氏大家族灾难临头而分崩离析，太夫人、大夫人去世；林楚威休妻，兰雪绒失去四个儿子；兰氏娘家兄嫂俱惨遭灭门；再加年少时兰氏父亲的意外离世，"八刀"也寓意着女主人公兰雪绒一生要与亲人数度的生离死别。

在如许大劫大难面前，兰雪绒依然顽强地活了下来，并善解人意地处处为他人着想，以对未来的期盼顽强地往前走。这种坚韧不拔是中国人特有的优点，也是五千年文明绵绵不息的保障。现在和平时代虽然不那么动荡了，但我们不能忘记过去，尤其是青少年多读一些历史题材的作品，从中吸收营养，有助于克服"玻璃心"，也有助于逐步成长为社会栋梁。

二、学科融合的广阔天空

很多人对于政法干部写小说的专业水准是有疑虑的，你一个货真价实的公安，怎么抢专业作家的饭碗？如何还加入中国作协的队伍中去了？

这些想法都可以理解,我给大家讲一下中国特色的实情:

首先,文学创作的技巧并非被中文系垄断,李晓梅老师身为警察职业,却也数十年寒窗文科,自然能做好母语中文的事情,且又由于职业使然,思考便更加深刻,视野更加开阔。

其次,文学的门好入,技巧的打磨却是长期的。李晓梅从知青年代便进行文学创作,诗歌、小戏均系原创,舞台上摸爬滚打,练就了一把"戏骨"。再加上"波澜壮阔"的家庭背景和"工农兵学商"(化肥厂工人、知识青年、学生成分、警察职业、国营商店营业员)的工作阅历,以及她一直处于饥渴状态吸食知识的好学劲头,作品频出,成为中国作协的成员便没有了什么悬念。

具体到李晓梅身上,她还具备如下三个优点:

一是多才多艺,对生活充满热爱。码文字是一件极其考验毅力的事情,能够在艺术的多个门类遨游,既能让各相邻的学科碰撞出耀眼火花,也能让人不断地保持艺术创作的热情,同时李晓梅又相当低调,这一点是很难能可贵的。

二是综合能力强。除了能胜任警察的本职工作外,李警官还能歌善舞,文学创作更是如鱼得水,不仅出版了散文集和诗歌集,还多次担纲大型纪念庆祝活动(含国家级省级)朗诵诗歌特约撰稿人,数十部文艺作品被搬上舞台,并获得多个奖项,这次出版的40集电视连续剧本《八刀》便是实例。

三是有自知之明,扬长避短。李晓梅的长篇小说中有三部是公安题材的,她充分发挥了政法工作的优势,深入浅出地介绍了政法工作的特点。同时,作者又兼顾了文艺创作的多面性多样性,创作了农民工题材、城镇市井题材、妇女命运题材、留守儿童题材等多种作品。这次的剧本《八刀》便是民国题材,相对她所生活的新时代比较遥远;然而对于父母那辈传下来的故事,似乎又近在对面,甚至部分老人还健在。另外作为女性题材,剧中女性群像面对命运风吹雨打的顽强抗争,对比时下流行的心机女斗霸道总裁的儿戏,高下立判。

三、艺术生命的持久火烫

跟晓梅老师打交道,我总有一种错觉,感到自己是个老同志,四平八稳;

而她是个年轻人，青春洋溢。

《今古传奇》杂志社曾推出了《卧虎藏龙》《亮剑》等经典作品，现在设立了北京剧本中心，我负责做一些剧本的筛选和宣传工作。正苦于没有好本子之时，晓梅老师请我为《八刀》作序，真是天降甘露，好本子往头上砸了下来。

该剧本每一句话都有起承转接，每一个动作全是精妙绝伦。文虽长，无一句废话；人虽多，皆面目鲜活。

从天时看，晓梅老师退休后时间更多了，艺术创作进入炉火纯青夜夜出"钢"的阶段；从地利看，湖北作为九省通衢，东西南北交汇正好融合创新，宜昌又是嫘祖、屈原、王昭君故里，如此钟灵毓秀之地，自然会滋养一方文学；从人和来看，有"中国戏剧文学学会"和"中国戏剧文学学会编剧工作委员会"圈内的各种激励，佳作频出有其优良的沃土环境，且自加入中国作协后，晓梅老师对自己要求更高了，国家队之间的取长补短也更有利于她水平的提高与进步！

衷心期待晓梅老师的艺术生命永远飘扬着青春的旗帜，创作出更多佳作！

作者梅明，导演、作家、摄影师，《中国皇家园林》系列影视节目总导演，《今古传奇》北京剧本中心主任，中国教育电视台《中国书画春晚》融媒体导演，湖北大学新闻传播学院硕士生校外导师。

2024 年 4 月 30 日于北京

目 录

《八刀》林氏府谱

一、各房关系排行

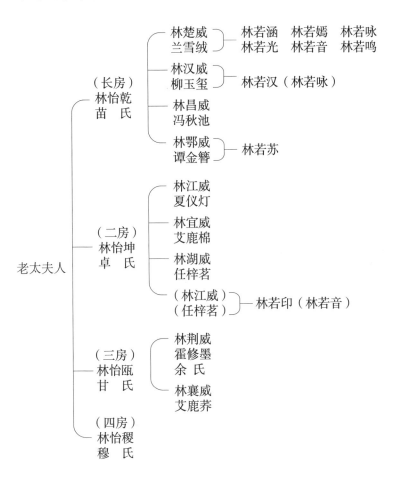

二、第三代兄弟排行

大 少	二 少	三 少	四 少	五 少	六 少	七 少	八 少	九 少
林楚威 兰雪绒	林鄂威 谭金簪	林江威 夏仪灯	林荆威 霍修墨 余 氏	林汉威 柳玉玺	林宜威 艾鹿棉	林湖威 任梓茗	林昌威 冯秋池	林襄威 艾鹿荞

第一集

字　幕

　　1932年2月　民国二十一年春　壬申年正月十五

　　湖北省蕲城县莲藕塘林家大院

背　景

　　（大雪纷飞，林家大门张灯结彩，被喜气笼罩着）

外景 / 林家大门外 / 傍晚 /

　　（锣鼓唢呐齐鸣、爆竹震耳，迎亲的队伍从远处逶迤而来，进了
　　林家大门）

内景 / 林楚威小院兰雪绒卧房 / 晚上

　　（兰雪绒临产，屋里丫头婆子一大群，从娘屋陪嫁过来的奶妈伴
　　在身边）

内景 / 林家大厅堂 / 晚上

　　（喜乐齐鸣。林荆威一摇三晃地与从花轿上下来的霍修墨步入厅
　　堂，百十双眼盯住了蒙着盖头的新娘子）

外景 / 林楚威小院廊下 / 晚上

　　（画外音传来厅堂上的热闹，大太太苗氏紧蹙着双眉叹气，看着
　　雪花发呆）

内景 / 林家大厅堂 / 晚上

　　（太老夫人端坐在高座，两旁八字儿摆开大老爷怡乾、二老爷怡
　　坤及夫人卓氏、三老爷怡瓯及夫人甘氏、四老爷怡稷的夫人穆氏。
　　另有众多的少爷辈，抱着若苏的丫鬟伴着二少奶奶谭金簪，牵着
　　若涵的三少奶奶夏仪灯，小姐、姑爷，重孙辈的小少爷、小小姐
　　及众多的亲朋好友。霍修墨的裙摆下露出一双小脚，立刻引来了
　　满堂的喜、叹、羡及妒）

内景／林楚威小院兰雪绒卧房／晚上

接生婆　　（喝足茶，抽够烟，走到床边看一眼产妇）端水来！（往肘拐处将镶边袖子）

内景／林家大厅堂／晚上

赞礼人　　（新婚夫妇拜堂）一拜天地！二拜祖先！三拜高堂！夫妻对拜！拜会尊长、宾朋！

外景／林楚威小院廊下晚上

　　　　　（婴儿啼哭画外音。苗氏闻声转过头，接生婆从屋内出）

接生婆　　恭喜大太太，大少爷又添了一位千金！

苗　氏　　嗯，知道啦。

内景／林楚威小院兰雪绒卧房／晚上

　　　　　（苗氏入，走到床前看看孙女，又看看儿媳，长长地出了口气）

苗　氏　　端荷包蛋！（转身出。兰雪绒十分内疚而紧张地瞅着婆母离去）

内景／林家大厅堂／晚上

　　　　　（林荆威与霍修墨四下拜毕，在赞礼人的引导下，挨个儿给亲朋揖拜。亲朋们，男的拱拳还以揖礼，女的道个万福。对此，若涵很是激动）

林若涵　　（轻轻地摇夏仪灯的手）三娘，我想看看四娘！

夏仪灯　　（微弯了腰，轻声道）那不行的！要等到四叔看了四娘以后，我们才能看到她。

林若涵　　嗯——（有些失望）

内景／林楚威小院兰雪绒卧房／晚上

奶　妈　　（端溏心蛋过来，见雪绒泪眼汪汪）小姐，快吃吧，你看太太来看你，嘱咐你吃的呢。

兰雪绒　　奶妈，（仍是戚戚）娘是不是生气了？

奶　妈　　哪有的事！

兰雪绒　　我生涵儿时，娘也来看过，也吩咐端荷包蛋。可娘她今天长长地出了口气，那是叹气、那是失望。就算娘疼我，我也不能老是给她生孙女儿啊！她只是不好发作罢了。

奶　妈	哎，可不能这么说。我想，太太这是长舒了一口气，总算放心了。
兰雪绒	她放心了？她想孙子想得梦里都在打喷嚏！自二房那边生了若苏小少爷，全家人都指望我呢。
奶　妈	可是你想啊，就算你今天生了小少爷，那在老太太和太太眼里也是次重孙了。
兰雪绒	嗯，总不能算老大的！
奶　妈	长重孙已让二少爷的若苏抢了先，今儿都做了满月。那这一胎和下一胎不都是一样了？
兰雪绒	就算是的，也是男孩子好！
奶　妈	哎，你知道吗？（突然显得神秘和紧张）大家都在传言呢，说是蕲水龙王缺了荤腥心情不好，必得每年献上当年正月的童男，才得风调雨顺，五谷丰登，六畜平安，人丁兴旺。
兰雪绒	啊？这怎么讲？
奶　妈	就是说，蕲水龙王要吃人！要吃正月里生的男娃娃！
兰雪绒	我的天！
奶　妈	小姐你想一想，你要是生了小相公，那只怕保不住呢。
兰雪绒	（看一眼身旁的小女儿，抱起来搂着）我的小乖乖！
奶　妈	太太是明白人，要是生个孙子让龙王捉去活吃了，还不如多个乖巧的孙女儿，待来年再抱孙子。
兰雪绒	（点点头）嗯！
奶　妈	要不是这样，只怕太太今天就不会跨进你这个门槛儿了呢。
兰雪绒	这么说这正月里生的男娃儿还真保不住？都保不住？
奶　妈	真保不住！都保不住！
兰雪绒	好吓人啊！（接过碗用调羹舀了汤喝着，幽怨地）我就想不通！再能干的汉子也都是从小叫女娃儿、长大成女人的人生的，怎么生了能成女人的女儿就这么讨嫌呢？生个女儿叫弄瓦，生个儿子叫弄璋，都抵不上禽和畜了。你看禽也好、畜也好，都是母的比公的招人喜欢。母禽可以多生蛋，母畜可以多下崽儿，想想人还不如禽和畜了。

奶　妈	（嗔怪地拍拍被子）呀！你这么贤淑文静的少奶奶，怎么说出这么丑的话来了？
兰雪绒	（咕哝）我就想不通！
奶　妈	（笑）事情就是这样。你现在想不通，以后总要想得通的。只怕你将来做了祖母，也是只喜欢孙儿多的。
兰雪绒	祖母？哪辈子啊？
奶　妈	多年的媳妇熬成婆，转眼就到！当年我奶你的时候多年轻啊，可这一晃，你就养俩孩子了。（伸头望碗已空了）你看我只顾着讲话了，这就好！只要你胃口好，奶水就来得快。
丫　鬟	（端来一碗汤）大少奶奶，乌鸡鱿鱼汤。

内景／林荆威小院新房／晚上

（霍修墨坐在喜床上，荆威喜不自禁地晃到床边，拿喜秤去挑盖头）

林荆威	（红方巾被徐徐地掀起，荆威剐人心骨地）啊——（踉踉跄跄地倒退） （神情紧张的霍修墨以为荆威已要昏倒，站起来去扶丈夫。荆威更是一声恐惧的喊叫，扬手给了一耳光。她捂了脸，一声不吭。血，从嘴角淌下来）

外景／新房外／晚上

（等着看热闹的少爷、小姐、丫头、仆人们听见打闹喊声，大吃一惊）

内景／林荆威小院新房／晚上

（众人涌入，见了新少奶奶的面容无不惊骇。豁鼻豁嘴的霍氏凤冠已被打掉，嘴角淌血。林荆威狂躁地揪下胸前的大红花，撕裂肺腑地惨叫着扫掉桌上的银烛台，又去掀桌子。众少爷发一声喊，上前按住他）

内景／柳玉来家卧房／晚上

（柳家女人临产，在床上痛苦挣扎；柳母急得走来走去）

外景／野地里／晚上

柳玉来	（疾走在冰雪地里，心声）女人哪女人，好女人！你一定争气生个女儿。会做鞋的先做底，会生儿的先生女！我柳玉来求你了！（跌跌撞撞地在雪地里滚。挨近家门，传来一声婴儿啼哭声，柳玉来

瞪直了眼）

内景 / 柳玉来家卧房 / 晚上

    （柳玉来破门而入，柳妻满脸幸福地躺在床上，母亲怀抱着婴儿在灯前端详）

柳　母　（喜笑颜开地迎上前）玉来啊，我们柳家历代单传，到这辈是吉星高照。你看，送子观音多照应你，一个胖小子呢！

柳玉来　（跌坐到凳上，手上的红糖、咸盐撒落一地）娘！天绝我后啊！

柳　母　玉来！你胡说什么？好端端的一个儿子，怎么是绝后？！

柳玉来　娘啊！（号啕大哭）镇上都在讲蕲水河龙王要吃荤，非得当年正月里生的男娃子，一个都不会放过的。

柳　妻　（惊骇地）玉来！

柳　母　（斥责地）哪儿的话！

柳玉来　是的呀，娘！有人家的孩子已经被蕲水龙王捉去嚼了吞了。那我们的娃儿、我们的娃儿怎么躲得过啊！娘——（柳母、柳妻大哭）

柳　妻　（抬起头，颤颤地）都是媳妇无能，没有拖到二月里，就把儿子生下来了！

柳　母　玉来屋里，可不能这么说！（又大放悲声）为了盼来这个宝贝，我们可是掐着日头月亮算着他的日子的，哪能怪你呢？

柳玉来　怪也只能怪老天爷降不住那恶龙，去年发大水，今年又要吃人肉！

柳　妻　玉帝爷爷，您老人家睁睁眼吧！我们本分人家从不作恶，怎么还要惩罚我们呢？

柳　母　我的宝贝女儿呀！我的心肝孙儿呀！我不好想啊！玉玺呀，你怎么要逃呢？你不喜欢那门亲事你就跟我们说嘛，你怎么要逃呢？到今天了都不知道你在哪里哦。我的玉玺呀，你当姑姑了你知不知道？可是蕲水龙王又要吃人啦！

柳玉来　（蹭到床边，咬咬牙）娘，要不这样吧，我们报官时就说我们生了个女儿，说不定把这场灾难也就躲过了。

柳　母　（止了哭，抬头走）报官？

柳　妻　生的是女儿？

柳　母	我们明明是男儿，怎么又成了女儿？怎么又能说是女儿？
柳玉来	娘！现在是救命啊！还计较什么名分呢？（柳母、柳妻望了玉来不吱声）
柳　母	（又瑟瑟地）骗官家，那可是犯法的呀！
柳玉来	犯法也顾不得了。要不明天我们的儿子就没了！为保住儿子，我什么都敢做了！
柳　妻	那、那、那龙王爷爷可是神灵啊，他能相信官家相信我们吗？（全家人呆住）

内景／林楚威小院兰雪绒卧房／白天

谭金簪	（抱了儿子若苏坐在床头，很是兴奋）哎呀呀，大嫂，你昨天没看见啦，吓死人了！四弟嫌他媳妇丑，气得疯子样的要吃人呢。
兰雪绒	为什么呢？他们新婚夫妇不是奉父母之命、遵媒妁之言吗？两个人还见过面了的。
谭金簪	是啊，我嫁到林家来以前，根本就没见过你二弟，长什么样子都不知道。四弟骑着高头大马到女方家去探望，我还羡慕得不得了。
兰雪绒	（笑）他们是人也瞧了，头也点了，还说一个英俊、一个标致，双方都很满意的。
谭金簪	你看这，现在又闹成这样……
兰雪绒	难道，偷梁换柱了？
谭金簪	什么呀！昨夜"升堂"打了一夜的"官司"，总算审清楚了。都是那个鬼媒婆子捣的鬼！四弟和那个新弟妹不是都有残疾吗？他们又都不想让对方知道，媒婆子就出了这个"鬼主意"。
兰雪绒	哦？
谭金簪	媒婆让跛脚的四弟骑在马上打从霍家门前过，霍氏就看到骏马上一个魁梧英俊的有钱少爷。
兰雪绒	亏那媒婆想得到！
谭金簪	就是啊，可霍氏哪里晓得这个少爷马背那边的右腿会比这边左腿短了一截呢？
兰雪绒	唉！蒙人呐！

谭金簪	这边霍氏呢，她就站在自家门前的花丛里，捧一朵硕大鲜艳的芍药在那里嗅闻。
兰雪绒	啊？（又惊又好笑）走马观花？！
谭金簪	她是豁嘴，鼻子下面被花挡住了，四弟哪里看得见？
兰雪绒	也是啊！
谭金簪	昨夜我见了霍氏的，长得还不是蛮丑。头发又黑又浓，脸儿好白哦，身段儿也还可以，还有那双脚和你一样小。就是看那嘴豁得怕人！
兰雪绒	怪不得四弟要闹了！
谭金簪	四弟自小是健全的，只是那年土匪头子青蛇镖绑了他去，找我们林家索钱，差点儿撕票，让他落下残疾。
兰雪绒	四弟一直夸他媳妇标致，这下……
谭金簪	她家有钱啊。你知道，她家有一座湖，码头都好几个，那渔利大得不得了是吧？
兰雪绒	是啊！我们以后和这新来的妯娌怎么相处啊！
谭金簪	（笑）怎么处？随便处呗！（鄙夷地）她可不敢和你、我，还有三弟妹比了！
兰雪绒	现在奶奶、三叔和三娘怎么说呢？
谭金簪	什么怎么说？算了呗！谁要他们相互骗人呢？你不说我疤，我不说你麻。可是又说以后抓住那媒婆了一定要打个半死，或者把那舌头割去半截才解恨！

内景 / 简家大厅堂 / 晚上

（众乡绅阔佬、头面人物在推杯换盏、吆五喝六地喝喜酒）

内景 / 简家大屋郦兰卧房 / 晚上

（房中布置华丽，郦兰独坐垂泪，高台上摇曳着烛光）

闪回

外景 / 内景 / 乡间 / 村镇 / 白天 / 黑夜

（郦家戏班走乡演戏，郦兰花旦、冯生小生。简老贵看戏，瞅着台上的郦兰，眼中放出光来）

内景 / 戏台后 / 晚上

（戏子们卸妆，郦班主喝闷酒。简老贵入，与郦班主讲着什么）

郦班主　　（吃惊）什么？你要买她？

简老贵　　（阴阳怪气地点头）嗯哼！

郦班主　　那不行！我就靠她和冯生给我挣点儿钱儿讨生活了。

简老贵　　不行？可能不行也得行哦！我会再来找你的！（拂袖而去）

外景 / 内景 / 乡间 / 村镇 / 白天 / 黑夜

　　　　　（戏班子走乡串村，没人接他们演戏。有形无声）

外景 / 大路上 / 白天

　　　　　（戏班子行走，郦班主坐在马车上抽烟、发愁）

内景 / 破庙堂 / 晚上

　　　　　（戏班子的人围着烤火，郦班主躺在草铺上发愁。冯生走过来，
　　　　　递一碗粥）

冯　生　　老板，吃点儿吧。

郦班主　　唉！（坐起，接过碗）

冯　生　　老板，我想成亲！

郦班主　　什么？（看一眼郦兰）和她？

冯　生　　嗯！

郦班主　　你想得美！（愤怒地搁下碗）我早就看出你们的名堂来了！

冯　生　　我们是真正的谈婚论嫁。

郦班主　　你和她成亲了，我们的戏班子还混得下去啊？

冯　生　　可我们迟早得婚嫁。

郦班主　　我们接不到活儿，吃了上顿没下顿，这么多人怎么糊口？你们要
　　　　　是成了亲，再养个孩子添张口，我们拿什么挣饭吃？

冯　生　　她已经怀毛毛了！

郦班主　　什么？（郦班主震惊，愤怒地爬起来揪打冯生。冯生一动不动地
　　　　　任其殴打）

郦　兰　　爹爹，爹爹，不要打了！（奔过来护冯生）

郦班主　　（愣一下）我不打？留着害人啊？（飞起一脚。冯生见会踢中郦兰，
　　　　　跃起挡到郦兰前面。班主的脚踢中冯生脑袋，冯生昏死过去）

郦　兰　　（惊恐哭叫）冯生！冯生啊——

第二集

外景 / 简家大门外 / 晚上

（雪地里铺满了纸屑，寒气里弥漫着硝烟。简老贵歪歪倒倒、醉醺醺地送客）

闪回

内景 / 简家大屋厅堂 / 白天

（八仙桌边左右坐着简老贵和青蛇镖，郦班主另一桌）

郦班主　简老爷，您上次说的那事儿——

简老贵　想通啦？

郦班主　想通了，想通了。这不闹灾荒嘛，接不到活儿干，养活不了这么多人，我想戏班子散就散了吧。正好简老爷您又喜欢她。

简老贵　可此一时、彼一时，（阴笑）当初你不应，现在就得降价了。

郦班主　（黑着脸）老爷，人还不是这个人。

青蛇镖　不对吧？听说那旦儿已经不是姑娘了，双身子了吧？

郦班主　（害怕地眼角瞄一下青蛇镖，欠欠身子）是，寨主说的是！

简老贵　那还不降价呀？

郦班主　是，是，降价。简老爷看着给吧。

简老贵　（把一封大洋往前一推）拿去吧！

郦班主　（眼睛放光）这么多呀？（笑）简老爷就是简老爷，不愧是京城来的！

简老贵　去吧！

郦班主　（取钱）好，好，多谢了！老爷、寨主，那我走了！（躬身，点头，倒退几步，转身而去。简老贵和青蛇镖大笑）

青蛇镖　老贵，你真阴毒啊！讨了好，还卖乖。你要的不就是有身孕的小娘子吗？

简老贵　嘘，不能声张！

青蛇镖　那你怎么谢我？

简老贵　　　下面的事还得求你呀。（朝门外噜噜嘴）把他和那个冯生一起（五指并拢，杀的动作）做了，那封大洋就是你的了，嘿嘿嘿……

青蛇镖　　　哈哈哈，这事儿还消我去做？叫小的们跑一跑，跟捻死两只蚂蚁一样的简单！

内景 / 简家大屋郦兰卧房 / 晚上

简老贵　　　（跌撞进来，郦兰绝望地闭上眼睛）来来来，美人儿上床！上床！（走向郦兰）

　　　　　　（郦兰闪身，老贵差点儿倒进火中。她吓得往后退着，退到床边。老贵跟过来，一个趔趄吐得满身满屋都是。难闻的气味熏得郦兰也呕吐不止。床上传来鼾声，郦兰扭头见老贵已睡过去了，她抄起桌上的剪刀要扎向他的喉管，此时用左手按住了腹部）

郦　兰　　　（心声）我不能死！要为孩子活下去，要为冯哥活下去！（咬牙，大声地）简老贵，你花大钱买得来我的身，却买不来我的心！

内景 / 林家上房 / 1932 年 / 春 / 白天

　　　　　　（请安的人站满一屋，肃穆紧张鸦雀无声。兰雪绒抱着满月的若嫣站立在下面。太夫人身旁立着贴身丫鬟柳玉玺。柳玉玺展眼望去，所有人都微低了头，或垂了眼，唯有五少爷林汉威高高地昂着头颅，嘴角洋溢着笑意望着她。吓得她忙低了头。大太太苗氏给太夫人点上烟、端过茶，方立在一边）

太夫人　　　（双眼一扫众人）湖威，你的脸怎么啦？

　　　　　　（大伙儿朝七少爷湖威望去，见他脸上贴着膏药，无不惊异。湖威垂头谁也不望）

林怡坤　　　（瞪湖威一眼）回母亲，儿子教子无方，疏于管教。他昨夜到酒窖去取酒，因不知酒的深浅，就擦了洋火去察看，这样就把脸烧了。（众人惊骇，且又好笑）

太夫人　　　小小年纪，怎么老要饮酒？既是饮酒，怎么不要下人去拿？既是饮酒，怎么又要到夜里？是不是偷喝？（湖威仍不应）

林怡坤　　　（又替答）是。

太夫人　　　（不理怡坤，仍对湖威）你还是个人芽芽呢，看怎么长成人！（怒）

<table>
<tr><td></td><td>怡坤媳妇，下去了严加管教你们的儿子！</td></tr>
<tr><td>卓　氏</td><td>（十分无趣）是！
（襄威听不进去大人们的这些对话，倒对小侄女若涵手上的洋娃娃很感兴趣。两人叽叽咕咕地，还坐到长凳上甩着双腿嬉笑，被太奶奶看见）</td></tr>
<tr><td>太夫人</td><td>（厉声）襄威！你都是做叔叔的人了，怎么这样没规矩？坐到凳子上甩腿子，你娘教的？（甘氏的脸红到了耳朵根）</td></tr>
<tr><td>兰雪绒</td><td>涵儿！（一把将林若涵拽到地上）</td></tr>
<tr><td>太夫人</td><td>涵儿，你手上拿的是什么？让我看看！</td></tr>
<tr><td>林若涵</td><td>（瞧瞧母亲）娃娃。（向太奶奶走去）</td></tr>
<tr><td>太夫人</td><td>（接过那娃娃，见是个金发碧眼的布偶）哪儿来的？</td></tr>
<tr><td>林若涵</td><td>八叔在城里给我买的。</td></tr>
<tr><td>太夫人</td><td>（拿眼在屋里又扫一下）昌威呢？</td></tr>
<tr><td>林怡乾</td><td>回母亲，他进城到学堂里去了。</td></tr>
<tr><td>太夫人</td><td>哦，楚威，告诉你弟弟，以后不要带这些鬼怪妖精回来了。襄威、涵儿他们年纪小，玩多了这些东西是要中邪的。</td></tr>
<tr><td>林楚威</td><td>是！（诚惶诚恐）</td></tr>
<tr><td>太夫人</td><td>楚威媳妇！（让若涵靠了自己）你把小丫头抱过来我看看！
（兰雪绒忙抱了若嫣走上前去。太夫人接过了搂着她笑眯眯地端详，雪绒就立在旁边。这厢二少奶奶谭金簪见老祖母这么疼爱地看小重孙女儿，倒忘了全府上下唯一的小大少爷，心里不由得生出一股酸意来）</td></tr>
<tr><td>太夫人</td><td>真体面！白得嫩芽芽似的。爷爷赐名叫若嫣，好嘛！</td></tr>
<tr><td>兰雪绒</td><td>谢太奶奶！谢爷爷！（太夫人抬眼望了雪绒笑，将孩子递过去，又一一扫视屋里的孙儿媳妇们，最后落在三少奶奶夏仪灯身上）</td></tr>
<tr><td>太夫人</td><td>江威媳妇，听说你最近又回了一趟娘家？</td></tr>
<tr><td>夏仪灯</td><td>回奶奶，是的。</td></tr>
<tr><td>太夫人</td><td>你嫁过来也有年把了吧？</td></tr>
<tr><td>夏仪灯</td><td>是的。</td></tr>
</table>

太夫人	回了好多趟娘家。你娘家有什么事吗？
夏仪灯	回奶奶，也没什么事。
太夫人	要是没什么事，那以后就少回娘家吧。
夏仪灯	是。
太夫人	嫁出去的女、泼出去的水，你老往娘家跑，别人是要说闲话的。不说你们夏家没教养，也要说我们林家的没规矩。（屋里更肃穆了。兰雪绒忙抱了若嫣，牵了若涵回到她原来站的位置上）你问问你们四娘，她自嫁到我们林家来也快二十年了，她回过几次娘家？（大家齐望了守寡的穆氏，穆氏脸上一点表情也无）你要把心静下来，也学着楚威媳妇和鄂威媳妇给林家生个一男半女的才是正事。（兰氏生了女儿惭愧，谭氏受了抬举得意，夏氏遭了奚落感到羞耻）
夏仪灯	（半晌，轻声地）是！孙儿媳妇知道了。
太夫人	荆威，你媳妇呢？她怎么没来？
林荆威	（气冲冲地）她来干什么？这上房是她来得的吗？
太夫人	胡说！娶进林家的门，就是林家的人！你当初翻精作怪搞出那么多花样儿，现时报，这时又说出这等话来！
林荆威	不是我说出这样的话来，是她实在进不得厅堂。
太夫人	她是林家媳妇，怎么就进不得厅堂了？
林荆威	堂客堂客，怎么要叫已出嫁的女人叫堂客？那是说光鲜、体面的女人地位高，能到堂屋里去做客。可那个丑婆娘……
太夫人	放肆！堂客堂客地喊，我看你是想要当堂主了！
林荆威	我没想。
太夫人	自己黑得像窑匠！立到山上捉到了猴子，猴子还以为你是块煤矸石呢！
林怡瓯	荆威你住嘴！（低声对太夫人）娘，是儿子教子不力，待我下去了严加管束。
太夫人	（叹口气）唉，一个个的不争气！（片刻，挥一下手）你们都下去吧。

内景／简家堂屋／1932 年／夏／白天

青蛇镖	（与简老贵饮茶，眼睛在腹部高高隆起的郦兰身上睃来睃去，郦兰厌恶地躲了出去）老贵，把那小娘子借我……
简老贵	（生气地）你又来了！
青蛇镖	有什么不可以的呢？那娃儿又不是你的……
简老贵	（将盖碗儿往桌上使劲一放）你跟你说，你不要……
青蛇镖	不要什么？（不示弱地抬起屁股一梗脖颈。简老贵气得无语，对峙着。青蛇镖一笑，又坐下了，涎着脸地）我只是想玩个新鲜。
简老贵	（也松下来）就是，你又不缺女人。
青蛇镖	可这女人不一样哦，戏子哦，手指像葱头样的，那个白嫩哪！跟你个公公睡觉，简直可惜了！
简老贵	你！（恼羞成怒地将茶碗向地上摔去）

外景/柳家门前场地/白天

（郦兰走过来坐在池塘边槐荫树下，稻场边柳妻正奶孩子，她看得呆了，不觉双手捧住了自己的腹部。柳妻喂好奶，将水儿递给从屋里走出的柳母，提篮到塘里洗衣服。郦兰隔着黄瓜架看见柳玉来背着一大背篓桑叶走了过来）

柳玉来	水儿他娘！（到塘边背篓歇了。柳妻回头一笑，拧了塘里的湿衣来给丈夫揩汗。柳玉来从腰间取下旱烟袋，乘势将眼前的媳妇揽到怀里）
柳 妻	（挣扎着推开他，娇嗔地）大老爷们儿！大白天的不害臊！小心让娘看见！
柳玉来	照你这么说，只能小少爷们儿到小黑夜里了！
柳 妻	真要撕嘴才行！（郦兰见那两人亲亲热热地讲"野话"吃吃地偷笑，眼热）
柳玉来	（从背篓里取出桑椹，到塘里淘一淘，捧到妻子面前来摊着）吃吧！才采的。
柳 妻	（把桑椹丢到嘴里）真甜！给娘留一些吧，还可以给水儿吃一点点了。他长牙了。肯定是牙痒，他吃奶时逮住我的奶就使劲地磨牙，像拉锯一样。疼死我了！

柳玉来	（咧嘴欢笑，喷出一股浓烟）是吗？水儿长牙了？！
柳　妻	那还有假的！（也笑。画外音婴儿哭声）
柳玉来	回去吧，水儿饿了，该喂奶了。我到塘里摸条鱼上来你熬汤喝吧，催催奶。（磕磕烟袋站起，脱衣脱裤光着屁股跨到水里去。这边郦兰吓得紧闭了眼睛大气不敢出。玉来在水里几个扑泅，稍久冒出来，高举着一条尺来长的鱼）水儿他娘！你看！快！快！把那回头青扯两根给我。（柳妻拽几根草递过去。柳玉来将鱼拴了，甩到岸上，手撑青石板，跃起坐在青石板上）
柳　妻	他爹，娘又在抹眼泪呢。哭水儿他小姑。
柳玉来	哦，昨儿七夕夜，好多姑娘都回了娘家。娘总是见了她们，又想玉玺了。
柳　妻	是啊，要是玉玺不那样。也早已出嫁了，也可回来看看我们了。
柳玉来	（将裤穿了，叹口气）玺儿也是倔，不愿嫁那人就不嫁呗，我们也不会逼着她。跑什么呀？闹得这生不知生、死不知死的，娘念她，我们也想她。
柳　妻	不过玉玺害怕得也有道理。听说那林老四可是个残疾人，玺儿从小就有心计，她愿跟了那人？
柳玉来	听说搞错了。媒人撮合的是林老五，俊多了。
柳　妻	这俊不俊的谁相信？你见了？有钱人家的少爷有几个好的？媒婆的口舌最信不得！
柳玉来	信不得？没有媒妁牵线你能嫁给我？
柳　妻	那算我运气！（笑）
柳玉来	玉玺真不该跑。"大户人家金满斗，小户人家粮满仓"，我们虽算不上富裕殷实，可也是温饱不愁。给她说个门户相当的人家还是可以的，怎么就吓得跑了呢？
柳　妻	是啊，要还在家，我们水儿让小姑抱抱该多好！
柳玉来	（脸色凝重）水儿他娘，前湾、后湾和八里铺的几个正月生的男娃子都不见了呢。
柳　妻	（脸变黄了）只怕真叫龙王吃了？

柳玉来	鬼晓得是真龙王吃了还是假龙王吃了。
柳 妻	（嗫嚅地）还是小心点儿好。
柳玉来	唉！这世道！回去吧，该喂蚕了。（夫妻俩背了背篓，提了竹篮往回走）
郦 兰	（怔怔地、心声）出嫁的女儿回娘家，我的娘家能回吗？我也想学这家的女儿逃了去、死了去，可孩子怎么办？（手抚腹部。一只青蛙跳进水里，蹬着双腿往前窜，劈开锥形的小浪在身后散开，清漪涟涟、碧波荡漾）我都不如一只青蛙！

外景 / 大道旁茶亭 / 白天

（郦兰进凉亭，伙计上茶。两乘滑竿歇在亭外，下来林楚威夫妇和两个女儿）

家仆林石	大少爷、大少奶奶，这边坐。
掌 柜	（迎了上去）大少奶奶，七夕进城回娘家了？
兰雪绒	哎。
掌 柜	大少爷，您去接了？
林楚威	哎。（伙计安排这对夫妻和另四人坐在两张桌前。若嫣醒了，哭起来）
林楚威	给嫣儿吃点吧。
兰雪绒	（嗔怪着）这四光八敞的，上哪儿喂去？
林楚威	（轻轻地笑）封建脑瓜！
	（郦兰向林大少爷望去，吃惊地害怕他认出了自己，别过脸去。又悄悄去看那个大少奶奶，看到的却是个后脑勺大发髻。心似针扎，赶紧埋头饮茶）

闪回

内景 / 蕲城县城关兰府 / 白天

（少女兰雪绒用毛笔写诗，二妹雪蕊临摹字帖，小妹雪瓶翻弄一线装书籍）

外景 / 大道旁茶亭 / 白天

林若涵	爹爹、爹爹，我要吃西瓜。
林楚威	林石，你去买两个西瓜。（林石遵言到路边西瓜摊上称了两个瓜来，

切开了）

林楚威　　（对林石指着另张桌上的力气人）给他们送一个过去，再讨一个调羹来。（递一块给若涵，又递一块给妻子）用这喂她不怕四光八敞吧？（兰雪绒接过瓜和调羹去刮了些瓜汁来喂孩子，不搭腔。郦兰微微抬头从那少奶奶的动作上瞧，知她在偷偷地笑，忙垂了眼，那泪便滴了下来）

闪回

内景 / 蕲城县城关兰府 / 晚上

　　（少女雪绒刺绣，向学绣花的雪蕊指点，雪瓶很认真地做布偶，不得要领）

外景 / 大道旁茶亭 / 白天

兰雪绒　　涵儿她爹，嫣儿已半岁了，开始认生了。

林楚威　　真的吗？来，嫣儿，（伸过手）爹爹抱。

兰雪绒　　这个也不让抱、那个也不让抱的。

林楚威　　（笑）谁说的？你看，她就让我抱嘛。

兰雪绒　　人家跟你说正经事呢。也巧，嫣儿见了老太太身边的柳眉就不哭也不闹。

林楚威　　真的呀？（又笑了）

兰雪绒　　我有个想法，思量着想跟奶奶把眉子讨过来，不知行不行。

林楚威　　好啊！

兰雪绒　　奶奶特疼若嫣，我想她老人家不会不准的。

林楚威　　只是有一样怕不妥。

兰雪绒　　哪一样不妥？

林楚威　　（压低了声，凑近妻）难道你看不出来？

兰雪绒　　看出什么来？

林楚威　　（看一眼另一张桌上的随从）五弟他喜欢眉子，我怕惹麻烦。

兰雪绒　　有这等事？

林楚威　　那当然！五弟都跟我透露过他的心思，而且眉子也喜爱他，每次见了五弟都脸红。我很担心呢！

兰雪绒	五弟可不是花花公子！
林楚威	正因为这样啊！眉子又那样聪慧灵巧，能做他媳妇当然好，可那又是不可能的。
兰雪绒	是啊！眉子只是个丫鬟。慢说老太太、老爷、太太们不答应，就是族人们也是会反对的。
林楚威	那时事情闹大了，满城风雨，五弟和眉子痛苦，我们林家的门楣上也要抹黑。
掌　柜	（凑过来套着近乎）林大少爷，这回怎么没乘轿子？
林楚威	天太热，滑竿凉快。（又对大女儿）涵儿，你吃好了吗？吃好了就让娘带你到井上去把脸洗一把。你看你面前都打湿了。（雪绒闻言牵了女儿朝井口走去，林石忙奔了过去打水。郦兰看见少妇小巧得出奇的脚，泪水冲出眼眶）

闪回

内景 / 蕲城县城关兰府 / 晚上

　　（少女雪绒裹缠自己的小脚，雪蕊和雪瓶三人互相比脚的大小，玩笑）

外景 / 大道旁茶亭 / 白天

　　（雪绒打井边回来，郦兰看清她，激动得脸苍白。楚威付钱，与妻重新启程）

掌　柜	（撵着赶着地）林大少爷慢走！大少奶奶慢走！（郦兰目送他们）（在大道的拐弯处，林楚威扭过身关切地朝后面相跟着的滑竿望了望）

闪回

内景 / 蕲县城关兰府小码头 / 白天

　　（兰雪蕊、兰雪瓶随父亲和林府老爷林怡乾等人登上大木船，木船离岸向江心驶去。雪蕊抬头向自家楼宇看去，兰雪绒正在楼上倚窗而望，雪蕊、雪瓶招手）

外景 / 大道旁茶亭 / 白天

　　（太阳挨着了远处的山巅，郦兰付了两个铜板，缓缓站起来顺大

道而去）

（掌柜和伙计十分好奇地望着这个一言不发的有钱女客）

掌　柜　（恍然地）哦，她是简老爷的新太太！

伙　计　简老爷也真有能耐啊，六十娶新妻。

掌　柜　这小娘们儿都可以做他的孙女儿了，还真给他揣了个毛毛到肚子里去了哎。

　　　　（郦兰形单影只地在路上飘。夕阳将她的影子拉得修长修长）

内景／简家大屋郦兰卧房／白天

　　　　（郦兰绣小肚兜，腹痛，皱眉，捧住腹部呻吟，站起，弯腰走动，靠窗歇息）

外景／柳家门外／晚上

简家仆人　柳玉来！柳玉来在家吗？

柳玉来　（开门）谁呀？哦，简老爷家的？有什么事啊？

简家仆人　我们太太要生孩子了，老爷让你媳妇去帮着接生。

柳玉来　她？她哪会接生啊？自己才带孩子呢！

简家仆人　自己会生孩子，就会帮别人生孩子。

柳玉来　话可不能这么说哦，接生可不是闹着玩的。

简家仆人　走吧，走吧。我们太太要死要活的，就当柳嫂帮忙了。

内景／简家大屋厢房／晚上

青蛇镖　（与简老贵喝酒，画外音郦兰痛苦的喊声）小娘子要生了吧？

简老贵　要生了，疼得不行，找接生婆去了。

青蛇镖　你不是一直想要儿子吗？

简老贵　你不想要儿子吗？

青蛇镖　（阴笑）可这儿子不是你的啊！

简老贵　（续过酒去）缝上你的嘴！

青蛇镖　再说，这生男生女的她会算吗？你有个后就行啦！

简老贵　不行！女子不叫"后"，除非跟了皇上！

青蛇镖　喊！还在摆你那宫中的酸谱！

简老贵　我的事你都知道。娶个娘子是做给乡人看的，养个孩子也是做给

　　　　　　　　乡人看的，生的是儿子都是做给乡人看的！

青蛇镖　　知你不缺钱！

简老贵　　是啊，不缺钱，可我缺面子啊！想当年，在宫里我是何等风光！
　　　　　　哪承想民国了，皇上也不坐龙床了，把我们遣散到民间。穷鬼们
　　　　　　一说起太监就嬉笑、就瘪嘴，那个样子哦，我一想起就心烦！可恶！

青蛇镖　　（笑）可你蒙人也只蒙得一时，死后一定是大笑话。

简老贵　　哪管得那些！只要绅士、名流、贤达、阔人对我恭之敬之，我家
　　　　　　财万贯、妻儿双全，能风风光光地过几年，就行！

青蛇镖　　娘子你娶了、孩子就要生了，遂了你的心愿。可生的是不是儿子，
　　　　　　那就不好说罗！

简老贵　　要真是弄瓦，我就……

青蛇镖　　把她娘儿俩（五指并拢杀的动作）咔嚓了！

简老贵　　不行！那我不就没娘子了？

青蛇镖　　那就把小的咔嚓了去！

简老贵　　还是不行！她就再也不会生孩子了！

青蛇镖　　（淫笑）还有我啊。我怎么都会比那个唱戏的小生强吧？

简老贵　　（拉下脸）你再这样淫，莫说我翻脸啊！

青蛇镖　　（也拉下脸）死公公！

第三集

内景／简家大屋厢房／晚上

简家仆人　　老爷，我把柳嫂请来了。

简老贵　　　嗯，你下去吧。（仆人离去）柳嫂，这次麻烦你了。

柳　妻　　　简老爷——（见了与众不同的简老贵和青蛇镖二人，很是害怕）

简老贵　　　我家太太有些古怪，不让别人进她那屋。今天只有你能进去，你
　　　　　　多操点心，给帮帮忙，我会多给工钱的。

柳　妻　　　是，简老爷！

简老贵　　　那走吧。（带柳妻离去。青蛇镖独自饮酒，阴阳怪气地笑。简老
　　　　　　贵复入，给青蛇镖续过酒去）来来来，喝酒。

青蛇镖　　　哎，那小娘子要是真生了个丫头，你就怎么样？

简老贵　　　我就把格格当阿哥养！

青蛇镖　　　（大笑）见你的鬼哟！这也瞒得住？

简老贵　　　嗯哼！这事天知、地知、你知、我知，还有那个接生的婆娘知。

青蛇镖　　　嗯，明白了。所以你不让别的人进郦氏的房。

简老贵　　　就是！天知，天罩着我；地知，地托着我；你知，你向着我；我知，
　　　　　　我就是我！可那个婆娘知，我们把她（杀的动作）那个了，不就
　　　　　　瞒住了？

青蛇镖　　　（吃一惊）杀人灭口？

简老贵　　　无毒不丈夫！

青蛇镖　　　（点头）嗯，嘿嘿，真毒！跟我有得一比！

内景／柳家堂屋／夜

　　　　　　（柳水儿号哭。柳母焦急地哄着孩子）

柳　母　　　玉来，你媳妇怎么还不回来？打糊糊喂水儿他吃吧。

内景／简家大屋厢房／晚上

柳　妻　　　（入）简老爷，太太已经生了。

简老贵	（紧张地）生了个什么？
柳　妻	千金小姐。
简老贵	（泄气地瞟青蛇镖一眼）哦——（又强打精神假惺惺地）柳嫂你先到房里歇歇，我马上叫人上甜酒荷包蛋。
柳　妻	不了，我家孩子等着喂奶，要回去了！
简老贵	哎哎哎，这哪能走呢？你不吃蛋，别人还说我们不懂规矩呢。再说我还要给你工钱啊。
柳　妻	好吧。（退下）

外景 / 简家大屋门外 / 夜

柳玉来	（对简家仆人）我来接我媳妇回去。
简家仆人	你先回吧。太太生了儿子，你媳妇帮大忙了，在这里吃夜宵、歇息，过一会儿再回。

内景 / 简家大屋厢房 / 晚上

青蛇镖	是不是在蛋酒里下药？
简老贵	那不行！怎么能让她死在我家？得让她死在外面！
青蛇镖	怎么个死法？
简老贵	不能让人家做个"饿死鬼"是吧？等她吃饱了，大大方方地从我家出去，让别人看见她是离开了我家的。后面……就是老弟你的事了！
青蛇镖	嗯，小菜！

内景 / 柳家堂屋 / 清晨

柳　母	玉来，这天都亮了，你媳妇怎么还不回呀？
	（水儿醒来，嘶哑着嗓子号哭。奶奶搂着他哄着抖动，柳玉来闷着抽旱烟）

内景 / 简家大屋郦兰卧房 / 白天

	（郦兰头缠丝帕子靠床休息，床旁小摇篮里躺着小婴儿）
简老贵	（入，走到摇篮边看婴儿）嘿嘿，我的儿子！
郦　兰	（吃一惊，瞪一眼简老贵）姑娘！
简老贵	就是儿子！我说儿子就是儿子！

郦 兰	（警觉起来）你要干什么？
简老贵	你心里也明白我怎么要白养你，是要世人都知道我家有娘子。娶了娘子，不是让你给我生丫头的，必须是儿子！你生不出儿子来，我变也要把她变成儿子！
郦 兰	（害怕了）你要把她怎么样？
简老贵	能把她怎么样？不过你得给我听清楚了，从现在起，她就是个儿子！报官时她是个儿子！在乡人们面前，也只能是个儿子！
郦 兰	这不可能！
简老贵	不可能也要可能！从现在起，不准任何人接触到她，除了你和我！
郦 兰	不行！（要下床）你这是害她！她长大了怎么办？
简老贵	管他长大不长大！我要的是现在！你要是不从，我立马掐死她、摔死她！反正也不是个儿子！
郦 兰	你！（更害怕了，坐在床沿不敢动）
简老贵	（绕摇篮走一圈）你老实呢，就锦衣美食地养你的孩子，亏不了你娘儿俩。要是不顺着来，也简单，我顶多再花银子娶一个双身子妇人进来。到那时……（婴儿啼哭）呵呵，儿子，你也愿意是儿子吧？老子给你把名儿都取好啦！简家传代人，你就是一条龙啊，听见没？你的名字叫简家龙！
郦 兰	不！（站起）
简老贵	（转过身，面对郦兰）又要怎样？
郦 兰	听不得什么龙啊、虫的！要龙你滚到宫里龙去！
简老贵	那你要叫什么名字？
郦 兰	冯冰儿！
简老贵	狗屁！还忘不了那个冯生！
郦 兰	（向前跨一步）我生是他的人，死是他的鬼！他至今生死不明，也就这么一条命脉，你还要我们女扮男装！还要我们简家龙！偏要冯冰儿！冯冰儿！
简老贵	我要是非得简家龙呢？
郦 兰	那我们就跟你同归于尽！不就是死吗？她爹是生是死很难说！我

和她爹今生今世能不能再相逢很难说！生个孩子奇耻大辱的要装妖！到末了留个冯姓都不让！那还赖在这世上有何用！不如早死早脱生！姓简的，你记住，我就是死，也不会放过你的！我一定会拉你同赴阎王殿！就是到了阴间，见了我的冯生，跟他合起来也会一刀一刀地剐你成肉泥！

简老贵　（吓得后退）好、好、好，就冯冰儿。（转身往外走）死婆娘！（心声）你说得倒好，不姓简，我忙这一世界干什么？我报官自是姓简了！不行，这女子外柔内刚，说得到、做得到，到头来我鸡飞蛋打，就亏大了。好吧，就叫简冯冰吧，外人不知道是咋回事就行了。

内景 / 简家大厅堂 / 中午

　　　　　（简家大宴四方宾客。送恭贺的人络绎不绝。简老贵转着身子打躬作揖）

乡绅甲　这简少爷的满月酒，请的客人还不少呢。

乡绅乙　简老爷六十得子，乃上天有眼，福贵齐天！（众人附和）

乡绅丙　简老爷，公子何名、何号啊？

简老贵　（脸上堆着一种怪异的笑）没号，就一名，简奉斌！

乡绅丁　奉斌，嗯！好，好！

外景 / 简家大门外 / 中午

柳　母　（抱着水儿呼天抢地哭诉）我儿媳妇到简家来接生就再没回去，他少爷都满月了！

乡邻甲　报官哪！

柳　母　报了官的！官家来了几个人查了几天，也没说出个名堂来。

乡邻乙　找简老爷要人！

柳　母　他简老爷一口咬定水儿娘是回去了的，可我们到现在也没看见她回去。

乡邻丙　找他们要人！生要见人，死要见尸！

柳　母　（朝着大门内）简老贵，你还我儿媳妇来！

一家丁　（出，凶恶地）你儿媳妇明明是回去了的，谁知道她跑哪儿去了！
　　　　　（柳母哭，水儿也哭，家丁吵闹）

内景/简家大屋厢房/晚上

青蛇镖　　（与简老贵喝酒）怎么又简奉斌了？不是简家龙吗？

简老贵　　那个死婆娘不干哪！老忘不了那个演小生的死鬼！非得"冯冰儿"，我拗不过那小婆娘，只得谐音取个奉斌。

青蛇镖　　嗯，高招！糊弄她个见不了官的小娘子。

简老贵　　就是！在家奉斌儿、奉斌儿地叫，她也搞不清楚。对外呢，一个"简"字当头，就是响当当的大姓！简奉斌，哈哈，奉天承运，文武双全！

内景/林家大厨房/1932年/冬/白天

林　石　　（对忙碌的众佣人）今天府上三喜临门，在城里读书的少爷们要回来、小大少爷若苏抓周、全家人做年糕，连老太太都要动手的。你们大家都要放机灵勤快点儿。

内景/林家大厅堂/白天

苗　氏　　（张罗设宴，对湖威和襄威）今日是小年，学堂要关门了，你们把这两块腊肉和两条咸鱼拿去给先生辞年。

林湖威、林襄威　　是，大娘！（两人提了鱼和肉跑走。林宜威和林昌威入）

林昌威　　娘，我们刚刚去给奶奶和各位叔婶请了安。

苗　氏　　那好、好好！回来了就应该是这样。

林宜威　　大娘，五哥还没回来吗？

苗　氏　　还没呢。（厅堂门处一群小姐打着招呼）

众小姐　　六哥（六弟）、八哥（八弟），五哥还没回来，我们到村头去接，你们去吗？

林昌威　　去，我们去！

林宜威　　走吧。大娘，我们走了。

苗　氏　　你们去玩儿吧。

内景/林鄂威小院厅堂/白天

　　　　　　（老太太和各位老爷、太太围了一圈给若苏抓周。谭金簪满面红光地把儿子抱过来放到围椅里，让他去抓面前五颜六色的各种物件）

丫　鬟　　（惊慌地跑进来，拉了卓氏到一边急切地）二太太，不好了，七少爷受伤了！

卓　氏	受伤了？（赶紧往外走）什么伤？
丫　鬟	（边往外走、小声地）烫伤，嘴上都是泡。
卓　氏	烫伤？怎么烫到嘴上去了？又是偷吃？（谭金簪望着她们离去，不满的神态）
太夫人	来吧、来吧，让若苏抓周。
众老爷、太太	苏儿，抓呀、抓呀，这好，抓这、抓这。（逗引）
	（若苏伸手抓了个西洋烟斗。众人失望、谭金簪难看的脸）
	（又一丫鬟出现在门口张望，甘氏赶紧走了出去。谭金簪更加阴沉的面孔）
太夫人	来来来，我们再抓，三盘为定。苏儿，你好点抓呀，太奶奶看着你！
	（若苏在眼花缭乱的物件中又伸出了手，众人紧张）

内景 / 林怡坤院林湖威卧房 / 白天

卓　氏	（入）见林湖威歪在床上呜呜地哭，生气地）说，这又是怎么一回事？
林湖威	（哭）烫的。
卓　氏	怎么烫的？
林湖威	我看到糖房熬着的糖稀，就吃了点儿，哪晓得烫得要死，把嘴烫起了泡，呜……
卓　氏	（气不打一处来）这家里吃的喝的哪样缺了？还要馋得溜到糖房喝糖稀，烫成这样，说出去都丢人！（湖威仍哭，只得命旁人）快去请郎中。
一仆人	是。（出）
甘　氏	（拉着撕破了衣服、脸上有血的襄威入）二嫂，您说说看，大嫂给了礼物让学生去给先生辞年，可湖威他把我们襄威甩了。我们襄威一个人去爬树，撕破了衣裳摔破了鼻子，弄得一身血，辞年物也被湖威一人送去，那先生不埋怨我们不懂礼性啊？
卓　氏	（一听火气更大）好你个当三娘的说出这等话来，襄威他是没有脚走路还是怎么的？难道还要我们湖威背去不成？弄出了血，这血是我们湖威打出来的吗？再说辞年的事干吗要让我们湖威一人

提着礼物？两个人上学堂是两个人的板凳，先生又没给一个人灌学问，大嫂拿腊肉和咸鱼本来就应该两份分开。凭什么我们湖威使力了你们又去讨好？！（甘氏气得语短，见湖威那样，又不免诧异。正好郎中请进门来，她只好领了小儿子气鼓鼓地走了）

内景 / 林鄂威小院厅堂 / 白天

谭金簪　　（发怒，林鄂威生闷气，若苏坐在围椅里哇哇大哭）今天真是见了鬼了！要给苏儿抓周，一个二个地被叫走，都是些当奶奶的人了，哪那么多事！她们的儿子重要，我们的儿子就不重要了？我们苏儿是府上唯一的独龙宝孙子，她们不晓得？（若苏哭声更大，谭金簪更烦）苏儿你也是不争气！那么多金银财宝、文房四宝他不拿，偏要两三次地抓那么个破烟斗！

林鄂威　　哎哟，抓就抓了，老说老说的！

谭金簪　　（冲到鄂威跟前）你看看，这个烟斗活像个舀粪用的粪瓢。从字上看呢，他沾个"烟"，只怕以后是个败家子鸦片鬼；从形状上看呢，顶多只是个种田的伙计。

内景 / 林家大厅堂 / 白天

　　　　　（甘氏带着换洗干净的襄威来到厅上，见苗氏在指挥众佣人摆席，灵机一动）

甘　氏　　襄威，今天学堂关门，先生孤单一人，你去把先生请来吃团年饭。就说我请的。

林襄威　　是！（奔出门去。忽然厅上热闹非凡，甘氏扭了头朝外看）
　　　　　（林汉威肩上坐了林若涵，在众多兄弟姐妹的簇拥下谈笑风生地从外进来）

林汉威　　（见了甘氏，毕恭毕敬地站住）三娘——（又绽开了脸儿笑）

甘　氏　　（也满心欢喜）汉威回来了？路上劳苦吧？来，见过你母亲。

林汉威　　（对苗氏）娘！

苗　氏　　好好好，（连连点头）去跟奶奶请安吧。（众少爷、小姐相拥了离去）

内景 / 林家大厅堂 / 晚上

　　　　　（开宴了，众人各就各位。私塾先生被请了来，大家忙着给他让座，

他礼让着）

林怡乾	犬子十来个，全仗先生启蒙授课，又一个个地送出去深造。今日虽是家宴，然先生不可不上座。（老先生仍推让）
林怡坤	教了一辈又一辈，今日小孙子若苏周岁，来日还有劳先生给启蒙教授学问。请先生上座！（老先生被搀扶至一位子上坐下了）
甘　氏	今日大嫂提了腊肉和咸鱼让襄威和他七哥去给先生辞年，可襄威年少不更事、太贪玩，没随了他七哥去，还望先生见谅！
老先生	腊肉？咸鱼？辞年？没见到腊肉、咸鱼啊！谁去辞年了？ （大家脸上都变了色，齐望着怡坤和卓氏）
卓　氏	（反应快）哦，真不好意思。湖威他也真是太好吃，让他去辞年，他却跑去喝糖稀。把嘴烫泡了，又怕先生训他，就把肉和鱼丢在厨房里没送去学堂。我先给先生赔个礼，来日必定送去。
林怡坤	（自惭）朽木不可雕也！
老先生	（忙安慰）精雕细琢！精雕细琢！ （楚威这桌有雪绒、汉威、若涵和抱着若嫣的柳玉玺。楚威和雪绒相视了笑，悄悄打量汉威和柳玉玺。汉威自是谈笑风生，柳玉玺却低垂了眉眼用小勺喂若嫣） （襄威十分想加入到楚威这边来。他只好赶紧扒了饭、丢了碗就下席）
谭金簪	（一声喝断）襄威！碗里怎么还剩饭粒？你不怕以后娶个麻脸婆娘？！ （众人闻言，男女老少惊得齐向那桌看，望了谭氏又望霍氏） （汉威脸上挂不住了，放下酒杯要离席而去）
林若涵	（尖声大叫）五叔！五叔！我要你抱！（汉威拍拍她抱着走了。大家兴致顿减）

内景 / 林怡坤院厅堂 / 晚上

卓　氏	（厉声地对湖威）说！你把鱼和肉弄哪儿去了？
林湖威	（知是赖不过去）给村头来的货郎了。
卓　氏	货郎？给他干什么？又换什么了？

林湖威	让他下次来给我带双球鞋。
卓　氏	球鞋？你要球鞋干什么？
林湖威	穿哪。五哥、六哥、八弟他们都有，我也想有。
卓　氏	你也想有！你把给先生的辞年物都拿去换鞋，让我们在酒席上出丑。爹娘的脸面都不如你的脚丫子了！
林湖威	（咕哝）这只是换嘛。
卓　氏	（突然发现湖威裤腿上的湿印。惊讶）你怎么要尿尿？
林湖威	尿？尿！
卓　氏	你看你的裤子，都屙湿了。
林湖威	（低头看看，果见右腿裤管上湿了一大片，迷惑得手伸到那里摸一摸、又凑到鼻子前闻一闻，恍然大悟。从裤兜里掏出一听罐头，那铁盒子还在往下滴油）都怪这西装裤！要是没荷包的"左转弯儿"不就没事儿了。
卓　氏	（气得火烧心）哪儿来的？
林湖威	五哥从汉口带回来的，是鱼罐头。
卓　氏	怎么跑你裤兜儿里去了？
林湖威	刚才涵儿没吃饱饭，五哥就撬了给她吃。我闻着香，就摸来了。搁裤子里没搁好，油都流出来了。
卓　氏	我让你下贱！（暴怒地立起，一巴掌抢过去）
林湖威	啊——（撕心裂肺地嚎喊，嘴上的泡被打塌一大串）

第四集

内景 / 林怡乾院林昌威卧房 / 晚上

林昌威　　（与林楚威闲聊，楚威立起往外走，昌威相送）大哥，再坐会儿吧。

林楚威　　你歇着吧，兄弟们多日不见，回来了又无暇静静地坐坐，我去看看你五哥。

内景 / 林怡乾院林汉威卧房 / 晚上

柳玉玺　　（抱着若嫣眼泪汪汪地与汉威对坐，楚威入，慌慌站起）大少爷！

林楚威　　（有些意外）噢，眉子你也在这儿啊？把嫣儿给我抱抱吧。

柳玉玺　　不了。小小姐她已经睡了。我把她送回房去。（抱着若嫣立起向外走去）

林楚威　　（目送着她出了门，回过头来）她哭了？

林汉威　　大哥！你说我该怎么办？

林楚威　　怎么啦？

林汉威　　我以前全错了！全错了！

林楚威　　什么事啊？慢慢说！

林汉威　　我今天才知道她就是柳玉玺！

林楚威　　啊？（分外诧异）这怎么会？

林汉威　　就是被我拒婚的那家女儿！我好后悔啊！大哥！我该怎么办？

林楚威　　她怎么会是柳玉玺？不是我们家捡来的丫头柳眉吗？怎么又成了柳玉玺？不要因为她们都姓柳，你就搞错了吧？

林汉威　　不会的！不会的！（眼睛都红了）是她自己讲的。

林楚威　　哦？

林汉威　　她说她有一哥一嫂一母亲，住在蕲水镇。前年有人给她提亲，说的就是我们林家。还讲虽然她的家境没法跟我们相比，可也是三平二满、度日安然的人家；再加上她长得水灵，待人接物乖巧聪颖，四乡八村的媒人就老爱往她家跑。

林楚威	是啊,当初媒人就说过,她虽谈不上给林府增添光辉,但也不会辱我门楣的。
林汉威	她当时还是蛮喜欢的,可就在她娘思量着要许了这个婆家的时候,有人告诉她林家的少爷如何如何坏、如何如何丑,不然那么有钱的公子哥儿怎么会向他们小户人家提亲?她就不愿意了。其实,我也是不愿这门亲事的。
林楚威	知道啊,实在是媒婆一个劲儿捣鼓着柳家姑娘如何如何好,让奶奶动了心,她老人家定下的。在你还一百个不乐意呢。
林汉威	眉子也是这样。
林楚威	她听了别人讲的坏话,害怕了?
林汉威	嗯!再加上她见过他们庄上的姑娘嫁到富人家的坏结果,不是去了就守寡、就是一辈子受欺负,或者是做小,她就十分害怕。
林楚威	就跑了?
林汉威	是的!她在一个深更半夜的时候从家里逃走了。可她离家不久就迷失了方向,再加上又冷又饿又困又怕,来到我们这儿就昏倒了。
林楚威	是林石发现的她。奶奶见她长得中看,人又灵巧,就要收她在跟前。
林汉威	她已经背井离乡,又不知出路在何方,就应了留在这儿做使女。后来她才知道这儿就是她曾经许嫁的林家。可那时候我已经到武汉去了。她见这里的你和二哥、三哥都已婚配,另外四个弟弟又还小,在外求学的那个已经许婚——其实那就是我,而许婚的就是她,老天爷惩罚我们啊!阴差阳错,家里剩下来的就只有脚跛皮黑的四哥荆威了,再加上七弟湖威老爱使坏,她越是相信了。
林楚威	那她怎么不想办法走?可以走的,反正又不是我们买的使女。
林汉威	她是准备走的!她保留了姓,改名叫柳眉。在这儿做使女,只是暂时度日罢了。终有一天会逃回家去的。可我不该回来!不该见到她!大哥,这可怎么办?
林楚威	五弟!(深受震撼和感动)别急,我来想办法!
林汉威	我太喜欢她了!我离不开她!
林楚威	我去给奶奶、爹和娘讲,让你娶了她。

林汉威	不行的呀！大哥！他们不会答应的。
林楚威	为什么？
林汉威	眉子再也不是以前的玉玺了。玉玺只是门户低一点儿，却是个正经人家的女儿，可以明媒正娶的。
林楚威	是啊，眉子是个丫头啊！丫头是婢女、是佣人，是服侍别人的。
林汉威	就是收了房也是个偏室，扶不正的。你让她做我的小吗？我不！我不！
林楚威	（握了汉威手）五弟，你不要这样！我不是这个意思。让我们慢慢想办法。你们还年轻，你又在外面读书，大家又不知道眉子的身世，也不晓得你们之间的关系，你就干脆稳着。谁再来提亲，有我和你大嫂挡着，你先放心吧。
林汉威	我太害怕了！婚嫁许配、生儿育女，是奶奶他们最喜欢的事，他们不会放过我的。

外景 / 林家上房院里 /1933 年 / 夏 / 白天

一女佣	（指挥仆人们）老太太最看重她的寿衣、寿裙、寿帽、寿鞋，都搬出去晒晒。
另女佣	今日六月六，龙晒衣呢。
太夫人	（看下人忙进忙出地搬晒，满意地唤贴身女仆）走，我们到别的院子里看看去。

外景 / 穆氏院子 / 白天

	（高大的树木遮天蔽日，院里阴森寂静。两三个暮气沉沉的女仆在晒晾着不多的颜色灰暗的衣物，穆氏坐在树荫下纺纱。太夫人一行人）
穆　氏	（慌得忙起身迎接）母亲来了？（对使女）上烟、筛茶。
太夫人	（拉了穆氏坐下）这大热的天，纺什么纱？歇着点儿！
穆　氏	反正闲着也是没事儿。
太夫人	莫累着。
穆　氏	衣来伸手、饭来张口的，织几匹布总是能给家里省着点儿。
太夫人	唉！（太夫人心里难受。穆氏见其严肃，吓得颤言）

穆　氏	母亲，媳妇说错什么话了吗？
太夫人	没有！（拍拍她的手）你不要老是做啊做的，有底下人做就行了。也不要老窝在屋里，四处走走吧。
穆　氏	不了，我在院里挺安逸。四处走动怕碍眼。
太夫人	你就是这样怕这怕那。今天龙晒衣，我们四处走走，也看看热闹。
穆　氏	是！媳妇陪母亲走走。

外景 / 林怡坤院子 / 白天

（仆人们在院子里竹竿支起五颜六色的衣裤、铺盖，薄的绫罗绸缎、厚的皮毛绒毡，应有尽有。太夫人和穆氏入，看得发愣）

太夫人	（感叹）你看你二哥、二嫂活得几快活。我真是老朽了，你也与尘世相隔太远了。
林怡坤	母亲来了？四弟妹来了？
卓　氏	屋里坐吧，外面热。

内景 / 林怡坤院厅堂 / 白天

林宜威	（躺在躺椅上养病，见众人入，欲起身请安）奶奶！四娘！
太夫人	（按住了他让不要动）现在身体怎么样了？
林宜威	（伤感地）回奶奶，还是没有起色。
卓　氏	正要回母亲，宜威自小体弱多病，春上又在城里染上了痨，诊治不愈，回到家来，一直调养着也不见好，药罐子都不知煨破几个了。
太夫人	（心疼地）我的孙孙哦！
卓　氏	昨夜还咯出血来。大家着急，商量着，看能不能把艾氏给他娶过来，冲冲喜。
林怡坤	那样，只怕不吃药病也就好多了。（穆氏闻言脸色变得煞白）
卓　氏	宜威很小的时候就跟艾家女儿艾鹿棉拿过八字订了婚的。
太夫人	（想了想）既是这样，你们跟他大伯、大娘商量一下吧。要是妥呢，选个吉日就到艾家去下帖子。（宜威又咳起来，一歪身，向痰盂里吐进一口血去）

外景 / 林楚威小院 / 白天

（静悄悄的。楚威和昌威下棋，汉威看书，兰雪绒做着一双粉缎绣鞋，老奶妈缝着一条肚兜，柳玉玺在给若涵掏耳朵，若嫣坐在那里玩着她手镯上的小银坠儿。另有下人们有的在刺绣、有的在打盹。太夫人一行出现在门口）

林若嫣	（咿咿呀呀地指着院门口）太奶奶！四奶奶！
众　人	啊！奶奶来了？四娘来了？
兰雪绒	（对下人）快，搬凳子！（众人请太夫人等坐，又围着坐下。柳玉玺沏了茶来）
太夫人	（喜爱地看着这些后辈们）昌威，宜威在城里害病怎么不早点儿回来？
林昌威	回奶奶，他不愿回来呀，他想读书。
太夫人	唉，这孩子就是乖巧，懂事。
林昌威	想想他以后可能不会再同我一起上学去了，真舍不得！
太夫人	他刚才又咳血了，心疼啊！
林若涵	太奶奶，昨天二娘跟我娘讲，二奶奶要给六叔接来六娘。
太夫人	是啊（疼爱地拉若涵靠自己站着），你们的新六娘要来了。
林若涵	三娘就说我五叔也该接五娘了。是不是啊，太奶奶？
太夫人	（笑）你三娘的话是对的，你五叔是该接五娘了。（汉威和玉玺表情凝重）
林若涵	我五娘是谁呀？也和六娘一样住得很远吧？她好看吗？是不是像四娘那样也很吓人的？（众人听了大笑。汉威和玉玺拿眼睛看对方，脸上通红、心里戚戚）
太夫人	可是啊，你五叔还没有五娘呢。
林若涵	怎么六叔有六娘了，五叔还没有五娘呢？
太夫人	（嗔怪地看汉威一眼）是你五叔自己不干啊。不过不要紧，赶明儿我叫你爷爷去找个人家，给你五叔把五娘定下来。（汉威和玉玺脸色渐渐变白）
林若涵	眉姑姑能不能做我的五娘？
太夫人	眉姑姑？谁是眉姑姑？（好奇地左顾右盼，众人吃一惊）
林若涵	眉姑姑就是她呀！（手指了柳玉玺）太奶奶您不知道？

太夫人	哦！眉姑姑！她呀！（笑）她不行！
林若涵	她怎么不行啊？
太夫人	她是太奶奶我的人，只因你妹妹嫣儿好哭，非要她抱，我才让她来带嫣儿的。等嫣儿长你这么大了、能自己玩儿了，她还是要回到我房里去的。
林若涵	那我想让她做我的五娘不行吗？
太夫人	不行的！你想要个五娘，你爷爷奶奶会操心给你五叔娶一个回来的。真的是你五叔自己不听话。他要是不发倔，遵听父母之命，你五娘早就接进门了，还需要今天托人去搭桥？（太夫人又略带责备地瞅了汉威笑，汉威一言不发）
林若涵	我就喜欢眉姑姑，妹妹也喜欢眉姑姑！

内景 / 林楚威院厅堂 / 白天

　　　　（林楚威、林汉威、兰雪绒、柳玉玺四个人关起门来急得团团转）

林楚威	这事儿真的有些紧急了！（柳玉玺眼泪扑簌簌地下）
林汉威	我真浑！当初要是应了柳家，什么事也没有了！
兰雪绒	（长长地叹气）眉子，你不要哭。我们慢慢想办法！

外景 / 林江威院 / 白天

众仆人	（无精打采地晾晒衣被，太夫人一行入）老太太来了！四太太来了！
太夫人	三少爷呢？
一仆人	回老太太，三少爷不在。
太夫人	三少奶奶呢？
一仆人	回老太太，三少奶奶在房里。

内景 / 林江威院卧房 / 白天

夏仪灯	（与一男子坐，太夫人一行人入，慌忙迎接）奶奶，四娘！
太夫人	（不高兴，手指陌生男子）孝威媳妇，他是谁？
夏仪灯	回奶奶，他是孙儿媳妇娘家表兄。
夏表兄	（立起）奶奶，四娘！
太夫人	既是表兄就大大方方地见面嘛，干吗藏着躲着？这光天白日的还闭着房门！

夏仪灯	外面热。表哥才来，走路热了，进来歇会儿。（太夫人瞪一眼男子，转身离去）

外景 / 林江威院 / 白天

太夫人	（一行人从房里出，夏仪灯伴行）江威媳妇，你老往娘家跑，就是为了这表兄？
夏仪灯	不，不是。是想着爹娘。
太夫人	男女授受不亲，哪能关着门见客的？做女人的规矩也不懂？（穆氏脸色难看）
夏仪灯	是，孙儿媳妇记住了。

外景 / 林家假山处 / 白天

林湖威	（画外音）叫我爷爷！快！快叫！
林襄威	（画外音）不叫！就不叫！
林湖威	（画外音）不叫？看爷爷打死你！
林襄威	（画外音，凄厉的）啊——
	（太夫人和穆氏紧走几步转过假山，看见湖威把襄威抵在假山上，正用两手使劲地掰襄威的腮帮子）
林襄威	（告饶）你放我。七哥，放开了我就叫。
林湖威	还七哥呢，（放开手）快叫！
林襄威	（跳开一步）掖、掖，掖到裤腰里；掉、掉，掉到茅缸里！
	（湖威一个虎跃，将襄威压在了胯下）
	（太夫人见了气得发不出声来，旁边的随从冲过去拉开两兄弟）
	（湖威见了奶奶，老实了；襄威从地上爬起来哭）
太夫人	襄威，你去把你二伯、二娘请来！（襄威揩一把泪，捧着脸蛋儿跑走了）
太夫人	（湖威见势不妙，想开溜）湖威，你给我站住！（湖威只好站住）
穆　氏	（将旁边的石凳拂拭几下又吹吹灰，扶太夫人）娘，您坐会儿。（太夫人坐下）
林怡坤、卓氏	（急匆匆走来，襄威相跟着）母亲！（垂手而立）
太夫人	（怒气冲冲，指湖威）你们两个过来见过你们的"老子"！

林怡坤	（吃一大惊）母亲何出此言？！
太夫人	襄威！你讲给你太爷爷、太奶奶听！
卓　氏	（不解地）太爷爷？
林襄威	（仍捧着脸）我从这里过，七哥他拉住我，非要我叫他爷爷。
太夫人	听见没？
林襄威	我不叫，七哥他就撕我的嘴，打我。我说我叫，他就放开了我。
林湖威	可是他没有叫我爷爷啊。他还说我掖到裤腰里，掉到茅缸里。
林襄威	七哥就把我按到地上掐脖子。这时，奶奶和四娘就来了，把七哥拉开了。
卓　氏	母亲——
林怡坤	（气得身子发抖，赔罪）儿子会好好收拾这个孽种的。母亲您别生气了，注意身体。如果母亲身体气坏了，那儿子的罪过就更大了。
太夫人	哼！
林怡坤	鄂威他娘——（转向卓氏）你陪母亲休息去吧，我来教训这个崽子！ （太夫人转了头不理怡坤，站起与穆氏一起走开）
林襄威	奶奶！（吓得紧跟了一起离去）

外景／蕲水镇青石街／白天

柳　母	（拦住下轿的贵）简老贵，你还我儿媳妇来！你还我儿媳妇来！
简老贵	老婆子！（惊恐地对下人）把她拉走！把她拉走！
柳　母	简老贵，你还我儿媳妇来！（被简家仆人拉走）

外景／林家大院甬道／1934 年／夏／晚上

柳玉玺	（抱着若嫣咿咿呀呀教唱童谣，二人一唱一答地往前走）小鸭儿小鸭儿乖乖，走路两边歪歪，我去叫你的妈妈，采莲儿划船回来——哟哟，呀嗬嗨……
林湖威	（突然从暗处跳出，玉玺吓一跳，他嘻嘻笑着）姐儿、姐儿——
柳玉玺	（吓得往后退着）你要干什么？
林湖威	眉子，我喜欢你！
柳玉玺	你，你！
林湖威	我已经跟我娘提起了，要跟老太太讨了你。
柳玉玺	啊？！（惊恐地瞪大了眼睛）

林湖威	从大嫂那里跟到我房里去。
柳玉玺	这不可能！我是太夫人的人，她不会放手的！
林湖威	这我知道，可我不怕！奶奶虽是严厉，可她又对每个孙子都是疼爱的，我也是奶奶的一块肉。
柳玉玺	大少奶奶那里眼前也离不了我！
林湖威	不就是嫣儿吗？嫣儿眼见得也大了。我让我娘去找奶奶。奶奶说过，身边有个贤惠、能干、标致的女人，那么野马也会收心的。这样一来，把眉子你给了我也不是不可能的。哈哈，怎么样？做我的缰绳吧！
柳玉玺	死了你的心！
林湖威	（掏出一对银耳环，在玉玺眼前晃晃）眉子你看，纯银的。送给你！
柳玉玺	不要！（望了别处）
林湖威	拿着！以后我还要给你置金的，镯子、戒指都要置。你看，我有好多好多钱。
柳玉玺	（确实看见他手上有好多钱，后退一步）不要！七少爷，我不要！
林湖威	来，我给你戴上。（更贴近了她）
	（柳玉玺又后退一步，湖威伸手摸她的耳朵。她把头歪着使劲儿扭向一边，右手用力一挡，手背被墙上的青砖蹭去一块皮。湖威一下子两手捧住了她的脸）
林湖威	让我亲亲。（玉玺见湖威的嘴要亲她，慌乱中把若嫣的屁股掐了一把）
林若嫣	（嘴一咧）哇哇——（哭叫，湖威吃惊地松手。有人打着灯笼向这边走来）

内景 / 林怡乾院厅堂 / 晚上

苗　氏	（玉玺神色异常地抱着若嫣入，奇怪地望着她）眉子，你怎么了？
柳玉玺	地上苔滑，摔了一跤。
苗　氏	（接过孙女儿见玉玺手背上有小血珠冒出，命旁人）给眉子上点儿毛蜡烛。
林汉威	娘，我那儿有红汞。给她上点儿，好得快。
苗　氏	（笑）书没读个名堂，洋玩意儿倒学了不少。那红水儿能好过毛蜡烛？好吧，眉子你跟他去吧。

第五集

内景 / 林怡乾院林汉威卧房 / 晚上

林汉威　　（捧着玉玺的手涂药水）有青苔的地方是不能走的，你看你跌跤了吧？幸好摔得不重，嫣儿也没摔着。

柳玉玺　　五少爷！（哭）

林汉威　　眉子，怎么了？

柳玉玺　　疼！药水儿浸得手疼。

林汉威　　（赶紧向那手上吹冷气）眉子，我明天又要上学去了。

柳玉玺　　啊？！（震惊，泪如泉涌）

林汉威　　怎么办？（玉玺扭过头去，看着干净整洁的房间，不语）我舍不得走！

柳玉玺　　（忍不住地）五少爷，你跟老太太说了吧，让我过来。（回头看着汉威的眼睛）我不会计较什么名分了！

林汉威　　（捂住她的嘴，缓缓摇头）眉子，我早就跟你说过，不准讲这种话，怎么又说了？

柳玉玺　　（拿下他的手，握着）你要走了，后面的事……

林汉威　　我知你心里难过，别着急，我来想办法。（给她揩泪）走吧，娘要找你了。

柳玉玺　　只怕——（欲言又止）

内景 / 林怡乾院厅堂 / 晚上

苗　氏　　（汉威和玉玺入）眉子，你手疼，就早点回房歇息去吧。

柳玉玺　　是。

苗　氏　　汉威你帮着把嫣儿送到你大哥那儿去。

林汉威　　好！

外景 / 林家大院甬道 / 晚上

　　　　　（汉威抱着若嫣，牵着玉玺的手同行。二人默默不语）

　　　　　　　　八　刀

内景 / 林楚威小院厅堂 / 晚上

兰雪绒　　（又已怀身大肚。汉威和玉玺入）哦，五弟来了？

林汉威　　哎，大嫂！

兰雪绒　　来，眉子我们给嫣儿洗澡，你去给嫣儿把衣裳拿来。

柳玉玺　　是。（出）

内景 / 林楚威小院柳玉玺卧房 / 晚上

柳玉玺　　（入，赫然看见守候在此的湖威，吓得失声）啊！

林湖威　　（仍嬉皮笑脸）眉子，我等你好一会儿了。

柳玉玺　　大、大……

内景 / 林楚威小院厅堂 / 晚上

柳玉玺　　（画外音）大少奶奶！

兰雪绒　　眉子在叫什么？

林汉威　　嗯？（侧耳细听）

兰雪绒　　五弟你去看看。

内景 / 林楚威小院柳玉玺卧房 / 晚上

林汉威　　（入，见湖威在这里，深感意外）七弟，你怎么在这里？

林湖威　　啊？（见汉威入，也吃一惊）没什么，没什么。（赶紧向外倒退）

林汉威　　（见湖威走过庭院出去，眼里现出焦灼，扶了玉玺的肩）眉子……

柳玉玺　　五少爷！（哭）

林汉威　　唉！（叹口气搂她入怀，拍拍她）眉子，别这样！

内景 / 林楚威小院柳玉玺卧房 / 白天

柳玉玺　　（推摇篮，若嫣睡着。垂泪吟唱）蒜梗儿白，芝麻秆儿黑，女儿家的命柳絮儿飞。

　　　　　婆婆丁的花，芦苇草的梢，女儿家的命随风飘。

　　　　　池塘里的萍，吊灯笼的须，女儿家的命没根基。

　　　　　北风儿刮，雪花儿落，女儿家的命……（唱不下去了，伏到摇篮上哭泣）

林汉威　　（入，见状，分外心疼）眉子！

柳玉玺　　（抬头，赶紧擦擦泪）五少爷！

林汉威	（坐下，握了她的手看）好些了没？还疼吗？
柳玉玺	不疼了。
林汉威	还是昨儿的事吗？
柳玉玺	嗯！我好害怕！
林汉威	眉子，我想了一夜，你跟我一起走吧！我今天就要上学去了。
柳玉玺	走？！（慌乱起来）走不了的！
林汉威	走不了也得走！听说娘已经把我跟爷爷的一个世交的外孙女儿互换了帖子，马上就要下聘礼了。
柳玉玺	啊？那——
林汉威	你现在不走，便要害三个人。就是以后跟我走了，也要害得别人家女儿要么永远嫁不出去，要么嫁到我们家来一辈子守活寡。
柳玉玺	那！那！五少爷，我跟你走了才是害了你！害了林家！你堂堂林家的少爷、一个读书人，我顶多一个丫头，怎么能娶我？又还不是明媒正娶，是私奔！
林汉威	私奔！
柳玉玺	只有淫男淫女不正经的人才私奔，是要沉塘的呀！五少爷！
林汉威	眉子！你不知道我心有多痛！
柳玉玺	我知道！
林汉威	你知道还这样！你心硬了吗？即使你忍心我麻木地与另一个人洞房花烛、无言无语过一生，我又怎舍得你哭干眼泪、嫁作他人妻呢？！
柳玉玺	五少爷！（埋下头，将脸搁在他的手上悲泣不止）
林汉威	（抚摸她的头发，片刻，扶起她的头来）走吧！眉子，不走就来不及了！
柳玉玺	可我——
林汉威	我们是仁义道德之家，讲究的是信义，如果聘礼一下，就绝不能悔婚的。爹娘他们翻着皇历定下吉日，不定哪天就会带信叫我回来拜堂的。你在这里伴着奶奶、伴着大嫂，愿意眼睁睁地看着我要死不活地遭罪吗？

柳玉玺	（哭得岔过气去）五少爷，你回来成亲的日子就是我离开林家的日子！
林汉威	不！不！（噙满泪水）眉子！
柳玉玺	我会离开的！
林汉威	你根本就不应该到我们林家来，不应该让我看见你！来了就不应该再离开！
柳玉玺	我也不想是这样的啊！
林汉威	今天，非得离开不可了，那就不是你一个人，而是我们两个人！我们两个人走得远远的，再也不回来了。
柳玉玺	五少爷，我不能害你啊！
林汉威	你要是真心疼我、为我好，就听我的话。赶紧收拾一点衣物，大嫂那边我去说。

内景 / 林楚威小院厅堂 / 白天

兰雪绒	（瞪着眼对汉威）你真的决定了？
林汉威	真的决定了。而且马上就走！
兰雪绒	走？你怎么走？走不了怎么办？
林汉威	到汉口后，我带她到教堂去办婚礼。
兰雪绒	就是走得了，日后你们的日子又怎么过？
林汉威	先在汉口住下来。爹和娘想通了让我们回来呢，我们就回来拜见父母。本来这儿媳开始就是他们挑选的，只是外面有人说我们的坏话，才闹到这样；不然眉子也不会逃婚，也不会落到这个地步。
兰雪绒	要是爹娘不认呢？
林汉威	如果爹娘不认我们，我就挣钱养活她。有我吃的，就有她吃的；没有我吃的，也要省出来了有她吃的。
兰雪绒	可你还是学生啊！
林汉威	外面好多人都是这样跟家里抗婚的。
兰雪绒	可她怎么才能离开莲藕塘？
林汉威	大嫂你放心，至于走嘛，我想这样——（低语）
兰雪绒	（考虑片刻）事到如今，也只好这样了。

林汉威	我现在呢，就去找娘把这次出门的费用支出来。
兰雪绒	不要多，多了让人疑心。
林汉威	嗯，和以前一样，够用就行。
兰雪绒	眉子这边我来安排。

内景／林怡乾院厅堂／白天

苗　氏	（从腰上卸下钥匙）管家，你去库房给五少爷取点钱。
管　家	是！（接过钥匙，离去）
苗　氏	汉威，你六弟病得不轻，可能不久就要给他冲喜。你做五哥的接了信儿要回来，省得你二娘他们有话说。
林汉威	嗯，知道了！
苗　氏	再说你也不小了，如果给你把媳妇儿说定了，就赶在年关前完婚，也了却我们的一桩心事。
林汉威	（眉头直皱）唔，唔——
管　家	（急急忙忙入，紧张地）大、大太太……
苗　氏	怎么了？
管　家	库房门打不开，好像谁把钱柜上的锁换到库房门上了。
苗　氏	啊？
管　家	我怕说不清，特地来回大太太。
苗　氏	（愣一下，铁青了脸）林石，去把二老爷和二太太请过来！
林　石	是！（出）
苗　氏	肯定是湖威那个小爬虫干的！昨儿晚上他来说二太太要领几匹缎子给六少爷做喜袍，当时我手头上正忙着，也没留个心眼儿，就下了钥匙让他自己去搬。
管　家	是他见了那许多的钥匙起了歹心？
苗　氏	不是这样，还有哪样？一大挂钥匙，肯定是他拿着打开的门锁又去开钱柜拿钱，出来时慌乱中挂错了锁。
管　家	（为自己解脱松了一口气）哦！
苗　氏	马上盘存！
管　家	是！

苗　氏	你拿上账本，等二老爷和二太太过来了我们一起去清点。
管　家	好！
苗　氏	汉威，你先回房去吧，过会儿我让人封了钱给你送去。
林汉威	娘，那我先走了。
苗　氏	去吧！

外景／林怡坤院子／白天

林襄威	（和若涵在院子里跳房子）来，我教你，这么跳。先把石块块儿这么丢进去。
林若涵	呀，（学襄威示范，捡起石块学着丢，丢偏了）哈哈哈（拍巴掌笑）滚跑了。
林襄威	（捡回石块，再次示范）你看，进了吧？应该对着那间"房子"丢！再来！
林若涵	（捡回石块再丢，中了）呀，哈哈哈（拍巴掌笑）进了！
林襄威	现在开始跳房子了。单脚跳，往里跳！（若涵学着跳进去，谭金簪入）
谭金簪	襄威，你怎么在这儿？
林襄威	是二娘要我来的。
谭金簪	来干什么？
林襄威	她叫我来尿尿，一大清早就来了。
谭金簪	尿尿？搞什么鬼名堂？
林襄威	要我把尿撒到碗里，还要两大碗尿。
谭金簪	嗯？
林襄威	真好玩！呵呵——
谭金簪	你那小雀雀，上哪儿找两大碗尿去？
林襄威	嗯，我一泡尿只有小半碗。二娘就不放我走，死灌了水要我喝。
谭金簪	（讥笑）灌死你！
林襄威	（不懂对方的刻薄）我从早上喝到现在，总算把两只大碗尿满了。
林若涵	二奶奶把尿倒到瓦盆里，泡上鱼，端到厨房里去了。
林襄威	二嫂，二娘这是在干什么呀？
谭金簪	没看见啊？泡鱼！

林襄威	从来只听说活鱼离不开水、死鱼要盐腌，怎么要用尿泡呢？
谭金簪	小孩子问这么多干什么！你二娘呢？
林襄威	被人叫到大娘那儿去了，说是钱柜怎么怎么的了。
谭金簪	哦，你和涵儿可以走了，我要在这儿等她。
林襄威	不嘛，二娘说还要给芝麻糖我们吃的。（谭金簪走进厅堂）
林若涵	二奶奶还没给呢！

内景 / 林怡坤院子厅堂 / 白天

谭金簪	（入，烦躁地回身向外）叫你们走，你们就走！（躺到凉椅上）
林襄威	（在院子里做鬼脸，对若涵）我们就不走！来，我们跳房子。（叽叽喳喳笑闹）
谭金簪	（更加心烦，吼）你们吵什么！（安静片刻，又吵闹起来）你们滚一边去！

外景 / 林怡坤院子 / 白天

谭金簪	（端盆水冲出，奋力将水泼在房子上）你们家不好玩儿？非要到这里来！滚！
	（襄威吓一跳，若涵哇地大哭起来。金簪胜利地笑笑，转身进屋）
林襄威	涵儿你莫哭，九叔重给你画一个。（捡瓦片重画房子，若涵高兴得又叫起来）
	（林汉威从院门外入。气坏了的谭金簪从屋里冲出从竹竿下钻过去抓他们，不料头发挂住了晾在竹竿上的衣服铜扣，将那制服扯下来拖在了她的脑后）
	（襄威和若涵见了拍着巴掌笑起来，金簪更是恼火。她把衣服从脑后摘下来，发髻也打散了。她见是宜威在学校发的白帆布制服，那气就不打一处来）
谭金簪	什么破玩意儿！人还没死呢，就穿孝服！活像卖仁丹膏药的！
	（谭金簪恼羞成怒，咬了牙去拽那铜扣，无奈那扣纹丝不动。她发恶地将衣服掼到地上，啐一口口水）

内景 / 林怡坤院林宜威卧房 / 白天

（屋里的宜威听了气得不行，咳嗽喘作一团）

外景 / 林怡坤院子 / 白天

  （林汉威厌恶地扭过头，懒得理谭氏，弯腰抱了侄女儿、牵了九弟离去）

内景 / 林楚威小院兰雪绒卧房 / 白天

柳玉玺 （望着桌上的首饰和几封光洋，满脸是泪）大少奶奶，您的恩情我永远忘不了！

兰雪绒 眉子！

柳玉玺 五少爷要带我走是很可怕的，可是您发了话，我就绝对地听您、信您。

兰雪绒 这就对了！

柳玉玺 不过，这钱财首饰我不能要！

兰雪绒 你不能不要！

柳玉玺 五少爷说到天边是个少爷，找回来骂一声糊涂，老爷、太太不会剐了他、剁了他。

兰雪绒 是啊，正是这样我才帮你们走！

柳玉玺 他将来老了，德高望重时，别人恭维他，还会说这是他年轻时的风流韵事。很多有钱老爷都是这样的。

兰雪绒 五弟跟别人不一样。

柳玉玺 可是我呢？我只是个丫头，婢女。我要是被抓回来了，那就是勾引富家少爷，会让人说我拐了少爷、又拐人钱财的。

兰雪绒 唉！

柳玉玺 我虽是婢女，但我不是小人。是不是勾引少爷我想五少爷会站出来说话的，您也会替我说话！

兰雪绒 这我们都知道啊。所以五弟才爱你，我才愿帮你！

柳玉玺 可是，这钱财就有些说不清、道不明了。我就是被沉塘也要死个明白！何况大少奶奶你要用钱的地方也多！

兰雪绒 眉子！噢，玉玺，（拉了玉玺坐下）今天你和五弟一去，我们就再也不是主仆关系而成妯娌了！你懂吗？

柳玉玺 （点点头）嗯！

兰雪绒	这点礼物我不是白送的。你把它当聘礼也好，当嫁妆也好，反正你得收下。你和五弟在外，到教堂去办婚事，没有家人在身边，算不得明媒正娶的，这几封光洋算是你们大哥代表林家给你下的聘礼。
柳玉玺	大少奶奶！
兰雪绒	这些首饰呢，是我从娘屋带过来的，没有花林家一文钱，算是我代表女方给你过门到林家的嫁妆吧。
柳玉玺	大少奶奶！
兰雪绒	我有两个妹妹，那年跟着家父出门，在江里淹死了。如果她们还活着，二妹应该比你大一点，也该出嫁了。
柳玉玺	（哭）我知道，您把我当亲妹妹看！
兰雪绒	今天你跟五弟走，只当你是我那二妹兰雪蕊出阁。
柳玉玺	（直点头）嗯，嗯！
兰雪绒	玉玺，涵儿她爹和五叔兄弟俩都是好爷们，一个文、一个武，我们能嫁给他们是我们的幸运。八弟又像他大哥、又像他五哥，也不知将来谁家女儿那么好福气嫁给他。你呢，婚前虽是几经波折，但幸运的还是跟五弟成了亲。你们在外肯定要为衣食劳碌、要为生活奔波，但也少了几分礼教、多了几分自由。我还要给你贺喜呢！
柳玉玺	大少奶奶！
兰雪绒	不能叫大少奶奶，要叫大嫂！记住了！
柳玉玺	记住了！
兰雪绒	（拉着玉玺站起）好了，不多说了。五弟要回来了，时间不早了。
柳玉玺	大嫂！（裂帛似的痛哭，双膝跪下）
兰雪绒	（心酸地笑了笑，后退几步，坐到椅上）好！我受你一拜！长嫂如母，也受得起。
柳玉玺	（磕下头去）您的恩德我终生不忘！
兰雪绒	好，好好！（起身拉她）玉玺，五弟虽是有学问，又疼你，但他毕竟是个少爷，该你操心的地方还多。
柳玉玺	大嫂放心！
兰雪绒	是啊，论服侍人，你比我能干哪儿去了。你大哥也不会在家待多久，

就会到省城找你们去。

柳玉玺　　（激动、盼望地）啊，大哥！

兰雪绒　　大概等我把孩子生了，做了满月他就会去的。

　　　　　　（汉威入，见雪绒与柳玉玺手拉手地讲话，忙拿眼睛询问）

兰雪绒　　五弟，我和她都说妥了，你放心。你办得怎么样了？

林汉威　　没领到钱。

兰雪绒　　（惊讶）为什么？

林汉威　　大概是七弟偷了库房里的钱，娘叫人去请二叔和二娘，现在正开
　　　　　庭呢。

　　　　　　（柳玉玺惊恐的眼睛）

闪回

　　　　　　（湖威手上晃动着的银耳环和钱）

内景 / 林楚威小院兰雪绒卧房 / 白天

兰雪绒　　那你一时半刻也走不了？

林汉威　　是的。我想到要走了，就去看六弟，想跟他辞个行。谁知二嫂在
　　　　　那个院儿里吵闹，我看不下去，就回来了。

兰雪绒　　唉！她呀！这样吧，你们这一去，不知什么时候才能回来，一年
　　　　　半载、十年八载都料不定，奶奶疼你一场，你去给奶奶辞个行才
　　　　　是正理儿。

林汉威　　好！

兰雪绒　　不过不要露出痕迹，让奶奶疑心。

林汉威　　嗯。

兰雪绒　　你去吧，我和玉玺收拾点衣物。（打包袱，塞一套老奶妈的衣裤
　　　　　头帕在里面）

林汉威　　好！（出）

兰雪绒　　玉玺，你现在就先走，不动声色地从侧门出去，走到牌坊处等五
　　　　　弟的轿子。

柳玉玺　　嗯，嗯！

兰雪绒　　记住，是四娘的那座牌坊。

柳玉玺　　记住了！

第六集

内景 / 林楚威小院厅堂 / 白天

（若嫣坐在围椅里哭起来，玉玺与雪绒从卧房出，赶紧抱了她难舍难分。雪绒怕老奶妈看出破绽，使眼色让玉玺快走）

林昌威　　（跑进来，递过封子给雪绒）大嫂，这是娘给五哥上学用的，你给他收着吧。他到奶奶房里辞行去了，一会儿就回来。（又举着手里的一大串葡萄叫着两个侄女儿）涵儿、嫣儿，来，跟八叔吃葡萄。八叔先去洗一洗。

兰雪绒　　（忙从柳玉玺怀里抱过小女儿）来，嫣儿我们跟八叔吃葡萄去！
　　　　　（赶紧眼瞅了玉玺朝大门外摆头努嘴）

内景 / 林家上房 / 白天

林汉威　　奶奶，孙儿又要到武汉上学去了，今天来给您辞行。

太夫人　　（笑得好开心）汉威啊，好好地去吧。

林汉威　　哎！

太夫人　　往后天就要凉了，自己小心自己，别病着。你看你六弟……唉！

林汉威　　（直直地跪下）奶奶！

太夫人　　（吃一惊）哎，你来辞个行、讲几句就行了，哪消这样行跪礼？快起来，去上个学嘛，不需要这样的。

林汉威　　孙儿心想，奶奶年岁大了，我做孙子的不能在您身边尽孝心倒要远游，不免惭愧！

太夫人　　讨学问是好事，哪里是远游呢？你好好长进，才是真正的孝心；将来做了大官，光宗耀祖，奶奶睡着了也会笑醒的。（下地扶起孙儿）

林汉威　　谢奶奶！

太夫人　　你父亲苦读诗书，那次乡试中了举人，本是大有前途的，谁知民国了，不科考了，就在家赋闲。你们现在读洋书，也好，只是八股文丢得太多。你们兄弟还是应该学学那才好。

林汉威　　是、是，孙儿记住了。

内景／林楚威小院厅堂／白天

兰雪绒　　（焦急地等待，林汉威入，赶紧递过封子）是八弟拿来的钱，你
　　　　　收好了。

林汉威　　玉玺呢？

兰雪绒　　她已先出侧门走了，你的轿子也等在了大厅外，你们两人的衣物
　　　　　都收拾了放到了轿子里。

林汉威　　大嫂，那五弟走了！

外景／林家大厅堂外／白天

　　　　　（林汉威上轿。轿夫抬了就走）

外景／莲藕塘村口沿大道／白天

　　　　　（轿夫疾走）

内景／轿内／白天

　　　　　（汉威从轿帘的缝隙朝外看，一座座牌坊掠过，又一座牌坊近了，
　　　　　紧张地搜索起柳玉玺，却不见人影）

外景／村口穆氏牌坊下／白天

林汉威　　（画外音）停、停下！（轿停住）

轿夫甲　　五少爷！

林汉威　　（扒开轿帘，装出着急的样子）哎呀，二娘叫我给六弟买药的方子，
　　　　　我落到大哥房里了，你们去给我取来。

轿夫甲　　是。（转身要走）

林汉威　　哎，你等等，你们两人都去吧。

轿夫乙　　啊？

林汉威　　我的头好晕，想睡会儿。你们取了方子来，也不要叫我，只管抬
　　　　　着往前走，到镇上河边了下轿时再给我。我要休息。

二轿夫　　是。（二人疑疑惑惑地去）

　　　　　（汉威钻出轿子，玉玺从牌坊的大立柱后面转出来。他激动地拉
　　　　　了她推到轿子里。另一座牌坊下站着夏仪灯，将此看得真切。汉

威搬来一块大石头搁到玉玺的脚下，放下轿帘，自己转身离去。轿夫返回，抬了轿子流星赶月地向前走）

外景 / 车马店院内 / 白天

林汉威　（向店主租车，手指一辆带厢的车，递过钱去）我就租这辆。

店　主　行！（对一车夫）送五少爷到镇上！

车　夫　好嘞！（牵马，套车。轿子打门前大道上过去了，林汉威上到车上）

林汉威　（对车夫）跟着那轿子走。

车　夫　驾——（一甩鞭子，马车启动）

店　主　（看着离去的马车，自言自语）林家少爷来租马车，随从也没带一个，还跟了自家的轿子走，好奇怪！

外景 / 蕲水镇 / 白天

　　　　（轿子和马车前后不远地一齐到达。汉威下车打发马车回去，自己向轿子走去）

轿夫甲　（歇了轿对帘内恭敬地）五少爷，蕲水镇到了，您下轿吧。

　　　　（抬头见汉威站在他们面前，吃一大惊，打开帘子，见轿里坐着一个老太婆，更是吓一跳。汉威见玉玺一身老太婆的装扮，也吃了一大惊，接着明白过来）

林汉威　（扶玉玺出轿，提了行李，给轿夫一人一块光洋）赏给你们的。回去了什么也不要讲，只是向老爷、太太禀告把我安全送到码头上了就行了。

轿夫甲　是！五少爷！这是药方。（递过药方、接过赏钱，欢天喜地地抬了空轿往回走）

轿夫乙　（满腹狐疑的）喂，你说，五少爷去上学，带个老太婆干什么？

轿夫甲　谁知道！

轿夫乙　他还要我们抬了那老太婆，还说他头晕让我们不要叫醒他，自己又"神行太保"样地赶了来。太蹊跷了！

轿夫甲　管他呢！今天格外得了一块大洋，这赏赐好重哦！哈哈，又有酒喝了！

轿夫乙　好，有酒喝了！（唱《轿夫歌》）远看是座塔，近看是篾扎。男人无志气，把给女人压！

轿夫甲　喂，老哥子，管他男人女人的，你娘还是女人呢。我们压的是肩膀，卖的是力气。嗨，快停下，怎么还这么重啊！（两人停轿一看，里面磨盘大一个石头）

外景 / 蕲水镇码头 / 白天

林汉威　（和玉玺站在岸上看船，看中了一艘，指着那船）就那只，好吗？

柳玉玺　好！（他二人沿台阶走下，进到一只篷船里）

林汉威　（对船家）我们到城里去。

船　家　好，走嘞！（那汉子双桨轻轻一荡，船离岸而去）

内景 / 木船 / 白天

林汉威　（长舒一口气）大嫂考虑得真周到，把她奶妈的衣裳给你穿。这身老太婆的打扮，硬是没有被人认出，连我都骗了。

　　　　（柳玉玺苦笑，迫不及待地趴着船篷往岸上看，蓦地，她看见柳玉来正抱着一个小女孩儿拾阶而下。她扑到汉威怀里放声大哭起来）

林汉威　（抱紧了她）你别哭，我知道你委屈，我对不起你！

柳玉玺　（手指了岸上）哥！哥——（怕船家听见，捂住了嘴。汉威望着岸上一言不发）

外景 / 蕲河 / 白天

　　　　（船渐渐走远）

内景 / 船上 / 白天

柳玉玺　（船行中，桨的划水声。天渐渐暗下来。玉玺靠在汉威的怀里）五少爷……

林汉威　（捂了她的嘴）眉子，从现在起，我要叫你玉玺了；你呢，也不能再叫五少爷，要叫汉威！

柳玉玺　（抬了头望着他）我叫不出口！

林汉威　渐渐就会习惯的。

柳玉玺　五少……（住了口，又害怕地）我怎么看不清东西啊？天好像黑了。

林汉威　啊？（四处望望）

柳玉玺	我的眼睛瞎了？哭得头昏眼花了？
林汉威	呀！真的天色暗下来了，可现在还是下午啊。
船　家	看不见了！看不见了！天怎么黑了？（天完全黑下来，船篷里一片漆黑）
	（柳玉玺扒开船篷，但见满天星斗，和晴夜一般。玉玺吓得缩回身子埋下头，在汉威怀里瑟瑟发抖。突然四野人声鼎沸，人们敲打着铜盆铁器吆喝着、呐喊着）
柳玉玺	五少爷！五少爷！老天发怒，在惩罚我们了！
船　家	（丢进一只铁锅和一把炊壶）少爷、老太太，天狗吞日了。快敲快喊吧，吓吓它，让它把日头吐出来。（用火钳敲打着一把菜刀朝着天上）哦嗬哦嗬——
林汉威	（把玉玺搂得更紧了）别怕！别怕！这是日食，月亮挡住了太阳光，一会儿天就要亮的。（渐渐地，果然天渐渐亮起来，接着天光大亮了）

内景／林家上房／晚上

	（众人请安）
林若嫣	（哭）姑姑、姑姑——
林若涵	（闹）眉姑姑、眉姑姑——
谭金簪	（厌）弄个假姑姑在那里叫，好像她们没姑姑一样。
太夫人	（见老奶妈抱着若嫣）楚威媳妇，眉子那丫头呢？
兰雪绒	（挺着大肚子）回奶奶，中饭时就没看见她了。
太夫人	（吃一大惊）有这等事儿？你们怎么不找？
兰雪绒	找了。
太夫人	她又能跑到哪儿去？
兰雪绒	我想，她一定是有什么事儿，在哪位奶奶或小姐房里。
太夫人	（眼睛一扫下面）哪房里的人知道眉子的叫她赶快回去。就是要办事也早该办完了，哪有中午到晚上还不回房的！
卓　氏	撇下小小姐躲出去，跟主子连个招呼都不打，这没规矩的事儿以前可从来没有过，我看非狠狠惩治不可了！
太夫人	楚威媳妇，我把眉子给了你，就是你的人了，你不好好管教，那

就是你的错。

兰雪绒	是，孙儿媳妇以后多加管教。
太夫人	这样吧，她回房以后你好好训诫她，再不能重犯。至于挨打嘛——
	（转向卓氏）我看就算了吧。
卓　氏	回母亲，近来全家上下总是有些没规矩，都是平日里放纵惯了，
	如果再不动板子，只怕将来不好收拾……
甘　氏	（呼天抢地地闯入）哎呀，母亲啊！这可怎么办哪……（众人惊回首）
林怡瓯	（上前一步，制止地）你在干什么？！
甘　氏	襄威不见了！襄威不见了！
林怡瓯	啊？
甘　氏	（发疯似的狂喊，双膝一跪）母亲，您老人家的九孙子不见了！
太夫人	（吃一惊）什么时候的事？
甘　氏	天狗吞日起就不见了！
林荆威	确实自下午那一刻起就再也没见了九弟。
甘　氏	只怕他是被天狗连同日头一起吞了，可只吐了太阳没吐他。他被
	天狗吃了！娘啊！您救救媳妇吧！您的九孙子被天狗吃了！
太夫人	（睁大了眼）怡瓯媳妇且莫急。派人找了吗？
甘　氏	找了！全找了！他平时玩的地方全找了，连河沟树杈上都找了。
	眼见得天儿全黑定了，他不是被天狗吃了能上哪儿去？
苗　氏	今天才是出鬼了，先是不见了一个丫鬟，现在又丢失了一位少爷。
太夫人	只听说天狗吞日，没听说过天狗吞人的。怡瓯媳妇你莫急，我们
	再派人找。楚威你们都听着，立刻派人去找襄威，随时回来把结
	果告诉我。
众　人	是！（全走散了，兰氏和霍氏走去搀扶披头散发的甘氏）
太夫人	楚威媳妇，你的月份已经重了，回房歇着去吧。
兰雪绒	是，奶奶！

内景／林楚威小院兰雪绒卧房／晚上

兰雪绒	（瞅着两个女儿在灯下独坐，发呆，自言自语）也不知五弟他们
	走到哪儿了！

夏仪灯	（画外音）大嫂！
兰雪绒	（对着房门）是涵儿三娘吗？
夏仪灯	（入）是，大嫂！（见雪绒要忙起身，按了她）快别动，这怀身大肚的，坐着吧。
兰雪绒	（笑笑）有事吗？
夏仪灯	（也笑，坐下了）我知道眉子上哪儿去了。
兰雪绒	嗯？（瞪大的眼睛）
夏仪灯	她跟我们的五弟走了。
兰雪绒	你怎么知道？
夏仪灯	坐轿子走的。（雪绒更是紧盯了她。见兰氏只有慌乱没有惊讶，她又狡黠地一笑）不是你们串通好了放她走的？（雪绒不知怎么回答）哈！你算默认了。我是到村头去买丝线无意中发现的。
兰雪绒	哦！
夏仪灯	开始是见眉子往外走，没在意；可后来她出村口了还在往前走，我就奇怪了。
兰雪绒	你跟着她？
夏仪灯	没跟着她。只是站在一个牌坊后面看。她走到四娘的牌坊下躲到背面就没出来。我就想这是在干什么呀？一会儿五弟的轿子来了，也停在了牌坊底下，两个轿夫往回走，眉子就出来了。
兰雪绒	哦！
夏仪灯	五弟把她扶到轿里，又去搬了块大石头放进去，自己跑到车马店里去了。过了好一会儿，轿夫转来抬了那轿子就飞奔地走，那个店里接着驶出一辆带厢的马车，相跟了走。
兰雪绒	（稍松了口气）哦！
夏仪灯	我就在那里纳闷儿啊，想了半天也没想出个子丑寅卯来。一直到了晚上，在上房里听说眉子不见了，我才一下子明白过来。原来他们有那样的好事！
兰雪绒	（突然很紧张，按了仪灯的手）你没跟别人讲吧？
夏仪灯	（摇摇头）没有。

兰雪绒　　一下午都没讲？

夏仪灯　　一下午都没讲。

兰雪绒　　谢谢你了！她三娘！

夏仪灯　　我真钦佩他俩！羡慕他俩！

兰雪绒　　（也点点头）嗯！

　　　　　（夏仪灯笑笑，眼里却淌出泪来。见雪绒神情复杂地望了她，又
　　　　　有些窘迫，便起了身去看侄女儿。熟睡中的若嫣是那么中看，她
　　　　　忍不住把小姑娘抱了起来）

内景 / 林怡坤院厅堂 / 晚上

林江威　　（对卓氏）我刚才回房去，不见了我媳妇。

卓　氏　　（火冒三丈）我早就说过，要把她管紧点儿，是不是又到哪儿会
　　　　　野男人去了？马上命人去寻找！

内景 / 林楚威小院兰雪绒卧房 / 晚上

兰雪绒　　让她睡吧。看把三娘热着。

夏仪灯　　不，让我抱抱！（端详着怀里的孩子）长得好体面哦，就跟个瓷
　　　　　娃娃一般。

兰雪绒　　三娘夸奖了。

夏仪灯　　真的嘛！

兰雪绒　　赶明儿三娘给我们嫣儿生几个弟弟、妹妹了，也好让我们嫣儿去
　　　　　抱抱。

夏仪灯　　（讪笑）我拿什么生啊？

兰雪绒　　吧！女人家，怎么说这样的话！

夏仪灯　　（愤懑又无奈地）女人家！

兰雪绒　　生儿育女是天职。拿什么生？你说拿什么生？（又觉这话放肆和
　　　　　露骨，脸红）

夏仪灯　　大嫂！（突然泪如泉涌）我生不出孩子来的，我是永远也生不出
　　　　　孩子来的！

兰雪绒　　什么话！

夏仪灯　　我婆母骂我是生不出蛋来的母鸡，我有口难辩！

兰雪绒	怎么了？月经不调啊？
夏仪灯	哪里哦！
兰雪绒	那到底是——
夏仪灯	（下定决心地）大嫂，你心肠这么好，能帮眉子外逃，我想你也会可怜我的。我除了一个特别跟我好的人以外，从来没有说过的话我今天都告诉你。
兰雪绒	（点点头）嗯！
夏仪灯	你知道吗？我嫁到林家来快三年了，可到现在还是个没开苞的姑娘啊！大嫂！
兰雪绒	（震惊）啊！有这等事？
夏仪灯	是的！
兰雪绒	你们没求医？
夏仪灯	求了，可没用，还不能说。
兰雪绒	哦——
夏仪灯	你看江威经常出门去，干什么去了？那就是求医抓药去了。我们家的药罐子比六弟的药罐子还多。可是吃了药一点作用也没有。别人问他什么病，他就腰酸腿胀啊、心口疼痛啊地瞎扯，闹得我们家偏方秘方的都可以装订成书了。
兰雪绒	你们没把这事儿告诉二叔和二娘？
夏仪灯	江威是个不中用的爷们儿，可他还不准让人知道这事儿。我也觉得说出去了丑啊，就紧闭了嘴不吱声，指望着哪天治好了也就行了。
兰雪绒	也确实是这样。
夏仪灯	那天婆母又指责我无喜，我忍不住叽咕了一句，让他们问问是不是相公有毛病。
兰雪绒	那二娘就会疑心到三弟身上了吧？
夏仪灯	哪儿啊！婆母开口就大骂，说我是不要脸什么的，狐媚子媚男人，媚得男人腰酸腿胀、心口疼痛。
兰雪绒	做娘的也真不像话！
夏仪灯	我听了气得半死，恨不得一绳子挂死算了。

兰雪绒	你把话实说了，又不是你的罪过。二娘是他娘，是真是假让二叔去问问不就行了？
夏仪灯	我现在说话谁信啊？婆婆责怪我，二嫂谭氏多余我。
兰雪绒	谭氏！（无奈地）唉！
夏仪灯	自打六月六晒衣那天，老太太在我房里看见了我表兄以后，一家人更嫌我了。哪有我说话的余地！
兰雪绒	噢，你和你表哥是怎么回事？大白天的也确实不该关到房里。
夏仪灯	大嫂，你既然这么好，我就实话跟你说。我跟他是姑舅表兄妹，从小好得很。
兰雪绒	那早前怎么没有两家结亲？
夏仪灯	舅家有意思娶我进门，可我妈贪图林家的富贵，硬把我许给了江威。他娶了个五大三粗的媳妇，已经生了两个孩子。
兰雪绒	你和他还有那意思吗？
夏仪灯	我承认，我经常回娘家就是为了看他，可是我们在一起也只是兄妹之间的走动，顶多互诉衷肠、哀叹命运。
兰雪绒	就这？
夏仪灯	我确实向他哭诉过我的不幸，除了你，他是知道我苦楚的唯一的人。可我们从来没有做过出格的事，不然我也不敢在你面前说我还是个没破的瓜了。
兰雪绒	唔！
夏仪灯	如果我做出过对不起江威的事，现在早就给我舅新添了孙子，还消我婆母来骂我是个不生蛋的母鸡？
兰雪绒	（从仪灯怀里抱过若嫣放到床上）她三娘，你别灰心。你还这么年轻，她三叔也不是得的不治之症。你等着！

第七集

内景 / 林楚威小院楼上 / 夜

    （兰雪绒端了灯来取单方，推窗见近处、远处都有灯笼在晃动）

兰雪绒   （叹口气）还在寻找襄威。

内景 / 林楚威小院兰雪绒卧房 / 夜

兰雪绒   （将药方展开）她三娘，你看看这个。这是我奶妈保存的一张偏方，
    听说挺灵的。

夏仪灯   哦？（接过药方）

兰雪绒   为什么她一个可以做我祖母的人我还能吃上她的奶？就因为她嫁
    人好多年了没有孩子。

夏仪灯   真的呀？（把偏方拿起横竖倒正地看）

兰雪绒   我奶公的病和三弟一样，可自打吃了这个方子的药，病就好了。

夏仪灯   （缓缓地摇摇头）没用的，江威吃的就是这几味药。几两几钱几
    分都一样，药引子都一样。这方子我能背下来。

兰雪绒   那——，三弟妹，过些时涵儿她爹要到武汉去，要不让三弟也跟
    着一起去。

夏仪灯   不中用的！（还是缓缓地摇摇头）他什么方子没吃过？

兰雪绒   外面的地方大，郎中也多，还可以看西医，说不定就治好了。

夏仪灯   汉口、长沙都去过，还跑到峨眉山求神拜佛、武当山测字算命。
    一个老道直接告诉了他命中无后。这无后不是我不能怀，也不是
    我生了儿养不大，而是他那病根本、根本就……（又哭起来）

兰雪绒   唉！

夏仪灯   我恨他！我恨他！（抬起泪脸）他这病多少年了，根本治不好，
    可他不该把我骗到林家来呀。

兰雪绒   这也不能全怪他。他那时还没成亲，怎么知道有这么严重？

夏仪灯   可他不能跟他爹娘合起来欺负我吧？

兰雪绒　　二叔、二娘确实应该问个清楚！

夏仪灯　　他比四弟更可恶！更可恨！四弟只是腿跛、皮黑点儿，可其他任何一个地方都是健康的。再说四弟妹也骗了人，他俩相抵了。我是吃的哪门子亏呀？还说都说不出口！

内景 / 林怡坤院厅堂 / 夜

林江威　　（对卓氏）娘，到处都找了，还是没找到我媳妇儿。

卓　氏　　（阴沉着脸）走，让你奶奶来听听！

内景 / 林楚威小院兰雪绒卧房 / 夜

兰雪绒　　三弟妹，女人的命都苦！

夏仪灯　　啊，不！你就不一样！大哥人那么好，大娘也比我婆母心慈。

兰雪绒　　这也确是！

夏仪灯　　你是命好，我真羡慕你！眉子也是命好，嫁了五弟，比我强百倍去了。八弟呢，看得出来，以后也是个有出息的人，又不知谁家千金做这八少奶奶。

兰雪绒　　嗯！（赞同地点点头）

夏仪灯　　我算过，将来兴旺的是你们这一房。四娘那边就那样了；三娘那边呢，只怕霍妹子要当孤老，九弟又还小，不敢说。我们这一房，不说败下去，我看也旺不到哪儿去。二哥和二嫂又贪又毒又霸道，对待我们一个个像牴架的牛，要发也许就发在他们身上；我们呢，你知道，江威那样，就算我待在林家直到给我立牌坊，也续不出半星香火来；六弟病得成了绵条，要把发的希望寄托在他的身上实在太渺茫；七弟更是个油打鬼，"湖威湖威"，真叫胡为，家不败在他身上才叫怪！（兰雪绒听夏仪灯分析得头头是道，十分惊奇地看着她）

内景 / 林家上房 / 夜

太夫人　　（问卓氏、江威）找了没有？

卓　氏　　回母亲，找了！我们找去找来，怎么也不见她的踪影，各个院落里都查遍了。

太夫人　　（惊）有这样的事？才大半天时间，宅上就不见了三个人，使女、少爷，还有少奶奶，难道灾祸降临到我们林家了？难道蕲水龙王开始吞食大人了？

林江威　　（惊慌）奶奶！

太夫人　　（心惊肉跳）马上召集大家到这里来！

内景／林楚威小院兰雪绒卧房／夜

夏仪灯　　大嫂，我真是没有路可走了啊！要么养野汉子生个孩儿算了，要么把江威推到前边去以洗我清白。

兰雪绒　　瞎说什么呀？把三弟的事儿告诉二娘，只能这样！

夏仪灯　　可这多丑哇！男女之事只可意会、不可言传的。

兰雪绒　　也是！

夏仪灯　　生儿育女固然是女人的事，可缺了男人那事儿又生得出儿女吗？老太太也好、各位太太也好，谁不是那样？但这事儿做得却说不得。唱着喊着地讲男的什么什么有病，那不撕烂嘴才怪！

兰雪绒　　那！那……（真有些可怜她）

夏仪灯　　想想四娘她好苦啊，年纪轻轻地嫁过来守寡这多年，人还没有老，那心就跟个枯油灯一样。

兰雪绒　　寡妇，就是苦啊！她那大个院子跟个冰窖、死洞一般。

夏仪灯　　我都怕进去得！不过，她明明白白地为林家作出了牺牲，就人人同情她、个个敬仰她。可我呢？我只是个不下蛋的鸡，落得别人瞧不起，说起是非来有个话题、嚼起舌根来有个嚼头。

兰雪绒　　唉！

夏仪灯　　大嫂，也许我今天的话太多了点，你不烦吧？

兰雪绒　　你怎么这样讲？三弟妹你千万不要这样想！

夏仪灯　　是的，我快憋死了！

兰雪绒　　我知道你是没有把我当外人。

夏仪灯　　今天看见眉子与五弟一齐走了，突然就想到了你。大嫂，你是菩萨心肠，你能帮眉子，也就能帮我。我没有很高的奢求，只想找你吐吐苦水。

兰雪绒　　我懂！（外面人声鼎沸。兰雪绒和夏仪灯静静地听）

兰雪绒　　准是九弟被找到了，走，看看去！

外景 / 林楚威小院外 / 深夜

　　　　　（不少人急急忙忙地走着，兰雪绒和夏仪灯便也跟了过去）

内景 / 林家上房 / 深夜

　　　　　（庄严肃穆，没有襄威和甘氏。兰雪绒和夏仪灯随人入。画外音鸡啼声声）

林昌威　　（回头见了她俩，急走过来轻声）三嫂，你到哪儿去了？大家找你好一个时辰了。

夏仪灯　　找我干什么？我到大嫂房里去坐了一会儿。

　　　　　（大家听到夏氏的声音，齐回头，见了她，刷地让开一条道）

太夫人　　（松一口气）孝威媳妇，这三更半夜的你到哪儿去了？

夏仪灯　　回奶奶，孙儿媳妇到大嫂房里坐了坐。

太夫人　　哦！（释然，又拿眼看兰雪绒）

兰雪绒　　是的，奶奶，三弟妹陪我坐了会儿。

太夫人　　（瞪一眼卓氏，又对夏仪灯）你大嫂月份重了，要好好歇息，你应早早回房才对。

夏仪灯　　是！孙儿媳妇下回不敢了。

林荆威　　（摇晃着身子入）找到了！找到了！九弟找到了！

太夫人　　（大声地）快把他领进来让我看看！快！快！

　　　　　（甘氏仍哭着牵襄威入，襄威一团漆黑，好似烧糊了一般。众人惊骇）

太夫人　　（顾不得身份，更大声地）怎么会是这样？怎么会是这样？

林荆威　　回奶奶，九弟受了惊吓，在炭屋里躲到现在。还吓昏了一个丫头。

太夫人　　这是怎么回事？这是怎么回事？

甘　氏　　回母亲……

闪回

内景 / 林鄂威院厅堂 / 白天

　　　　　（若苏睡在摇篮里咿咿呀呀的，襄威入，望了他笑，伸手去抱）

谭金簪　　（厌恶地）别动他！

（襄威撇撇嘴，偏不理会，咣当咣当地踩着摇篮与若苏嬉戏。用力过猛，摇篮晃动幅度太大，翻过来将若苏扣在地上。襄威害怕了）

谭金簪　　（愤怒地将襄威揉到地上）小王八羔子你翘死！（这时天突然暗了许多。谭去抱儿子）要是苏儿有什么好歹，我割了你的雀雀去喂猫！

　　　　　（襄威吓得魂飞魄散，两手捂了裤裆往外跑，出门摔了个跟头）

外景 / 林怡坤院 / 日食更强

　　　　　（林襄威慌不择路地拐进怡坤的院子，见好多人奔跑着、吆喝着，更是害怕）

林襄威　　（哭）娘啊！他们来捉我了！（院角落里有一间小屋，襄威躲了进去）

内景 / 林家上房 / 深夜

甘　氏　　襄威躲到了炭屋里，更是吓得要死。在里面哭喊，叫娘。说是神力广大的二嫂请了天兵天将来捉他，那么多兵将，一人哈一口气，把日头遮住了，天都黑下来了。刚才一个丫鬟去取炭，在炭屋里见了襄威，吓昏了。厨房里等着要炭给宜威熬药，就去找取炭的丫鬟，才看到襄威。

林荆威　　九弟看到那个丫鬟，还号哭，说是天兵们还派了个女的来刺探，要吃他。

　　　　　（以上叙述与以下画面叠加：襄威瑟瑟地、鬼似的悄悄关上门，哭，在暗中摸索着，觉出是炭屋，才稍放了点心。他扇打着蚊子，将炭黑抹了一身，后睡着了。门环响，一丫鬟端灯、提筐来取炭；襄威醒来；丫鬟突然看见一蠕动的黑黑怪物，两只白眼一动一动地，她尖叫一声昏倒在地，手上的灯随之熄灭）

太夫人　　（心疼不已地搂了襄威）我心肝宝贝的小孙孙哦……

内景 / 林楚威小院兰雪绒卧房 / 白天

林楚威　　（对兰雪绒）涵儿她娘，眉子丢了三天了，上房里又在命我快快寻找她呢。你说，我上哪儿找她去？

兰雪绒　　她爹，我正要跟你讲这件事儿，眉子她跟五弟……

一男仆　　（画外音）五少爷、五少爷！

林楚威、兰雪绒　　　（吃一惊）他怎么回来了？

林汉威　　　（入）大哥、大嫂！（关上房门）

林楚威　　　（见汉威瘦得厉害）你这是怎么了？

兰雪绒　　　眉子呢？

林汉威　　　（逼出泪来）眉子丢了！

兰雪绒　　　啊？！

林楚威　　　眉子跟你在一起？！

林汉威　　　嗯！那天晚上，我们就到了县城。歇了一夜，第二天坐轮船去了
　　　　　　汉口。船起坡以后，我在候船室将玉玺安置好，叮嘱她看着行李，
　　　　　　自己就去买食物……

闪回

外景/内景/候船室/码头/轮船/蕲县城关/柳玉来家门外/白天/黑夜

林汉威　　　（拎着食物寻找柳玉玺，画外音）我回到候船室，哪儿还有了玉
　　　　　　玺的影子？我发了疯地到处找，只要能想到的地方都找遍了，却
　　　　　　始终也没见到她。心想她一定也在找我，见不着我会不会自个儿
　　　　　　买票又回了蕲城县呢？这样我又乘船返回蕲城找了一天，没有去
　　　　　　向。昨儿夜我歇在蕲水镇上，打听到柳玉来的家，还是没有。我
　　　　　　又想会不会是家里人发现了派人来把玉玺抓回去了？就算不是被
　　　　　　抓回去，那么急着找我，她又会不会返回莲藕塘呢？这是最后一
　　　　　　线希望了。

内景/林楚威小院兰雪绒卧房/白天

林汉威　　　我天一亮就租了车赶回来，谁知道还是没有找到她！

兰雪绒　　　眉子要是丢失了那真是走投无路啊。她从蕲水镇逃出来才多远就
　　　　　　迷了路？还讲是到了大武汉！

林汉威　　　（急得不知所措）大嫂，早知道要丢了玉玺，还不如把她存在你
　　　　　　这里保险得多！

　　　　　　（三人六神无主地唉声叹气）

众家丁　　　（拍门声画外音）嘭嘭嘭——

一家丁　　　（画外音）开门、快开门！（楚威打开门，外面涌进一帮虎视眈

眈的人来）

（为首的是鄂威，跟着的是家丁，见了楚威，那些人都愣住了）

林楚威	（奇怪又生气地）你们在干什么？
林鄂威	哦，大哥，是这样、是这样……
林楚威	是什么？（楚威的在场令鄂威意外，他吞吞吐吐地，寻找着托词）
林鄂威	（突然恭谦地）是奶奶让我来请你们到上房里去的。
林楚威	噢，那走吧。
林汉威	慢着！二哥我想问句话……
林鄂威	噢，五弟回来了？（仿佛这时才看见他）
林汉威	二哥你来请大哥就请大哥嘛，抢犯似的捶门干什么？还带这么多家丁凶神恶煞地闯到嫂嫂房里来干什么？女眷的内房外人不能进入，这样的规矩他们不知你也不知？
林鄂威	啊？啊！（支吾着）我只是奉命完事，奉命，奉命。
林楚威	（息事宁人地）走吧。

内景／林家上房／白天

（聚集了不少人。楚威、雪绒、汉威、鄂威等人）

林汉威	（上前）奶奶，孙儿回来了，给奶奶请安！
太夫人	啊，汉威回来了？
林汉威	是的。（转向其他长辈）爹、娘，儿子回来了！给父母请安！二叔、二婶、三叔、三婶、四婶，侄儿回来了，给各位叔婶请安！（拜完后立于一旁）
	（各位长辈没有以前见了他归来时的喜悦，一个个表情严肃）
林怡乾	汉威，你出门求学，怎么仅三天就回来了？
林汉威	（嘴唇颤抖起来）回父亲，儿子偶感风寒，身体不适。
林怡乾	病了？
林汉威	是的，儿子恐染六弟同样之病，卧床他乡无人照料，便乘还硬朗之时返回家来，还望爹爹体谅。
	（怡乾听了好一阵心疼，又见汉威确实瘦得厉害，便信了儿子的解释。他望一眼太夫人，太夫人点点头，松了口气）

林怡乾	虽是有理，可回到家不先来给长辈请安成何体统？我们是礼仪之家，你又是读书之人，最起码的规矩都丢了吗？
林汉威	回父亲，实在是儿子身体不支，先讨了杯茶喝。下次不敢了。 （林怡乾望望苗氏，苗氏眼里流露出了不忍，摇摇头，想阻止他的继续质问）
林怡乾	（还是接着问）你不回自己的房，怎么就一头扎进楚威院里去了？ （楚威、雪绒、汉威吃一大惊，明白了鄂威为何有那般举动）
林楚威	（忙解围）回父亲，是儿子我的主意。
林怡乾	嗯？这怎么讲？
林楚威	我见五弟憔悴得厉害，不知所以，就把他请到我院里询问关怀，以尽我兄长之责、我手足之情。
林怡乾	哦，是这样！
林楚威	可是，我们忽略了请安之大礼。还望奶奶宽恕，父亲、母亲及各位叔、婶谅宥，孩儿以后一定注意。
太夫人	说得好！（笑了）楚威你带了五弟下去吧，快点请郎中瞧病，千万别耽搁了。
林楚威	是！
太夫人	楚威媳妇你也不要再来请安了，脚肿那么厉害，老站着要坏事。
兰雪绒	是！
太夫人	（两眼一扫众人）你们也都下去吧。
苗 氏	别忙！（眼望了卓氏）别人可以走了，二娘你不能走！鄂威也不能走！
太夫人	（众人立足想看个究竟，太夫人摆摆手）你们都走吧。怡坤媳妇和鄂威留下，怡乾、怡坤和怡瓯你们也留下。（众人满腹狐疑地离去）
苗 氏	鄂威！（满脸怒气）你在哪儿找到汉威的？
林鄂威	回大娘，在大哥房里。
苗 氏	那房里几个人？
林鄂威	大哥、大嫂、五弟三个人。

苗　氏	他们在干什么？
林鄂威	在说话。
苗　氏	他二娘！（转向卓氏）你要严肃纲纪，我举双手赞成；你要拿不争气的后辈开刀，我也不反对。可楚威媳妇的人品你是知道的，你无事生非反眼睛盯到了她身上就有点儿亏良心！我的儿子们都是正派人，别的不敢吹，这点儿大话还敢讲。你一天到晚像个探子盯这个、瞄那个，草里寻蛇打，三更半夜捉孝威媳妇的奸，闹得全家上下不得安宁，那我不管。可要到老太太跟前来搬弄是非，派了你的儿子去捶打我儿媳的房门我可不干！各人管各人，先把自己的屁股揩干净！
	（卓氏脸上红一阵、白一阵，干生气）
林鄂威	大娘，我娘是为了大嫂和五弟好。要是他们通奸，可让我们林家的脸面往哪儿搁？
林怡坤	（一拍桌子）放屁！你给我滚出去！
苗　氏	哼！（冷笑）谢谢你娘是为了别人好。可我就是不明白，如果是为了别人好，怎么又特喜欢看见别人有奸情了堵着门子去捉呢？如果是怕脸面没处儿搁，那这兴师动众地把人招来看热闹算是为哪般？
太夫人	鄂威你下去！（林鄂威悻悻地退下）
太夫人	好了，你们兄弟姒娌间是不能闹对立的，家和才能万事兴，何况你们还要给后辈们做榜样。怡坤媳妇给你大嫂赔个礼、道个歉，大家互相原谅也就好了。幸好楚威他们三个人不知道，你们也不要讲了。宜威的婚事就在这些日子要办，你们都忙去吧。

内景 / 林楚威小院厅堂 / 白天

林汉威	（入）哥、大嫂，我得马上走！
林楚威	现在就走？
林汉威	现在就走！
兰雪绒	也是啊，眉子走失了，五弟哪有心思在家待！
林楚威	那奶奶和父亲、母亲那里怎么去说？你刚才讲是回来养病的，现

在转身又走，说不过去。

林汉威　你就去说家里太闹，我待不下去了。走了！

林楚威　那是不是太露了？明显指的是二弟来闹事嘛。

林汉威　当然是指他闹事哪，是他们无理在先的！我前脚刚进门，二哥后脚就带了一帮人闯进来，是不是更露骨？明显有所指嘛！还有，刚才娘让二娘留下来，也不是没原因的！

兰雪绒　现在计较他们是次，五弟赶快离家去寻找眉子是大事。这样，说在家太闹走了的，是个说得过去的理由。

林楚威　你每次出门都是去给长辈辞了行的，今天不去了？

林汉威　不去了，去了就走不了了。你现在也不要去说，等我走了，再去回话。

林楚威　好，那我去送你。

兰雪绒　走水路吧。打莲河里坐小船走，又静又顺水。五弟这几天劳累坏了，从莲藕塘到蕲水镇的途中，还可睡一觉。

林汉威　嗯，听大嫂的！

内景／林家后院书房／白天

（窗外古木参天、树荫遍地，室内字画满墙、古书成柜）

（林怡乾独自读书、作画。门口一童仆打瞌睡）

林　石　（入）大老爷！

林怡乾　噢，林石来了？什么事？

林　石　这些时要给六少爷完婚，大太太问要不要让五少爷回来。

林怡乾　回来，要让他回来！不然二房里又有话说了。

林　石　是！

林怡乾　你去找大少爷，让他写信给五少爷，告知六少爷的喜日。

林　石　是！（离去）

内景／林家大厅堂／1934 年／初秋／白天

（巨大的双喜挂在厅堂上，苗氏指挥着众仆人忙碌地布置着，把大红灯笼往高处悬挂，张灯结彩，喜气洋洋）

外景／蕲水县轮船码头／白天

（林昌威和林襄威站在码头上向江中眺望。一艘轮船停靠过来，

　　　　　　　船上涌出滚滚人流。林汉威随人流向岸上走来）

林襄威　　五哥！（襄威挥着手迎过去，昌威跟着往下走）

林汉威　　（从人群中挤出来）九弟！你们来了？

林襄威　　哎！你看，（往后指）八哥！

林昌威　　五哥！回来了？

林汉威　　大哥写信来，六弟要成亲。（三人同行）我们做兄弟的不回来，
　　　　　　礼性上说不过去。

林昌威　　二哥到城里来采买结婚用品，说你回信今天到家。

林襄威　　我就和八哥到这里来等你，我们一起走。

林昌威　　三叔装了一船货，让林石在蕲河码头等我们。

林汉威　　噢，那好！

林昌威　　我们到蕲河镇了就坐马车先回去，二哥和林石他们在后面押货回去。

第 八 集

外景 / 林家花园 / 白天

> （病病歪歪的林宜威手里提着一只缝着红缎子的小竹篮，跟着母亲卓氏在果树下悠转。后面紧跟一仆人。仆人肩扛竹竿，竹竿上捆绑着一把弯镰刀）

卓　　氏　　宜威，你看那棵枣树，枣儿结得多好。可惜还没有红！

林宜威　　是的，娘！

卓　　氏　　就它了！（走近枣树，卓氏仰头打量，看中一枝，指着那枝回头嘱咐仆人）

卓　　氏　　把那边上子结得最多的那枝钩下来！

仆　　人　　是，二太太！（举镰刀到繁枝上方朝下一拉，一枝带果实的树枝坠落下来）

卓　　氏　　（弯腰拾走树枝，宝贝似的放到竹篮里，喜滋滋地）儿子，你看这，多好！

林宜威　　（眼中也放出希冀的光来）谢谢娘！

外景 / 林家大门外 / 白天

> （林楚威指挥着众仆人在大门上悬挂灯笼、张贴对联，喜庆味浓烈）
>
> （一辆马车驶近。听见车马声，楚威转过身来，车上下来三人）

林汉威、林昌威、林襄威　　大哥！

林楚威　　（笑笑）回来了？

林汉威、林昌威、林襄威　　回来了！

林楚威　　进去吧，先见过奶奶和各位长辈们。

林汉威　　是！（对昌威和襄威）走吧。（三人进大门里去）

外景 / 林家花园 / 白天

> （卓氏、宜威、仆人仍在花果园里转悠，走近一株桂花树）

卓　氏	（打量树干和树冠）宜威，你看那棵桂花树，长得多好。可惜还没有开花！
林宜威	娘，季节还没到嘛。
卓　氏	就它了！（仰头打量，看中一枝，嘱咐仆人）把边上叶子最密的那枝勾下来！
仆　人	是，二太太！（举镰刀割下桂花枝）
卓　氏	（弯腰拾走树枝，放入竹篮里，喜滋滋地）儿子，你看这，多好！
林宜威	（眼中再次放出希冀的光来）谢谢娘！
卓　氏	有了枣枝、有了桂枝，就是"早生贵子"，知道吗？
林宜威	知道了！
卓　氏	你三哥成家这多年，也没看他们生出个一男半女来！
林宜威	娘，不要说三哥、三嫂了！
卓　氏	还不能说？都是那吃屎不下蛋的鸡婆无用！
林宜威	娘！（很不高兴地转身往回走，卓氏和仆人赶紧相跟着）
卓　氏	幸亏你二哥那一房还算争气。儿子，这回就看你的了！
林宜威	知道啦！

外景 / 林家上房院子 / 白天

林襄威	（与汉威、昌威从上房里出来）五哥，八哥，现在我们要到哪里去？
林昌威	奶奶拜过了，长辈们都见过了，你现在当然是回你自己的家里去了。
林襄威	那你们呢？
林汉威	我们去看看大嫂。
林襄威	那我也要去！

外景 / 林家大院甬道 / 白天

	（三人往前走，迎面遇上卓氏和宜威。汉威径直往前走，像没看到卓氏一样）
林昌威、林襄威	（立住了恭候二娘）二娘，六哥！
卓　氏	哎，你们回来了？
林宜威	五哥、八弟、九弟！
林汉威	（继续往前走）六弟，恭喜啊！等明儿新弟妹抬了家来，我到你

新辟的院儿里拜会你们啊！

林宜威　　好啊！等你！

林汉威　　（昂首挺胸、故意大声地）八弟、九弟，走，我们到大嫂那儿去！

林襄威　　好！（向汉威跑去）

林昌威　　二娘、六哥，我们看大嫂去，走啦！（离去）

卓　氏　　（看着走远的汉威，气得瞪眼）大嫂、大嫂，什么东西！喊得肉
　　　　　皮子发麻，没有规矩！（转向儿子）还要到你的院儿拜会，你还"好
　　　　　啊，等你！"

林宜威　　（很不高兴地将脸扭到一边）娘，你这是何苦！

内景 / 林楚威小院厅堂 / 白天

　　　　　（雪绒大肚，行动已很不方便，绣一个小肚兜。若涵、若嫣两姐
　　　　　妹在旁边玩耍）

林汉威、林昌威、林襄威　　（入）大嫂！

兰雪绒　　啊，你们回来了？（要站起）

林汉威　　快，坐着，别动！

兰雪绒　　（笑笑，对使女）上茶！

　　　　　（叔嫂、叔侄互相打招呼。使女奉上茶来。若涵、若嫣与昌威、
　　　　　襄威玩耍）

兰雪绒　　（压低嗓音对汉威）找到她没？眉子！（汉威眉头紧蹙，缓缓地
　　　　　摇了摇头）

兰雪绒　　唉！

外景 / 林家大门外 / 傍晚 /

　　　　　（宜威婚礼，迎亲的队伍从远处逶迤而来。吹吹打打地进了林家
　　　　　大门）

内景 / 林楚威小院厅堂 / 白天

兰雪绒　　（手按着肚子皱眉）奶妈！我肚子好疼！

奶　妈　　（惊喜）啊，小姐，你只怕要生了！

内景 / 林家大厅堂 / 晚上

　　　　　（喜乐齐鸣。身着长袍马褂大红花的林宜威病恹恹地与从花轿上

款款而下的艾鹿棉缓缓步入厅堂，百十双眼盯住了蒙着盖头的新娘子）

内景／林楚威小院兰雪绒卧房／晚上

（兰雪绒在床边疼痛呻吟）

内景／林家大厅堂／晚上

赞礼人　　一拜天地！二拜祖先！三拜高堂！夫妻对拜！拜会尊长、宾朋！

（林宜威与艾鹿棉四下拜完毕，在赞礼人的引导下，挨个儿给亲朋揖拜。亲朋们，男的拱拳还以揖礼，女的道个万福。对此，若涵很是激动）

林若涵　　（轻轻地摇夏仪灯的手）三娘，我想看看六娘！

夏仪灯　　（微弯了腰，轻声道）那不行的！要等到六叔看了六娘以后，我们才能看到她。

林若涵　　嗯——（有些失望）

外景／林楚威院廊下／晚上

（画外音传来厅堂上的热闹，大太太苗氏立在廊下发呆）

内景／林家上房／早上

（众人请安）

艾鹿棉　　（上前一步）孙儿媳妇给奶奶请安！

太夫人　　（拉了她的手）好、好！极标致的一个女儿！

谭金簪　　（瘪瘪嘴）还没发育齐全呢，就慌着嫁人！

太夫人　　（对苗氏）楚威媳妇现在怎么样了？

苗　氏　　回母亲，她的肚子疼了一夜，孩子还是没有生下来。

太夫人　　你去守着她！

内景／林家后院书房／白天

（怡乾、汉威、昌威父子三人在坐，品茶）

林昌威　　爹，听说这里以前藏了一幅太爷爷传下来的书画，是吗？

林怡乾　　是的，唉！古名画，《秋江渔隐图》。

林昌威　　哦，古名画！

林怡乾　　南宋马远所作，还有乾隆爷的题诗。

林昌威	这么珍贵呀？什么样子的？
林怡乾	（沉浸在陶醉中）寥寥几茎芦苇，一叶孤舟，老渔翁宽袍大袖、抱着单桨沉沉地睡着。那旷逸、那淡泊，实是逍遥！（汉威默默望着父亲）
林昌威	真美！好有意境！
林怡乾	还有哦，乾隆在那画上面题了诗："叶落江天罢钓鱼，倚柳坐睡梦华胥，芦丛何必扁舟系，波漾风吹任所知。"
林昌威	图文并茂啊！
林怡乾	乾隆的才气给古画增添了华彩，而字又是那么的漂亮。
林昌威	他本身就是诗人，书法家。
林怡乾	他设想老渔翁是在那里梦见"华胥"——那无为而治的理想国。作为一个帝王，胸襟又是何等的超逸！有人说此画现藏于北平故宫，这是赝品，真有点儿遗憾。不过，就算是赝品，我也还是极喜爱的，很羡慕那渔翁的逍遥自在。
林昌威	是啊，假的又何妨？能欣赏到它，总比永远不知道世界上还有一幅如此高雅的图、诗、字好。
林怡乾	你们的太爷爷在朝廷为官的时候，在宫里见过真正的《秋江渔隐图》。我们家的画和他见过的画一模一样，此画是否那画很难说。
林昌威	现在怎么没有了？
林怡乾	我们都十分珍爱这幅画，谁知还是遗落了，一起损失的还有我们的亲家和亲家的两个女儿。
林昌威	你是说的兰伯父和雪蕊姐姐、雪瓶妹妹吗？
林怡乾	是的，那是你们大哥和大嫂定亲那一年的事。汉威，你怎么不说话？不舒服吗？
林汉威	没有，我在听您和八弟讲故事。
林怡乾	唉，兰家是城里的首富，又与我们林家是世交，两家历来更是走动频繁。那日我们几人相约了以诗文书画会友，我便带上了心爱的字画前往，自然是不会落下这幅《秋江渔隐图》的。我对这画很是小心，先是用轴卷了装到竹筒里，筒口用蜡封了，再裹了皮

纸上上桐油，这样就会雨淋不湿、风吹不散。我先在兰家住了一夜，第二天一同过江去另一友人家，你们兰伯父还带上了雪蕊和雪瓶一同前往。谁知当时本来就在发大水，木船到了江心，又遇上一艘洋人的火轮驶来，掀起的大浪打翻了木船，我们全部掉落到了水里。最后光我一个人被打渔的人救上岸，字画、文章自是不必说了。等我醒来的时候，兰家早已设了灵堂。

（以上画面与讲述叠加并出）

林昌威　　大嫂经常念叨她的两个妹妹的。

林怡乾　　是啊，那么乖巧、标致的两个小姐，可惜了！（环顾室内）唉！如今来这书房里的人也少了。

林昌威　　我们在外面学校里读书，没空到这里来啊。

林怡乾　　是啊，可这里确实有不少好书。书中自有黄金屋、书中自有颜如玉。你看你们二叔管田地、三叔管生意，你们娘管内务，而我呢？也有一管，管看书。我有一肚子诗书，谁能比？你们好生读书吧，定会光宗耀祖的。

怡瓯院仆人　（入）大老爷，三太太有请二位少爷。

林怡乾　　何事？

怡瓯院仆人　八少爷在城里读书，带了九少爷去，费了不少心。三太太有心答谢。

林怡乾　　哦！

怡瓯院仆人　我去请大少爷，大少爷因大少奶奶临盆脱不开身，就请五少爷和八少爷过那边儿院里去吃饭。

林怡乾　　既如此，汉威、昌威你们俩就去吧。礼尚往来，也是人之常情。

内景／林怡瓯院厅堂／白天

　　　　　（甘氏整理着襄威的学生服，襄威从屏风后走出）

林襄威　　娘，是不是请了大哥、五哥和八哥来吃饭？

甘　氏　　是啊，我们老是麻烦他们，应该答谢一下才对啊！

林襄威　　呵呵——（盼望地看门外）怎么还不来？

林汉威、林昌威　（入）三娘！

甘　氏　　　（笑）噢，来了？快坐！（对仆人）上茶！

林襄威　　　（飞鸟似的扑过来，拉了他们的手又蹦又跳地笑）五哥！八哥！

林汉威、林昌威　　哎，九弟！

甘　氏　　　（玩笑地嗔怪儿子）又疯！又闹！

林襄威　　　呵呵呵……（拉了汉威、昌威入座）

甘　氏　　　你们大哥呢？

仆　人　　　（端上茶来，帮回答）大少奶奶临盆，大少爷离不开。

甘　氏　　　哦，那是！（仆人离去）他八哥，我们襄威到城里去上学读书，
　　　　　　　让你带着，劳你费心了。

林昌威　　　三娘客气了！我们做兄长的这是应该的！

甘　氏　　　那个什么教会学校还好吧？

林昌威　　　好啊！城里的一般小学都走读，只有教会学校才收住读生，我就
　　　　　　　把他送到教会学校去了。

甘　氏　　　我听襄威说什么"阿门、阿门"的，是怎么回事？

林昌威　　　（大笑）哦，三娘，是这样，九弟他第一天上课，听到大家"阿门、
　　　　　　　阿门"地叫，十分好笑，这哪像先生要他们摇头晃脑念的"之乎
　　　　　　　者也"？于是就高声大嗓地"阿门、阿门、阿阿门"，瞎喊了一气。

林襄威　　　呵呵呵呵……（汉威听到这么好笑的故事，忍不住也笑了起来）

林昌威　　　还有哦，他"阿门"完了还哈哈大笑，笑得同学们也跟着哈哈大笑，
　　　　　　　恼得教师把他赶出教室去了。

甘　氏　　　（责备地对儿子）你看你！

林襄威　　　呵呵——（涎着脸地笑）

林昌威　　　这下他吓着了，哭了起来。九弟虽是顽皮，却还没碰到过扫地出
　　　　　　　门的事。

林襄威　　　就是！我在莲藕塘念书的时候，先生叫我们"赵钱孙李"，我就
　　　　　　　哈哈哈地"赵钱生我"，先生就恼了，打我的手板心，可是还从
　　　　　　　来就没说过什么要"开除"我的事。

林昌威　　　他问开除是什么玩意儿？我说开除就是不要你了，叫你卷铺盖走
　　　　　　　人，滚回去。他就吓哭了。

林襄威	（不服气地）是大家都在"阿门"的嘛。别人"阿门"得，凭什么我就不能"阿门、阿阿门"？
林昌威	（又笑）我一看事情有点严重，就到学校去问情况。一听也就这么个原因，不是大不了的、不可改正的错误，就做了解释，又做了道歉，校方就原谅他了。
甘　氏	（舒口气）那就好！
林昌威	三娘，您放心，他现在再也不敢瞎胡闹了。那天我去接他，打听了一下，人家说他表现还蛮不错呢！
甘　氏	那就好！那就好！（听着好笑的故事，愁容满面的汉威忍不住又笑了一下）
林汉威	（忽地想起前些时的事）九弟，你上次给你六哥做的尿泡鱼他吃了怎么样啊？
林襄威	我不知道。
甘　氏	宜威没吃成。
林汉威	为什么？
甘　氏	这是你二娘给宜威觅得一个专治咳嗽病的偏方，要用一条大鲫鱼、在健康小孩的尿中泡三天，添水煮熟，加少许盐，分两次吃下。可是天气太热了，那鱼不敢泡三天，等到第二天就把鱼给煮了。这时来了个郎中，说这个方子热天不宜服，你们二娘就把它搁一边了。
林昌威	（玩笑地指指襄威的前裆）可惜了你的几泡好尿。
林襄威	（不满而又遗憾地）还死灌了水给我喝，到最后了芝麻糖也没给我们吃！
林汉威	那鱼倒了？
甘　氏	没有，湖威把它吃了！还是一次把它吃完的。
林襄威	（伸长脖子）啊？
甘　氏	那天鱼做好了放在灶上，被湖威看到了。他听人说是专给六哥做的，还有一种说不出的气味儿，心想一定又是什么特好的补品。六哥吃得，我也就吃得！他看没人管那鱼，就端走偷偷地把它吃光了。

林昌威	就他做得出来！
甘　氏	可是他吃了以后，就出了大麻烦。他是浑身发红，头上长疮、鼻子流血，拉不出屎来，可是眼上的屎又把眼睛封得睁不开。
林襄威	哈哈哈哈……（拍着巴掌笑）
甘　氏	这可把你们二娘吓了个半死，又忙不迭地给他请郎中。（汉威无言地摇头）
林昌威	（又指着襄威的前裆）九弟，都是你这小雀雀害的人，火钢太强！
甘　氏	（舒心地笑）这说明我们襄威身体健壮，也让湖威出了一丑吃了一回亏，真是活该！
林襄威	呵呵呵，二娘说到冬天了再叫我去尿！
林昌威	再泡鱼？
林襄威	是啊。不过，她要是再不给我芝麻糖，我就不尿！
林昌威	哎，你要二娘先把糖给你了，你再尿！
林襄威	哎，这个办法好！
甘　氏	襄威你也是的，家里就差那么几根麻糖了？馋相！几泡尿算什么？那是给你六哥治病呢。
林襄威	谁要二娘骗人的！
甘　氏	（笑笑）好，光顾着聊天了，你给五哥、八哥的杯子里兑茶呀。
林襄威	噢，好的！（忙着续水）
甘　氏	（对汉威和昌威）你们歇着吧，我去张罗饭菜。
林汉威	三娘，您忙吧。
林昌威	我们三人自己玩。（甘氏离去。昌威见汉威兜里插着一卷纸，拿过来看，特写）

（读）"曾经沧海难为水，除却巫山不是云。"

"不穷碧落下黄泉，两处茫茫皆不见。"

"中心藏之，何日忘之。"

"忆君心似西江水，日夜东流无歇时。"

"以胶投漆中，谁能别离此？"

"刘郎已隔蓬山远，更隔蓬山一万重。"

　　　　　　　"过尽千帆皆不是，斜晖脉脉水悠悠，肠断白苹洲。"

　　　　　　　"独上高楼，望尽天涯路。"

　　　　　　　"好似和针吞却线，刺人肠肚系人心。"

林昌威	（心下满腹狐疑，要将襄威支开）九弟，六哥结婚，你回家来要耽误好多功课的，新学校比不得我们家的私塾，开不得玩笑。你去把那些才学的字母工工整整地抄写十遍好吗？
林襄威	好吧。(想玩，可又不得不服从，噘着嘴极不情愿地回自己房里去了)
林昌威	五哥！（转向汉威）我总有个疑团在心里。想问你，又怕说错了话；不问吧……
林汉威	你问吧。
林昌威	日食那天你离开家去上学，可自从那天眉子也就不见了。我想……
林汉威	（脸刷地变得煞白，昌威立刻打住话。汉威强颜一笑）你想什么了？
林昌威	我想、我想……她，是不是，跟你走了？
林汉威	是吗？（又笑一下）你这么想吗？
林昌威	是的。你们以前就好，我已经看出来了，不过，我没往这一边想过。
林汉威	哦——
林昌威	我总以为她是对一般少爷的好，因为她对我也好；你对她也是对一般下人的好，因为你从不欺负下人。
林汉威	你说的这些都是实话呀。
林昌威	可是，自从她不见了以后，我就想起了你们好多的蹊跷事，难道那都是巧合？而且，五哥你这两次回来，明显地与以前不同了。还有这些古诗文，这不是对一般人的言语！（汉威怔怔地望着他，眼里慢慢沁出了潮湿）是吗？五哥！
林汉威	是的！（缓缓地点了点头）
林昌威	那眉子呢？
林汉威	她——
林昌威	你把她安置在哪儿？
林汉威	她！她在跟我出门的第二天就走失了。
林昌威	啊！有这样的事？你没找？

林汉威　　　找了！上次我离家只三天就回来了就是因为找她。

林昌威　　　哦，怪不得……

林汉威　　　这又有一个月了，我哪儿没找遍啊？八弟，我愧对她！她如果有
　　　　　　什么好歹……唉！真不敢想！

林　石　　　（跑入）呀！五少爷、八少爷！快！快！

林汉威、林昌威　　怎么了？

林　石　　　大少奶奶快不行了，大太太请你们快快回去。

第九集

外景 / 林楚威小院里 / 上午

（汉威和昌威跑入。几个接生婆忙碌着，卓氏也在）

（一接生婆用竹条抽打着一匹健壮的骡子）

（兰雪绒被伏身捆绑在那匹骡子的背上，随着骡子的跳跃奔跑，兰雪绒就上下颠簸地发出撕心裂肺的喊叫。若涵和若嫣抱着老奶妈爹啊娘的号啕，苗氏已经昏了过去，楚威跪在地上磕头求救。雪绒渐渐地就没了声音。汉威和昌威愤怒地奔过去夺过稳婆的竹条掼到地上，解开绳索放下大嫂一看，她早已昏死过去）

林汉威　（对老奶妈）您领了涵儿和嫣儿出院儿去吧。（又对婆子）把大嫂抬进房里去！

（卓氏帮忙把兰雪绒往屋里抬，他们又去拉大哥，救母亲）

接生婆　你们大嫂疼了一天一夜是难产，我们也没办法。把她放到骡背上颠簸，是为了把孩子挤下来。（他俩恨恨瞪那接生婆一眼，安顿好了楚威、又去救醒母亲）

怡乾院仆人　　（急急火火地入）大大大、大少爷，后院书房塌了，楼上的书卷垮下来，把大老爷埋在了里面，大家正在抢救，恐怕——（苗氏再次昏过去，三兄弟呆住）

外景 / 林家大门口 / 白天

（大红灯笼摇曳，叠变成白色对联）

内景 / 林家大厅堂 / 白天

（大红双喜还在显示它的喜气，叠变成白幡黑幕，阖府举哀）

内景 / 林怡乾灵堂 / 白天

（哀声一片，白孝一片）

林怡坤　楚威，你好生陪着你娘，我去请道士来做法事。你三叔已经走了，他去请和尚来转佛念经超度亡灵。

奶　妈　（入）大太太、大少爷，我们小姐醒过来以后听说大老爷突然仙逝，受了惊吓顺利地把孩子生下来了，是个小小少爷。（苗氏和楚威不知是喜是悲的表情）不过又出了怪事，小小少爷的胞衣不见了！

（众人面面相觑）

内景 / 林楚威小院兰雪绒卧房 / 白天

（兰雪绒抱着儿子，愁眉苦脸地发呆）

穆　氏　（入）楚威媳妇。

兰雪绒　啊，四娘来了？（站起）

穆　氏　（按住她）不用起来。

兰雪绒　那四娘您坐！（对使女）给四太太上茶！

穆　氏　（坐了）你奶水还好吧？

兰雪绒　还好，够他吃的了。

穆　氏　（见兰雪绒精神不好）你怎么了？有什么事搁心里了？

兰雪绒　四娘，我一直在心里想啊，那日父亲好端端地去书房，却突然间被他读了一世的诗书给埋葬了，好可怕啊！

穆　氏　事情出了，没有法呢。生死由命，富贵在天！

兰雪绒　我这回生毛毛，那些接生婆出些稀奇古怪的点子，想些把活人往死里整的法子给我催产，也没把儿生下来。

穆　氏　是听说吓死人的。你疼昏了，你娘吓昏了。

兰雪绒　可是，一听到父亲的噩耗，就跟观音娘娘来到了床前一样，把一个儿子顺顺当当领到了世上，我便总有些疑惑。

穆　氏　嗯？

兰雪绒　一边是老人下世，一边是后代出生。我害怕众人给我安上个什么罪名，就总有些惶惶的。（穆氏若有所思）

奶　妈　（从外面入，有些笑意）哎呀，我的大小姐呀，好了、好了，你也不用心焦了。

兰雪绒　什么好事啊？奶妈！

奶　妈　三老爷请来了一个超度亡灵的和尚，听说了府上的奇事以后，按照轮回之说告诉太夫人：大老爷生前慈悲为怀、行善济人，与诗书为友，惠及子女。佛祖念及他的功德，早已在他去西天极乐世界的路上将他投胎到了林家。说是只到阎罗殿上点了个卯，早转来了。

穆　氏	阿弥陀佛！
奶　妈	阿弥陀佛！这就是说，这投生的老爷除了你新生的儿子又还有谁？
兰雪绒	哦？
奶　妈	连大老爷过世和小小少爷出世的时间都是在一天。灵堂那边，大家都把悲哀减了三分呢。
穆　氏	阿弥陀佛！这就好！
奶　妈	老太太传下话来，重孙儿取名叫"若咏"。说字义上常吟唱祖父的恩德，谐音上永记林家的祖训。（兰雪绒听如此说，长舒一口气）

内景 / 林怡乾灵堂 / 白天

（众少爷守灵）

林襄威	哎哟，好长时间没有看到大嫂了，还有六嫂，我好想她们哎！
林昌威	大嫂是月婆子，不宜见外人；六嫂是新媳妇，得了奶奶的特许在房里服侍六哥。有你想的！
林楚威	也不知道冲喜是不是真的管用。不过，六弟现在实在是精神好多了，脸上也有了红润。
林荆威	等六弟病好了，就又可以跟八弟、九弟他们一起到城里读书去了。
林孝威	六弟自打辟了小跨院儿娶了媳妇，心情确实好多了。
林昌威	人逢喜事精神爽嘛，终日里一个小可人儿照料他的起居，当然高兴。
林荆威	这边丧葬上的事大家都忙着应酬，他那边院里就安静了。
林孝威	小两口儿门一关，乐得清净自在。
林楚威	精心调养治疗得好，六弟的病情就有了稳定。听说好多时都没见红了。
林汉威	慢慢调理确实重要，不过脸上红润又未见得好，两颊潮红是肺结核的症状之一，不要盲目乐观。
卓　氏	（从幕帘后走出，拉着脸）我儿总算有了起色，你好端端地咒他

干什么？

林孝威　　（见众人吓一跳，脸上挂不住）娘！

卓　氏　　痨病就已经够劳神了，还要给他安个什么"飞机盒"。可恶！实在可恶！

　　　　　（众少爷表情僵硬）

内景 / 林宜威小院厅堂 /1934 年 / 秋 / 白天

艾鹿棉　　（对宜威）我过门都快一个月了。

林宜威　　是啊，（笑）好快啊！

艾鹿棉　　可是，除了上房的奶奶和大院儿的公婆那里，还没到各屋去拜访过呢。

林宜威　　想去吗？

艾鹿棉　　（娇娇地一笑）那当然哪！大嫂坐月子待在家里，又听三嫂念叨她许多的好处，很想过那边去看看的。一是走动走动熟悉一下，二也是礼节上的事儿，不知你愿不愿意？

林宜威　　（满心喜欢）这哪有不愿意的？

艾鹿棉　　嘻嘻——

林宜威　　（对丫鬟）领了你六少奶奶过房去见大少奶奶。

外景 / 林楚威小院 / 白天

　　　　　（若涵和若嫣由两个婢女带着在院子里玩，鹿棉入）

艾鹿棉　　这是涵儿和嫣儿吧？（送她们两封酥糖）

林若涵　　若涵拜见六娘！

林若嫣　　若嫣拜见六娘！

艾鹿棉　　啊，涵儿、嫣儿乖！

老奶妈　　（由屋里出）六少奶奶来了？屋里坐。

内景 / 林楚威小院厅堂 / 白天

艾鹿棉　　（由老奶妈引进）弟妹拜见大嫂！

兰雪绒　　（忙着迎起）哦，这是六弟妹吧？早就想看你去的，可又不能出门。耽误到现在。

艾鹿棉　　我也是来迟了，大嫂莫见怪！

丫　鬟　（端一碗米酒荷包蛋来）请新少奶奶用甜蛋。

兰雪绒　涵儿她六叔好些了吗？

艾鹿棉　（边吃）多谢大嫂关怀，她六叔好多了。我也不知他以前病成了啥样，反正现在大伙儿都说他硬朗多了。托了老太太的福！

兰雪绒　平日里都吃些什么药？

艾鹿棉　一般都是草药，也有些稀奇古怪的偏方、单方、秘方。

兰雪绒　偏方、秘方好！

艾鹿棉　宜威讲五哥劝他到外面去看西医，西医来得快、治得断根，更有一种“雷米封”的药对治这病有特效。可我们娘不干，她不喜欢洋人，也不喜欢五哥。（说完就后悔多言了）

兰雪绒　（见她窘迫，便一笑）那些方子不好配吧？

艾鹿棉　有些还可以，有些就难了。比方说棉油煎鸡蛋，这好办；在橘子里面灌麻油放文火中慢烤，每天吃橘子两个，这也好办；薏米、蚕豆炖猪蹄，分三次热服这也好说。我反正每天就是伴着宜威，精工细作的也挺好，只要他康复得快。

兰雪绒　不好办的呢？

艾鹿棉　不好办的是有些东西不好谋。有一次是要空萝卜两个，那种老了的、抽薹结子后里面都是筋的那种空萝卜，用水煎了热服。

兰雪绒　吔，这都秋后了，新萝卜又可丢泡菜坛子里去了，上哪儿找空萝卜去？

艾鹿棉　是啊！可我们爹挖天拱地的，不知在哪儿还真的找了几只回来。用水煎呗，这就简单了。

兰雪绒　唉，二叔、二娘他们为了六弟的病，也是法子想遍了。

艾鹿棉　还有啊，是把一个生鸡蛋塞到癞蛤蟆的肚子里，再用黄泥巴包裹起来，放到炭火热灰里煨熟，吃蛋。

兰雪绒　这我听说过。

艾鹿棉　我见了那癞蛤蟆就怕。

兰雪绒　（想着瘆人的表情复杂，捂嘴着笑）六弟妹你真行！

艾鹿棉　哪儿行啊！为了他嘛，只有忍着干了。

兰雪绒	六弟有福啊！娶了你，这么贤惠！
艾鹿棉	大嫂夸奖了！（笑）还有一个方子哦，更吓人。
兰雪绒	（也笑）还是癞蛤蟆？
艾鹿棉	这回是青蛙了。先把青蛙打死，用一钱白胡椒填到青蛙嘴里，再用针线缝它的嘴唇，不让胡椒漏出。上笼蒸六个时辰，只服胡椒和青蛙汤、肉，不食肠肚。我缝青蛙嘴时吓得要死，可又怕娘骂我不贤惠。只有狠心地缝，现在我一看见青蛙就想吐。
兰雪绒	这样吓人的事你可以让佣人去做嘛。
艾鹿棉	不行！我娘说我就是伺候宜威的，再说我也不放心别人做。
兰雪绒	（笑一笑）六弟他愿意吃这些东西吗？
艾鹿棉	他哪里知道这些东西是怎么来的！
兰雪绒	是啊，我记得他胃口最浅了的，像女儿家家一样。
艾鹿棉	我们编假话哄着他吃。比方说烧的癞蛤蟆裹蛋，他只知道是个鸡蛋；那缝嘴的青蛙蒸好以后，我都把线挑了、剔了肉，刮出肠肚，他只知道是胡椒青蛙汤。再就是听说前些时九弟撒了两碗尿泡鲫鱼，后来给七弟偷吃了。如果那鱼让他吃，他也只会知道那是清水炖的鲫鱼汤。（抿了嘴笑）
兰雪绒	你记住了这许多方子，也可以当郎中了。
艾鹿棉	久病良医，跟着忙呗。
兰雪绒	六弟现在见天儿就好起来了，你说是哪个方子的疗效？
艾鹿棉	说不准是哪个起的作用。不过我看呢，还是那天吃的那肉最有效。那肉做起来也简单，漂洗干净，切成块，小火煮熟，趁热服下。娘也说吃了那药很见效。
兰雪绒	什么？吃肉也有效？那怎么不多多吃那肉？
艾鹿棉	听娘说那肉不好谋的。
兰雪绒	什么肉啊？
艾鹿棉	不知道，娘也不说。她那日拿回去一团血糊淌流的东西说是药，叫我洗。我不知那是什么。就在井上洗啊、揉啊、漂啊、清啊，都整了好几桶水。最后洗成了粉红色，才看清是个扁圆的东西，

	一面粗糙、一面光滑。我想一定是什么动物的脏器。
兰雪绒	（变得严肃了）你没问问这是什么东西？
艾鹿棉	问了。娘不说，还骂我多嘴。
老奶妈	（突然插言）这是什么时候的事？
艾鹿棉	就是大伯仙逝的那日，我过门的第二天。（老奶妈霍地站起气冲 冲往外走）
兰雪绒	（明白了她要干什么）奶妈！你回来！你回来！
老奶妈	（怒气冲冲地）小姐你总是糯米脑壳任人捏！我早怀疑到了！你 忍了，我还不让呢！（出）
兰雪绒	唉，我咋这么背时啊！（又急又恼又伤心）
艾鹿棉	（祥和亲切地拉家常，气氛突然变成这样，鹿棉很是害怕）大嫂——
兰雪绒	弟妹，你太幼稚、太单纯，我真不忍心啊！可是，我又不能不告诉你， 你知道吗？六弟吃的是你小侄子的胎盘啊！
艾鹿棉	胎盘？（满脸的疑惑）胎盘是什么东西？
兰雪绒	（泪如泉涌）怎么办？这不能怪你呀！也不能怪六弟呀！只怪二 娘不该把手伸到这里来，怪你不该说漏了嘴。（鹿棉不知所以， 又惊诧、又害怕）
卓 氏	（气势汹汹地闯进来，对着儿媳就是两耳光）死狐媚子无事干！ 妖精邪法跑到这里来屙蛆！放着自己的男人不照料，倒有精神浪 荡着串门子翻精作怪！ （鹿棉惊恐万状，嘴角流下鲜血，瑟瑟地不敢搭腔）
兰雪绒	（看着心疼）二娘，您下手也太重了点儿！她有什么错？她怎么 说也是您的儿媳妇，也是六弟身边的人。何苦呢！
卓 氏	（虎着脸）我教训我的儿媳与你什么相干！你就是这么跟长辈说 话的？ （兰氏马上缄了言，明白不好说话）
老奶妈	（入，见了流血的艾氏）二太太，您也不消拿着六少奶奶撒气。 这么个小闺女您也下得下手！
卓 氏	（立眉横眼）你跟太太说话有没有个规矩？

老奶妈	（冷笑）我可不怕事！有没有规矩我自有分寸。太太我也见得多了！
卓　氏	你个老妈子！
老奶妈	老妈子怎么了？老妈子我今天只想跟您提个醒，您伸手打耳刮子的时候要想一想您自己的闺女，现时也是在人家做媳妇的人，将心比心，要是她的脸上也带五耙印，嘴角也淌血，您会怎么想？
卓　氏	（咆哮）反了你！（小若咏被吵醒，哭叫起来）
老奶妈	（豁出去了）你黑了心肠！（卓氏的耳刮子抽上了老奶妈的脸）
艾鹿棉	哇——（吓得砸瓮似的放声大哭）
兰雪绒	天哪！奶妈——（奔了过去）
	（奶妈一头将卓氏撞到了地上。卓氏爬起来与奶妈厮打，屋里奔进许多人来）

内景 / 林宜威小院厅堂 / 白天

林宜威	（看书，习惯性地）鹿棉，鹿棉！
宜威院丫鬟	（人）六少爷，六少奶奶到大少奶奶那边去了还没回。
林宜威	哦，（拍拍脑袋）我忘了。你去把她接回来，就说要是大少奶奶那里好玩，以后再去玩，以后有的是时间。
宜威院丫鬟	哎！（离去）

外景 / 林楚威小院 / 上午

	（林石将老奶妈劝出，又扶到她的房里去并带上门，卓氏跳到院子里大骂）
	（院子里玩耍的若涵和若嫣吓得哇哇大哭，若咏的哭声与她们呼应）
老奶妈	（小院儿里嚷声一片，她在屋里手拍着窗台）我再告诉你一遍，你要是不会做太太，就跟我到城里去拜拜兰府上的太太，先学着点儿起码的知识！
卓　氏	你个老妈子敢跑我面前教训人哪！
老奶妈	老妈子怎么啦？老妈子也知道怎么做人！
卓　氏	规矩都不懂！还做人！
老奶妈	规矩！告诉你，你在我们小姐面前好歹是个婶娘，可是你看看你自己，有个婶娘的样子吗？

卓　氏	婶娘就是婶娘，侄媳就是侄媳；主子就是主子，下人就是下人。你要晓得高低贵贱之分！
老奶妈	高低贵贱我自然晓得。可要是失了仁义慈爱，也算不得高贵！
卓　氏	混账！
老奶妈	混账不混账自有公理！那天我们小姐生咏儿，痛得要死要活，你到我们这儿来，我还直念叨你做二娘的刀子嘴、豆腐心，真个是菩萨低眉呢。谁知你阴毒地偷了我们咏儿的衣胞去。
卓　氏	你再说个"偷"字，撕烂你的嘴！
老奶妈	你来啊！不是个偷字，怎么又这样怕人说起！
卓　氏	疯婆子！真是个疯婆子！
老奶妈	大太太查不到衣胞，大伙儿跟着背过，连那些接生婆忙了一天一夜，也只得些工钱就被打发走了。按说府上新添了公子，哪有不留人吃红蛋、不加赏赐的道理？

（宜威院丫鬟入，见气氛不对，绕边上走）

内景／林楚威小院厅堂／白天

宜威院丫鬟	（入）大少奶奶！（又寻了艾氏）六少奶奶，六少爷说如果大少奶奶这里好玩就以后再来玩，以后有的是时间。请您现在快快回去。

（艾氏惶恐地望望院里的卓氏，又望望兰氏，不知该怎么办）

兰雪绒	（用帕子给她把血和泪擦了）回去吧，六弟在家可能等急了。

（鹿棉低了头，急匆匆地同丫鬟向外走去。若涵和若嫣跑进屋紧靠母亲站着）

兰雪绒	（抱了若咏，又对两个女儿）我们去看奶奶和太奶奶好不好？
林若涵、林若嫣	好！

外景／林楚威小院／白天

老奶妈	（还在吵）六少爷得了病，要服紫河车，可以的。但不能把手伸到我们这儿来！你狮子大开口，一下子就吃了三代人！
卓　氏	我们什么时候吃了三代人？你给我讲清楚！你给我讲清楚！
老奶妈	那你就给我听清楚：大老爷转生，靠的是这胞衣；小小少爷出世，

靠的是这胞衣；大少奶奶怀孕，这也是她身上掉下来的肉。你心里应该明白的！

卓　氏　（更是恼羞，但又无言辩驳）贱婆子，你少在这儿跟我扯三代！

老奶妈　我身份是贱，可天下的道理不贱！有能耐咱们到老太太那里去评个理！

卓　氏　（闻言气焰稍降）哼！

老奶妈　我听了气不过，也是为了给大家澄清个事实，就去向大太太禀告了一声，你就发这种威！新少奶奶小小年纪不明事理，讲六少爷的病有了起色讲得高兴才说漏了嘴，她怎么知道你的黑心！你就下恶手地打她。

卓　氏　我打的是我自家的人，与你何干？

老奶妈　敢情不是你女儿你不心疼！你说你教训你儿媳与我家小姐不相干，那你要打她你就只管到你的院里去关起门来打去好了，打死了自有官府出头；可要在这里撒野，老婆子我就不会管……

外景 / 林怡乾灵堂外 / 白天

（画外音众人哭丧声。兰雪绒慢慢挨上前去）

苗　氏　（画外音）他爹呀！你咋这么狠心啊！这老的老、小的小，都靠着你支撑，你怎么就舍得抛下我们闭眼不管了呢？你不是一直盼着孙子吗？可孙子有了你又不要他呀！我可怜的孙儿啊！你生下地就没了爷爷，遭人欺负啊……

（雪绒听得眼泪往下冲，带着三个孩子慢慢离去）

外景 / 林宜威小院 / 白天

（鹿棉回来，双眼发红，面留泪痕，嘴唇处似有血迹）

林宜威　（见状，很是惊骇）你怎么了？

艾鹿棉　（支吾着）被磨拐子打了的。

林宜威　（心疼）你不该玩到磨坊去，看打伤了吧？来，我给你洗洗。

艾鹿棉　没事儿，你歇着吧！

林宜威　不嘛，我就要给你洗洗嘛！（拧了帕子来给她擦，夫妻俩亲亲热热地依在了一起。宜威捧着媳妇的脸揩那血迹）

卓　氏　　（闯入，一见火又起）妖精八怪贱骨头，狐狸精！

林宜威　　（吓白了脸，不知为娘的何以要这样）娘——

卓　氏　　（不理宜威）是那屋里醪糟鸡蛋好吃吧？你要是恋着那一口，就在家里好点儿服侍你男人，早点生个儿子，我给你做十石八斗米的醪糟，省得到别人锅里去讨白食！

林宜威　　啊！啊——娘！（明白了过来，又指着妻子）你嘴上的血是、是……（宜威翻着眼睛直挺挺地倒到地上，卓氏慌个六神无主，鹿棉哭得死去活来）

第十集

内景 / 林家上房 / 白天

兰雪绒　（母子四人入）奶奶，孙儿媳妇带重孙子给您请安！

太夫人　（笑）噢，噢，好，好！

林若涵、林若嫣　太奶奶！

太夫人　哎，哎——（摸摸两个小姑娘的脸）来，把小心肝儿让我抱抱，让我抱抱！（接过若咏细细地端详，又拉了雪绒）楚威媳妇，到这边来坐！

兰雪绒　谢过奶奶！

太夫人　楚威媳妇，你受委屈了，奶奶都知道了。

兰雪绒　（委屈得双眼通红）奶奶！

太夫人　可奶奶想跟你说，看在奶奶面子上，不计较你们的六弟，好吗？啊？

兰雪绒　奶奶！（突然哭起来）我不计较六弟，只是二娘她太霸道了点儿。

太夫人　唉！这个恶婶娘！

兰雪绒　服紫河车治痨伤是多少年的老方子了，又不是一个人、两个人吃过的。

太夫人　是啊，（息事宁人地）也就一个方子。

兰雪绒　可是二娘她不该打我们咏儿的主意，听说那样会伤婴儿的元气的。

太夫人　唉！（心疼地亲一下重孙儿）

兰雪绒　不过我现在也想通了，吃了就吃了吧。他六叔病成那样，只当我们咏儿是为救他六叔来到这个世上的。

太夫人　楚威媳妇，真难为你了！

兰雪绒　他六叔也是林家的根哪。只是从来产胎盘的人和吃胎盘的人都是不知实情的，今天被他六娘无意间说了出来，这叫我们好是想不开。奶奶，您说我以后怎么见他六叔？

太夫人　叔嫂情重，也不要想太多了！包拯称嫂为嫂娘。你为长嫂，就当做了长辈！

兰雪绒　　（点点头）嗯！

太夫人　　（看着若咏）我的心尖尖儿，肉坨坨哦！（又亲一下）

兰雪绒　　我奶妈是极疼我的，为衣胞不见的事儿她一直窝火在心里，不停地明察暗访。今日听到这个消息，一怒之下去给我娘讲了也是情有可原的。

太夫人　　是啊！

兰雪绒　　二娘如果为他人想想，把这事私下里给我娘讲讲清楚，我想我娘又不是不讲理的人，况且那药也已经吃下去了，也已经起作用了。看在妯娌的面子上，看在林家的家风上，看在病侄儿的性命上，看在事情已经发生了的事实上，她纵然是有千般憋屈、万股怨气也会忍下去的。

太夫人　　还是你明事理！

兰雪绒　　我是下辈，明白没有我说话的份儿，也不奢求二娘给我个什么解释，可她不该不但不给我娘赔个小心，倒跑到我房里去了又打六弟妹、又打我奶妈。

太夫人　　她这个坏脾气哟！走哪儿都点强！

兰雪绒　　就算六弟妹说错了话，就算她做婆婆的有权作贱儿媳妇，可我奶妈都是年纪一大把的人了，（淌泪）辛苦了一生一世，在我娘家我娘都要让她三分的，却在今天挨了耳光。这就让我实在想不过了！我在奶妈面前还有何脸面？她如果怄病了，我怎么对得起她？

太夫人　　楚威媳妇，别哭了！看月子里伤了身子！（帮雪绒擦擦泪）难为你这么懂事，奶妈面前我去说。她对你疼爱就是一种忠心，是对的。

林若涵　　太奶奶，六娘嘴上都流血了。

太夫人　　（敲敲桌子出口粗气）这个恶婆！

内景／林宜威小院卧房／晚上

　　（宜威抓了妻的手只管流泪。屋里围满了人）

内景／林怡乾灵堂／晚上

　　（楚威守灵。雪绒入，对灵位上香、烧纸、磕头）

兰雪绒	（对楚威）涵儿她爹，六弟今日火气攻心，惊厥倒地，醒来再也不肯说半句话，已经绝食两顿了，只怕不是件好事。
林楚威	这还不是二娘作的恶，伤害了一世界人！
兰雪绒	他向来特听你的，你就过院儿去一下吧，劝劝他也许就好了。灵前离开一时半刻，我想娘不会怪罪的。
林楚威	（点点头）好，那我去看看！

内景 / 林宜威小院卧房 / 晚上

（楚威入，见站了一屋子的人。床上的宜威两眼望着帐顶，右手抓了跪在踏板上啜泣的艾氏，动也不动，跟个死人一般）

林楚威	（走上前去，坐到床头前）六弟，你好些了吗？（宜威的眸子转了过来，左手抓了他，眼里又淌出了泪）六弟，你好些了没有？你想吃什么？我们去做。
林宜威	大嫂！大嫂！大嫂！（连叫三声，哭出声。大家吓一跳，同时松了口气）
林楚威	（抬眼在人群里搜寻到了汉威）五弟，你去把涵儿娘叫来。
林汉威	嗯！（出去。少顷，雪绒难为情地随汉威入。丫鬟搬凳子请兰氏在床前坐下）
兰雪绒	六弟！（宜威仍抓着鹿棉和楚威，两眼移过来望雪绒，嘴唇嗫嚅着）六弟！（往前倾倾身）你应该吃点东西了，你看大家都惦着你。奶奶见你这样，她老人家也是不思茶饭，还在上房里抹眼泪呢。再说你看看我们六弟妹——（瞥一眼踏板上跪着的鹿棉）这么伤心！你这个样子她又怎么快活得起来呢？你把她身子骨拖垮了谁来照料你呀？你好她也好，她好你就会更好。为了大家、为了你，你就心疼心疼她吧！啊？六弟！
林宜威	（将目光移向鹿棉，又移向雪绒，轻轻地）大嫂！（枕边便又融进一汪泪水）
兰雪绒	（微笑）哎！这就好！吃点东西好吗？（宜威点了点头）先来点什么？药还是粥？
林宜威	一切听大嫂吩咐。

兰雪绒	（回身）先上点儿汤来。（众人彻底地松了口气。侍者飞奔而去）
兰雪绒	（爱怜地捋鹿棉的乱发，扶她）起来吧，六弟不喜欢你这样的。
	（艾氏抬了头，泪眼迷蒙地望着丈夫，不动）
林宜威	（松开了抓她的手，歉意地对妻）听大嫂的，起来吧。
	（夏仪灯和霍修墨上前将她搀扶了起来）

内景 / 林楚威小院厅堂 / 白天

林汉威	（与大哥、大嫂话别）七七四十九天守孝期已经满了，我近日就走。
兰雪绒	你去意已定，我们也无法拦阻。
林汉威	我这次走后，不寻得柳玉玺，誓不返家。
林楚威	待咏儿满了百日，我也到武汉和你一起寻找玉玺。
兰雪绒	唉！

内景 / 林楚威小院兰雪绒卧房 /1934 年 / 冬 / 夜

（兰雪绒在灯下呆想，房门响，抬起头来，夏仪灯入）

兰雪绒	（忙起身迎接）三弟妹怎么有空过来了？
夏仪灯	（脸上留有泪痕）心里烦闷，来与大嫂坐坐。
兰雪绒	坐吧。（递过茶）咏儿他们几个拖得我忙不过来，一直没空到你们那边去，看看你们。
夏仪灯	（发感叹）眉子也走了，要是她在该多好！虽然还有别的人，可总也没有她贴心、利索的。
兰雪绒	唉，是啊！
夏仪灯	大嫂，五弟回来过几次了，总也不提起眉子。老瞒着也不是个事儿。他把眉子藏哪儿去了？
兰雪绒	三弟妹！我真不知该怎么和你说！
夏仪灯	怎么了？
兰雪绒	眉子命苦啊，五弟也背时。他们出门的第二天，眉子就走丢失了，不见了。
夏仪灯	啊！这怎么会呢？
兰雪绒	难道你瞧不出五弟的神态来？都瘦成那样了！
夏仪灯	这怎么会呢？这怎么会呢？一个大活人怎么就弄丢了呢？

兰雪绒	正是一个大活人啊！如果是个石头，兴许还在那儿。
夏仪灯	怪不得五弟老也不爱说话，我只当是大伯不在了他伤心的。
兰雪绒	他都快要疯了！
夏仪灯	唉！五弟也是不走运！不过呢，吉人自有天相！
兰雪绒	嗯？这怎么讲？
夏仪灯	依我看，眉子不会出什么大事的，我会看相。她不是个做丫头的命，是个做官太太的命。你看她一个小户人家的女儿，处处有贵人相扶，连名字都金贵得与众不同。
兰雪绒	（思考着，点点头）嗯！
夏仪灯	还没出落成人呢，就有人给她说媒，提的就是我们林家；阴差阳错到这里做了使女，却碰到了奶奶这样的好主子，接着就是大嫂你，接着就是五弟。
兰雪绒	哎，是啊！
夏仪灯	五弟那么不顾身份、地位、家法、道义地要带了她走，她一生还求什么？
兰雪绒	可是，眉子她虽是官太太的命，但这官又是谁呢？不见得是我们五弟吧？五弟一个学生！何况你这么一说，我倒担心她落到什么权贵人士手里去了。
夏仪灯	不会吧！吉人自有天相，老天爷保佑我们眉子平安无事！有情人终成眷属，五弟与她心想事成！让我们也好多个能亲密相处的妯娌！
兰雪绒	（感动）六弟那边怎么样了？我忙，也没过去看他们。
夏仪灯	我看也好不到哪儿去。
兰雪绒	哦？
夏仪灯	六弟妹命苦，小小年纪就到林家来受气；不过呢，她还有个疼她的丈夫，比我强多了。自那日六弟大病一场、绝食以后，娘就收敛了一些，可做婆婆地还是避着儿子在儿媳面前发威放冷箭。
兰雪绒	她还那样啊？
夏仪灯	本性难改啊！

兰雪绒	唉！
夏仪灯	比方说六弟有病，奶奶特许他不用去请安，连早晚请安都免了的。可有一天他硬朗了些，有事外出归来后就直接回了房，被娘知道了，看不过眼，又怕儿子怄气，就背里拿了小媳妇儿出气。
兰雪绒	这是特许了的啊！
夏仪灯	骂的还是那些话，什么"妖里妖气迷男人，只怕男人的精髓都要被吸空了"的话，弟妹哭得死去活来，但在六弟面前还要装得无事一般。
兰雪绒	这日子真没法过了！
夏仪灯	六弟得了上次被母亲大骂的教训，平日里就总是关门闭院儿不见外人，理由是静养。他们小两口儿关系好，互相体贴。弟妹给六弟研墨熬药、料理起居自是不用说；六弟给他媳妇披披衣裳、拧拧手帕也不是没有，有时还给她梳头呢。
兰雪绒	这都是挺好的事儿啊！
夏仪灯	是啊，我都羡慕死了。可不知是哪个尖嘴佬、长舌妇跑到我们婆婆面前去蛆拱，闹得她火起，就寻到那院儿去查看儿子、儿媳到底干了些什么。

闪回

外景 / 林宜威小院 / 白天

（宜威和鹿棉对坐，一个看书、一个绣花，气氛悠闲、温馨）

卓　氏	（入，一眼看见竹竿上晾的衣裤）宜威媳妇，这竹竿上的衣裤是你晾的？你知不知道那要按照前男后女、前衣后裤的顺序搭晾？
艾鹿棉	（立起）娘。（不语）
卓　氏	你做女人的基本规矩都不懂、男女尊卑之分都不知，有个什么教养！这不骑到爷们儿头上了？这哪像个大户人家少奶奶干的事？
林宜威	娘，这些衣裤都是我晾的。
卓　氏	（一愣）啊？这些女人的活是男人干得的吗？更不得了了！
林宜威	娘——
卓　氏	住嘴！没你说话的份！宜威媳妇，你不守妇道，浆衣洗裳都要男

人动手那要你这个做媳妇的干什么？到林家是来当老爷的还是来吃白食的？（鹿棉瑟瑟不敢语）

林宜威　娘，都是我闲着无事了，想活动活动才搭晾了几件衣裤的，实在不碍大事、不碍大雅。

卓　氏　（不依不饶）这高低贵贱都不分，那国还何为国？家还何为家？

林宜威　（跪下）娘！您看在儿子有病的身体上饶了她吧！

卓　氏　（惊得后退一步）你这是干吗？

林宜威　看在她对儿子贤惠、体贴、细致上饶了她吧！您这么眼睛老盯着她不放过，难道非要给林家增添一个小寡妇您才高兴吗？难道非要逼得她一绳子挂死了、您的儿子当了鳏夫您才满意吗？

卓　氏　（又惊又怕又恨铁不成钢地）无用的东西！唉！

内景／林楚威小院兰雪绒卧房／夜

夏仪灯　六弟说出如此话来，着实让当娘的害怕了，从此再不敢随便挑剔六弟妹的刺儿，只是背地里嘀咕宜威怕老婆、没有爷们儿气概。

兰雪绒　（嘀咕）幸亏我娘不是这样的！

夏仪灯　可是、可是……大嫂！（眼里淌出泪来）

兰雪绒　你？怎么了？

夏仪灯　我的日子可不好过了哇！前些天娘把眼睛盯住了六弟妹，我轻松了些时光，但这近日来，她又视我为眼中钉了。六弟妹挨骂还有个人心疼，我呢？真是林家的一个出气筒、夏家的一个怄气包！她当母亲的不知是个什么心思，宜威不离媳妇身边，是儿媳妖里妖气迷惑男人；这边江威不着家，也是一世的过错杀我身上。

兰雪绒　恶婆婆都是这么作的。

夏仪灯　前些时出现了胎盘风波，大家都觉得无趣儿，从此再不提这事儿也就算了，可她明明是自己错了，又心里窝火就拿我出气。奈何不了冬瓜就拿着藤儿扯，欺负的是个软弱。

闪回

内景／林怡坤院厅堂／白天

卓　氏　什么狗屁胎盘！江威媳妇你怎么不争气啊？你要是生个儿了拿那

胎盘给六弟吃，我们也就不会受大房的气了。

夏仪灯　（气愤）娘，恕儿媳斗胆，您这样说，实在不像个做母亲和婶娘的人讲的话，也实在不像个有名望、有身份的人家的太太说的话！

卓　氏　（惊愕）你就是这样跟婆母讲话的？

夏仪灯　不说我生了儿子胎盘会不会给六弟吃、不说您是不是受大房的夹磨，就是我不曾生育，你也不能骂我是不争气的！

卓　氏　你瘪肚子这多年了，不是你不争气还有什么？还有脸说！

夏仪灯　（气得要死，豁出去了）你问江威吧！你问你儿子吧！问他怎么不像个爷们儿！

卓　氏　问爷们儿！（伸手打仪灯一耳光）你还要不要脸？

夏仪灯　（手捂了脸）你打吧！你特爱打人嘴巴，七弟那嘴上的疤痕是你打塌了泡留下的，六弟妹被你打过嘴巴、大嫂的老奶妈被你打过嘴巴、好多人都挨过，我算什么？这日子就这么过了，江威像不像个爷们儿你可以让郎中或老爷、少爷们给他验一验的。

卓　氏　你婊子婆娘无廉耻！我要江威休了你！

夏仪灯　我巴之不得！这种日子我早过不下去了，休了正好！

卓　氏　偏偏不休，让江威娶六房、八房小妾回来气死你，把你关到深院里老死不见终日，让你这个嚷着、叫着的"老处女"去那里快活吧！

内景／林楚威小院兰雪绒卧房／夜

　　　　　（兰雪绒惊得目瞪口呆，大口大口地喘气）

夏仪灯　（哭，跪到地上，磕头）大嫂救我！

兰雪绒　（吓一跳，忙拉她）你这是干什么？

夏仪灯　我要逃！我要像眉子那样逃出去，望大嫂救我！

兰雪绒　浑说！快起来！不起来我不会理你的！

夏仪灯　（哭着起来坐了）这日子我怎么过下去？就是不关我和关了我有什么两样？四娘好比坐在枯井里；而我呢，就好比坐在水牢里。这话不说开就够我熬日子的了，到如今，我成了眼中钉、肉中刺，结局不是会更惨吗？六弟妹嫁了个病丈夫，可丈夫疼她；眉子跟着人私逃，可那跟着的人是爱她的少爷！你呢？就更不用说了，我都不敢羡慕你！但是，大嫂我可以求你。你的心肠这么好，能帮了眉子逃，也能帮了我逃。大嫂，我求你了！

兰雪绒 　（变得很严肃）咏儿他三娘，我只先问你，你怎么逃？和谁逃？要逃到哪儿去？

夏仪灯 　（怔怔地）这——

兰雪绒 　就这么直通通地走人？一个人出去，或是有个人接应？是往娘家去，还是往无人烟的地方去？（仪灯仍是不应）和你娘家表兄一起逃吗？（仪灯睁大了眼睛，未置可否）你真的要跟你表兄走？

夏仪灯 　是的！（和着泪水点点头，递给兰雪绒一本《元曲》）

兰雪绒 　（接过了，只见翻开的一页上有一支兰楚芳的《风情》，特写加阅读）我事事村，他般般丑，丑则丑、村则村、意相投。则为他丑心儿真，博得我村情儿厚。似这般丑眷属、村配偶，只除天上有。

兰雪绒 　（心软了）三弟妹！

夏仪灯 　你知道，我和表哥青梅竹马、情谊很深的！

兰雪绒 　可你俩又是十分纯洁的呀。虽是"只除天上有"，可你和五弟他们不一样，五弟只是一种抗婚，而你是有夫之妇啊！

夏仪灯 　可我们也是差点儿就婚配了的！

兰雪绒 　问题是你们终究没有婚配！

夏仪灯 　爹娘作的孽啊！

兰雪绒 　不管三弟怎么样，然"嫁鸡随鸡、嫁狗随狗，嫁根扁担抱着走"的古训你也是知道的，能另跟他人吗？而且，你表兄也是有妻室的人，你和他这一跑，就成奸夫淫妇了。

夏仪灯 　（咬牙，一字一顿地）奸夫淫妇！

兰雪绒 　如真成那样，要遭千夫指、万人骂，不仅自己有灭顶之灾，而且还要殃及家门、毁了你娘家和舅家的。

夏仪灯 　可我已经被毁了！

兰雪绒 　还有，如果五弟和眉子的事发了，大不了遭人斥声有辱门风。少爷拐带丫头，族人还能把一个少爷怎么样？说不定祖母一高兴，发话五弟将眉子收了房，还是他的一个身边人。只是五弟不愿这样罢了。但不管怎么说，他们不会有大的灾祸。

夏仪灯　　（缓慢点头）是这样！

兰雪绒　　还退一万步讲，你们就是逃跑成功了，以后的生活又怎么过？

夏仪灯　　（缓慢摇头）不知道！

兰雪绒　　五弟在外面读书，根本就没打算再回来做庄主老爷的，他的事业在外面。可你的表兄呢？据你告诉我，他子承父业做了个小地主，一不会打仗、二不会做生意、三不会办工厂，只会抱着账本收租子。这样的人逃避在他乡能谋生吗？况且，五弟与眉子在外百无牵挂，而你表哥还有两个亲生的骨肉留在家里，他能永远不回来探望吗？另外，就算你娘家人放过了他和你，那么这边林家是不是就不吱声、不追究了呢？这怕不可能吧？

夏仪灯　　（已不哭了，眼睛直直的）你是说，我这辈子就这样了？

兰雪绒　　（无奈地）认命吧！

夏仪灯　　我怎么这样命苦！嫁个男人无用就已够悲的了，偏偏又撞见个恶婆婆！

兰雪绒　　女人命都苦！

夏仪灯　　你就不一样！

兰雪绒　　都是没自由的，像个牲口般地被指使来、吆喝去。要生儿育女你是个工具，不高兴了一个"休"字你便狗屎不如。

夏仪灯　　谁敢休你？

兰雪绒　　我是说"女人"！世事谁能料？其实二娘她命也苦。多年的媳妇熬成婆，是她耍威风的时候，只是太过分了点。你就忍了吧。

夏仪灯　　（又哭）可她耍威风耍不出我的孩子来怎么办？

兰雪绒　　唉！这样吧，过两天我跟我婆婆聊聊这件事，看她能不能劝劝二娘。都是做女人的，这爷们儿的病能怪媳妇？

夏仪灯　　（泄气地摇摇头）算了，别去说了。我婆婆本来就跟大娘有隔阂，再加上次胎盘那事儿闹得哭啼打骂，大娘再去劝说只怕会更糟。

兰雪绒　　也是！

夏仪灯　　大嫂，你如果舍得呢，等以后跟大哥、大娘说说把你的小孩过继一个给我。咏儿就算了，他是儿子，你们舍不得的；那就把涵儿或者是嫣儿过一个给我。我想想四娘就害怕！（兰雪绒想着可怜的弟媳妇，很勉强地点了点头）

内景／林家上房／1935年／春／白天

太夫人　（与众儿媳闲坐）怡瓯媳妇，前些时你们说荆威要讨小，有这回事吗？

甘　氏　回母亲，是的！

太夫人　荆威娶了媳妇已经快四年了，他两口子闹的多、和的少，也确实不是个事儿。

甘　氏　我虽明里暗里护着霍氏，可是荆威他实在太嫌他媳妇儿了，两个人不同房，我也没办法。那天有媒人来提亲，说的是一个姓余的女儿，我没说行、也没说不行，搁下来了。

太夫人　老这样下去也不是个事，只怕荆威将来要断了根。这样吧，要是他爹没有异议，就让他纳妾算了。

甘　氏　是，母亲。

太夫人　怡乾媳妇，楚威他们三兄弟有信没有？

苗　氏　回母亲，楚威在武汉谋了一份差事，还比较满意。

太夫人　哦！汉威呢？

苗　氏　还是没有音信，不知到哪儿去了，（忧愁地）也不打个照面。

太夫人　昌威呢？

太夫人　昌威还是在县城里上学，有人又说是在工作。一会儿在宣传，一会在教书，没个准信。

太夫人　唉！也难了你！怡坤媳妇、怡瓯媳妇，湖威和襄威也在城里读书，他们现在怎么样？

卓氏、甘氏　回母亲，他们都还好。

苗　氏　母亲，媳妇正有一事要禀报母亲。

太夫人　说吧！

苗　氏　自楚威他爹去世，我一个妇道人家与外人打交道有诸多不便，我想让二弟和二弟妹来当这个家。（卓氏面露喜色）

太夫人　　这事还容我想一想。（卓氏紧张的脸）

苗　氏　　望母亲答应。

太夫人　　好吧，下去后你跟怡坤他们先谈谈吧。

第十一集

外景 / 莲藕塘大道 1935 年 / 夏 / 白天

　　　　（两轿夫抬着一乘普通的轿子疾走而来，后紧跟一媒婆）

外景 / 林家大院侧门 / 白天

　　　　（轿子抬至门口，家仆迎接。有形无声）

外景 / 林荆威小院儿 / 白天

　　　　（林荆威立在廊下引颈张望。轿子抬进院门，落轿，荆威新讨的
　　　　小妾余氏下轿。荆威露出笑容）

内景 / 林家上房 / 白天

　　　　（甘氏、林荆威带余氏请安）

甘　氏　　母亲，荆威新讨了小妾，今带了过来拜见祖母。

太夫人　　荆威屋里的，让我看看。

余　氏　　（上前跪拜）奶奶！

太夫人　　噢，好，好！

外景 / 林家大院甬道 /1936 年 / 秋 / 晚上

　　　　（兰雪绒与奶妈抱了若咏，带了若涵和若嫣往上房去）

林若苏　　（路遇）姐姐，你们到哪儿去？

林若涵　　今天八月十五，我们到太奶奶那儿去玩。

林若苏　　那我也要去。

兰雪绒　　走吧。

林若苏　　好嘞！（一手牵了若涵，一手牵了若嫣雀跃着往前蹦）

外景 / 林家上房院子 / 晚上

　　　　（苗氏、穆氏、夏仪灯陪着太夫人在坐，林襄威也跟了四嫂霍修
　　　　墨过来，兰雪绒一行入，大家分外高兴）

兰雪绒　　奶奶、娘、四娘！

太夫人	哎，来了，坐，坐！
穆　氏	来，到这边坐！
林若涵	九叔，你回来了？在城里上学好玩吗？
林襄威	好玩。
林若涵	那以后我读书的时候你带我到城里去上学好吗？
林襄威	好啊，我一定给你找最好的学校。
林若涵	嘻嘻——
太夫人	（有心要试若涵）涵儿，你来筛茶。
林若涵	是，太奶奶！（捧茶壶，往各个盖碗里通通地倒，碗里溢出水来漫到桌面上）
太夫人	（忙抬高了茶壶嘴）丫头片子哎，学着点儿。茶半杯、酒八分、烟一袋，这是个礼性。哪像你这么筛茶的？早把客人吓跑了！（边上人将桌上水擦干收拾好了）
林若涵	（又一一挨着沏茶）好，我重来！（嘴里念念有词）太奶奶茶半杯，奶奶茶半杯，四奶奶茶半杯，老奶妈茶半杯，娘茶半杯，三娘茶半杯，四娘茶半杯……
	（抬眼望了霍氏一笑。她一斟一酌的样子逗得大伙儿笑起来）
太夫人	（对下人）给另支张小桌，让九少爷带着小少爷和小小姐们在那里吃糖果点心。（又对襄威道）襄威你带着他们好好玩。（两岁的若咏见九叔和若涵、若嫣、若苏他们到那边去坐了，也指了那边咿咿呀呀地要过去）
兰雪绒	（便对使女）另安把小椅吧，让他在那里坐去。
林若苏	（见这么热闹，蹬脚拍手嘻嘻发笑）八月十五吃月饼，喝热茶，放热屁——
林若嫣	呀，哥哥你说野话！（拿了小手在脸前扇）
林襄威	（笑）若苏你都放的是冷屁？
林若苏	我呀？呵呵，我也不知道放的是冷的还是热的。可是到了八月十五吃了月饼、喝了热茶，就会放热屁。
林襄威	你这话是你自己编的？

林若苏	七叔告诉我的。
林若嫣	那七叔就是说野话！
林若涵	你再这样说野话，我们就不跟你玩了。
林若苏	哼！（眼睛一翻，满不在乎地）你不跟我玩，我有人玩！我到河里划洋船，摸螺蛳，包饺子，气死你！
林襄威	（惊讶）若苏！
林若涵	娘！奶奶！太奶奶！你们听啊，若苏说些什么呀！ （若苏听若涵告状，吓得要阻止若涵的喊叫，从凳子上跳起来就抓了她一把。若涵疼得哭起来，若苏更着急了，慌里慌张地返转身，把小凳上毫无攻击反抗力的小若咏的脸蛋抓了一把。襄威跳起来去拉他，若苏早奔出门去了）

外景／林家上房院子／晚上

（院子里乱成一团糟，大人们抱了小姐弟过来，若涵的左小臂和若咏的小脸各留下了五道血痕。若咏大声哭嚎着；若涵哭喊着）

苗　氏	（抱了若咏）我的心肝宝贝肉坨坨呀！你沾着谁，惹着谁了哇！好端端地坐那里被抓成这样！这不破相了吗？
谭金簪	（牵若苏的手气势汹汹地闯入，高声大嗓）奶奶、大娘、四娘，各位在这儿正好。
太夫人	你这是干什么？
谭金簪	我只是想来问问，这大过节的，我们苏儿是哪点儿得罪他九叔和姐姐了，偏要欺负他！
太夫人	（大睁了眼）你怎么知道襄威和涵儿欺负了他？
谭金簪	他不受人欺负能吓得拼死命往家跑？看头皮都摔破了！
太夫人	襄威，把经过给你二嫂讲一遍。看看谁欺负谁了。 （林襄威比划讲述，有形无声。金簪一时无语）
太夫人	苏儿你过来，让太奶奶抱抱。
林若苏	好！（若苏走过去，太夫人搂了他，托起他的小手，吃一惊）
太夫人	你们看看、你们看看，苏儿的十个指甲都被剪得尖尖的，难怪涵儿和咏儿被抓得留下梳子齿，这怎么能不会刨去一层皮！（愤怒）

苏儿，这是谁给你剪的？

林若苏　　娘给剪的。

太夫人　　怎么要剪成这样呢？

林若苏　　娘说这样好干仗，打架时不吃亏。

太夫人　　（回头对侍者）给拿把剪刀过来。

侍　者　　是！（递过剪刀）

太夫人　　苏儿，太奶奶给你把这尖尖的指甲剪去了好吗？

林若苏　　好！（声音乖乖的）

太夫人　　（边剪指甲）你看太奶奶也蓄指甲。可太奶奶是大人、是女人。再说太奶奶只蓄小指甲，蓄的是圆形，是留着掏耳朵用的，不是打架用的。你娘以后再要给你剪这种指甲，你就来告诉太奶奶好吗？

林若苏　　好！（太夫人给若苏剪完指甲，将剪刀递给侍者，这时才抬起头来）

太夫人　　鄂威媳妇，我们是什么样的家教你应该是知道的，真没想到你一个做母亲的会起这样的歹心。"人之初，性本善"，苏儿一个嫩秧秧儿，你给他灌输这种品格，既害了别人又害了他！这偌大一个家，他一天能看见的除了涵儿他们姐弟就都是大人了，他又会去跟谁打架？就是到了外面，也是得让人时且让人，不能做个恶少！吃了亏自有人来公评公判。刚才明明是他欺负了别人，你不问青红皂白就兴师问罪，在长辈面前一句礼性的话都没有。苏儿一个不知事的小娃娃，大家不会计较他，好好引导才是正事；可你这般闯来，你大娘和大嫂可能就要问问，凭哪般把给你欺负呢！

苗　氏　　儿啊、心肝啊——（又哭起来。雪绒无言，在一旁落泪）

外景／林楚威小院／夜

（兰雪绒同老奶妈和孩子们在前檐下支了张桌子，摆着茶果点心。雪绒轻轻拍着怀中熟睡的儿子，仰了脸望那天上的月亮，眼里噙满了泪）

兰雪绒　　（轻轻地）奶妈，您看那月亮像不像一面镜子？

奶　妈　　像！像一面银镜，不似我们家的铜镜。

兰雪绒	是啊，银镜！
老奶妈	姑爷讲了，外面的洋镜子好得很，比五少爷房里的那个还要好得多、大得多，各种形状的都有。他上次买了一面，可走得匆忙，忘了带回来。他说他再回来就一定带回来，好让你梳头的时候用。
兰雪绒	要是两个人站得好，在一定的位置，一个人通过镜子就可以看见另一个人。奶妈，您说，涵儿她爹这时在看我们吗？
老奶妈	在看的！今天八月十五，人人都要看月亮的。他看月亮，你也在看月亮；他投在里面，你也投在里面。只是我们的眼力不行，还没看得清楚，月亮就又走动了。
林若涵	我要看爹爹！
林若嫣	我也要看爹爹！
兰雪绒	看吧，使劲儿看，看爹是不是在望着你们笑。
林若涵	我没有看见爹爹，只看见有棵树。
兰雪绒	（笑了）涵儿、嫣儿，娘唱支歌儿你们听，好吗？
林若涵	好！好！
林若嫣	娘唱歌儿。
兰雪绒	（轻轻拍着若咏）月亮走，我也走，我给月亮提花篓，一提提到树门口。树门口，三个小姐在包脚。大姐包个菱角米，二姐包个菱角壳，只有三姐不会包，包个麻镰刀！
林若涵	娘，你的脚就是这样包的吗？
兰雪绒	是的。包脚可疼了！要不是民国来了，你也早该包脚了，你看你都快要成大脚片子了。
林若涵	包脚就是缠吗？
兰雪绒	光缠不行的。缠只能不让它长，可它总是要长的呀，那就把它弄断。把脚背的骨头弄断、弄残了，再缠住它，它就不长了。
林若涵	哎哟，那好疼啊！
兰雪绒	疼死了！我开始裹脚的时候比你现在还小，娘拿了长长的裹脚布来把我的两脚死死地缠紧，又把我抱到高柜子上面，要把骨头摔断。可我娘不忍，怕我疼，还是奶妈她过来把我往地上一拽，我掉下

柜来，两脚落地，骨头就摔断了。我痛死了过去。

林若涵　　老奶妈您好狠心噢！

老奶妈　　（忙分辩）不狠心不行啊！你娘是大家闺秀，脚小才美，才能嫁大户，嫁了大户也才能不受欺负。为了你娘长大后的一生幸福，我只好那样了。

兰雪绒　　（对女儿）你们现在好了，可以不裹脚了。但以前哪个女人都逃不过这一关，只是看缠得成功不成功。脚越小越好，不过吃的亏也越大。

林若涵　　（笑了）老奶妈的脚就不成功。

老奶妈　　（也笑）呵呵，我的脚是不成功。所以我长大后差点儿许不到婆家，愁死我娘了。幸亏你娘的奶公不计较我这大脚婆娘，说是"脚大江山稳、手大掌乾坤"。啊！该死该死，闯了你爷爷和二爷爷的讳了。幸亏你娘的奶公娶了我，不然你娘差点儿吃不上我的奶了。

林若涵　　是吗？娘！

兰雪绒　　是的。

老奶妈　　我小时候最怕疼，白天娘给我缠了脚，我到晚上了就解开。看看凸出两个孤拐来，长成了现在这个样子，差点成了两把"麻镰刀"。你们八叔笑我是个"苏州桥，两头翘"。

林若涵　　（又笑）是"赵州桥，两头翘"。我听八叔笑过。

老奶妈　　对对，是"赵州桥"。我们那儿叫"菱角壳"。

林若涵　　哦，这就是"菱角壳"呀？那"菱角米"和"麻镰刀"是哪样的？

老奶妈　　你娘这样的就是"菱角米"，白白嫩嫩的、小巧玲珑的。"麻镰刀"是比天足小，缠过几天的完全不成功的大脚片子。

林若涵　　我要是不怕疼，我就包个我娘这样的"菱角米"，让妹妹包个"菱角壳"。可惜没有个能包"麻镰刀"的三姐。

兰雪绒　　本来你们还有两个姨的，一个应该比眉姑姑大几岁，一个可能跟你们六娘差不多。可惜她们都不在了。如果她们还在世，一个就应该是"菱角壳"，一个是天足。

林若涵　　她们怎么不在了呢？我想有姨！

兰雪绒	她们掉江里被水冲走了。那年和你们爷爷、阿公他们一起过江去，翻了船，只救起了你们爷爷。他们就再也没回来。
林若嫣	娘，我也要姨！

内景 / 林宜威小院厅堂卧房 / 白天与夜晚

（艾鹿棉细心地照料和伺候林宜威）

内景 / 林宜威小院书房 / 白天与夜晚

（林宜威每日里端坐台前，皱眉沉思，展纸握笔不停地写）

艾鹿棉	（劝告）你歇着点吧，看累着！
林宜威	嗯、嗯——（仍不停地写。鹿棉宝贝似的给他收起来，倒把稿纸装得齐齐整整）

内景 / 林怡坤院厅堂 /1937 年 / 夏 / 白天

（湖威与若苏嬉戏。湖威蓄了八字分头，乳白色绵绸短裤，上衣兜里的怀表把衣领拽向了一边，脚上是皮鞋，有疤的嘴上长了胡子，两颗大金牙闪闪发光）

林若苏	七叔，你这次回来了，一定还要叫我说那种话。
林湖威	好。
林若苏	那你说啊！
林湖威	你听着，糟糕一妈死——
林若苏	糟糕一妈死——
林湖威	揪儿补袜子——
林若苏	揪儿补袜子——哈哈哈哈……（开怀大笑）

（林湖威拉着衣领抖一抖，翘起皮鞋用手绢扇一扇，掏出怀表看一看，咧了大嘴、露了金牙用手指一指。在做这些的同时，每个动作还配上一句话语）

林湖威	今天天气真热呀！灰也真多！今天晚上七点钟，我请你吃"又西西"。
林若苏	（真要乐疯）啊！你要请我吃"又西西"，那一定很好吃哦！

（林怡坤入，见了儿子的这副打扮，很是看不惯）

林怡坤	湖威，你看你像个什么样子！也不小了，应该学会节俭了。

林湖威	（振振有词）我这有什么不好？爹爹还跟我们讲过宋祁呢！
林怡坤	讲过宋祁怎么了？
林湖威	那可是个以"红杏枝头春意闹"蜚声文坛的大名人呢。人家宋祁 位及尚书，是名大官了吧？可没有发迹以前呢？穷死！还以菜皮 果腹。嘻嘻——
林怡坤	可人家苦读书，读出来了！你讥笑人家干吗？
林湖威	我不是笑他穷，是笑他发了以后。宋尚书肆意挥霍、穷极奢侈，"点 华灯拥歌妓醉饮"。他兄长宋庠看不惯，叫人去劝说"还记得过 去啃菜皮的日子吗？"宋祁却笑着反问"当年啃菜皮又是为了什 么？"爹爹，儿子讲这个故事，您应该明白了吧？
林怡坤	放肆！（一拍桌子）还轮不到你来跟我引经据典！宋祁纵然有千 般的忘本之过，也是吃的他自己的，挥霍的他自己的，不像你这 样刮老子！坐吃山空，总有一天呼啦啦似大厦倾，你喝西北风都 会西风无力！有本事你学点真本领了自己挣饭吃！
林湖威	（阴笑，露出两颗金牙）爹爹放心，孩儿不会饿肚皮！

内景／林怡坤院厅堂／傍晚

（怡坤、卓氏、湖威三人吃晚餐，若苏人）

林若苏	爷爷、奶奶、七叔，我要在这里吃饭。
卓　氏	来吧，苏儿。（对佣人）给苏少爷上套碗筷。
林若苏	（入座，迫不及待地）七叔，到七点了没有？
林湖威	（很乐意地掏出表来凑到灯前看了看）到了。
林若苏	那就快请我吃东西啊。
林湖威	（不解地）吃什么东西？
林若苏	吃"又西西"啊！（学着湖威的样子指指自己的牙齿）你忘了？
林湖威	啊？哦！（哈哈大笑）什么"又西西"！这不是吗？
林若苏	（见他筷子指了盘中菜）这是什么"又西西"？这是豇豆肉丝、 豆干肉丝、松蕈肉丝，你糊弄哪个！
林湖威	这不是又西西，未必是鱼西西？（嘴咧得更大，牙更突出，闪着金光）
林怡坤	不要在这里嘻嘻哈哈的啦！饭桌上不能说话！（儿子、孙子缄了言）

| 卓　氏 | 湖威，你六哥病得很有些厉害了。你到城里去了，一把一些时不回来，等会儿吃完饭后你去看看他吧，当弟弟的要有个弟弟的样子。 |

内景 / 林宜威小院宜威卧房 / 晚上

（林宜威躺卧在垫了薄被的躺椅上，艾鹿棉坐在他身边给他慢慢地摇扇）

丫　鬟	（画外音）七少爷来了？
艾鹿棉	（起身迎到门口，湖威入）七弟回来了？
林湖威	哎，六嫂，我回来了。
艾鹿棉	坐吧七弟。
林湖威	（落座）六哥——
林宜威	（探探身子）七弟近来怎么样？
林湖威	谢六哥相问，我在城里好得很。
林宜威	那就好！
林湖威	有吃有喝有的玩！
林宜威	（责备地）就知道吃喝玩乐！
林湖威	呵呵——（眼瞟嫂子）六嫂，我哥病成这样，多亏了你照料得好。真辛苦你了。
艾鹿棉	（礼貌地微笑）老天照应，托大伙儿的福，我只是尽心罢了。

（艾鹿棉过来上茶，湖威乘机抓住了嫂子的手。艾氏惊恐地一哆嗦，壶嘴摆动着将水洒到了湖威的身上。烫得他龇牙咧嘴却做声不得。鹿棉赶紧走开，端了药侧身坐在宜威身边的小凳上，探着身子用调羹一匙一匙地喂给宜威喝。湖威见了，又有一种说不出的滋味在心头。吃完了药，鹿棉用帕子擦擦宜威的嘴角，又握起一把羽毛扇轻轻地给宜威扇风）

| 林湖威 | （心声）啊，好一幅《仕女摇扇图》！要是那躺着的人是我，该多好！我一定会揽这个小可人儿入怀，哪还会像六哥似的无动于衷？（宜威咳嗽，起身吐痰，鹿棉用痰盂给接着。湖威鄙夷的表情，心声）真真是蔫萎了。唉！鲜花应该是生长在绿油油的嫩枝上啊，怎么长在了这样一根枯木上？噢！真恨不得移花接木，把水灵灵的小 |

	嫂子搬到我的房里去！（对宜威）六哥，娘说到年底了给我把婚事办了。
林宜威	那好啊！
林湖威	我房里也确实差个人。不过，我不想娶那门亲。
林宜威	那怎么行！（偏了头看他）订了的亲事怎么能悔呢？再说那家蛮不错的。
林湖威	那家不错可女儿错。我见过了，不好看。
林宜威	你这话就不对了，那家女儿我也见过的。虽然谈不上貌若天仙，却也差不到哪儿去，怎能说别人家女儿不好看呢？
林湖威	真的不咋地。六哥，六嫂家还有个妹妹，那年你们定亲的时候亲家公来时带了她来，我见过，蛮美的。我想娶她。（紧盯了艾氏）
林宜威	（吃一大惊，抬眼望妻。鹿棉眼里满是惊骇、慌张和厌恶）这是不可能的！
林湖威	怎么不可能？六嫂嫁给你时有多大？我想那妹妹也长到六嫂出嫁时的年岁了吧？再说我一个在外读书的人、一个堂堂林家的少爷，还配不上她？娶了她，我们既是兄弟、又是裢襟，六嫂她姐妹俩也好有个伴儿。
林宜威	这是不可能的！（仍是回绝）如果你以为自己是个少爷就可以这样那样，那你不是个恶少，也是在仗势，起码是欺负人！
林湖威	（阴阴地一笑）你都病成这样了还护着小姨子！（又对鹿棉）六嫂，你不愿意我做你妹夫吗？
艾鹿棉	（一震，摇扇的手顿了一顿。停顿片刻，不卑不亢地）七弟，我非常愿意。
林湖威	真的？（大喜过望）太好了！
林宜威	（吃惊）你！
艾鹿棉	可惜，你说迟了，她早已许了婆家，不久就要出嫁了。
林湖威	啊？唉！真可惜！
林宜威	（有些奇怪，轻轻地对妻）我怎么不晓得这件事？ （鹿棉直直地望着他，又眨眨眼，宜威便会意地笑了）

第十二集

内景 / 林宜威小院宜威卧房 / 晚上

艾鹿棉　　七弟，天不早了，你六哥身体不好，要早点儿歇息。你大老远地回来，也累了，早点儿回房吧。

林湖威　　不累不累，难得回来一趟，陪六哥六嫂坐坐。

艾鹿棉　　你六哥要洗澡了。

林湖威　　洗澡我帮忙。六哥体弱，六嫂不便，我扶他。六哥，我们小时候总是光屁股在一起洗澡、在河里打扑泅，你还记不记得？

林宜威　　（见妻一个劲儿地使眼色）七弟，实在是夜深了，你回吧。

林湖威　　六哥，（站起走近宜威）难道兄弟间应有这么多分隔吗？这可是我们以前都没有的事儿啊。难道有了嫂子你就把我当外人了？

林宜威　　（很是为难，对鹿棉）好吧，你就给我洗吧。
　　　　　　（鹿棉见说，只得端来一凳子，将两手插入坐在躺椅上的宜威的两腋帮他站起坐到板凳上去。湖威见状也忙把两手插入宜威的一只腋下去帮扶，艾氏急将挨着湖威了的手抽回来。鹿棉去拿来宜威的衣裤，站在宜威的身后一件件地搁放。湖威绕到她的身后向她胸前忽然伸过一双手去，紧抓了她的乳房，整个人就被箍住了。她吓了一大跳，又气又羞又怕宜威发现，便使劲不停地扭动挣扎）

林宜威　　（向后艰难地回头）怎么了？

艾鹿棉　　没什么事，被蝎子蜇了。（湖威松开了手）
　　　　　　（鹿棉走到宜威面前给他解衣扣，浑身是汗。宜威看出了她脸上身上的不对劲，瞥一眼湖威，湖威也正呆呆地盯着艾氏，见宜威看他，便向外走去。艾氏与丈夫对视的勇气都没有了，便端了一只铜盆，到厨房去打水）

内景 / 林宜威小院厨房 / 夜晚

　　　　　　（鹿棉端盆入，赫然看见湖威站在灶旁望着她笑。她转身想逃，

湖威扑了过来，慌得她一抬手，铜盆掉到地上，发出咣咣唧唧刺耳的响声。湖威把鹿棉逼到墙根处，猛地抱住了她）

林湖威　　亲亲宝贝小嫂嫂——（手在鹿棉身上乱摸）

　　　　　（艾鹿棉急得泪流满面，不敢叫，逃不了，张嘴将湖威的肩膀咬了一口）

林湖威　　（嚎叫）啊——（松开手，恼羞成怒，当胸给了鹿棉两拳，然后夺门而去）

　　　　　（鹿棉捂着胸蹲到了地上）

内景 / 林宜威小院宜威卧房 / 夜晚

　　　　　（鹿棉端了半盆水，哆哆嗦嗦地入）

林宜威　　你怎么了？去这么长时间。又是盆子响，又是七弟在喊叫的。

艾鹿棉　　（有气无力地）我舀水，打翻了盆子，烫了七弟的脚。他脚疼，已经走了。

林宜威　　（疑惑的眼神，鹿棉避开他的眼睛，给他擦洗身子）你怎么了？手这样冷！

艾鹿棉　　没怎么，有些不舒服。

林宜威　　唉！（欲言又止）

内景 / 林宜威卧房床上 / 夜晚

　　　　　（艾鹿棉安置丈夫躺下，在帐子里查看蚊子，一手无力地挥动着芭扇，一手捂了胸口不停地蹙眉头。她痛苦的神色瞒不住宜威的眼睛，观察着她，思考着）

林宜威　　（不禁骇然）你是不是传染上了我这样的病？

艾鹿棉　　（笑一笑）哪儿能啊！莫瞎想！

林宜威　　（松一口气）那就好！（鹿棉爬到床里面）

林宜威　　把脚伸过来，让我看看蝎子蜇哪儿了。上点儿牙粉吧。

艾鹿棉　　不了，好了。（跪起来，将双脚压到自己的身下）

林宜威　　这怎么可能呢？"毒如蛇蝎狠如狼"，哪能说好就好了？

艾鹿棉　　毒如蛇蝎狠如狼！（轻轻重复着，眼里又涌出阵阵泪水）

林宜威　　把衣裳脱了吧，看这么多汗，别捂出痱子来。

（鹿棉捂着左下侧胸部往外爬，刚至床沿，嘴一张，吐出一摊猩红的血。她一见，只觉天旋地转，晕倒在了床上。宜威见状，万分惊骇，挣扎着爬起，见妻脸色煞白，双目紧闭，嘴角流血，气息奄奄）

林宜威　来人哪！快来人哪！（几个仆人入）

仆　人　六少爷！

林宜威　快、快，少奶奶昏过去了，快去请郎中，请四太太，还去把大少奶奶请来！

内景／林宜威小院厅堂／夜晚

兰雪绒　（匆匆入）六弟，这晚了，有什么事吗？六弟妹呢？

林宜威　（颤巍巍地站起，又跪到地上）大嫂，六弟给您叩头，拜托了！

兰雪绒　（吓一跳，忙弯了腰去扶他）六弟何以说出这样的话来？

林宜威　大嫂，六弟是活一天少一天的人了。

兰雪绒　你怎么了？

林宜威　可我今生今世因有祖上基业，未担衣食劳碌；又承祖母、爹娘疼爱，娇生惯养长大，还蒙兄嫂关怀，备感手足之情；更有爱妻鹿棉细心照料、无微不至，虽是病痛多年，又将英年早夭，却也已死而无憾。

兰雪绒　那你是？

林宜威　然妻艾氏最让我放心不下！

兰雪绒　哦，弟妹！她人呢？

林宜威　（摇摇头）我活着，只要有一口气，谁也不会也不敢把她怎样，可我眼一闭，她就会生活在无底深渊。要她改嫁是不可能的。她宁肯死，不愿再醮；我们的长辈也不会应。即使这两点不存在，那三年的守孝也会毁了她的嫩骨头。大嫂——

兰雪绒　嗯——

林宜威　六弟已经别无他法了，只得求了大嫂多多关照她、再求四娘多多关照她。就算她熬不到白头，也可让她在大嫂和四娘的庇护下过几天安逸日子，不白来世上一回……

兰雪绒	（早已泪流满面）六弟你有病，起来吧。大嫂听你慢慢讲。
林宜威	（起来）大嫂坐吧！
兰雪绒	（坐下）你也坐吧！
林宜威	（坐下了）大嫂，我近来又犯了几次病，已不同于往常，真正就她这件事让我放心不下。
兰雪绒	我知道！
林宜威	我原本早些日子就想请您的，可她总在我身边，怕她听了更伤心害怕，便用纸写了留给您和大哥、五哥他们。她最怕我死了，她总说我死了她的生命就结束了。我可不愿她死！但今天夜里她太不正常了，刚才还吐了血。
兰雪绒	啊！（吃一大惊）怎么会是这样！
林宜威	到这时还昏迷着一直没有醒来，只怕她大事不妙。
兰雪绒	到底出什么事了？
林宜威	不知道，她不讲！我怕的是我以后不在世了，我娘不会放过她。还有湖威，那个恶少是最大的祸害。
兰雪绒	嗯！
林宜威	今夜里他来过了的，发生了一些怪事，一定有鬼。只是鹿棉她不肯说，我也不方便问，摊开了大家都丑！大嫂，我死都不能瞑目啊！
兰雪绒	六弟你莫心焦，等四娘来了我们想想办法。
林宜威	四娘一生孤单，可她上无作贱她的婆婆、下无凌辱她的小叔，您六弟妹将来的结果只怕会比四娘坏得多。所以，我想求四娘认鹿棉做个女儿……
兰雪绒	这样好啊！（兰雪绒一听，激动得打断了他的话）
林宜威	鹿棉搬到四娘那院儿里去住。娘儿俩往后就有了个伴儿，又少了我娘和七弟的麻烦，再加上大嫂您的照应，我想还是可以的！
兰雪绒	岂止是可以的，是太好了！（转忧为喜）你到底是有心人，想得真周到！四娘怎么还不来呢？（激动地站起，走到门口去观望）
林宜威	（也要起身到门口去）四娘——
兰雪绒	（见了又回身制止）你不要着急，身体重要！这办法好，我想四

八 刀

娘会答应的。你先等着她，我进去看看弟妹。

内景／林宜威小院宜威卧房／深夜

兰雪绒　　（入，鹿棉已醒过来，正挣扎着起来。赶过去按住她）六弟妹，
　　　　　你病了吗？

艾鹿棉　　没有。（摇头苦笑着）

兰雪绒　　（见她两眼在房里逡巡）别着急，六弟在堂屋里。

艾鹿棉　　（安静了些，又不安地）大嫂，您怎么来了？

兰雪绒　　过来看看你呀。总也没空。（见她嘴上有血，衣也是湿的）来人，
　　　　　打点水来。（仆人打来水，雪绒帮给擦洗身子，掀开她的上衣，
　　　　　发现左侧胸下部比别处平了许多，有些奇怪。擦洗到此处，鹿棉
　　　　　疼得哼出声。雪绒吃惊地）这是怎么回事？

艾鹿棉　　撞的。

兰雪绒　　撞的？（用手轻轻抚摸那凹陷处，不觉大惊失色）天哪！断了两
　　　　　根肋骨！告诉我，哪儿撞的？（艾氏不吱声）是不是湖威在这儿
　　　　　胡作非为了？（鹿棉眼角淌出泪水）六弟妹，如果你还相信大嫂
　　　　　的话，你就把话都讲给大嫂听。有些事你说不出来，可湖威他做
　　　　　得出来，这我知道！

艾鹿棉　　大嫂！（又呕出一口血）是这样……

林宜威　　（画外音）四娘来了？

内景／林宜威小院厅堂／深夜

兰雪绒　　（迎了出来，见穆氏神色紧张）四娘，您不舒服？

穆　氏　　没有，我只是好害怕。苏儿不见了！

兰雪绒　　啊！

林宜威　　苏儿！

穆　氏　　带他的奶妈一觉醒来就不见了他。

兰雪绒　　这怎么会呢？

穆　氏　　哎呀，现在鄂威院子里已经乱成了一锅粥，大家都在找。我到这
　　　　　边院儿来从那儿过，进去耽搁了一会儿。

闪回

内景／林鄂威小院厅堂／夜晚

　　　　　（屋里聚集了很多人，人人神色紧张）

太夫人　　（一看这阵势）大伙不要光顾着哭天抹泪叹长气了，怡坤和鄂威、荆威、湖威立刻带了下人出去找。野外不消去得，苏儿比不得上次襄威丢失，这黑天半夜的他不会出去玩，主要是各院儿找。看是不是谁喜爱他抱了他去睡了，再就是庄上村子里也要挨家挨户找。料他出不了多远。

内景／林宜威小院厅堂／深夜

穆　氏　　（看他俩紧张）宜威，你叫我来有什么事儿吗？

林宜威　　四娘！

兰雪绒　　六弟你别慌，慢慢跟四娘讲。（宜威有形无声地讲话）

穆　氏　　（微笑，点点头）宜威呀，四娘答应你了。

林宜威　　谢四娘！

穆　氏　　不过，你也不要想得太多，好生养病才是正事。

林宜威　　嗯，听四娘的！

穆　氏　　四娘这一辈子爱的就是个孩子，可是，这辈子硬是没生养一个孩子。你是我的亲侄儿，等把礼性尽到了，棉子成了我的闺女，你就也是我的女婿。我可不想我的女儿年纪轻轻的就守寡！

林宜威　　四娘！

穆　氏　　（眼圈儿红了）你四娘到林家来进门三天就守寡，那滋味只有我知道。你们兄弟九个、姐妹七个，我老早就想过继你们当中的一个。可我那时年轻，怕你们奶奶怪罪我，再说你们兄弟姊妹们个个都小，离不得娘身边，我就忍了。现在年岁大了，眼见得你们一个个长大成人，嫁的嫁、娶的娶，都有了小家，你四娘却还独守那大院儿，心里越不是个滋味。

兰雪绒　　六弟，四娘说的是这个理儿，你也不用想太多，好好养病。待到你硬朗些了，连你们小两口儿一起搬到四娘那儿去。

穆　氏　　就是！生养几个孩子，叫我奶奶也行、叫我阿婆也行，我都乐意。

　　　　　　你娘那边呢，我请老太太去说，我想她会答应的。

兰雪绒　　是啊，冲着四娘那份家产传给你，二娘也会答应的。

林宜威　　（满心欢喜）四娘，我对自己的病已不做什么指望了，也享受不到您那儿温暖的生活了，但鹿棉能在四娘那里受到庇护，既是女儿的名分，又可不再远嫁，还能让四娘颐养天年，这是最完美的了！

兰雪绒　　（趁着宜威高兴）四娘，我们去看看六弟妹。

穆　氏　　（突然感觉少了个人）咦？棉子呢？

兰雪绒　　在房里呢。（与穆氏往里走，轻语）六弟妹的胸肋骨断了两根。

穆　氏　　（惊愕不已）怎么会是这样？

宜威院仆人　　（慌慌张张入）六少爷！哦，四太太、大少奶奶！（雪绒和穆氏闻言止步）

林宜威　　你慌什么？

宜威院仆人　前厅的廊柱上发现了一张纸信，用匕首插着。说是若苏小少爷被土匪青蛇镖绑走了，索要光洋五千块赎人。（众人目瞪口呆）

内景 / 林鄂威小院厅堂 / 深夜

林湖威　　（画外音）奶奶、娘、二嫂，不好了！不好了！（跌跌撞撞跑进门来）不好了！苏儿给青蛇镖绑去了！（全屋子人都惊呆了，放声大哭）

太夫人　　（愣了片刻，回过神来）湖威，你哪儿得来的消息？

林湖威　　回奶奶，现有匕首一把和信纸一张插于前厅廊柱上，我和林石发现的。上面已经写明。（上前一步，递上勒索信）

闪回

外景 / 林家大厅堂外 / 深夜

林湖威　　（同着家仆家丁一伙儿往前厅搜索而来）林石，我们往台阶那边走。

林　石　　好！

林湖威　　大家都仔细点儿，看看石坎下、树蓬里有没有人。四处和屋上面也不能放过。

一家丁　　（咕哝）难道苏小少爷还爬到屋梁上去了？

　　　　　（大家刚走到台阶处，忽一阵风过，林石感觉耳畔有哗啦啦的纸响，侧脸一看，见一把插在廊柱上的匕首在火把的照耀下闪出道道寒

光，刀刃与木柱接触处挂有一张纸，上有大字数行。他不认识字，忙取下了）

林　石	七少爷，快来看，这儿有把匕首，还有张字纸！你看看写的什么？
林湖威	（接过看了一眼）快，向老太太去禀告，青蛇镖绑了苏儿，要光洋五千块。
林　石	啊！（跳着向大伙儿摆手）不用找了！（伴了湖威向鄂威小院飞奔而去）

内景／林鄂威小院厅堂／深夜

太夫人	（接过勒索信，望一眼夏仪灯）孝威媳妇，你把它念一遍。
	（卓氏和谭氏止了哭，惊恐万状地听夏氏宣读）
夏仪灯	林府二老爷怡坤见信展阅：

　　　　现有枯风寨啸天大王青蛇镖因缺饷钱，欲借贵府光洋一花，又恐府上不肯赞助，万般无奈，只得请了小公子若苏走动走动，以助我一臂之力。如老爷盼孙心切，可于明日晚戍时将银元五千块置于贵府祖墓老太爷石碑右侧之石狮底座后面，自将小公子归还府上不伤分毫。不得报官、不得跟踪、不得守候，否则小公子命难保矣！万望！切切！

　　　　　　　　　　　枯风寨啸天大王青蛇镖于丁丑年七月初四日

　　（屋内又是哭声一片）

太夫人	大家静声！湖威，你赶快派人去通知你爹爹，还有你二哥、四哥他们回来，把苏儿的去向告诉他们。
林湖威	是！（退出）
太夫人	林石，你帮着七少爷把手下人分成四班，赶紧把老爷和少爷们找回来。
林　石	是！（退出）
太夫人	怡乾媳妇，你和管家赶快查查账，看家里的现洋够不够用。要是没有，赶紧派人进城到商号里找你三弟支取。
苗　氏	是！母亲！（退出）

太夫人	怡坤媳妇，你这两天就住鄂威媳妇这边，帮着她把两个小的看住。
卓　氏	是！母亲！
太夫人	鄂威媳妇，你也不要太过于伤心着急，苏儿有了下落，总比不知去向好。青蛇镖虽是太贪，但为了孩子，我们五千块在所不辞！
谭金簪	是！奶奶！
太夫人	不然逼急了那个恶阎王，不说他把苏儿撕了票，就是落个荆威那样的残疾也够人受的！你要打起精神等待明晚。
谭金簪	嗯！
太夫人	（又转向余氏）荆威屋里的你有了身孕，熬不得夜的。
余　氏	谢奶奶！
太夫人	这样吧，怡瓯媳妇你陪着她回去，早点儿歇息。
甘　氏	是，母亲！（甘氏与余氏离去，穆氏和兰雪绒入）
太夫人	楚威媳妇你赶快回去看住涵儿他们姐弟。苏儿出事儿了，你也要加倍小心，最要盯紧的是咏儿和光儿。
兰雪绒	是，奶奶！（雪绒退出。转身时看了一眼四娘，四娘会意地点了点头）
太夫人	好了，大家都下去吧，有事了我们再相告。
众　人	是！（纷纷离去）
太夫人	怡稷媳妇，你也回去歇息了吧。
穆　氏	我送母亲到上房去歇息。
夏仪灯、霍修墨	我们也送奶奶回房歇息。
太夫人	好吧！（穆氏、夏仪灯、霍修墨三人忙上前相扶）

内景 / 林家上房太夫人卧房 / 深夜

（穆氏展床铺被，霍氏打水、捧盂，夏氏服侍老太太洗漱完毕）

穆　氏	（坐到婆母前）母亲，媳妇有件事想禀告您——
太夫人	噢？
穆　氏	本来已经是深夜了，不该在苏儿出事的时候又给您增添忧烦。但事情紧迫，迫不得已才打扰您老人家一下。望您允许媳妇说出。
太夫人	说吧！
穆　氏	母亲，我刚才和楚威媳妇到宜威那儿去了一趟，看来宜威是真的

没救了。

太夫人　（惊骇地）你说什么！

穆　氏　他已在托后事了。

太夫人　我的宜威啊！

穆　氏　他请了我去是想让我认了棉子做闺女，我知这是他的一块心病，就满口答应了；还许了不少好话给他，说得他满心欢喜，精神也好了不少。

太夫人　这样好啊！（拍拍穆氏的手）这样好！

穆　氏　可是，我不知道二嫂她干不干。我怕的是女儿没认成，倒害了宜威媳妇；我和二嫂妯娌间从此也闹出许多隔阂，岂不清静了半辈子又讨些气来怄？所以还望母亲在二嫂面前美言几句，让二嫂答应了。

太夫人　行！我去说！这样大家一好百好。

穆　氏　我在想，就算宜威真的保不住要到那边去，他走时也会百无牵挂了。我老了，身边有个应声儿的人，也是林家祖上积的荫德，让后人们享福。

太夫人　是啊，棉子跟了你，虽然是认的女儿，可说不假还是林家的一个媳妇，又守了贞节、又光耀了门楣，还有个疼她爱她的娘。多好！

穆　氏　她好好过下去，这十里八乡的也会传颂我们林府门风好的！

太夫人　就是！就是！再说二房的儿子多，棉子要到了你的院儿里，以后鄂威、孝威、湖威他们三兄弟各家门、立家户的时候也会多一份财产，岂不是好事？

穆　氏　这道理本是很浅显，可我担心二嫂她一时犯倔想不透彻，闹出许多不愉快来，所以还请母亲从中斡旋。您做主说一说，也许二嫂就想明白了、就答应了。其实这是宜威的想法，我想二嫂看在儿子的面子上，她也会答应的吧？

太夫人　（连连点头）行！行！这法子真的叫好！

穆　氏　可怜宜威病成这样了，还挖空心思为媳妇想出这么好的一个归宿、这么好的一个主意，真是不容易啊！

太夫人　可见他夫妻俩是多么的恩爱哦！（流下泪）宜威啊！我的好孙儿啊！我们怎么舍得你啊！

第十三集

内景 / 林家上房太夫人卧房 / 深夜

穆　氏　　母亲,儿媳还有件事相告。宜威媳妇今晚受了伤,肋骨断了两根……

太夫人　　你说什么?!(惊愕地打断了穆氏的话。仪灯和修墨紧张的脸)

穆　氏　　(只得重复一遍)宜威媳妇今晚受了伤,肋骨断了两根。

太夫人　　我的天哪!怎么会是这样?在哪儿受的伤?

穆　氏　　(隐瞒地支吾着)也许、也许是到厨房抱柴火时摔伤的。

太夫人　　抱柴火时摔伤的?那厨娘都到哪儿去了?一个少奶奶怎么能去抱
　　　　　柴火?都惯坏了!都惯坏了!

穆　氏　　母亲息怒!是宜威媳妇贤惠。因宜威的病,夜里要好多次地起床
　　　　　端茶递水伺候他,有时夜里又没事,这样长年累月地要厨房的人
　　　　　守那儿并不方便,宜威媳妇就辞退了几个人,另外的也叫他们夜
　　　　　里睡去了。这几天宜威病重,棉子起来的回数多了点儿,有些疲倦,
　　　　　就摔倒了。

太夫人　　不方便也要雇着他们。这许多人都雇了,还在乎一两个烧火煮茶
　　　　　的人?你明天给你大嫂说说,看看哪个院儿里人多,哪个院儿里
　　　　　人少,重新配齐。哪有少奶奶自己下厨去烧水的理儿!

穆　氏　　是!母亲,我明天跟大嫂说说。只是宜威媳妇现在受了伤,这请
　　　　　郎中的事儿……

太夫人　　请啊,这骨头断了的事儿还能拖?

穆　氏　　不是这个意思。我是说宜威媳妇的伤在胸肋处,而郎中呢又都是
　　　　　一些先生,棉子她一个少奶奶……

太夫人　　哦,我明白了。孝威媳妇、荆威媳妇,你们现在到宜威媳妇那儿
　　　　　去陪着她,今夜就交给你俩了。

夏仪灯、霍修墨　　是!奶奶!

太夫人　　怡稷媳妇,你先回去好好睡一觉,明天对她的关照就交给你。这

苏儿一丢失，大家要忙他，顾不到宜威这边来。

穆　氏　是！母亲！

太夫人　我呢，明天过到宜威院儿里去，守着郎中给宜威媳妇诊治，我想贴贴膏药还是行的。

内景／林宜威小院宜威卧房／白天

（太夫人来坐镇监视郎中给艾鹿棉瞧病）

林宜威　（哭着对穆氏）四娘，我都这副样子了还害得她摔断肋骨，只怕下一辈子变猪狗牛马也还不清她的情了！

穆　氏　宜威，这不能怪你啊！

太夫人　（对佣人）给六少爷另开间房，让他静静地歇一歇。

内景／林鄂威小院厅堂／傍晚

林怡坤　（将一个沉重的包袱递给鄂威）你好生拿着，送到祖坟墓园去吧！

林鄂威　（诚惶诚恐地接住）是！父亲！

外景／林家祖墓园外／晚上

守园人　（迎接宝贝似抱着包袱埋头赶路，走近墓园的鄂威）二少爷来了！

林鄂威　嗯，我进去一下，把钱放了就出来。你还在这儿，不要四处看，免得惊动了土匪坏了苏儿小少爷。

守园人　是！二少爷！

外景／林家祖墓园内／晚上

林鄂威　（摸黑寻到爷爷的墓碑前）祖父保佑啊！

（跪了下去，哭了一晌，看看时辰不早，忙将包袱搁在右侧石狮座底下，抹一把泪，站起，绕墓碑走一圈儿，匆匆离去）

外景／林家祖墓园外／晚上

林鄂威　（向守园人）你好生看着园子！

守园人　是，二少爷！

内景／林鄂威小院厅堂／晚上

（鄂威回到家来，大家围上去）

林怡坤　一路上怎么样？

林鄂威　来去什么动静也没有。

林怡坤	哦，那只有等那边的消息了！（大家松口气，又焦急地议论纷纷）
林襄威	（拿过勒索信仔细看着，疑虑地）这信有问题啊！
林怡坤	嗯？
林襄威	青蛇镖说了要在什么地点、什么时间、用什么方式送钱，可没说在什么地点、什么时间、用什么方式交人啊！（屋内又是哭声一片）要是匪徒取了钱不承认怎么办？取了钱不交人继续勒索怎么办？或者得了钱还是将票撕了怎么办？
林怡瓯	是啊，那年荆威被绑后交钱交人就和这次不一样，那是当面锣对面鼓两边人对峙着交换的。就算是把荆威整跛了腿，青蛇镖也是敢做敢为，哪有不让报官、不让跟踪、不让守候的？要是这里面有诈，让人到哪里去伸冤？（众人更是哭声大作）

外景 / 林宜威小院 / 夜晚

（林宜威磨磨蹭蹭地来到厢房前，胸闷得上气不接下气，他手抚着胸口，坐到廊下石凳上歇着喘息。旁边的厢房小门打开来，走出两个人）

小伙计	（轻声地）你说这次六少爷病得跟以前不一样，可我看六少奶奶好像也不妙。肋骨戳破内脏，那还有好的？
小丫鬟	哎，我给你讲件事儿，你千万不要告诉别人！（东张西望一番）
小伙计	什么事儿？
小丫鬟	你要答应不告诉别人。
小伙计	好，我答应不告诉别人。
小丫鬟	其实，少奶奶的伤不是摔的。
小伙计	那是怎么了？四太太说是抱柴摔的。
小丫鬟	哪儿啊，那是四太太怕老太太伤心，故意编的。
小伙计	那伤是怎么来的？
小丫鬟	昨夜里我听大少奶奶跟四太太讲——（两颗头挨得更近，声音压得更低）
小伙计	打的？谁打的？
小丫鬟	是七少爷打的！（一口血涌上宜威的喉头。不能发出声响吐出来，

血顺着嘴角往下淌。

小伙计　不要瞎说！这话怎么也能瞎说！七少爷再坏也不会这样！少奶奶
　　　　是他嫂嫂哇，再说他凭什么打她？

小丫鬟　轻点儿！（吓得左顾右盼）是真的！七少爷对我们少奶奶起了歹心，
　　　　调戏她，下不得手。

小伙计　哦！

小丫鬟　后来少奶奶到厨房去给少爷打水，七少爷就先躲在那里，要对少
　　　　奶奶非礼。我们少奶奶当然不会让他沾身哪，他就强行地抱了少
　　　　奶奶亲嘴，少奶奶没办法了就把七少爷的肩膀咬了一口。七少爷
　　　　疼了、恼火了，就打我们少奶奶，那骨头就是用拳头打坏的。
　　　　（林宜威身子晃了几晃，咕咚一声昏倒在地。低语的两人跳下坎
　　　　去一看，吓了个半死）

内景 / 林家大院大厅堂 / 夜晚

　　　　（林江威醉醺醺的，歪歪倒倒地向厅堂走来。上了台阶，灯影中
　　　　看见一个人影儿一晃就不见了）

林江威　（舌头发硬地）那是谁呀？快来扶少爷我一把！
　　　　（没人理他，他打个酒嗝又左摇右摆地继续往前走。来到那人影
　　　　晃过处，忽被脚下一物绊倒在地，手中细脖长颈的瓷酒壶摔出老远，
　　　　"啪"的一声粉碎了。他爬起来坐在地上，愤愤地踢那物一脚）

林江威　一堆牛屎门前垛，害得老爷我门槛都不能过！
　　　　（林江威骂完了，又就着厅内不太亮的灯光细看，原来是一条麻袋，
　　　　袋内之物还动了一下。他感觉有些奇怪，便伸手触摸触摸，发现
　　　　袋口处被一绳系住了，便将那绳解了开来。那口袋又动了一下，
　　　　江威就扒一下袋口，那地方却露出了一撮人头上黑黑的毛发）

林江威　哎呀我的娘啊！
　　　　（江威大叫一声，蹭着倒退好几步。那口袋又动了一下，他惊恐
　　　　地四处张望）

林江威　来人啊！快来人啊！（数家丁应声而至，见江威这么一副狼狈相，

惊愕）

家　丁	三少爷，你怎么啦？
林江威	看！麻袋！人！（江威手指了那物，浑身直颤）

（家丁举着灯笼上前将麻袋全部扒开，只见一个孩子双眼紧闭、脸颊青肿、鼻侧凝固着已发黑的血、口里塞着一团烂布、手脚被绑着、有的部位已被挣扎破了皮、一股屎尿气呛人鼻腔）

众家丁	啊，好臭！（又无不惊骇地）苏小少爷！
林江威	快！快！二哥！二嫂！（仍手指着麻袋已语无伦次）

（众家丁赶紧手忙脚乱地扯掉若苏口中的烂布，解开他手脚处捆的细绳，抱起向鄂威的院儿里飞奔而去。江威也跌跌撞撞地跟了去。屏风后闪出了霍修墨）

内景 / 林宜威新开的房间 / 夜晚

（林宜威被抬到铺上，那牙关紧咬着掰不开了。穆氏和雪绒急得在屋团团转）

穆　氏	（对仆人）快去报告老太太、老爷和太太们。
仆　人	是！（离开。艾氏挣扎着从门口进来）

（宜威说不了话，那两眼却望着四娘和大嫂直淌泪；鹿棉过来了，他两手紧抓了妻的手，两眼盯了她便渐渐地散了神。他脚尖动了一下，手便松了开来，双目却瞪得溜圆。林宜威的手松了，艾鹿棉的身软了，她昏倒在了地上。雪绒顾不得死人，又去救艾鹿棉。穆氏伸手把侄儿的眼睑抚下来，又将自己的一张泪脸埋到了帕子里）

内景 / 林鄂威小院厅堂 / 夜

（床铺上已经洗干净了的林若苏伤痕累累，但还没有醒过来。大家围着他哭泣、伤心、叹息）

宜威院仆人甲	（慌慌入）报老太太、二老爷、二太太，六少爷口吐鲜血昏死过去了！
太夫人	（无暇顾及地）请郎中！
宜威院仆人乙	（奔入）报老太太、二老爷、二太太，六少爷疾终！

太夫人　　　啊，我的六孙儿啊！

卓　氏　　　（恸哭）宜威——（屋里哭成了一团糟）

林怡坤　　　（见太夫人哭得气岔，害怕了，泪流满面）母亲——

太夫人　　　（渐渐静下来）那边现有谁在那儿？

宜威院仆人甲　　现有四太太和大少奶奶守着呢。

太夫人　　　怡乾媳妇，宜威的丧事你操持着办理。

苗　氏　　　是，母亲！

太夫人　　　苏儿整成这样，你二弟和二弟妹，还有鄂威小两口儿要守在这儿，那边一切银钱开支、内务安排都是你的事。

苗　氏　　　是！母亲！（离去）

太夫人　　　怡瓯，你再到城里去支些现洋回来，还有丧葬用品，你回来了就应付外务。

林怡瓯　　　是，母亲！

太夫人　　　襄威，你想个法子，让你那几个在外的哥哥们都回来。直接告诉他们，你六哥已去了。

林襄威　　　是，奶奶！

太夫人　　　江威媳妇、荆威媳妇，你们的事就是陪宜威媳妇，别的都不干。

夏仪灯、霍修墨　　是，奶奶！

太夫人　　　哦，你们给楚威媳妇说，让她赶快回到自己院儿里去。苏儿整成这样，谁敢保咏儿、光儿他们不出事？再说宜威才掉了气，这病是要过人的，楚威媳妇一个喂奶的妇人，把那病过到身上又过给小娃娃了怎么得了！

夏仪灯、霍修墨　　是，奶奶！（离去）

太夫人　　　（一眼看见林江威）江威，你看你像个什么样儿？

林江威　　　奶奶——（瑟瑟的，仍没回过神来）

太夫人　　　一天到晚不着家，喝得醉醺醺的。苏儿出了那么大的事，连个人影都不见你的！你文不识个字儿，武不扛杆枪，工不打把镰，农不种块田。就是跟你三叔到店铺去管管货也是好的呀！看着看着满田满畈的板仓咚咚响，农时又忙起来，就你游手好闲终日东飘西荡。这坐吃山空往后西北风灌你啊？

林江威	回奶奶，孙儿以后不敢了！
太夫人	嗯！你也老大不小的了，今天夜里给宜威洗身穿衣等诸多事情由你管理。兄弟一场，尽个心！
林江威	是，奶奶！
太夫人	荆威，你替着鄂威多操心点儿田畈里的事。
林荆威	是，奶奶！
太夫人	湖威呢？哦，在这儿——（看见了站在众人后面的湖威）
林湖威	奶奶！
太夫人	你浑小子最近把手脚收拢点儿。要是再出事儿了，我就剥了你的皮！这次来客归你接应，做你三叔的帮手。
林湖威	是！（暗地里欢喜）

外景／林鄂威小院／夜

夏仪灯	（和霍修墨前行，见她脸色发青、举止畏畏缩缩）你怎么了？不舒服？
霍修墨	嗯，不舒服。
夏仪灯	唉，六弟他们和苏儿他们出了这样的事儿，这也是没有办法呀！
霍修墨	嗯。
夏仪灯	我们多帮点忙也就算尽心了。
霍修墨	嗯。
夏仪灯	（奇怪地偏头看她）你老是嗯哪嗯的！

内景／林宜威小院卧房／深夜

（夏仪灯、霍修墨陪着艾鹿棉在房里嘤嘤地哭。卓氏入，见此，皱起眉头，黑着脸转身出去）

内景／林宜威小院厅堂／深夜

（卓氏从卧房出来，走到桌前坐下生气。从厅堂里可以看见另间屋子里林江威坐在宜威的床前发呆，一男仆端着盆水站立着，一个老头子给林宜威擦身子）

卓　氏	（猛一拍桌子）人呢？都死绝了？

（林江威惊醒过来，仆人愣了神，装殓人吓得巾子掉到地上。卧房里跑出夏仪灯和霍修墨，诚惶诚恐）

夏仪灯　娘！

霍修墨　二娘！

卓　氏　（对两个媳妇怒目而视）怎么把六少爷搬了房子？

夏仪灯　回母亲，昨夜里六弟妹受了伤，和重病的六弟共张床不好护理。再说我和四弟妹在这儿做陪伴，与六弟男女同一室也有诸多不便，故另给六弟支了张铺。

内景 / 林宜威小院卧房 / 深夜

（艾鹿棉挣扎着起床，踉跄向外走）

内景 / 林宜威小院厅堂 / 深夜

卓　氏　那怎么不让宜威媳妇搬出来？你们都给我放清楚点儿，不要太猖狂！六少爷是寿终正寝呢，不是村头毙命的流浪汉。做了十几年的少爷，到死倒要睡偏屋！谁的主意？

夏仪灯　（和修墨对望一眼）回母亲，奶奶的命令。

卓　氏　奶奶——（到底气短）不要打着奶奶的幌子撞骗！

夏仪灯　媳妇不敢！

林江威　（从小屋走出来）娘，入殓的大爷说六弟已经硬了，再不穿衣就不好办了。

卓　氏　哎呀我的儿啊！可怜的宜威呀！娘看你来了！（扶桌拍腿，呼天抢地地哭）

画外音　（卧房里"哗啦"一声响。众人惊回望）

内景 / 林宜威小院卧房 / 深夜

（夏仪灯、霍修墨慌张奔入。艾鹿棉嘴角流血、倒在地上，竹几压着她，灯也熄了，烛台滚到一边。仪灯、修墨忙去帮扶）

内景 / 林宜威灵堂 / 白天和黑夜

（众兄弟除了汉威外都回来了，给宜威守灵。艾鹿棉披麻戴孝、强撑着身子到灵前磕头守夜。鹿棉妹妹鹿荞伴守着姐姐）

内景 / 林怡乾院厅堂 /1937 年 / 初秋 / 白天

苗　氏	（与楚威、雪绒议事）楚威，汉威现在到底在哪里？怎么老是不回来？
林楚威	回母亲，他去了欧洲。
苗　氏	欧洲？欧洲在哪里？
林楚威	一个很远的地方。出国了，在那里学西洋。
苗　氏	唉，学个什么西洋，又不能当媳妇用！你们知道，他老大不小的了，婚事都成了我的一块心病了！
兰雪绒	娘，五弟的婚娶，您可以不管的。他自会给您把儿媳领进家门的！
苗　氏	我真的把他没办法了！唉，昌威也已十七八岁了，给他订门亲事吧。
林楚威	好，只要有好人家，可以去提亲的。
苗　氏	你们看近来给宜威办丧事，他妻妹荞姑娘蛮讨人喜欢的，我想说了这户人家给昌威，你们看行不行？
林楚威	好是当然好，不过那姑娘是不是太小了点儿？都还没成人呢。
苗　氏	那不要紧。现在不慌着成亲，待两年了不就长大了？楚威媳妇，你说呢？
兰雪绒	好得很！看了六弟妹的为人，就可知道艾家的家风。不过——
苗　氏	直说嘛！
兰雪绒	我想这事儿还是跟八弟他商量妥了，再去提亲的好。
苗　氏	嗯，有道理。（对仆人）去叫了八少爷来。
仆　人	是，太太！（离去）
兰雪绒	荞姑娘她已经在这儿住了一两个月了，八弟他也是见过她多次的。如果他俩都情愿，那岂不是一好百好、大家都好？如果有些什么不便呢，我们也好采取一些别的办法。
苗　氏	行！
林昌威	（入）娘，您叫我？
苗　氏	昌威呀，是这样。这次我见了你六嫂的妹妹荞姑娘，蛮不错的，想说给你做媳妇，不知道你愿意不愿意？
林昌威	娘，恕儿不从，那是万万不可的！

苗　氏	嗯？（惊愕、继而生气）
林楚威	（诧异）八弟！（雪绒也深感意外）
苗　氏	父母之命、媒妁之言，你能说不可？
林昌威	娘！
苗　氏	（哭）他爹呀，你怎么这样早就闭眼了呀！你看你的不成器的儿子们吧，都人长树大的了一个个不成家，这往后怎么过啊！根都要断了啊！
林昌威	娘！容孩儿说几句肺腑之言。儿在外读书，接受了不少的新思想，再不愿受那几千年封建礼教桎梏的束缚了。
苗　氏	什么新思想？新思想就是不要家了？（哭得静了些）
林昌威	家，我肯定是要成的；媳妇，我肯定是要给您娶回来的！不过，我不要长辈随便给我指亲，我要自由恋爱、自己找对象！
苗　氏	自由恋爱？自己找对象？对象是个什么东西？我怎么没听说过？还要去找？怎么个找法？自由恋爱？这自由来、自由去的没了章法，那不跟个禽畜一样？
林昌威	娘，我一时半刻跟您说不清。请允许我不答应长辈的定亲，就是爹爹还健在我也会是这样。大哥请理解我，大嫂请理解我！还有——（见娘和哥嫂都不吱声）我这次离家了就准备去从军打仗，到北方去抗日。
苗　氏	什么？打仗？抗日？
林昌威	打东洋鬼子！
苗　氏	（惊骇万分，又痛哭起来）哎呀，他爹呀，你来看看这些儿子们吧！真的就楚威孝顺听话了。
林楚威	娘！
苗　氏	汉威瞎求学，不定亲、不成家，跑到什么欧洲去学西洋。昌威他更是没有章法，胡读书，要自由恋爱、自己找对象，还要到什么北方去打东洋。怎么没一个安分的啊！
林昌威	日本鬼子霸占我们东三省已经六年了，前些时又发生了卢沟桥事变，都打到华北了。我们不能做亡国奴！

苗　氏	昌威，你到底要干什么？
林昌威	娘，孩儿要去参军、要去打仗、要去抗日！也许从此战死疆场，马革裹尸；也许将来衣锦还乡，光宗耀祖。娘，儿女自有儿女福，请您不必多担忧。说小点儿，这是孩儿我的志愿，热血青年岂能在家贪图享受？说大点儿，我也想给后辈树个榜样。如果没有祖上的南征北战、抗击外夷，哪有我们今天的荣华富贵？再讲更大的道理，我们是救国，是岳飞、文天祥、郑成功的后裔，岂能眼睁睁地看着祖国山河破碎、惨遭日寇的蹂躏、被那铁蹄践踏……
林楚威	八弟，你跟娘讲这么多大道理，娘懂吗？（苗氏只顾一个劲地哭）
兰雪绒	娘，既然八弟不愿意，我们就再作商量。八弟还小，不用着急。
苗　氏	小？你们五弟那时也是小、小、小，可现在一小就小到二十出头了，又不见个人影，还在洋鬼子那儿学洋腔。我的天啰！我怎么养了一屋子和尚！走吧走吧，你们都走。气死我了！（兰雪绒赶紧使眼色让楚威他兄弟俩走了）

第十四集

内景／林楚威小院厅堂／白天

林昌威　　（与楚威在坐。雪绒回，起身迎接）大嫂！

兰雪绒　　（坐下了）八弟，我也不知道你们的那个自由恋爱对不对……

林昌威　　对的！

兰雪绒　　（笑一下）你也不要急着回答。我要问的是，六弟那妻妹虽是小了点儿，可人还是蛮不错的。你是真不喜欢还是假不喜欢？

林昌威　　大嫂，这不存在喜欢不喜欢。喜欢和爱情是两码事儿。

兰雪绒　　哎哟，这就是一码事儿。你看你五哥，他就是要那个自己找对象才找出那么大的错来。闹得这多年了眉子活不见人、死不见尸，不说你五哥痛苦得生不如死，连我们都跟着心里要滴血。

林昌威　　嗯，这个我知道啊。

兰雪绒　　这人哪，一接触感觉就会不一样。你比你五哥强，甚至比你已娶妻的几个哥哥都强，（望楚威笑一下）早已认识了那个荞姑娘，不消思虑别的。那女子瞧着很体面，再说她姐给你们也做了三年的六嫂，你也是该对她家有所了解的了。

林昌威　　大嫂，我正跟大哥说这事儿呢，我要找对象，就不会盲人骑瞎马去乱闯的，早已找好了。

兰雪绒　　什么？你们——你们——这个"找好了"是好到什么样子了？

林楚威　　（笑）是订婚了？还是已经要坐花轿了？

兰雪绒　　要不就是你五哥说的那个该到教堂去了？

林昌威　　好到、好到，好到相当于定亲的程度了吧。

兰雪绒　　哦，就不用提亲了？

林昌威　　提什么亲啊？（笑）自己给自己提！大哥、大嫂，她是女子学校的学生，父母双亡，孑身一人，跟着唱戏的兄长长大，由兄长供她读书。

林楚威	他们是哪里人啊？
林昌威	唱戏的，四处漂泊，没个根基。有一年，她那还没成亲的嫂嫂给了她一些钱以后，就和她的兄长一起失踪了。
兰雪绒	啊？这么苦啊！
林昌威	她去找过她的兄嫂，说是戏班子早已解散，她嫂嫂被卖了，哥哥被人杀害了。她用那点钱从小学堂读到了中学。
兰雪绒	哦，没人提亲，那你们是怎么好上的？
林昌威	我跟她是在街头搞抗日宣传的时候认识的，她是个多才多艺的好姑娘。
兰雪绒	（笑了）八弟，你这样说我就放心了，娘那边我去慢慢解释。
林昌威	还有——不知是不是我想多了。大哥、大嫂，你们可以细细观察，我发觉九弟和荞姑娘很要好。
兰雪绒	真的？
林昌威	也许是他俩年纪相当，也许是他们的娃娃游戏。七哥去了那荞姑娘就不言不语，九弟去了她就和他亲热交谈。要是这样——（又笑）那荞姑娘将来还是大哥、大嫂的一个弟媳妇。
兰雪绒	你倒安排得周全！
林昌威	大哥，大嫂！我还有个想法。涵儿也不小了，都七岁了；嫣儿也是五岁了，该发蒙了。可村子里办的学堂涵儿她们不方便去，我就想，能不能给她们请个老师回来专门教她们。
林楚威	这样好！
林昌威	涵儿、嫣儿她们将来长大了，是新一代的女性，没知识、没文化，光会针线茶饭是不行的。
兰雪绒	真难为八弟你想得到。可我一个妇道人家，你大哥又常年在外，请个先生来家里大家多有不便。前些日子出了苏儿那事，老太太让我在家守着这几个孩子，我就教了她姐儿俩认几个字，让她们拿毛笔临摹呢。
林昌威	光会《百家姓》《三字经》还不行，得学白话文、学算术、学科学。让她们到城里去，她们又太小，慢说您和大哥不放心，就是

她们自己也不便。先生的事，只要大哥、大嫂愿意，我会给请个女教师来家的，还可教唱歌、跳舞，城里人会的事那女教师都会。大嫂放心。

兰雪绒　　（点了点头，突然笑问）八弟，你要说实话，那女教师是不是你找的那个对什么象？（林昌威愣了一下，望了他大哥。抿了嘴笑而不答）

林楚威　　你说啊！她的身世你都告诉我们了。

林昌威　　大嫂好眼力！

兰雪绒　　我就说嘛！你还没告诉我们她叫什么名字呢。

林昌威　　冯秋池！二马冯，秋天的秋，池塘的池。

兰雪绒　　冯、秋、池——好名字！五点水，有禾就有粮，有火就有暖，有马有脚力，"也"呢是学问，"之乎者也"也！

林昌威　　（乐得摇头晃脑）多谢大嫂夸奖！

林楚威　　（对妻子）你都快成测字先生了！

外景／林家大门外／白天／

　　　　　（艾鹿荞由艾家仆佣陪伴出大门，林襄威相送）

外景／莲河岸边／白天

　　　　　（艾鹿荞上船，林襄威立岸上挥手告别）

外景／林家祖坟墓园宜威墓前 1937 年／秋／白天

　　　　　（艾鹿棉一袭麻衣，呆坐）

林宜威小院厅堂饭桌前白天与黑夜

　　　　　（艾鹿棉呆坐）

林宜威小院卧房或床上白天和黑夜

　　　　　（艾鹿棉呆坐）（以上三景交替出现）

林怡坤院厅堂白天

　　　　　（穆氏与卓氏交谈，有形无声）

卓　氏　　（点点头，表示明白）好，好！他四娘，你过继我家的孩子，我们非常感谢你的好心！

穆　氏　　应该的，应该的！

卓　氏	不过，孩子可以给你一个，只是不是宜威媳妇。
穆　氏	（有点意外地）那是——
卓　氏	宜威媳妇初为孀妇，又匆匆认母，外面看着也不好。
穆　氏	可是，她没有出林家院儿的门啊！
卓　氏	不啊！她自有娘家母，我又为她婆家母，你是她嫡亲的丈夫婶娘，还认什么母呢？她认了你，搬到你那院儿里去住，算是住婆家呢？还是住娘家？说到天边，她是宜威媳妇，总不至于宜威没了，屋里人也没了吧？
穆　氏	这——
卓　氏	再说她娘家干不干呢？
穆　氏	（心声）巴之不得的好事，有什么不干的！
卓　氏	你也知道，她娘家是最重礼教的，把三纲五常、三从四德时常挂在嘴上。四弟妹你是受过旌表的人，不会不思量到这一些吧？还有，就算以上这些都不存在，那宜威媳妇跟了你，到老了也还是生不出个一男半女，到那时，你和她不是都成了两个孤老？
穆　氏	（心声）两个孤老！
卓　氏	看在四弟妹你苦了这多年、又给我们林家争了脸子的份上，我早就有心给个孩子你。他爹也愿意。
穆　氏	二嫂，要不就算了！
卓　氏	诶——，怎么能算了呢？我们怎么也得让你儿孙满堂啊！
穆　氏	可是——
卓　氏	鄂威是已有妻室儿女的人，那就免了；江威不成器，没日没夜地死灌了酒不着家，给了你也免不得怄气；宜威倒是乖巧温顺，可狠心的老天爷又短他阳寿。现在，只剩下一个湖威，最合适给你了。
穆　氏	（震惊）二嫂——
卓　氏	湖威他身体健壮，又有学问，早已订下一门亲，等他过继给你了，就直接在你那儿给他们完婚。到那时，你是儿也有了，媳也有了，将来还有孙子、孙女等着抱，美死了！
穆　氏	（不知怎么说）唔，唔——

卓　氏	他四娘，皇帝喜欢太子，百姓疼爱幺儿。我把个最小的儿子送给你，你应该明白我的心。
穆　氏	明白，明白。（只得点头）不过，这事太大，还容弟媳向母亲禀报，慢慢商议。抱养棉子的事是老太太过问了的，现在变了，我不敢擅自做主，还容再作商议。二嫂，我走了。

内景 / 林楚威小院厅堂 / 白天

（穆氏与兰雪绒在座。穆氏唉声叹气，忧心忡忡）

兰雪绒	二娘她也真会算计啊！
穆　氏	（缓缓摇头，无奈地）我的心尽到了，万一关照不成鹿棉，那是侄儿媳妇真正的命苦，没有办法。
兰雪绒	她也真是命苦！
穆　氏	就是枯灯熬油到捻尽，大不了再重新回到那深居简出、不关院外事的日子里去，我也不能引狼入室、过继湖威！（兰雪绒深深点头）

内景 / 林怡瓯院厅堂 / 白天

（一堆五颜六色的婴儿衣衫放在桌上，甘氏折叠、欣赏着。挺着肚子的余氏恭立在一边。甘氏拿起一件偏襟小褂笑眯眯地看着，后用手指捏起当作扣子用的两根小祥祥给余氏看）

甘　氏	荆威屋里的，你看这两根祥子缝粗了。小儿皮肉嫩，会磨得疼的。换根细点儿的、软点儿的。
余　氏	是，母亲！
霍修墨	（入）娘，您找我？
甘　氏	嗯！（对余氏）你先下去吧！
余　氏	是，母亲！（又对霍修墨恭谦地）姐，我走了！
霍修墨	（点点头）好。（余氏抱了衣裳离去。甘氏对霍修墨指指椅子）
甘　氏	坐吧。
霍修墨	谢了！（坐下）
甘　氏	荆威媳妇，最近你老是紧紧张张的，看了这个、看那个，看湖威的眼神更是怪。到底出了什么事？
霍修墨	娘，没出什么事。

甘　氏	不对。是不是你看着宜威去世了，他媳妇又病了有什么想法？
霍修墨	不是的。娘——
甘　氏	荆威媳妇啊，我知道你心里苦。你跟荆威成亲以来你们俩都不拢身，都五年了。是不是你看到宜威媳妇一人了，就想到自己守活寡还不如她？
霍修墨	（哭）娘，儿媳不敢如此想。
甘　氏	其实，事到如今，你也该想开了。
霍修墨	嗯！
甘　氏	女人的命就这样！荆威虽是讨了小，可余氏只能住偏房，她有天大的本领在你面前也得低眉垂眼。你说是不？
霍修墨	是的！
甘　氏	不管怎么说，你都是个堂堂正正的、明媒正娶的结发妻呀！
霍修墨	娘，我知道！
甘　氏	再个讲，余氏好歹怀上了孩子，那是荆威的根，待那孩子生下地，你就是做娘的人。行了，看看你们四娘和六弟妹，还有你三嫂，你该满足了。起码我这个做婆母的还是向着你的嘛。
霍修墨	娘！（跪下号啕大哭）儿媳我哪敢计较丈夫？今日有您这句话，儿媳我为林家做牛做马在所不辞！到下生还做您的儿媳孝顺您！
甘　氏	（待她平息了些）好了，起来吧，别哭了。
	（霍修墨起来擦擦泪，在婆母跟前坐了，又习惯性地朝四周打量）
霍修墨	（轻声地）娘，我心里一直埋着一件事，不知当讲不当讲。
甘　氏	讲吧，娘听着。
霍修墨	我近来确实不舒服。不只为六弟，也不为我自己，而是为苏儿的事。
甘　氏	苏——儿！（一惊）
霍修墨	是的，苏儿！那天晚上二哥把五千块钱送到祖墓去以后，家里人都在着急地等消息。我在二嫂房里等到很晚，想到祖母让我照料六弟妹的事，就往六弟那院儿走，顺便到大门口去看看外面的动静。可是刚到前厅——

闪回

内景 / 林家大院大厅堂 / 夜晚

　　　　　　（一蒙脸人扛着一个大包躲躲闪闪地走）

霍修墨　　（差点撞上，吓得赶紧躲到屏风后面，心声）有人偷东西！

　　　　　　（江威醉醺醺地上厅来。蒙面人躲闪不及将包丢在地上，向修墨
　　　　　　的方向跑去）

林江威　　（发现了那人影，舌头发硬地）那是谁呀？快来扶少爷我一把！

　　　　　　（打着酒嗝又往前走，被绊倒，手中的瓷酒壶摔碎）

林江威　　一堆牛屎门前垛，害得老爷我门槛都不能过！

　　　　　　（爬起来踢那物一脚，触摸，解麻袋口处绳索，露出一撮头发）

林江威　　哎呀我的娘啊！来人啊！快来人啊！（数家丁应声而至）

家　丁　　三少爷，你怎么啦？

林江威　　看！麻袋！人！（家丁举着灯笼上前将麻袋全部扒开）

众家丁　　啊，好臭！（又无不惊骇地）苏小少爷！

林江威　　快！快！二哥！二嫂！

　　　　　　（众家丁抱起若苏飞奔而去。林江威跌跌撞撞地离去。屏风后闪
　　　　　　出霍修墨）

内景 / 林怡瓯院厅堂 / 白天

甘　氏　　你看清了那个扛麻袋的人没有？

霍修墨　　看清了。

甘　氏　　是谁？

霍修墨　　七弟！

甘　氏　　湖——威！（眼都直了）

霍修墨　　是的，就是他！他的身材和扔包后跑的姿势和动作就是他！虽然
　　　　　　他戴着头套蒙着脸。再则他是朝我这边跑的，没跑多远就躲在柱
　　　　　　子后面观看，家丁手中晃动的灯笼照着了他，我看得真真切切，
　　　　　　那眼睛就是他！

甘　氏　　天哪！土匪就在家里！

霍修墨　　我看到苏儿回来了，也跟着大家又到了二哥院儿里。苏儿伤成那样，

请了郎中正在诊治，又有来人报告六弟疾终了。奶奶安排每个人的事，最后点到七弟，他就站在我旁边，身上有一股屎臭气。

甘　氏　　嗯，苏儿是把屎尿都拉到裤子里了的。

霍修墨　　（咬了咬牙）混世魔王，他竟还敢到二哥二嫂房里来！我随着奶奶的眼光扭头去看他，见他的肩头上有好多黄泥巴，就弯腰把丢在地上的装苏儿的麻袋看了看。上面也有好多黄泥巴，跟七弟肩上的一模一样。我想起七弟是从粮库薯窖方向过来的，恰恰今年收来的红薯都出在黄土岗上。可能七弟把苏儿丢在薯窖里过了一天一夜。

甘　氏　　（骇得大口喘气）我的天哪！那么个不通气的地窖没把苏儿闷死已算他命大了；那么使劲地把他掼到地上也算他命大哦！

闪回

内景 / 林鄂威小院卧房 / 深夜

太夫人　　苏儿，告诉太奶奶，哪个人把你捆走的？

林若苏　　（鼻青脸肿的，有气无力地）不知道！我跟着奶娘去睡得好好的，哎呀一下子手脚好疼哦，睁开眼一看，有个人蒙着脸在捆我的手脚。

太夫人　　蒙脸人？！

林若苏　　我叫了一声，那个人就把什么东西塞到我嘴里去了。我又乱蹬乱踢，那人就死命打我，我就什么也不知道了。

太夫人　　一直没醒过？

林若苏　　不是的。我醒过几次的，嘴里还塞着东西，手脚绑得不能动，身上疼得要命。天老是不亮。

太夫人　　我可怜的苏儿！

林若苏　　后来，我听到好多人在哭，身上药水浸得疼，灯晃眼睛。我睁眼一看，就看见了太奶奶您，爷爷、奶奶、爹、娘，还有好多好多的人。

内景 / 林怡瓯小院厅堂 / 白天

甘　氏　　唉！原来，那个"天老也不亮"是天亮了薯窖里的苏儿看不见啊。

霍修墨　　娘您想啊——苏儿睡在奶娘身边突然地就不见了，后来二哥送出去了钱，苏儿又突然地回来了。

甘　氏	是啊，那偷小孩的人是怎么进出林宅的？这大院儿套小院儿，深宅高墙多少重门啊！家丁日夜把守各个出入口，除非来了能飞檐走壁的特高强盗。
霍修墨	还有，那封勒索信也是个疑点。九弟是最后一个看那信的人，后见苏儿回来了，大家就没再管那信，我就把它收了。
甘　氏	那信呢？你带着没有？
霍修墨	没有，搁在我房里。
甘　氏	你去拿来。我这里还有一封真正的土匪勒索信，让我找出来。我们对一对。
霍修墨	是，娘！（离去）

内景 / 林怡瓯小院内室 / 白天

（甘氏在箱柜里翻找东西）

内景 / 林怡瓯小院厅堂 / 白天

（甘氏从内室出。霍修墨去而复回，递信给甘氏）

霍修墨	娘！
甘　氏	我看看！（两封信相比较）
霍修墨	娘啊，您看，以前的信写在布上，现在的写在黄纸上；布上的"之乎者也"，文理通顺、简练；纸上的半文半白，意思清楚、冗长；前者书法考究，一看握笔者就是一个学究，现在的这个字体狂草，出于坐不住、闲不了的人之手。
甘　氏	事情再明显不过了。
霍修墨	听说荆威被绑那一年，也跟苏儿这次大不相同。
甘　氏	嗯，荆威是在外公然被绑去的，土匪还派了人送信来，言善待四公子，只要银子一万两赎人，还真的好酒好饭款待荆威。只是荆威那年已经十三岁了，血气正旺、犟得很，跟别人对打，被一个土匪小喽啰用枪托砸坏了腿，落下了残疾。荆威受了伤，双方交钱交人的时候，他们把银子降到了八千。现在都快十年了，青蛇镖再没找过林家的麻烦。
霍修墨	可这次……

甘　氏　　　唉！荆威媳妇，事情你知、我知，到此为止。那一房的人太厉害，惹不起。

霍修墨　　　（点头）嗯！

甘　氏　　　湖威能对亲生的侄儿下毒手，能对自己的祖宗诈钱财，可想他的心肠了。你二娘她又特好护短，闹到她那儿去了准会无趣；再说就算这事都查清楚了，又会对湖威怎么样呢？余氏眼看着要生产，不管怎么说都是你丈夫的一条根，到那时只怕惹毛了湖威，也害了你们这一门。

霍修墨　　　娘，我想的就是这些事儿啊，要不我当时就说出来了。

甘　氏　　　我一直以为你疼着你六弟小两口儿呢。

霍修墨　　　不过。我还是要想个办法不显山、不露水地让二叔、二娘他们知道，不然湖威的胆子会越来越大的。

甘　氏　　　真是个祸害精哪！

外景 / 林楚威小院院子 /1937 年 / 深秋 / 白天

　　　　　　（冯秋池拿铅笔打着拍子，教若涵、若嫣两姐妹唱歌，下人们围着看稀奇）

林若涵、林若嫣　　　（唱歌）……九·一八、九·一八，从那个悲惨的时候，脱离了我的家乡，告别了无尽的宝藏。流浪，流浪！……爹娘啊！爹娘啊！哪年哪月……

楚威院男仆　　　（向站边上静观的昌威）八少爷，那个女教师拿个棍儿比画着，好好玩哦！

林昌威　　　她这是在打拍子，唱歌是要有节奏的。（下人们听不懂，齐笑）

楚威院丫鬟　　　两位小姐唱得真好听，像戏班子里唱戏的一样好听。

老奶妈　　　莫瞎说！唱戏的都是蛮下贱的，我们小姐就不是唱戏的。冯小姐说了，唱这样的歌是新的女性。

楚威院老女佣　　　八少爷，小姐她们怎么老唱"揪尾巴、揪尾巴"呀？

林昌威　　　哦，（好笑）她们唱的不是"揪尾巴"，是"九·一八"。是个日期，九月十八号。（严肃起来）这首歌是东北流亡青年回不了家、思念故乡、思念父母时唱的歌。

楚威院老女佣　　噢，九月十八号。

林昌威　　（向大家宣传）现在，日本鬼子占领了我们中国半个华北，太原也要失守了；东边的上海在八月十三日就打过一场恶仗，我们有亡国的危险。日军所到之处烧杀淫掳、无恶不作，亿万同胞饱受野蛮蹂躏，打到我们湖北来了，我们也是在劫难逃啊！（人们静静地听着，脸上露出惊慌的神色）

外景 / 林家大门外 /1937 年 / 初冬 / 白天

（林石背着行囊，林楚威牵了林若涵和林若嫣，与冯秋池送林昌威出门。大家顺路向莲河方向走）

林昌威　　（与秋池落在后面）我到城里了就给你写信回来。

冯秋池　　我等着你！

林若涵　　我要八叔！

林若嫣　　我要和八叔在一起！

林楚威　　你们看八叔有话要和老师讲呢，你们去了他多不方便啊？

（小姐妹噘着嘴不高兴，楚威十分好笑，牵着她俩指点风景）

林楚威　　你们看莲河到了，八叔要从这里上船到城里去。

林若嫣　　八叔怎么不坐轿子呢？

林若涵　　八叔说他这一去就是军人了。军人不坐轿子。

外景 / 莲河岸边 / 白天

（林昌威上到船上，众人向他挥手，小船渐渐消失）

第十五集

外景 / 莲藕塘村路上 / 白天

    （楚威与秋池、若涵、若嫣往回走，林石相跟。柳玉来背着土铳、腰间挂着野物、拎着一块肉站在路边发愣，地上有一只击落的老鹰。楚威见了，走上前去）

林楚威　　这位猎户大哥，你打的猎物卖吗？

柳玉来　　卖！（抬眼看了看楚威）你是林家少爷吧？

林楚威　　是的。

柳玉来　　少爷！（上前一步，举起手中的肉）我打了半辈子猎，从来打的都是野物，可是，今天打下的这只老鹰嘴里，叼的分明是块细嫩嫩的人肉啊。会不会是哪儿有了凶杀？（楚威和秋池吃一大惊）

    （若涵和若嫣吓得抓紧了秋池的衣角躲到身后。林石上前一步）

林楚威　　（细瞅那肉）嗯，还真是一块人肉。（想了想）这样吧，烦请这位大哥到寒舍一坐，待我命人去报官。

柳玉来　　好！（楚威向林石递过用一个纸包，有形无声地交代一番。林石离去）

    （柳玉来提了老鹰，随着大伙儿到林家去）

内景 / 林家前厅 / 白天

林楚威　　（安排玉来就坐，走到桌边，给柳玉来续茶，递过烟杆去）猎户大哥，抽烟。

柳玉来　　不客气，不客气。我有。（从腰间取下烟杆）

林　石　　（人，神色紧张）大少爷、大少爷，这肉是六少奶奶的。

林楚威　　你说什么？（惊得站起）

林　石　　这肉是六少奶奶小臂处的肉。

林楚威　　这么说她被人杀了？你在哪儿知道的？

林　石	我刚走不远，就看见一些人将六少奶奶抬了家来，流了很多血，现在还昏迷着一直没醒呢。
林楚威	噢！她还活着。（松口气）谁杀的？
林　石	她自己杀的。
林楚威	自杀？
林　石	是的。六少奶奶天天到六少爷的坟上去，大家都习惯了。
林楚威	她不是每次去都带了人的吗？
林　石	是啊，可今天她一个人也不带就自己去了，就出事了。
林楚威	嗨！
林　石	四太太到她院儿里听说了这事儿，很生气，忙命人去陪少奶奶。下人去到墓园里，就看见六少爷的坟墓周围有好多字纸，都是六少爷生前写的字儿，有的烧了、有的还没烧，飞得到处都是。
林楚威	啊！
林　石	六少奶奶的胳膊被割去了一长条肉，流了很多血，跪着昏倒在地上。碑前的祭台上有一块血印，好像是把自己的肉割下来后供上去的。
林楚威	唉！六弟妹啊！
林　石	不巧那块肉又被一只老鹰叼走了，那老鹰又被这位猎户大哥打下来了。我一听是这事，就没去报官，回来了。我想等六少奶奶醒过来后问清楚了再说。请大少爷发话。
林楚威	说得有理。林石，你陪着这位大哥讲讲话，让人上些饭菜来，再叫采买来把这些猎物都买下了送到厨房去。
林　石	是！
林楚威	（转向玉来）这位大哥，家里出了点儿事儿，我去去就来。你先坐会儿，失陪了！
柳玉来	您有事，就忙去吧。（楚威离去）
林　石	（续水）大哥，喝茶。
柳玉来	多谢！（指一下猎物）有烦这位哥哥待会儿给大少爷讲一声，我走了。多谢烟、多谢茶，多谢招待，这些野物不值钱，送给少爷、奶奶们尝个鲜。

林　石　　那怎么行？那怎么行？

柳玉来　　行啊！行的！（赶紧离去）

外景 / 林宜威小院 / 白天

　　　　（院子里围满了人）

内景 / 林宜威小院卧房 / 白天

　　　　（艾鹿棉昏睡，郎中瞧病。鹿棉醒来，流泪，无声）

内景 / 林宜威小院厨房 / 白天

　　　　（女仆煎药）

内景 / 林宜威小院卧房 / 晚上

艾鹿棉　　（戚戚地，对雪绒）大嫂，我对不起您！

兰雪绒　　好好养伤吧，别想多了！

艾鹿棉　　（对穆氏）四娘，我对不起您！

穆　氏　　唉！

内景 / 林宜威小院卧房 / 深夜

　　　　（寂静一片，油灯摇曳着弱弱的光。艾鹿棉虚弱地慢慢起床，瞧
　　　　一眼守着她睡着了的丫鬟，整理了一下衣服，轻轻向外走去）

内景 / 林宜威小院厅堂 / 深夜

　　　　（艾鹿棉缓慢地在屋里走动，环顾四周）

内景 / 林宜威小院厨房 / 清晨

　　　　（厨娘忙碌做早饭，女仆在灶前煎药。光线由暗至亮，鸡叫画外音。
　　　　窗渐渐发白）

外景 / 林宜威小院厅堂门外 / 早晨

　　　　（女仆端一碗汤药走来，推门）

内景 / 林宜威小院厅堂 / 早晨

　　　　（门开，女仆进，向桌前走去。猛抬头向梁上看去，惊骇万分，
　　　　药碗掉到地上）

女　仆　　啊！六少奶奶！来人哪！少奶奶，救命啊——！

　　　　（卧房里奔出守夜丫鬟，滚倒在地）

内景 / 艾鹿棉灵堂 / 白天

（灵堂里挂着"看我门楣"的白布横批。穆氏和众侄儿媳妇们守灵，艾鹿荞跪在草蒲上哀哀地哭）

兰雪绒　　荞妹妹，你不要哭坏了身子。

艾鹿荞　　姐——（恸绝）

夏仪灯　　（指着横批愤愤地）你们看吧，哪有这样的爹娘！死了女儿，不悲伤哀痛，反而送了"看我门楣"的白布横批来，真是狠心！

穆　氏　　（担心鹿荞难堪）孝威媳妇！

夏仪灯　　四娘，恕我直言！这是五弟和八弟他们不在家，要是在家，看了这样的批子，不骂艾家才叫怪！

兰雪绒　　（制止地）三弟妹！

夏仪灯　　我就要说！可那天族长带队来，见了艾家的举止，反倒纷纷赞赏其高风亮节，啧啧声不断。可恶！真可恶！

林湖威　　（穿着光鲜地入，哭）六嫂啊，六哥刚离去，你怎么也走了呢？你怎么舍得我们呢？（转向鹿荞）小荞妹妹，你也不要太悲伤，有七哥我呢！你有什么事了只管跟我说，七哥给你做主！（鹿荞低头哭，心知肚明的穆氏和兰氏对视）

外景 / 林家上房 / 晚上

太夫人　　（对请安的众人）江威媳妇、荆威媳妇，艾家小女儿给她姐守灵，你们两人就搬了过去住，日夜陪着她不离左右，省得小姑娘伤心、孤单。

夏仪灯、霍修墨　　是！奶奶！（林湖威直翻白眼）

内景 / 林怡坤院怡坤卧房 / 夜晚

林怡坤　　（在灯下看信，气得把手上的纸拍得啪啪响，又一掌拍到桌上，将信纸往卓氏面前一推）你看看！你看看！这封匿名信写的都是苏儿被绑的事。说肯定就是湖威一人所为。有理有据的，否认不了。你还能不相信？

卓　氏　　（哭）其实，其实……

林怡坤　　信中还注明此事写信人不会四处宣扬，只是希望做父母的严加管教子女，以免往后闯出更大的祸来殃及更多的人。你说怎么办？

卓　氏	（更是哭）可是，苏儿是我们的肉，湖威他也是我们的肉啊！这手心手背都是肉，割了哪块肉都会疼到心里。再说，讲出去了我们这一房也许就完了，连鄂威两夫妻我们都不能去讲的！
林怡坤	唉！（怄气）
卓　氏	（止了哭）他爹，你说这写信人到底是谁呢？
林怡坤	（摇摇头）不知道！
卓　氏	少爷们不会。
林怡坤	那当然了！楚威和昌威是苏儿找回来了，宜威故去了以后才通知到家的；好出头的汉威又远在欧洲；鄂威是若苏的父亲，他如知道了实情就一定会直说；孝威出事前后一直泡在酒罐子里；宜威那天离开了人世；荆威没有这么会分析的头脑；襄威还小；湖威自己做了坏事不会自己又告发自己。
卓　氏	是啊，下人们也不会。
林怡坤	他们会看问题，却没有文化不会写信。
卓　氏	媳妇们有可能，而最大的嫌疑是楚威媳妇或者是荆威媳妇。
林怡坤	嗯！我们来排排：鄂威媳妇是苏儿的母亲，她也会直说，她应该排除；孝威媳妇虽会认几个字，却不会写信；宜威媳妇自身难保，管不了闲事，况她也死去几日了，不可能现在将信送来。
卓　氏	（冷笑）哼！这剩下来的就只有会观察、会分析、又会写一手毛笔字的楚威媳妇或荆威媳妇了。
林怡坤	（点点头）嗯——
卓　氏	不管怎么说，有人知道这件事，总是个祸患。一定要防范这两个人！
林怡坤	防她两个人肯定的，还要盯她们。可是，对湖威怎么办？不惩罚他行吗？他连亲侄儿都敢下毒手，差点儿要了若苏的命。不惩罚他，以后干出更大的坏事来了那怎么收拾？
卓　氏	可是要惩罚，又怎么惩罚？（哭）惩罚不得的！

内景 / 艾鹿棉灵堂 / 白天

（众女眷守灵，林湖威入，大家均神色严肃）

林湖威	（灵前上了一炷香，在艾鹿荞身边坐下）小荞妹妹！

（鹿荞起身到蒲团上跪着磕头，众人看着她不吱声。湖威坐了坐，无趣地离去）

内景／林怡坤院厅堂／白天

（桌上一堆银元，卓氏一枚一枚地数着。林湖威入）

林湖威 娘，你给我把以前订的亲退了吧。

卓　氏 你又要玩什么新花样？

林湖威 重新订一门亲，我要娶六嫂的妹子。

卓　氏 （恼火地）疯了你！

林湖威 （翻白眼）为什么？

卓　氏 你是定了亲的人，不要吃到碗里看到锅里！

林湖威 你们给我订的我不喜欢，我要六嫂家里的人！

卓　氏 你要退亲，让我们脸面往哪儿搁？

林湖威 这有什么不行的？人人都说五哥好，那他怎么就能那样？搞到今天人不人、鬼不鬼的他还不是照样过了？

卓　氏 不要跟那个不上正道的人学！（扯到正题上）湖威，你最近又在哪儿混？

林湖威 什么混？还不是在几个朋友那里玩一玩。

卓　氏 玩？怎么玩？嫖妓？赌钱？你花了多少？

林湖威 （咕哝）没有多少。

卓　氏 你那五千大洋到哪儿去了？

林湖威 （惊得跳起）怎么——

卓　氏 说！到哪儿去了？

林湖威 （反倒静了下来）娘放心，置了几亩地。

卓　氏 置地？你会置地？

林湖威 是啊！

卓　氏 置在哪儿？拿地契来！

林湖威 地契在城里，过两天拿来给娘看。

卓　氏 （沉默、心声）如果真是这样，总比他诈了钱去嫖去赌的好。只是心太黑了点儿、手太狠了点儿，朝自己的亲哥哥下手。就是要敛财也要来路正啊！（手指儿子）你这个畜生！怎忍心对苏儿下毒手！

林湖威　我本来想的就不是他。

卓　氏　啊？还有别人？是谁？

林湖威　咏儿。

卓　氏　咏——儿——！（眼睛都吓直了）

林湖威　我本是想的咏儿。可是那天晚上，大嫂带来的那个老妈子对小娃娃们看得太紧了，不睡又不走。我下不得手，才到二嫂院儿里抱了苏儿的。

卓　氏　我的天哪！（哭起来）你这个混世魔王哦！再这样下去，只怕这个家就败在你的手上了！

内景 / 林怡乾院厅堂 / 白天

苗　氏　（对兰雪绒）听说涵儿和嫣儿学了不少字？

兰雪绒　是啊，娘，她们可聪明啦！

苗　氏　这就好，讨点学问嘛，以后有出息。不过，又听说她们在院子里瞎喊，高声大嗓地喊？

兰雪绒　（笑）娘，不是瞎喊，是唱歌。可好听了！

苗　氏　一样的！这不好！女孩子家嘛，低眉垂眼、语不高声才是正事。

兰雪绒　娘，我给涵儿她们请的这位教师，您是答应了的。人您也见了，还说蛮不错的嘛。

苗　氏　人是不错，可不该让涵儿她们大声喊叫。女孩子唱什么歌！

兰雪绒　娘，她们这是在上课。现在的学堂里都这样，还跳舞、做操呢。

苗　氏　我想还是学八股，再加点琴棋书画的好。

兰雪绒　以前涵儿她爹在外上学的时候，您也说这不好、那不好，如今不是正好用吗？现在五弟、八弟、九弟他们学的更稀奇，不都很好吗？

苗　氏　（笑）女娃娃到底跟男娃娃不一样，只怕别人要笑话。

兰雪绒　没人笑话的。娘，您看那个冯小姐怎么样？

苗　氏　还可以，看着挺舒服的。

兰雪绒　您喜欢她吗？

第十五集　　　　　　　　　　　　　　151

苗　氏	喜欢。
兰雪绒	我也喜欢。我想，能不能让她给八弟做媳妇？
苗　氏	做媳妇？这可又是一回事！她是哪家的女儿？家庭身世怎么样？小小年纪该在家做闺女，怎么出来服侍人呢？这可要慎重。
兰雪绒	我问过了。她孤身一人，四海为家。
苗　氏	四海为家？没有根基？
兰雪绒	不是没有根基，是现在就孤身一人。
苗　氏	孤身一人？那她爹娘呢？
兰雪绒	父母双亡。只一个兄长抚养她长大，后来兄长也死了。
苗　氏	哦！可怜！
兰雪绒	娘，您不会嫌她贫寒吧？
苗　氏	（不好意思地笑笑）哪会呢？我们看重的是根基、是家风、是人品。
兰雪绒	是，林家的祖传。
苗　氏	嫁女必须胜吾家、娶妇不必胜吾家。如果只看家产，又有几人能胜过我们？如果只看钱财，当初也不会想到要给你五弟订那柳家女儿了。那柳家也不过是个小土地出租。唉！我的汉威呀！娘想你会想死噢！
兰雪绒	唉，说着八弟，娘您怎么又想起伤心事来了呢？如果您愿意，赶明儿我们禀告了祖母，就给冯小姐去提亲。反正她就只自己，她的事她可自己做主。
苗　氏	天嘞！自己找婆家，我怕别人说她的闲话。
兰雪绒	娘，如果说成了，她就是您的儿媳妇啊！只要他们夫妻俩好、只要她对您好、只要您看着顺心，那不是最好的事吗？
苗　氏	（点点头）那倒也是！就是不知昌威什么意思，他是要那个什么自由的。我怕害了人家秋池姑娘。
兰雪绒	（偷偷地笑）冯小姐本身就是八弟介绍来的，我看他俩挺合适，相处得也还和谐。赶明儿让涵儿她爹给八弟写封信问问，如果八弟同意呢，我们就提；如果他不干呢，就算了。
苗　氏	你这个主意不错。哎，楚威媳妇，只怕这就是他们的那个什么"找

对象”？

兰雪绒　　也许是吧。（笑出了声）

内景 / 林宜威小院艾鹿棉灵堂 / 白天

夏仪灯　　（和霍修墨陪着艾鹿荞守灵）奶奶命了我和你来陪荞姑娘，我们乐得有事干、又清静，少了多少烦恼事啊！

霍修墨　　嗯，荞姑娘喜爱清静。

夏仪灯　　爷们儿除了最大的大哥和最小的九弟，没有人来的。七弟来了，我们闭了院门不给开。（对艾鹿荞）荞妹妹，你放心！

艾鹿荞　　（心事重重地眼瞅着幔子）谢三嫂！（兰雪绒和冯秋池携了若涵、若嫣入）

夏仪灯、霍修墨、艾鹿荞　大嫂、冯小姐来了？涵儿、嫣儿来了？

兰雪绒　　三弟妹、四弟妹、荞姑娘，我们来看看你们。

冯秋池　　三姐、四姐、荞妹妹，你们歇着。

林若涵、林若嫣　　拜见三娘、四娘、荞姑姑！（两姐妹礼毕，又到蒲团上去磕头）

兰雪绒　　唉！自从我生了光儿，就拖累得不得了，老也抽不出空。到这边来的也少，荞姑娘莫见怪啊！

艾鹿荞　　大少奶奶客气了！

兰雪绒　　你倒是太客气了。怎么要叫大少奶奶？以后只能叫大嫂，才显得亲热！

（兰雪绒对着灵台双手长揖拜了几拜，又往长明灯里去添油。忽见幔子后面躺了个人，吓了一跳，过细一看，竟是林襄威）

兰雪绒　　九弟，你怎么睡在这儿？小心着凉了。

林襄威　　哼——（噘噘嘴，原来在生气）

兰雪绒　　哎，你怎么了？听见没有？

（林襄威翻一下身，埋着头，不应。夏仪灯和霍修墨吃吃地笑）

兰雪绒　　喂，哪有你这么不讲礼性的人？你以后也别再叫大嫂了！

林襄威　　大嫂！（一下子坐起）大嫂！大嫂！我应你还不行吗？

（林襄威说完爬起来，直冲冲地走到另一间屋子里去了，夏仪灯和霍修墨还在那里偷偷地笑）

兰雪绒	（不解地）怎么回事？
夏仪灯	你去问他呀！（雪绒将手中油壶递给霍修墨，跟了过去）

内景 / 林宜威小院小屋 / 白天

（林襄威坐在窗前的小桌旁，望着窗外想心思。兰雪绒入，走过去坐下）

兰雪绒	你怎么了？
林襄威	（嘴一咧，呜呜地哭起来）大嫂，我要娶荞姑娘！
兰雪绒	噢！（松口气）我道什么事呢。
林襄威	就这事！
兰雪绒	（笑）奶腥气都没干，就想娶亲。
林襄威	我不小了！
兰雪绒	哪有你这么哭着要讨媳妇的？莫把人家姑娘吓跑了。
林襄威	真的，大嫂！我要娶她！现在娶不成，以后娶。我喜欢她，她也喜欢我。
兰雪绒	这很好啊！
林襄威	可是，这次她来了不爱理我了，可能是怪罪我们没到她家去提亲了。
兰雪绒	莫瞎想！她是为她姐姐伤心才成这样的。
林襄威	嗯！
兰雪绒	你想想啊，她连着死了姐夫又死姐姐，能不伤心？别人是一奶同胞的手足情呢！哪有心思谈婚嫁？
林襄威	可七哥他也老爱来啊，老缠她，还说要央了二娘去艾家提亲。如果是那样，艾家没有不应的理儿。
兰雪绒	（变得严肃起来）那你赶快也央三叔和三娘到艾家去提亲啊！
林襄威	我娘说的跟你说的一样。别人家才死了女婿和女儿，哪有心情给小女儿定亲？叫我缓缓呢。
兰雪绒	那这样吧，你先避一避，让我和你三嫂、四嫂探探荞姑娘的口气。如果她愿意呢，我们就请老太太出头，只怕那是万无一失的；如果别人不愿意，那是你没那个福分，怨不得天、怨不得地，哭也没用了。
林襄威	好！（乐得一拍巴掌跳起来）我就知道大嫂有办法！荞姑娘哪有不愿意的？

第十六集

内景 / 林宜威小院艾鹿棉灵堂 / 白天

兰雪绒　　（入）涵儿、嫣儿，你们俩到院子里去玩儿吧，娘跟荞姑姑她们
　　　　　　讲点儿事儿。

林若涵、林若嫣　　好吧——（很不情愿地出。雪绒笑看了仪灯几人一眼，
　　　　　　转向鹿荞）

兰雪绒　　小妹，你看你姐夫的几个兄弟怎么样？

艾鹿荞　　（点　点头）好！都好！

兰雪绒　　我们的那个小弟弟怎么样？

艾鹿荞　　（不现形地笑了一下）也好！

夏仪灯　　怎么是也好？（得意地）是最好！

兰雪绒　　给我们做弟媳妇吧，我们都喜欢你！

　　　　　　（鹿荞猛抬起双眼在兰、夏、霍、冯四人的脸上来回逡巡）

夏仪灯　　你嫁了襄威，绝对不会吃亏。

兰雪绒　　你点个头吧，选女应选金玉女、择婿当择有志儿，我们九弟喜欢你，
　　　　　　我们大伙儿也喜欢你。

夏仪灯　　你姐在的时候是我们的好朋友、好姐妹。她生前虽也受了些委屈，
　　　　　　可哪个女人不是这样？不过有一点她特别满意，我们看着也宽心，
　　　　　　那就是她着实爱着、敬着、疼着她的丈夫，她的丈夫也爱着、敬着、
　　　　　　疼着她。

兰雪绒　　是啊！就着这一点，我们和九弟都有这个意思。那就是说，得你
　　　　　　自己愿意！九弟喜欢你、我们喜欢你，可你不喜欢九弟、不喜欢
　　　　　　林家，那不难为了你？

　　　　　　（艾鹿荞深深地埋下头，默不吱声）

霍修墨　　（憋不住了，碰碰鹿荞）这门婚事多好哇！你不认为好？

艾鹿荞　　好！（声音轻得像蚊子嗡嗡。这边四人相视而笑了）

林襄威	（画外音）好——！
	（一声欢叫，好似爆竹炸响。五女子惊得扭头望，帘子后面跳出襄威，嘻嘻笑着。把个鹿荞臊得满脸通红，慌慌地将头埋到了雪绒的怀里）
兰雪绒	小羔子，让你避一避嘛，倒偷偷进来听壁子。你羞不羞哇？
林襄威	（仍笑着）有这么好的事，那就快快请老太太吧。
兰雪绒	看把你猴急的！
夏仪灯	（不知就里）请老太太干什么？
兰雪绒	九弟央了三娘到艾家去提亲，三娘说别人家连着故去了两个人，这事急不得的，让缓一缓。我就说只要荞姑娘愿意，这事儿就八字有了一撇；再请祖母一出面，则九字带了一勾，不就八九不离十了？
夏仪灯、霍修墨、冯秋池	好！好！
艾鹿荞	（从雪绒怀里抬起头来，看看襄威、又看看另四位）不过，我还有个要求。
兰雪绒	要求？什么要求？你说说。（林襄威紧张地盯了鹿荞看）
艾鹿荞	我要读书！我要到学堂里去读书！
林襄威	哦！（松口气）
艾鹿荞	（望着秋池）我要像冯小姐一样能干，不只是在家里认几个字！我姐这一生差的就是学问，不然也不会这般懦弱了。我们艾家什么都好，就是太重男轻女，"女子无才便是德"一天到晚挂在爹娘的嘴上，贤惠端庄、针线茶饭顶顶重要。闹到姐姐为姐夫殉节了，爹娘不但不心痛，反倒忙不迭地送什么"看我门楣"！这是在表彰的什么？九少爷和各位嫂嫂要真的对我好呢，就请老太太提亲时一并提出让我去上学。
夏仪灯	好哇好哇！（直拍手）看不出来，荞姑娘与六弟妹还有这样的不同。（又转向鹿荞）小妹，我要是倒转去几岁，一定要和你一起去上学。
林襄威	（脸上乐开了花）荞姑娘，我们一起去上学！
霍修墨	这么大姑娘了应上女子学校，上冯小姐上的那个学校。

冯秋池	我负责给荞姑娘去找学校。
兰雪绒	待我跟奶奶讲了再看吧。
林襄威	啊?
兰雪绒	你们也不要高兴得太早了。就算奶奶答应了，还有二位老爷、四位太太他们同不同意? 就算男方家有了这意思，女方家干不干? 都不敢说! 所以，我们还得多想办法。
艾鹿荞	不过，我想问题是应该不大。我父母虽是顽固，却又还势利，很爱与林家攀亲的。我想如果太夫人出面了去说亲，他们没有不肯应的。要是多说点读书的好处，也许我爹娘也就顺了。
兰雪绒	好! （站起来）那就这么定了，我去禀告奶奶。

外景 / 林楚威小院院子里 /1937 年 / 冬 / 夜晚

（冯秋池领了若涵三姐弟在院儿里放焰火，孩子们乐得又笑又跳。秋池又去点一支焰火，那焰火就嘘嘘嘘地放射出光芒）

林若嫣	（突然叫道）老师，我要见八叔!
冯秋池	什么? （惊喜地）八叔? （拿着香捻子，在林若嫣面前蹲下来）
林若嫣	（很认真地点点头）嗯，八叔!
冯秋池	八叔在哪儿?
林若嫣	我爹爹说，"二踢脚"能在地上响一下、天上响一下，好像"八公、八公"地叫，八叔听见了，就会回来了。
冯秋池	是吗? 若嫣! （激动地搂住她的学生）
林若嫣	是的。
林若涵	我去拿"二踢脚"。（林若涵奔进屋，拿着二踢脚复出）
	（冯秋池拿着香捻子去点。"二踢脚"炸响。冯秋池专注地看着它们，后来失望了）
冯秋池	你们看，它"八公、八公"地叫了这么长时间，你们八叔也没见回来!
林楚威	（出现在门口）冯小姐，外面太冷了，进来吧。
冯秋池	哎——（冯秋池万分惆怅地扔了手中的香捻子，同了孩子们进屋）

内景 / 林楚威小院厅堂 / 夜晚

林若嫣	爹爹，（十分遗憾地）我们放了好多二踢脚，"八公、八公"地

叫了老半天，也没见八叔回来。

林楚威	是吗?
林若嫣	是啊!（楚威同雪绒齐望了秋池笑，望得她满脸通红，低了头去烤火）
林楚威	冯小姐，等过了年，初六日我们回城里去，你也一起去吧。我们去打听打听八弟的消息，看他到哪儿了。
冯秋池	（点点头）哎!
兰雪绒	（抱着幼子若光）涵儿、嫣儿、咏儿你们过来!（递给每人一份钱）这是你们的压岁钱，好好拿着。又大了一岁，更要听话才对。
三孩子	是!娘!我们听话!（拿了钱乐得手舞足蹈。林楚威欣赏的目光追随着儿女）
林楚威	这就是压岁钱的作用。百十钱穿彩线长，分来角枕自收藏。商量爆竹饧箫价，添得娇儿一夜忙。（兰雪绒和冯秋池笑起来）
老奶妈	（更是骄傲）我给他们算过了，他们的命以后肯定好!不只是一夜忙，只怕是一生忙。一生有钱，就得花呀，要花钱就要忙啊。
林楚威	（笑）这种忙还是挺有意思的啊，忙着花钱。

内景 / 林楚威小院兰雪绒卧房 / 深夜

（雪绒坐在梳妆台前解那黑油油的发髻。拔下簪子来，对着铜镜抚头发。楚威从柜子里拿出他买回来的水银镜子摆到桌上，站在她身后同她一起照镜子）

林楚威	有好的不用，非要用那老古董。
兰雪绒	（在镜子里望丈夫笑笑）正因为它好，才舍不得用。
林楚威	这又不像吃饭穿衣，吃一碗，少三勺;穿一次，磨损一回。照又照不折它。
兰雪绒	它太好，我怕把它摔碎了。
林楚威	摔碎了再到武汉去买一面回来。
兰雪绒	你说的!摔碎了多可惜!
林楚威	镜子的作用就是告诉人们自己身上哪些好、哪些不好，可这铜镜灰蒙蒙的不能真实地告诉你实情，只有个人影在里面晃啊晃，那

不欺骗了你?

兰雪绒　　（手抚着水银镜）我只是觉它好，舍不得用。想把它留着以后给涵儿做陪嫁。就像我娘把这面铜镜给我做了陪嫁一样。

林楚威　　看你想得那么远。

兰雪绒　　当然要想那么远哪！谁不是为了儿女！

林楚威　　告诉你吧，玻璃镜子比起你的铜镜来，便宜多了，你的铜镜换它十面八面的都不得止。

兰雪绒　　真的?

林楚威　　真的！它是工业品，所以便宜。比方说点的灯呢，我们用的是洋油，就要比麻油或松明子点的灯亮多了，但也省钱得多。可城里呢，点的又是电灯，不冒烟、亮得很、又便宜，这就是工业。

兰雪绒　　哦！工业……

外景 / 大道上 / 白天

　　　　　（林石赶着一辆厢篷马车前行）

内景 / 大道上马车内 / 白天

　　　　　（林楚威一家六口、老奶妈、林襄威、冯秋池、艾鹿荞坐在车厢里，车厢里生了火，娃娃们吃着美食，简直乐极了）

林楚威　　九弟，我这次进城了住不了几天就又要到武汉去，无空关照荞小妹和秋池妹妹，你大嫂又拖着这么多孩子，就靠你操心了。

林襄威　　大哥放心！

林楚威　　学校开学时间尚早，你先给荞妹妹联系好了学校再说。

林襄威　　好！

林楚威　　然后你主要是多打听一下你八哥的消息，一来你秋池姐姐心焦，二来你大娘也不放心。这事就拜托你了！

林襄威　　大哥放心！

内景 / 蕲城县县城兰宅楼上 / 深夜

　　　　　（林楚威夫妻俩凭楼临江而望。夜空布满阴霾，江面上漂荡着几艘轮船，那灯鬼火般地游移不定；沉闷的汽笛声使人胸闷）

内景 / 兰宅楼上雪绒卧房 / 深夜

（林楚威与兰雪绒手端油灯坐在床前，细看孩子们。孩子们甜甜地睡着，四张可爱的小脸令楚威心醉）

林楚威　唉！孩儿们，爹爹明天就要到汉口去了！

兰雪绒　（笑着摇摇头）他爹，他们今夜怎么这样出奇？怎么突然地非要睡在一起呢？又都非要跟你睡在一起呢？

林楚威　（笑笑）他们知道我明天就又要离开他们，舍不得我呗！

兰雪绒　你又不是第一次出远门了，真有些出奇！他爹！（将头靠在丈夫肩上）我可能又有喜了。

林楚威　是吗？（林楚威把目光移到妻子脸上，又惊、又喜、又愁）

兰雪绒　他爹！（用乞求的眼光）你能不能不走？这天寒地冻的。

林楚威　不走不行啊，船票都买好了。

兰雪绒　票是可以退的。

林楚威　（微微一笑）你也知道啊，这次谋来的一份工作很不容易。

兰雪绒　你看孩儿们都舍不得你走，他们需要父亲！

林楚威　这次回来时间太长了，把原来的饭碗砸了。好不容易朋友们给谋了一份差事，怎么又能让它随便丢呢？

兰雪绒　金饭碗、铁饭碗、瓷饭碗、竹饭碗，不都是一饭碗？在家有口饭吃就行了，非得出去吗？

林楚威　非得出去！不但我出去，待我稳定了，租好了房子，还要把你和涵儿他们都接出去！

兰雪绒　哦！

林楚威　孩儿们以后一定得出去上学，不然会没出息的。外面学校多，上学容易；你呢，又能干，操持着把家管好是蛮不错的。

兰雪绒　（笑笑）嗯！我给你把家管好！

林楚威　（放下手中的油灯）我呢，挣钱养家。再让林石往返于庄园和武汉之间。我们名下的田产，我想养我们几张嘴是不成问题的。

兰雪绒　那田庄上谁管？

林楚威　有二叔和三叔管着呢。你要明白，我是在家不在家他们都不会要我管事的，给多给少全凭他们良心。

兰雪绒	嗯，我知道！
林楚威	五弟和八弟也是不会回去了的。五弟找到眉子了，他俩不会蜗居到老家去；找不到眉子，就算五弟与他人结婚，他也不会到乡下去娶个姑娘了。
兰雪绒	是啊！
林楚威	八弟呢，明摆着冯小姐不是个旧式妇女、做媳妇的人。所以说，你离开老家越早越好。可要你离家，得让我先走。
兰雪绒	嗯，明白了！唉，那娘呢？
林楚威	娘啊？待安顿好了，我把娘和你们一起接走。
兰雪绒	可是、可是……日本人要打来，南京都被他们占了。他们正在往这边来，你还要……
林楚威	（怔住了，过了一刻）如果是那样，我会回到家里来的。
兰雪绒	唉！好吧，待会儿我送你上船。
林楚威	不了。外面冰天雪地的，让林石去。
兰雪绒	不叫他，让我去。要两乘轿子就行了。
林楚威	孩儿们在床上睡觉，你怎么能放心出门？
兰雪绒	不要紧。等我回来他们还不会醒的。
林楚威	可是，你讲了，你可能又有喜了。
兰雪绒	（苦笑了一下）让他（她）也送送爹爹。
林楚威	那你多穿点儿，别冻着了。

内景 / 蕲城县县城候船室 / 凌晨

（候船室各色人等或进进出出，或席地而坐，或在地上铺了棉被睡觉，喁喁嘈嘈如沸腾的粥。林楚威和兰雪绒入）

兰雪绒	他爹，不知怎么回事，你在外工作也有好几年了，离家也是多次了，可这次我老觉得心里不得劲儿！
林楚威	没事的儿，你应该静下心来。
贩　夫	（叫卖）糍粑、面窝、京裹条，锅盔、麻花、油裹子——
林楚威	你想吃点什么？（兰雪绒伤心地摇头，不愿再开口）

外景 / 蕲城县县城长江码头 / 清晨

（晨曦中轮船拉响沉闷的汽笛，旅客从候船室涌出，开始验票登船）

（兰雪绒随人流来到验票处，紧拽了楚威的袍子，直到乘客都没了，她才松了手让丈夫验票过关。楚威过趸船、走跳板，上到船上，又转身趴在船舷处往回张望。船的铁栅门咣咣啷啷地关上了、又锁上了，汽笛又一声声低吼，轮船离了岸）

（天，越来越亮；船，越来越远）

（兰雪绒的目光达到了极限，江面上的一个小黑点儿消失在了远方）

内景 / 林家上房 /1938 年 / 深秋 / 白天

林怡瓯	（同家人议事）回母亲，日军已打过来了。人们都在忙着逃难了。我们城里的那么多货物已经遭了殃。
太夫人	那你快快廉价出售啊！
林怡瓯	没有人买！大地方来逃难的人开了抢，已经乱了套，谁人管哪？
太夫人	逃难吧，逃难吧！我们也逃难吧！
林怡坤	现在的事是看怎么安排，这么大一家人！
太夫人	怡稷媳妇孤身一人，必定是随了我。
穆 氏	是，母亲！
太夫人	怡坤、怡瓯，你们这两房都好说。
林怡坤、林怡瓯	是，母亲！
太夫人	只是怡乾媳妇年岁大了，楚威媳妇拖着四个儿女。最急人的是她挺这大个肚子，只怕不久又要临盆。
甘 氏	是啊，她这次肚子大得跟以前不同，想想她生咏儿的那次难产，我们就胆战心惊，怎么办啰？
苗 氏	回母亲，我已经跟楚威媳妇想好了，先回到她娘家去躲一躲。她娘家兄房子大，住得下。
林怡瓯	大嫂，你们方向弄错了，城里哪是躲兵的地方？你没看见大地方的人都往小地方跑啊？
苗 氏	楚威媳妇说城里交通方便，可以乘车乘船往别处去，我也想去找楚威。

林怡瓯	楚威应该往家里来才对!
苗　氏	我们也这样想、也这样盼,可现在邮路不通、音信全无,兵荒马乱的,等也等不及了,只有先走。
太夫人	这样吧,怡乾媳妇,我们全在一起人多了反不方便,你和楚威媳妇往另一个方向去也行,只是要随机应变,不要只认一个方向。
苗　氏	是,母亲!
太夫人	再就是一定要林石跟着。他虽是个下人,可是很得力、又贴心,有了什么事我们也好联系。
苗　氏	好!

外景 / 内景 / 林家各院落 / 各房 / 白天 / 黑夜

（众人打点行装。好多物件要带上,这也舍不得丢、那也舍不得丢;贵重的东西值钱,平常的用具又离不开,拿起又放下）

内景 / 林楚威小院兰雪绒卧房 / 白天

（雪绒手捧着那面玻璃镜发呆,后将镜子和首饰及一些值钱的东西打了个小包用匣子装了）

外景 / 林楚威小院水井 / 白天

（兰雪绒来到井边,朝井里看看,欠下身卧到井台上,把匣子放到了井壁上的一个小洞里面。又到墙角处捡来几块青砖头,将洞口填满。又瞧瞧,看不出破绽）

外景 / 大道上 /1938 年 / 冬 / 白天

（林石驾着厢篷马车往镇上走,沿途看到难民一阵一阵地涌来。逃难的人群见这么一辆华丽的车往镇上去,都用奇怪的眼光望他们。接近蕲水镇,一匝一匝的人群已使马车难以行走,路上隔不多远就会有一具两具的死尸丢弃着也没人管。林石见前行不了,只好跳下车来,拉着马嚼子往前慢慢移。忽地一只胳膊伸过来抓住了他,他惊得扭头看）

柳玉来	这位哥哥,你这是要到哪儿去?
林　石	哦,是猎户大哥啊? 我陪了太太、少奶奶们躲日本人。

柳玉来	我的天爷爷！躲日本人，怎么还能往镇上去？这码头上到处是逃难的人，都是往山里去的。
林　石	那怎么办？（傻眼了，呆了片刻）让我问问太太。（拉开车门，向里）大太太，逃难的人太多，把镇上填满了、路也堵住了，出不去。（露出苗氏焦急的脸）
苗　氏	那怎么办？
柳玉来	出不去，天又不早了，退回去也来不及了，先到我家歇歇吧。
苗　氏	（疑惑地）你是——
林　石	哦，他是一个熟人。去年到过我们府上的。
苗　氏	噢！那好！（点点头）只是，我们拖儿带女的要打扰你的。
柳玉来	这个时候太太就别客气了。只是得请太太和大家先下车，到我家去要走小路。这车驶不过去。
苗　氏	好，下车吧。（林石扶大伙儿下车）
柳玉来	我先把马车寄存到一个熟人家的小院儿里去。

外景／柳玉来家场院／傍晚

柳玉来	（带领林家人一路走来，临近家门）娘，来贵客了！
柳　母	（画外音）哦，谁呀？
	（柳水儿在屋旁菜园里择菜，闻声直起腰观看，露出惊异的神色）

第十七集

内景 / 柳玉来家堂屋 / 傍晚

柳　母　　（慌慌地抿头抻衣地迎接，疑惑地嘀咕）我家上哪儿找贵客来哟！

柳玉来　　（带众人入）娘，来贵客了！这位是莲藕塘的林大太太、这位是……

柳　母　　啊！哦哦，（变得非常不自然）来来来，坐，坐！

　　　　　（柳家母子张罗着，众人寒暄，歇下。柳母装烟，柳玉来陪着客人聊天）

林若嫣　　（画外音）娘，娘！你来看，这里有个姐姐！

柳玉来　　哦，水儿！（柳玉来忙出去牵进一个小姑娘来，后面跟着若涵姐弟四人）

柳玉来　　水儿，快叫太太、大奶奶，这几位是少爷、小姐。

苗　氏　　快别这样，（指了自己和老奶妈）叫我和她奶奶就行。（又指雪绒）叫她婶婶，那几个叫姐姐、妹妹、弟弟。

　　　　　（柳水儿瞪着一双惊异的眼睛看看这个、又看看那个，又瞅柳母一眼，靠着柳玉来一个人也不叫）

苗　氏　　多大啦？

柳玉来　　我们水儿是壬申正月十五夜生的。

苗　氏　　（笑）哎哟，那跟我们嫣儿同了八字哎。

林若涵、林若嫣　　（兴奋地拉着水儿）姐姐！妹妹！

　　　　　（两姐妹的热情感染了柳水儿，他的眼睛有了一丝笑意，笑眼又变成惊慌的眼神。水儿忙抽回胳膊，逃跑般地向厨房退去）

内景 / 柳家厨房 / 晚上

　　　　　（柳水儿入，站在锅台前发呆）

柳　母　　（入）水儿，添柴烧水。

柳水儿　　嗯。（坐到灶门前。灶膛里燃起红火，映着仍在发呆的水儿的脸）

闪回

内景 / 柳玉来家 / 晚上

柳　母　玉来，今天前湾子的王媒婆又在给你提亲了，说的是——

柳玉来　（愁苦的脸）娘，这不行的！

柳　母　我知道啊！我当时就推了，可她还一个劲地说好。

柳玉来　不说水儿娘生死不明，就是确死无疑了，我也不敢迎娶新人进门哪。

柳　母　唉！这前娘后母的倒没什么，填房的多得很。就是怕水儿这假丫头、真小子没法子瞒住了。

柳水儿　爹，你们老把我当丫头养。不是说我长大了，就可以又变成男孩子的吗？

柳玉来　水儿，本来是要这样的。可听别人讲，有村子里头年正月生的男娃子和你一样，假报是女孩儿，被蕲水龙王知晓了发了怒，一巴掌把他打死在龙王庙的屋檐下，背上还有很大很大的紫色的鸡爪印呢。

柳水儿　啊？（惊恐的脸）

柳玉来　水儿，你说我和奶奶能让你又"变"成男孩子吗？

柳水儿　不能！（坚定地摇头）

柳玉来　你千万不能让别人知道你是个男娃娃，啊？

柳水儿　嗯！（赶紧点头）

柳玉来　我们农忙时都不敢请人帮工，长工、短工都不敢要，只好把十来亩田地全租出去。我们自己也只干些打猎、贩盐、养蚕、熬糖之类的活儿，这都是为了你！

柳　母　唉！要是在以前，水儿这年纪就应该裹脚了。幸亏现在兴了天足，不然他怎么躲得过去？

柳玉来　可是，就这也不能长久啊！水儿还在长！长大了怎么办？他不能老是不见外人吧？还有，他长大了婚娶怎么办？

内景 / 柳玉来家堂屋 / 晚上

　　　　（柳母提着大茶壶从厨房出，给客人筛茶，十分难为情地对苗氏赔笑）

柳　母	大太太，实在是对不起！怪都只怪我那不懂事的女儿……
苗　氏	（不解地）对不起？什么对不起？你女儿？你女儿是谁呀？（四处望望）她怎么了？
柳　母	（难以开口地）真不好怎么跟大太太讲。
苗　氏	老嫂子，我都住到你家来了，是不能见外的！有什么事你就直说吧。
柳　母	只想请大太太原谅我们。
苗　氏	到底出了什么事？
柳　母	那一年，有人给我家女儿提亲，说的就是您家少爷，可我女儿……
苗　氏	（吃一大惊）啊！您是柳娘？（接着是尴尬万分）天哪！怎么这样巧哇！（哭起来）真是戳到了我的心窝窝上哦！
柳　母	（苗氏怪罪，更是慌乱）大太太！
苗　氏	柳娘，这不能怪你们的，我那儿子也是怪里怪气的，不听话呀！闹得现在离家出走多年了也不见回来！
柳　母	唉，还是怪我家玺儿！
兰雪绒	（见她俩谈得投机，下了决心）娘、亲家母，五弟和玉玺又到一起了，可现在又走失散了。
苗氏、柳母	（惊愕）你说什么？
兰雪绒	是这样，玉玺后来叫了柳眉，也就是带嫣儿的眉姑姑。
苗　氏	啊？（瞪大双眼）
兰雪绒	是的，玉玺拒婚离家，后来昏倒在我们家门口，是奶奶收留了她，她就换了名字叫柳眉。
苗　氏	那她和汉威又是怎么回事？
兰雪绒	五弟从汉口回来，他俩相遇了，两个人私下里好起来。这时眉子才告诉五弟她是什么人，五弟要娶眉子，可眉子当了使女，只能偏房，两个人痛苦得要死。他们俩就偷偷地跑了。
苗　氏	啊？跑了！现在到哪儿去了？
兰雪绒	不知道。眉子跟五弟离开了家乡，可在武汉她又走失了，五弟发疯似的到处寻找，找不到她，就去了外国再也没有回来。（屋里顿时哭声一片）

苗　氏　　（哭着哭着又责怪）楚威媳妇，我向来是疼你的、相信你的，这么大的事你们怎么要瞒我？

兰雪绒　　娘！

苗　氏　　他们不懂事你也不懂事？闹得现在眉姑娘生死不明，汉威也死不回头。眼看着日本人凶神恶煞地要来了，可他们三兄弟一个也不在跟前。眉姑娘要是在家，汉威哪有不回来的理儿？（兰雪绒低下头流着泪不吱声）

奶　妈　　（心疼了）大太太，这兵荒马乱的，眉姑娘就是在家，五少爷也不一定回来。要不大少爷怎么没回来？（屋里更是哭声大作）

外景／蕲水镇大道／清早

柳玉来　　（帮林家人上马车）大太太，我已经跟林石哥说了，你们往山里去，容易躲一些。我们不能随了你们走，就不远送了。

苗　氏　　好，麻烦你们了！
　　　　　　（天空传来了嗡嗡声，飞过来几架飞机，大路上的人群炸了锅，东奔西跑。飞机一个俯冲，扔下几枚炸弹，大路上便腾起了股股浓烟，哭喊声一片。远处有房子着火了。飞机盘旋了几个来回，又扔了几枚炸弹，后消失进云层）

柳玉来　　（对林石）快走，日本人马上就要来了。我在镇上听人讲，日本人都是先来丢几颗炸弹了接着就开过来的。

林　石　　嗯嗯！（路上死人、活人挡着道，林石无法把车驾过去。玉来见了，又帮着送了一程，直到能慢慢行车了的地方才分手）

外景／逃难路上／白天

　　　　　　（飞机来了又走、走了又来，大路上坑坑洼洼的已难以行车。而这华丽的马车太显眼，几次险些成了轰炸的目标。飞机又来了，大家下车慌着躲藏。一声巨响，一颗炸弹就在跟前炸响，土尘掀起盖了人们一身。飞机走远）

兰雪绒　　（爬起来）娘！奶妈！（老奶妈歪在路边大树下不动）
　　　　　　（兰雪绒跑过去只见一块炸弹皮削去了若光的天灵盖儿、又插在了老奶妈的额头上，两人已气绝身亡了）

兰雪绒　　（发疯似的哭叫）奶妈！光儿！（苗氏和林石跑过来,吓得魂飞魄散）

苗　氏　　光儿！（苗氏昏了过去。若涵三姐弟躲在树后不敢出来）

内景 / 马车内 / 深夜

　　　　（雪绒怀抱着已僵硬了的幼子坐在车内一言不发，身边是用棉被裹着的老奶妈。苗氏受了惊吓、刺激病倒了，她的一左一右偎了若涵和若嫣，怀中是若咏）

外景 / 逃难路上 / 深夜

　　　　（星光惨淡，霜已打得很重。林石抓着马嚼子，拉着车绕着死尸往前走）

外景 / 逃难路上 / 白天

　　　　（林石和雪绒将老奶妈和若光用被子裹了，在路边刨个坑掩埋了）

外景 / 逃难路上 / 白天和黑夜

　　　　（日夜兼程，马车随着人流往前滚动）

外景 / 逃难路上 / 白天

　　　　（飞机又来了，雪绒同苗氏、孩子下车躲避。病中的苗氏牵了若涵，雪绒挺着大肚子牵了若嫣，林石抱了若咏一起逃。跑不多远，一颗炸弹落在了马车上，将车炸开了花；马肚被炸开，肠子飞出老远挂在树上左右晃动。大家无不惊骇，立了脚向那个巨大的炸弹坑观望，就见人群一股一股地呼天抢地地往前涌）

人　群　　（恐慌地）鬼子兵来了！鬼子兵来了！（人们慌乱地无方向地四处逃命）

兰雪绒　　（漫无目地随人流往前滚。林石被冲散）林石——咏儿——

　　　　（雪绒眼望着林石肩上坐着的若咏的小瓜皮帽上的那小红绒球，喊裂了嗓子也无济于事。渐渐地林石被乱哄哄的人群裹着离开大道到了田地里，雪绒只得同了婆母、女儿眼盯着那小黑帽上的小红球也往阡陌上逃。前面是一大片湖水，湖里有芦苇丛，丛中有小岛。走投无路的人慌不择路，顾不得天寒地冻，纷纷下水向对面游去）

兰雪绒　　咏儿啊——（哭倒在了地上）

林若涵　　（尖叫）娘！娘！快看！有兵！

　　　　　（兰雪绒和苗氏回头望，只见尖顶小帽黄军装的日本兵四处追杀
　　　　　着逃难的人群向这边冲过来了。她们吓得挪不动步子。靠在一株
　　　　　巨树上的苗氏往后一倒，忽然就不见了。兰雪绒惊回头，原来这
　　　　　株巨树已空洞，苗氏跌在了里面；又因树前有茂密的芭芒杂草遮挡，
　　　　　实在不易被人发现。雪绒忙一拽女儿躲到树洞里）

　　　　　（日本兵追杀到田野里，哇哇啦啦地见了男人就用刺刀捅、见了
　　　　　女人就剥衣裤。挑着儿女的汉子们愤怒地从箩筐里抽了扁担与敌
　　　　　人搏斗，小儿小女被鬼子用刺刀挑起甩出老远。人们四处乱窜躲
　　　　　藏。两个日本兵将一年轻的媳妇按倒在离树洞不远的地上剥衣服，
　　　　　女子拼命挣扎）

内景／巨树洞内／白天

　　　　　（林若嫣吓得发出呜呜声，兰雪绒忙用自己的胸口死死地捂住若
　　　　　嫣的嘴。过了一会儿，她捧起幼女的脸一看，若嫣脸色乌紫，早
　　　　　昏过去了。林若涵将身子躬成一团，将脸埋到娘的腿上，瑟瑟发抖。
　　　　　兰雪绒再看苗氏，只见她两眼上翻，只有出气、没有进气，也不
　　　　　知还能不能活过来。吓得雪绒一手搂了两个女儿、一手抓了婆母，
　　　　　向外张望。洞外那地上的女子已死。忽然湖边枪声大作，鬼子架
　　　　　着机枪向芦苇荡扫射，芦秆掉头斩腰齐根断，荡中哭喊声连天）

兰雪绒　　咏儿！我的咏儿！（声嘶力竭地喊叫，昏了过去）

外景／田野里／傍晚

　　　　　（枪声停了，几个鬼子游过水去放火，顷刻之间，只见火光腾旋、
　　　　　黑烟冲天）

内景／巨树洞内／晚上

　　　　　（兰雪绒醒来，发觉自己躺在黏糊糊的一滩东西上面；胸前有个
　　　　　包袱，一左一右两个女儿伏在她身上哭，却没有了婆母）

林若涵　　（忙止了哭）娘，你醒了？（又向树洞口）奶奶，娘醒了！

（兰雪绒抬眼望去，透进一线月光来，树洞口一个黑影动了一下）

苗　氏　　（守在洞口挡着风，声音僵硬）楚威媳妇，你刚才生了孩子，是一对双胞胎儿子！

　　　　　（雪绒吃惊地挣扎坐起，胸口处的包袱里面确实有两个小脑袋。她又看看那个包袱，发觉那襁褓是婆母的大棉袄）

兰雪绒　　娘！娘！您不能这样！您已经病了，这时又把棉袄脱下来，受了风寒我们怎么过下去？

苗　氏　　楚威媳妇，我们现在是吃没吃的、穿没穿的，两个小毛头的脐带都是我用牙咬断的。他们光着身子，我不用棉袄包裹，他们会冻死的！

兰雪绒　　娘！

苗　氏　　不是我狠心，要逼你起来走路。这到处是死人，就是活着的也是断骨伤筋的；没有谁会来救我们。

兰雪绒　　老天爷啊！

苗　氏　　咏儿肯定是没了！可你还要为涵儿和嫣儿、两个小毛头着想，你也不能老躺在地上的血窝里。走吧，只要有人家，我们能讨口汤喝，就能有救。

兰雪绒　　娘！可您不能只穿身单衣啊，外面在打霜，都要结冰了！

苗　氏　　楚威媳妇，你愿意让我看着我的两个小孙子生下地就冻死了吗？

　　　　　（雪绒挣扎着起来擦干身子，怀抱一双孩儿，同婆母和女儿往外寻路走）

外景 / 野地里 / 夜晚

　　　　　（到处是死人。苗氏冻得躬着腰，趔趔趄趄蹒跚着，在一具女尸跟前停了下来——那死人身旁有一件被日军剥下来的破棉袄！她犹豫片刻，忍不住还是伸手将那件凝固着硬邦邦血液的棉衣拾起来，披到了自己身上。饥寒交迫，贫病交加，旷野里祖孙六人迷失了方向。渐渐地有了山，渐渐地小路更窄了）

外景 / 迷途上 / 夜

林若涵　　（指着远处）奶奶，娘，你看，那里有灯！

兰雪绒　　哦，有灯！有灯就有人家，娘，我们到那里去！

外景 / 尼姑庵门前 / 深夜

苗　氏　　（上前敲门，听见声音里面灯熄灭了）师父，开门哪！行行好，
　　　　　开开门哪！

　　　　　（苗氏不停地拍门。许久，开了一条缝，露出一小尼姑的脸）

苗　氏　　小师父，麻烦你让我们进来躲躲寒。我们逃难来到这里，孩子们
　　　　　哭得厉害。

小　尼　　（犹豫片刻）容我去禀报师太。（又将门关了）

苗　氏　　阿弥陀佛！

小　尼　　（半晌，门又打开）请女施主入内。

内景 / 尼姑庵佛堂 / 深夜

老　尼　　（对苗氏）女施主，不是我不愿你们进来，实在是不太平。

苗　氏　　拜谢师太了！

老　尼　　（对小尼）给施主备水、备饭！

小　尼　　嗯！（离去）

老　尼　　（对苗氏）坐吧！

苗　氏　　谢了！（与兰雪绒坐下）

老　尼　　我患病日重，又为避灾祸，终日紧闭山门，也只得煎些草药自己
　　　　　医治。半夜里见四处静悄悄地并无了杀喊声，才令徒儿大着胆子
　　　　　起来点灯给我熬药，忽听得有人叫门，真把我们吓了个半死。后
　　　　　见是你们女人家，才放了进来。

苗　氏　　您救我一家六口，当终生难忘！

老　尼　　阿弥陀佛！出家人慈悲为怀，在这苦难当头的日子，即使我强撑
　　　　　着身子也要救苦救难啊！

内景 / 尼姑庵内 / 白天 / 黑夜

　　　　　（老尼和苗氏两个病人，忙得小尼日日煽火炉煎药）

内景 / 尼姑庵厢房 / 晚上

兰雪绒　　（怀中的两个婴儿不停地啼哭，她无奈地哄着）娘，我们住了有
　　　　　半个月了吧？音儿和鸣儿没有奶吃，庵里又没了米和柴，怎么办

哪！（苗氏不答，神情恍惚）

内景 / 尼姑庵佛堂 / 白天

（庵里又来了商氏夫妻和两个仆人）

老　尼　我们庵小，实在养活不了这许多人，还望施主另择他处。

商老板　日本人已占领了山下，又杀到别处去了，我们是回原籍去的，只住一夜明日便走。万望师太行个方便！（老尼犹豫片刻，缓缓点点头。坐在一边的雪绒怀里的婴儿哭起来，她起身出去。男客眼望着离去的兰雪绒）她们也是来投宿的吗？

老　尼　是的，已半个多月了。回不了家，老的有病、小的没吃的，唉！

商老板　她怎么那么多孩子？

老　尼　逃难路上生的呀，可怜啊！

商老板　那婴儿是男孩儿吗？

老　尼　是的。

商老板　（面露喜色，望一眼妻子）啊，师太，我有一事相求——

老　尼　施主请讲！

商老板　我们夫妇二人已到中年却膝下并无子女，一直是块心病。现在见了那妇人怀中之男婴，眼看着就有养不活的可能，我们想抱养了他。

老　尼　抱养？不行吧？她们可能是大户人家哦！不会答应的！

商老板　虽然她们极有可能是大户人家，可是，在这小命难保的时候，量那做娘的不会不考虑更大的事情。

老　尼　唔——

商老板　再说，就我们来讲，以后天南地北、生身父母不知在何方，那不跟个自己生养的一样？既救了我们、又救了她们，岂不很好？

老　尼　这事你自己与那女施主去商量吧。如今这兵荒马乱的，也许她会答应的。

内景 / 尼姑庵厢房 / 晚上

（林若涵两姐妹抱着两个小弟弟呜呜地哭。苗氏形象突变，黑发成灰发，披散着没有了往日端庄、大气、一丝不乱的样子）

兰雪绒　（哭）娘，那夫妻俩说了，他们会好好待我们音儿的。

苗　氏　不行！不行！不行！一千个不行！一万个不行！

林若涵	奶奶！
林若嫣	娘！
苗 氏	我才痛失了两个孙子，现在又要被人抱走孙子，那不割了我的肉？楚威媳妇，你倒狠得了心呢！
兰雪绒	（痛哭）娘，不是我狠心，实在是若音、若鸣没吃的。莫说两个孩子养不活，只怕往后一个都不保。
苗 氏	（号哭）我的个天啊！
兰雪绒	我这次生他们落下了病根子，都半个月了，还是恶露不止、腰腹痛得受不了，不知道哪天才能恢复原状。
苗 氏	老天爷你睁睁眼吧！
兰雪绒	娘，您呢，又一时清醒、一时糊涂，病得不轻。要是出了什么意外，那我这做媳妇的怎么对得起祖宗？怎么对得起咏儿他爹？
苗 氏	咏儿？咏儿呢？（抬眼看看四周，想起没了若咏）我的咏儿啊——
兰雪绒	就算人人健壮，可现在有大小六张嘴，又拿什么填饱？老住在这庵堂里也不是事啊！眼见得粮尽米绝，往后怎么过？
苗 氏	回去吧！
兰雪绒	娘，回去，家又在哪里？这老的老、小的小，又怎么走得回去？鬼子还要杀人！
苗 氏	家！家！（眼光四处搜寻）
兰雪绒	娘，不是我狠心，实在是过不下去了！一家人死路一条，不如让幼小的儿子逃一条命去吧！
苗 氏	我的小孙孙哦！
	（苗氏疯狂地从若涵和若嫣怀里抢过两个小婴儿，小姐妹吓得惊叫、大哭。苗氏将脸埋在俩孙儿的中间，发出恐怖的号啕声）
兰雪绒	还有一点，我听出那夫妻俩的口音也是蕲城县的。这样一来，就是把音儿送了人，他也离不了我们多远。
苗 氏	（抬起头，大恸）楚威媳妇，你是没办法，可我还有狠心的三个儿子啊！他们不顾老娘了，落得我家破人亡，流落他乡。我们人丁兴旺的林家落魄到了把孩子送人的地步了哇！

第十八集

内景／尼姑庵厢房／深夜

　　（兰雪绒目光痴呆地慢慢研墨，把若音从襁褓中抱了出来，脸朝下放到了自己的腿上，拿起粗针照着他的左边屁股一下下地扎下去。若音疼得一声声地哭）

　　（若涵和若嫣不知母亲为何要这样，双双给雪绒跪下了）

林若涵　　娘！你怎么要扎弟弟啊？他怎么了？

林若嫣　　（急得直磕头）娘！娘啊！你要把弟弟送人就送人吧，我们不哭了，不说舍不得了！娘！弟弟疼死了！求求你了，娘！

　　（苗氏瞪着眼，望着儿媳怪异的举动一言不发。兰雪绒咬着牙，流着泪还是不停地往下扎。若音哭得乌紫了脸，渐渐没有了声音。兰雪绒一脸的泪水，又扎了数针才停住手）

兰雪绒　　涵儿、嫣儿，你们起来。

林若涵、林若嫣　　不起来！

兰雪绒　　不是娘不疼他，实在是娘舍不得他。娘在他屁股上扎个字，还要在鸣儿的屁股上也扎个字；等他们长大了也许你们还能相见，还能相认。

林若嫣　　为什么呢？

兰雪绒　　那字是抹不掉的！记住，三弟若音左边屁股纹个"木"字、四弟若鸣右边屁股也纹个"木"字，合起来是我们林家的"林"字。

林若嫣　　哦，知道了！

兰雪绒　　左音右鸣，一定记住！将来见了你们爹爹，也要告诉他，你们曾经有两个弟弟，身上有什么特征。

林若涵　　娘，我懂了！（两姐妹站起来。若涵去端来砚台，雪绒向若音的屁股抹墨汁）

苗　氏	（清醒了过来）楚威媳妇，你怎么想出了这么个办法？
兰雪绒	娘，我那小妹雪瓶以前被人算过命运多舛，我姑妈以为小姑娘会丢失，就在雪瓶的右肩上以我兰家姓氏纹了一朵兰花。哪知小妹还是丢失了，掉到长江里被大水打走，就再也没有回来。不过我记住了这件事，我也要给音儿留个记号。
林若涵	娘，那你怎么不在弟弟的肩头纹字呢？以后要认他好不方便啊！
兰雪绒	涵儿，你弟弟太小，肩上皮包骨头，我怎么忍心把针往那儿扎啊？屁股墩上的肉稍许多一点。
林若涵	嗯！

内景 / 尼姑庵厢房 / 白天

（兰雪绒怀抱若音，一家人难舍难分。男客仆人入，递上一封钱）

男客仆人	这位大嫂，我家老爷说这是小孩子的身价钱。
兰雪绒	（拒收）我们不卖儿鬻女，只是送他一条生路。
男客仆人	这——
兰雪绒	嫣儿，把师太送的那条小毯子拿来！
林若嫣	是，娘！

（男客仆人悄悄地将钱搁到了旁边的桌上。若嫣拿过一条小薄毯递给娘，雪绒把若音包裹到毯子里，无言地将儿子递到来人手中，眼睁睁地看着那人转身出门去了。屋里静静的，大家全都看着那门口，没有哭声）

| 小　尼 | （入）女施主，师太圆寂！ |
| 苗　氏 | 啊？（溜滚到地上） |

外景 / 尼姑庵外后山坡 / 白天

（兰雪绒与小尼刨坑。刨坑处堆起一座坟包）

内景 / 尼姑庵佛堂 / 白天

（苗氏癫狂地、嘻嘻哈哈地将幔布扯下来裹缠到自己身上）

外景 / 尼姑庵外后山坡 / 白天

（老尼的坟包前竖起一当碑用的木牌。兰雪绒同着小尼在坟前烧纸、肃立）

内景 / 尼姑庵厢房 / 晚上

  （苗氏病得厉害，若鸣啼哭，雪绒捧着一碗稀粥发呆。若涵和若嫣傍着母亲，眼盯着粥碗咽口水。雪绒用汤匙舀了点米汤到小碗里，又看了两个女儿一眼）

兰雪绒 涵儿、嫣儿，娘饿肚子了，没有奶水。我们把这点米汤给小弟弟喝，好吗？

林若涵、林若嫣 好——

兰雪绒 你们看奶奶病成这样了，我们把这碗粥给奶奶喝，好吗？

林若涵、林若嫣 好——

兰雪绒 来，涵儿你把粥给奶奶端去。

林若涵 嗯——

  （若涵接过粥，向床前走去，把碗捧到鼻子前嗅一嗅，深深地吸口气，又咽一口水，将碗递给苗氏）

林若涵 奶奶，喝粥！（兰雪绒给若鸣喂米汤）

外景 / 尼姑庵外山坡 / 白天

  （苗氏癫癫狂狂地蹦跳。蓬头垢面的兰雪绒哭着拉她，几次被带倒）

林若涵 （与若嫣惊慌失措地跑来）娘！娘！小弟弟不见了！

兰雪绒 啊？你说什么？

林若涵 小尼姑把他拐跑了！

兰雪绒 鸣——儿——（昏了过去，若嫣、若嫣啼哭乱作一团）

苗 氏 （更是高兴得手舞足蹈）哈，跑了！拐跑了——

外景 / 尼姑庵门外 / 白天

  （兰雪绒搀扶着苗氏，带着两个女儿从庵里出来。渐渐离去）

外景 / 山路上 / 白天

  （阴云翻滚，朔风呼号，雪片飘落。若涵和若嫣缩成一团。疯疯癫癫的苗氏敞了从死人身上捡来的满是虱虮的破袄襟，在雪地里呼号。雪绒奔跑着拉苗氏）

苗 氏 楚威啊！汉威啊！昌威啊！你们在哪里呀？咏儿啊！光儿啊！音儿啊！鸣儿啊！你们在哪里呀……（风雪中，兰雪绒看见离路边

不远处有一户人家）

外景 / 庄户人家门外 / 傍晚

　　　　（屋檐下，雪绒带婆母、女儿躲风，瑟瑟发抖。小使女从门缝里
　　　　递几只烤红薯）

小使女　　我们老爷说没什么东西了，让你们把这几只烤红薯吃了就走路。

兰雪绒　　（接了）多谢你家老爷！

　　　　（若涵和若嫣接了红薯迫不及待地往嘴里塞；苗氏狼吞虎咽，噎
　　　　得张着合不拢的嘴翻白眼。雪绒用手捋着婆母的后背，愁苦地看
　　　　着天色。祖孙四人在墙角屋檐下缩蜷着避风。屋里传出婴儿的啼
　　　　哭声，雪绒睁大了眼睛静听。小使女端一盆水出来泼掉，见偎在
　　　　一起的她们，有些吃惊）

小使女　　你们怎么还不走？

兰雪绒　　（谦卑地）这位小姐姐你行行好，我娘病了，孩子又小，让我们
　　　　在这里躲一躲吧！

小使女　　（叹口气）这位大嫂，不是我们心狠，实在是前些时逃难的太多，
　　　　大家饿急了，到这里来又拿又偷，我们害怕了。

兰雪绒　　你放心，我们只求避避风和雪，不会拿你们东西的。（婴儿哭声又起）
　　　　这位小姐姐，孩子这么样地哭，是不是有毛病？

小使女　　没毛病。缺奶吃，饿的。

兰雪绒　　（一怔）既是这样，还有烦请小姐姐进去禀告你家奶奶一声，就
　　　　说我有奶水。

小使女　　（愣一下，转嗔为喜，转身进屋，复出）老爷让你们进来。

内景 / 庄户人家堂屋 / 深夜

　　　　（雪绒四人恭立一边，东家夫妇坐在八仙桌两边打量着她们）

东家女人　（病恹恹地）她在外面那草屋里住吧。

东家男人　也行。（对兰雪绒）那本是雇工的住处，现在打仗、又农闲，人
　　　　去屋空，正好你们到那里去住。

兰雪绒　　谢过老爷！

东家女人　（显露出嫌弃苗氏和若涵、若嫣的神色）可她们呢？我们不能供

四个人吃饭吧？还有个疯疯癫癫的老婆子。

兰雪绒　　（跪下）求老爷、太太开恩，我除了喂奶，还可当厨娘和女佣。

东家女人　那也只能搭上一个婆母。两个丫头白养活？（雪绒滴泪，扭头看两个女儿）

林若涵、林若嫣　娘！

兰雪绒　　（不忍心的）她姐妹俩也可干点轻活。

东家男人　那好吧，先让她们打点杂，开春了就去放羊。

外景 / 山坡上 / 白天与黑夜

　　　　　（小姐妹俩赶着一群羊上山，又背着两篓青草返回。反复）

外景 / 内景 / 庄户人家屋里 / 屋外 / 白天黑夜

　　　　　（兰雪绒喂奶、忙里忙外，苗氏痴呆）

外景 / 山坡上 /1939 年 / 春 / 白天

　　　　　（两姐妹放羊，割草。林若涵捆着草，林若嫣抱着一把草走过来）

林若嫣　　姐姐，我好想家，好想爹爹！

林若涵　　我也是。还有弟弟们。

　　　　　（若涵站起身，遥望山下，大声唱起冯秋池教的歌来。若嫣傍着姐姐，也和着她的歌声一起唱）

林若涵、林若嫣　从那个悲惨的时候，脱离了我的家乡，抛弃了无尽的宝藏。流浪、流浪……爹娘啊！爹娘啊！什么时候——才能回到我那可爱的故乡？爹娘啊……

外景 / 高岗上 / 白天

　　　　　（林昌威沿着小路疾走着，远处传来歌声，停步细听，内心激动。昌威加快步伐，转过松林，看见两个小叫花子在那里唱歌，便向那里走去）

外景 / 山坡上 / 白天

　　　　　（若涵和若嫣仍在唱歌，若嫣呜呜地哭起来，扭身抱住了姐姐）

林昌威　　（仔细一看，猛吃一惊，大声地）涵——儿！嫣——儿！

　　　　　（小姐妹转身望去，只见一个头上缠着布巾、身着对襟褂子、腰里别着烟袋、下面是肥腿粗布裤子的农民模样的人蹲了下来、伸

出双臂做出迎接的动作、唤着她们的名儿，便很奇怪地望着他，不答应、也不吱声）

林昌威　　涵儿、嫣儿，不认识我了？我是八叔啊！

林若涵、林若嫣　　八叔！（小姐妹吓一大跳，细看果真是八叔，奔过去抱住了昌威，哭喊成一团）八叔，是你呀！

林昌威　　涵儿、嫣儿，你们怎么会在这儿？怎么成了这个样子？怎么还放羊？割草？你们娘呢？咏儿、光儿呢？快告诉八叔！

林若涵、林若嫣　　八叔——（泣不成声）

林昌威　　（坐到地上，抱了她俩）别哭了，快快告诉八叔，你们怎么会在这里？

林若涵　　（抽泣着）我们躲日本，跑到这里不能回去了。

林昌威　　你们娘呢？

林若涵　　娘和奶奶在山下那户人家的草棚里。（手指山脚处的瓦房）我们都在那里住，娘给那家人的孩子喂奶，那家人就让我们住。

林昌威　　奶？你娘喂奶？（很奇怪）光儿已经三岁多了吧？你娘的奶水还能奶人家的孩子？

林若涵　　是的。娘在跑日本时生了两个弟弟。

林昌威　　哦，那你们的弟弟呢？

林若涵　　音儿弟弟送人了，鸣儿弟弟被人偷走了。还有，还有，咏儿弟弟被烧死了、光儿弟弟被炸死了！哇——（又放声大哭。昌威紧搂了两个孩子）

林若嫣　　（抬头攀着昌威的脖子）八叔，老奶妈也死了，林石也死了。奶奶得了疯病，娘总是哭，我们回不了家了。

林昌威　　你们爹爹呢？

林若涵　　去年正月里我们到舅舅家，爹爹上船到武汉去了就没回来。

林昌威　　（抬头看看日头）涵儿、嫣儿，八叔现在还有大事，要去赶路，过两天来看你们和娘和奶奶。你们不要告诉娘和奶奶看见过八叔，不然她们要很着急的。也不要告诉别人看见过八叔，这里有敌人。他们会杀害八叔，也会杀害你们的。

林若嫣　　（紧紧地箍住昌威的脖子，哭）八叔，我不让你走！不让你走！

　　　　　　　　　八　刀

林昌威	嫣儿，八叔喜欢你，你是乖孩子。八叔现在确实有很重要的事去办，等过两天了我一定会来看你们的，我还要想办法把你们送回老家去。嫣儿，你是八叔顶顶喜欢的孩子，听我的话，啊？（若嫣松了手，又呜呜地哭起来）
林若涵	八叔，你要告诉我们，我们就让你走。你怎么穿了这样的破衣裳？
林昌威	现在谁不是这样？你们不也是破衣烂衫吗？（说着赶紧挥手离开消失在密林）
林若嫣	（像只转圈儿的蚂蚁，不停地啼哭）叔、八叔——
林若涵	（哄着妹妹）八叔会来的、八叔会来的！你下山了不要告诉娘和奶奶，好吗？听八叔的话！

内景／新四军团部／白天

林昌威	（破衣烂衫地入）报告！
团　长	林连长，来啦？
林昌威	是！
团　长	你赶到得很及时。敌人要扫荡，形势很紧迫。你们的任务是……

内景／庄户人家草屋／深夜

	（画外音阵阵犬吠声、轻轻拍门声。睡梦中的小姐妹醒过来，雪绒惊得坐起身）
兰雪绒	谁呀？
林昌威	（画外音）大嫂，快开门！我是昌威。
兰雪绒	啊！八弟！（跳下床点上灯，刚将门打开一条缝，便挤进一个穿灰军装的人）
林若涵、林若嫣	（欢叫）八叔——
林昌威	（惊得捂住她俩的嘴）轻点儿！后面有敌人，在追我。
兰雪绒	（看见昌威左胸靠肩处有一块殷红的血迹）八弟，你受伤了？！
林昌威	是的。大嫂，快把灯灭了。
	（兰雪绒噗地将灯吹灭。画外音吵叫声、脚步声和草木绊倒声不断）

外景／庄户人家门外／深夜

敌军甲	搜！（一群人对东家那木大门又踢又打，另几人向草屋奔去）

内景 / 庄户人家草屋 / 深夜

　　　　　　（草棚的竹笆门被踹开，火把、电筒一齐照了起来。几个人捂着鼻子端着枪在狭窄的草棚里转了一圈）

敌军乙　　（向外报告）就几个臭娘们儿！

敌军甲　　（画外音）再到别处搜！（一帮人涌了出去）

　　　　　　（画外音大屋里的翻箱倒柜声，男人求饶、女人叫嚷、孩子拼命地哭喊）

外景 / 羊圈内外 / 深夜

　　　　　　（兰雪绒打开羊圈照着羊群就用竹条一气乱抽，羊群咩叫着破门而出夺路而逃）

兰雪绒　　（跑到场地上）快点看哪，有个人从羊圈里跑出去啦——跑到山后面去啦——

敌军甲　　（敌军从大屋里涌出）追！（纷纷向山后追去）

内景 / 庄户人家草屋 / 深夜

　　　　　　（归于平静。雪绒从门外入，点上灯，从草堆里扶起受伤的昌威）

兰雪绒　　八弟！

林昌威　　大嫂！（转向床上）娘！

　　　　　　（苗氏已不认识儿子了，她惊恐地瞪着眼睛缩在床角里，嘴里发出呜呜的声音。昌威见了，伤心至极）

林昌威　　娘怎么会变成这样？

兰雪绒　　娘病了！

　　　　　　（林昌威回首望望蓬头垢面的嫂子和侄女，他不忍地摇摇头，流泪了，跪倒在床前地上）

林昌威　　娘——

　　　　　　（苗氏浑浊的目光看着他，仍是半点反应也无。昌威跪着转向雪绒）

林昌威　　大嫂——（哽噎得说不出话来）

兰雪绒　　（雪绒泪流满面地拉昌威起来）八弟，不是大嫂不孝、不慈、不贤惠，闹到今天娘病成这样，两个小女拖成这样，又丢了四个儿子，实在是日本人太凶狠！挖了我的肉！断了我的骨……

林昌威　大嫂，您快别这样自责。要说孝，倒是我们没尽到孝。让娘落成这样、把您和涵儿她们拖成这样、把咏儿他们丢了，我和大哥、五哥都没尽到责……

兰雪绒　（痛哭）难为你这么善解人意、体谅我的难处。八弟，你怎么知道我们在这里？敌人追你，你就直接往这儿跑。

林昌威　我昨天上午来过。涵儿和嫣儿在后山坡放羊，是她们告诉我的。

林若嫣　（见雪绒看她们）是的。娘，八叔来过。

林昌威　我当时要去办一件大事，怕耽搁了，就急着走了。又怕您和娘着急，就让她们不告诉您我来过。

兰雪绒　来了就好！来了就好！八弟呀，我以为我今生今世再也见不到你们了。不是为了娘、为了涵儿和嫣儿，我早活不下去了。

林昌威　您要活下去，大嫂！一定要活下去！为了娘、为了孩子、也为了大哥，您一定要活下去！

兰雪绒　（抬起泪眼，哭得气绝）你知道你大哥在哪儿吗？

林昌威　不知道！

兰雪绒　那你现在在哪儿？你从哪儿来？要到哪儿去？你这是怎么受的伤？那些人怎么要追杀你？

林昌威　大嫂，我现在在新四军里干事，要回到山里去。敌人要扫荡我们，我们要去组织抗击和转移群众。那些追我的人是给日本人干事的，我被坏人告了密，他们要抓我。大嫂，你们在这里也不能久留，待我们反击完这次扫荡，我带人来送你们回老家。

兰雪绒　回老家！（眼里尽是向往与希冀）

林若涵　（手指了昌威的伤处）八叔的血越流越多了！

（雪绒急忙端过灯来看昌威的左胸，只见血迹又浸湿了一大块军装。她把灯递给若涵，帮昌威解开衣扣，那伤口处还在往外渗血。她急着要给他包扎，可这草棚里一块布条都没有。她左右看看，想了片刻，走出门去；复入，手里提着一件小白褂）

兰雪绒　八弟，你忍着点儿，我给你包扎一下，没有别的办法。

（她把小褂撕成条状，上下穿插地给昌威包扎着。昌威忍着痛，脸色煞白、呼吸急促，好像要昏过去。雪绒给他扎好了，又给披上他的外衣，就东张西望地想找点儿东西给他进食，然而这破屋里实在没有什么可吃的。她看见了床边苗氏喝水的缺边土瓷碗，就拿了碗走了出去。少顷，她捧着碗又返回来）

林若涵、林若嫣　　（哭叫）八叔！八叔……

（雪绒见昌威昏了过去，忙将碗递给若嫣端着，自己扶起昌威来，又接了碗，将碗挨着昌威的嘴喂他喝那里面的液体）

　　　　　　八　　刀

第 十 九 集

内景 / 庄户人家草屋 / 深夜

    （昌威醒了，见大嫂扶着他，忙坐正了；咂咂嘴，嘴里有股异样的感觉；再看雪绒手中的土瓷碗，那剩下的白色乳汁与那泥色碗底显现着非常强烈的反差）

林昌威   （惊叫）大嫂——

兰雪绒   八弟，你不用说多的！（很严肃地制止）你受了伤，我有心藏你在这里养一些时，可我也知道你马上又要走，你说了你要到山里去组织反"扫荡"。

林昌威   是！

兰雪绒   可是，我也知道你有一肚子话要跟娘讲，只是娘病了这长时间、病成这样，她认不出你来了。你是娘最喜欢的小儿子，你来到她身边她却不认识你，我知道你心里的滋味。不管娘听不听得懂，你还是跟她讲讲吧。

林昌威   （眼里滚出泪来，扭转了身，跪在床沿上向苗氏伸出手）娘——
    （苗氏还是瞪着惊恐的眼睛，在床角里将身子缩得更紧，嘴里发出类似犬吠的呜呜声。昌威万箭钻心，伏下身孩子般地哭起来。雪绒一边搂了一个女儿，静静地看着他）

林昌威   （抬起头擦一把泪，转过身来）大嫂，拜托了，请您为我们也尽一片孝心。

兰雪绒   嗯，大嫂明白！

林昌威   惭愧！我们枉为男儿一场，在母亲膝下却不能尽孝。可是现在国难当头，我不得不狠心离开母亲、离开你们。娘和您、孩子们，还有我和很多很多的人，都是受苦受难的人。这个苦难是日本人给我们带来的，我要报仇、要杀敌！大嫂，我有千言万语，一时

	也难以表达；娘听不懂我的话，您能明白我的心！拜托了，八弟走了！
兰雪绒	（帮他穿着衣服）你的心迹我明了，你干的是大事！可你这一去，不知何时才能又相见，山高路远，我送你一程！
林昌威	不了！大嫂——山道不好走。
兰雪绒	你听我的！（转向两个女儿）涵儿、嫣儿，好好听话，陪着奶奶先睡觉，娘去送送八叔就来。记住，谁也不要告诉说八叔来过。（又转向昌威）走吧——
	（兰雪绒噗地吹灭了灯。黑暗中林昌威右手抚着左胸向苗氏深深地鞠了一躬，又摸摸两个侄女的头，顺从地随着兰雪绒出草棚）

外景／山坡小路／深夜

兰雪绒	（在前面开道）八弟，我没给你把冯小姐照顾好，大嫂对不起你。
林昌威	大嫂你不要说这样的话，八弟我特别感谢您！
兰雪绒	说感谢就见外了。
林昌威	您也不要叫什么冯小姐，那是叫给别人听的，您叫她秋池好了；或者就像叫六嫂那样叫她八弟妹也行。
兰雪绒	八弟妹？你见到她了？已经和她成亲了？
林昌威	还没成亲，可是以后总要跟她结婚的。我见到她了，现在也是我们新四军的人。
兰雪绒	哦，娘子军！我原来就看出她跟别的女子不一样，果然如此。
林昌威	谢大嫂夸奖！
兰雪绒	去年她跟我们到城里去，给荞姑娘找好了学校——噢，荞姑娘真让你给说准了，成了九弟没过门的媳妇。这些秋池姑娘也许跟你讲了吧？
林昌威	嗯！
兰雪绒	秋池姑娘给鹿荞姑娘联系好了学校，就去找你，没找到，就跟我们回了莲藕塘；去年热天又自己到城里去找你，我们就再也没见到她。现在想来，幸亏她找你去了，当了女兵。不然和我们在一起逃难，不说九死一生，就是跟着我们这样担惊受怕也够她受的

了！（又叹口气。画外音，有叽叽咕咕的说话声。昌威一拉雪绒，两人钻到小道边的刺蓬里。一群人骂骂咧咧地走过来，又过去了）

林昌威　　这就是追杀我的那伙人。大嫂，八弟就在此告别了。他们可能还要杀个回马枪再到原处去作恶。您赶快回去，娘和涵儿和嫣儿还在那里。

兰雪绒　　八弟，那大嫂就不远送了。

林昌威　　过几天，我想办法来送你们回家去。

兰雪绒　　你走吧，多保重！（林昌威抚着胸口，吃力地向高岗走去）

外景 / 庄户人家场院 / 黑夜

　　（返回的敌军又在大屋里吵闹搜索。兰雪绒从山坡上下来，悄悄溜进草屋）

内景 / 草屋 / 黑夜

　　（兰雪绒搂着惶恐不安的两个女儿，静听外面的动静。苗氏呼呼大睡）

　　（外面终于安静下来。急切的拍门声）

东家男人　（画外音）林嫂，林嫂，快开开门！

兰雪绒　　（打开门）怎么了？

东家男人　我屋里的受了惊吓，快不行了。

兰雪绒　　啊？（往外走）

林若涵、林若嫣　　娘——

兰雪绒　　（回头看看她们）好好陪着奶奶，娘去去就来。

内景 / 庄户人家卧房 / 黑夜

　　（兰雪绒与东家男人入，小使女哭泣着。男人端着油灯走到床前看他女人）

东家男人　他娘，（女人不应，伸手到女人鼻子处摸摸，猛地抽回手）死了？！

　　（男人号哭起来，小使女和孩子也哭叫起来。兰雪绒抱起东家孩子）

外景 / 庄户人家场院 / 白天

　　（搭起棚子办丧事，一具棺材停在棚子里，几个男人在那里打着丧鼓跳丧）

外景 / 山坡上 / 山道上 / 羊圈 / 白天

（林若涵两姐妹仍是不停地牧羊、割草）

外景 / 内景 / 庄户人家内 / 外 / 白天 / 黑夜

（兰雪绒奶孩子，做饭，洗洗涮涮，不停地忙碌）

外景 / 山坡上 / 白天

（苗氏疯疯癫癫地在山坡上闲荡）

外景 / 小河边 / 白天

（兰雪绒清洗着衣物，一村妇提着装衣物的篮子走过来）

村　妇　林嫂，洗衣服哪？

兰雪绒　是啊，你也来啦？

村　妇　哎！（蹲下洗衣）林嫂，你们家那个小使女跑了？

兰雪绒　嗯，东家家里前前后后出了这么多事，她害怕了。跑回去不来了。

村　妇　你看你多辛苦啊！要服侍那爷儿俩，自己又还有两个女儿、一个病婆婆……

兰雪绒　唉！

村　妇　林嫂，你东家托我跟你说，想讨你做老婆！

兰雪绒　什么！（一惊，手里的棒槌掉到河里。村妇一把抓起）

村　妇　你东家想填房！

兰雪绒　亏他想得到！（生气地搓衣服，虎着脸。村妇也觉没趣，不再说话）

外景 / 山坡上 / 山道上 / 羊圈 / 白天

（林若涵两姐妹仍是不停地牧羊、割草）

外景 / 内景 / 庄户人家内 / 外 / 白天 / 黑夜

（兰雪绒奶孩子，做饭，洗洗涮涮，不停地忙碌）

外景 / 山坡上 / 白天

（苗氏疯疯癫癫地在山坡上闲荡）

外景 / 庄户人家井边 / 白天

（兰雪绒打水淘米、洗菜。村妇走过来）

村　妇　林嫂，不是我多事，实在是你东家老爷托我传话。他要续弦，你又不愿意，他说干脆让你们走。

兰雪绒　　　（气愤的脸）走！专戳我的痛处！他又想错了！我们正想走呢，不要他赶！

村　妇　　　可你们怎么走啊？你看你的婆母病成那样，寸步难行！

兰雪绒　　　我宁肯死！不说应了他跟他去过日子，就是扔下我婆母携了女儿回到老家也是对我丈夫的背叛。我宁肯死！

村　妇　　　可他不会随便放过你的。他打你的主意多时了。

兰雪绒　　　（思忖着）那这样吧，有烦大嫂你回个话，说他丧妻未满三年不能新娶；我呢，现有着丈夫，只是走失散了；就算我是寡居人，却也不能带着婆母改嫁。如果要真谈这事，起码也要等到他家奶奶周年以后，我这边又真的打听不到孩子她爹的消息了，再说。

村　妇　　　好，我去回话。

内景 / 草房里 /1939 年 / 夏 / 白天

　　　　　　（一条毒蛇爬进草房，后扭曲着身子爬上床。苗氏见了拿起玩耍，蛇咬了苗氏。苗氏中毒，抽搐、挣扎，后死在了草铺上）

内景 / 庄户人家堂屋内 / 白天

东家男人　（对村妇）她这么说，那就先放下来吧。料她拖着两个女儿、一个疯婆婆、自己也一身病的妇人跑不到哪儿去。

村　妇　　　是啊，你现用着她，给你浆衣洗裳、做家务、奶孩子，比雇个一般的佣人强多了，上哪儿找这样的好事去？

东家男人　（笑）还有两个女娃娃给干杂活，可以抵一个小长工了。

村　妇　　　就是，你工钱都不给人家。

东家男人　可是她们吃了我的饭啊。

内景 / 草房里 / 白天

兰雪绒　　　（抚在苗氏身上痛哭）娘啊！您这是怎么了？媳妇对不起您啊！您优越一生，到头来却客死他乡。您有三个儿子，一个人也不在身边，疯癫得都不成了人形，还要遭蛇咬！我们出逃的时候，满满当当一车人，在路上还增添了两个孩子，可到如今家破人亡，有家不能归！就是归了，我又拿何脸面对族人啊！楚威啊楚威，你在哪里啊？你可知道你娘已离开人世不管我们了？你可知道你

丢了四个儿子？你可知道你的女儿在别人家里做小伙计？你可知
道你的妻子正被逼着要给别人当老婆？！（悲啼哭诉，昏死过去）

林若涵、林若嫣　　（入，见雪绒和苗氏均倒地上，惊骇）娘！娘！你怎么了？
　　　　　　　　奶奶——

内景 / 庄户人家堂屋 / 晚上

　　　　　　　　（东家男人坐在八仙桌旁咕噜咕噜地抽水烟，兰雪绒站立一旁）

兰雪绒　　东家老爷，你是讲仁义、讲孝道的人，请容我一叙。

东家男人　　林嫂讲吧。

兰雪绒　　我到林家做媳妇十来年，承蒙婆母对我慈爱有加，我三生难忘。
　　　　　如今落到这个地步，我愧对林家祖宗。

东家男人　　知道你是个贤惠女人啊！

兰雪绒　　我们这样遭罪，是日本人害的，可我又无法报仇！只想尽一个林
　　　　　家晚辈的孝心安葬了婆母，以慰她老人家的在天之灵，也好将来
　　　　　在孩子她爹和族人们面前有个交代。

东家男人　　这是应该的。

兰雪绒　　如老爷你真有慈悲之心，就期望给赊一具棺材，以安葬我婆母。

东家男人　　嗯？

兰雪绒　　以后我林家人会来还债的。

东家男人　　林家人？

兰雪绒　　两个小女长大后也会还棺材钱的。万一不行，你怕我食言，你可
　　　　　记了账，我以我的工钱抵。

东家男人　　工钱？

兰雪绒　　这半年来我虽做得多、还以我奶养活了你家少爷，还有我女儿也
　　　　　做了活，可我们毕竟有四张嘴要填、又有一个病婆婆跟着，你不
　　　　　赶我们走就已是救苦救难的了，我怎么还好开口要工钱？

东家男人　　说的是！

兰雪绒　　可现在我一家三口都已经是帮工了。我想请你从此记下工钱，以
　　　　　抵我赊的棺材账。

东家男人　　（赶紧讨好）林嫂就不要说这生分的话了。都曾为人子，谁没个

父母？林嫂如此孝顺，我哪还能要棺材钱呢？我送老人家一座"万年屋"，也是念她在我这里住了一场吧。

兰雪绒　　那谢过老爷了！

东家男人　应该的！应该的！（望着兰雪绒，心声）你背上了这副棺材债，只怕就逃不出我的手掌心罗！

外景 / 庄户人家井边 / 白天

（兰雪绒打水，给东家孩子洗衣屎尿布）

村　　妇　（走过来）林嫂，你婆母下葬这么长时间了，你的东家老爷让我问问你，到底是怎么想的啊？

兰雪绒　　什么怎么想的？

村　　妇　还不是填房的事。

兰雪绒　　你告诉他，赊的棺材钱记的有账，不是不还的。不要拿这来逼人！

村　　妇　可是，利滚利、驴打滚，是很难还清的。

兰雪绒　　我不是卖到他家的终身女仆！如果再这样相逼，我会死给他看的！

村　　妇　林嫂，这兵荒年，千万不要说"死"字！

兰雪绒　　我死了，大不了两个女儿再走散，可她们长大了一定会来找他报仇的！我四个儿子都丢了，什么苦我没吃过？好说好商量呢，我喂少东家一口奶、他给我们一口饭，大家相安无事。

村　　妇　可林嫂你也知道的，男人们把再娶看得十分轻飘，认为是天经地义的事。

兰雪绒　　这也得看我愿意不愿意！

村　　妇　林嫂，你一个现成的年轻女人在他这样一个丧妻的男人眼前晃来晃去，又能干、又吃得起苦、孝顺、贤惠，还生育过五胎六个孩子。他要是娶了你，给他生一串孩子也不是不行。这样的好事你东家会放过？

兰雪绒　　那也是他一厢情愿！

村　　妇　再说，你东家也不是个坏人。

兰雪绒　　不是坏人并不是就可以嫁他。

村　　妇　那倒是。

兰雪绒	我是有夫之妇，怎么能一妇二夫？再说那东家又岂能与我的涵儿她爹相比！
村　妇	嗯——
兰雪绒	涵儿她爹是大家族的公子、是读过洋书的人、是在大地方工作的职员、是跟我有十年感情的丈夫！就算有一天我与我夫真的鸾飘凤泊或鸾孤凤只了，我也将是古井无波、不会嫁作他人妇的。
村　妇	可你们回不了老家，东家又不放过你，总不是个长久的事啊！（雪绒沉默）

外景 / 庄户人家门外屋檐下 / 白天

兰雪绒	（奶着东家孩子，痴痴地望着高高的山岗，满面忧愁，心声）八弟，你说要来送我们回老家的！可你怎么还不来？母亲等你等不及，已离开了我们。莫非你忘了我们？（落泪）
林若涵	（走过来）娘，你又在哭。
兰雪绒	没呢。（擦一把泪）
林若涵	你又在想八叔了吧？他到今天还不来，是不是出了什么事？那天离开我们就、就……
兰雪绒	我的天哪！（捂住了若涵的嘴）你千万不能这么说！ （林若嫣听见娘又在哭，走了过来给她揩泪，默不作声）
兰雪绒	真是越想越怕，要是真的八叔不能来了，我们怎么办？
林若涵	（轻声的）我们走！
兰雪绒	嗯！实在不能再这样下去了，得赶快离开。涵儿，东家又在逼我，我们已经没有办法了。
林若涵	我们偷偷地走！
兰雪绒	走！我们一定走！

内景 / 简家大屋郦氏卧房 / 白天

郦　兰	（刺绣，对临摹字帖的冯冰儿）冰儿，今天把昨日学的《女儿经》去背下来。
冯冰儿	娘，你们要我熟读《四书》、习诵《五经》，背《百家姓》《三字经》就行了，还要学《女儿经》，有什么用？

郦　兰　　　要你学，你就学，问那么多干什么？（冯冰儿�’嘴，不吱声）

外景 / 简家大屋后门外 / 中午

　　　　　　（冯冰儿探出头来四处瞄瞄，见无人，闪身而出）

　　　　　　（半坡上有一头小黄牛和几只小山羊，她扯了一兜草逗羊玩。大桑树上枝叶"沙沙"响，她抬头一看，柳水儿正搂着树干往下溜）

　　　　　　（柳水儿下到地面，将口中衔着的一件花布衫铺开来，里面露出乌黑乌黑的椹子，馋得冰儿猛吞了一口涎水。柳水儿不知旁边有人，捏了桑椹果子吃得津津有味。冯冰儿打量着他，见他扎两只小羊角辫儿，方知他是女孩儿）

冯冰儿　　　姑娘家是不能光身子的，打赤膊好羞！

　　　　　　（吃得正带劲的柳水儿闻言吓了一跳，扯了花布衫就往身上披，把桑椹子抛撒了一地。抬眼见是个穿着十分周正的男孩子，知是简家少爷，忽想起自己失踪了的母亲，便有几分仇恨在心头）

柳水儿　　　你！

冯冰儿　　　（蹲下身，甜甜地）小姐姐，你打赤膊我不给别人说。

柳水儿　　　（又吃一惊，心声）是啊，爹爹知道了一定会发怒；别人知道了一定会鄙视我柳家没教养；被龙王爷知道了还会吃我。幸亏这个小子心还好，要不真是麻烦了。对，要堵住他的嘴。

冯冰儿　　　啊？我不给别人说！

柳水儿　　　嗯，谢谢你！吃吧，好甜的！（拈起桑椹子，吹一口气，递过去）

冯冰儿　　　（馋得不行，忙和柳水儿你一颗、我一颗地吃起来）你叫什么名？

柳水儿　　　我叫柳水儿。你呢？

冯冰儿　　　我叫冯冰儿。嘻嘻，和你差不多。

柳水儿　　　（桑椹子吃完了，拍拍手站起来）我再到树上去摘。

冯冰儿　　　小姐姐，你不能再打赤膊。

　　　　　　（柳水儿一笑，叼起破烂得早已无沿的草帽，"嗖嗖"几下就爬到了树上。他采了半帽果子，忽听得几声狗吠，低头一看，来了几个凶神恶煞般的壮汉，并有一条恶犬在咆哮。他下到地面）

简家家丁　野丫头，竟敢偷我们的桑叶！（对狗一打手势）上去咬！

冯冰儿　　（哭叫，护着水儿）不要咬他！不要咬他！（桑椹果子撒一地，闹得不可开交）

郦　兰　　（惊叫着从后门奔了出来，拉住了冯冰儿）这是在干什么？

简家家丁　她偷我们的桑叶！

郦　兰　　哦，（拉下脸）这有多大个事？莫说别人没有采桑叶，就是采了几片叶子也犯不着拉着狗来吓孩子的。回去吧，闺女儿！不用怕，我看着你走！

　　　　　（郦兰心情复杂地搂着自己的孩子蹲下身，摸摸柳水儿的脸。柳水儿看见郦兰，仇恨又上心头，倔强地昂起头，一言不发地赶着牛羊走了）

冯冰儿　　小姐姐……（眼泪往下落）

郦　兰　　走吧。以后不准出来玩！

外景 / 柳玉来家门外 / 傍晚

　　　　　（柳水儿赶牛羊进圈，刚出来，就见屋里跳出一个衣衫破旧的小女孩儿）

柳水儿　　（仔细一看，原来是林若嫣，便轻轻地）若嫣！

林若嫣　　（扭头跑来抱住他）呀！水儿姐姐你回来了？（朝屋里）娘，水儿姐姐回来了！

柳水儿　　（奇怪地）你怎么穿这么破的衣服？

柳　母　　（出来牵了水儿）来，进去见过婶婶和涵儿姐姐。

内景 / 柳玉来家堂屋 / 晚上

　　　　　（病重的兰雪绒躺在一把藤椅上，旁边坐着两个女儿，柳玉来坐在一边默默地抽旱烟，柳母纳着鞋底，柳水儿在旁边赶蚊蝇）

兰雪绒　　（慢慢讲着）我的身子骨越来越差了，得了一种怪病，受了大的惊吓和刺激，腰就会疼得要死，直直地挺着像块木板，好长时间恢复不了。要是我真的病倒在那个地方了，要是我死在了那里，涵儿她们两个怎么办？要是她们难返家乡，那不害了她们？那真是对不起她们爹爹了！

柳 母	唉！（摸一把泪）
柳玉来	回来了就好！回来了就好！
柳 母	他婶儿，你这回病得实在不轻，就留在这儿住几天吧。
兰雪绒	谢亲家娘了！
柳 母	玉来，你到镇上去请个郎中给林大嫂瞧病，让她们调养调养。
柳玉来	唔——

内景 / 柳玉来家厨房 / 晚上

　　　（柳母做饭，柳水儿在灶前烧火。柳玉来挑一担水入，将水倒入
　　　大水缸里）

柳玉来	娘，林家的两个小姐不知水儿的事，老是缠着水儿玩，还那么亲热。吃要在一起、睡也要到一起，我怕……
柳 母	唔！（向灶前探探身子）水儿，你自己小心点儿！
柳水儿	嗯！
柳玉来	我想带水儿进城里去避一避。
柳 母	也好，明儿一清早就走。
柳玉来	林大嫂病得厉害，让她们娘儿仨在这儿多住几天。
柳 母	这个我来服侍。她们想走我还不让走呢！唉，要是我的玺儿还在家多好！亲亲热热的两妯娌！我的玺儿！（悲伤）

第二十集

外景 / 林楚威小院 / 白天

（兰雪绒母女三人伫立院中，满目疮痍，触目惊心。小院儿残垣断壁，已露天的室内用具荡然无存）

内景 / 林怡坤院厅堂 / 白天

（兰雪绒与各位叔婶娘相见，少不得伤心酸鼻、抱头痛哭）

卓　氏　　楚威媳妇，家里破败成了这样，你们娘儿三人现在也没有住处，就先到你四娘那儿去住一段时间吧。

兰雪绒　　侄儿媳妇谢过二娘！谢过四娘！

外景 / 内景 / 穆氏院子内 / 外 / 白天 / 黑夜

（兰雪绒与穆氏静坐。兰雪绒服药、养病。林若涵两姐妹读书、写字。穆氏吃斋、念佛、上香，虔诚得好似佛门弟子）

内景 / 穆氏院子兰雪绒卧房 / 白天

夏仪灯　　（探望兰雪绒）自打那次出去逃难，我们分开以后，就没了你们的音讯。有人在外县的大路上看见过你们，后来又看见了咱们家那辆马车，被炸得散了架。莲藕塘的人都说你们一定不在世了。

兰雪绒　　这不跟个不在世了一样吗？我们出去时老少八口人，在路上还生了两个孩子。可现在，三个人回来，还半死不活的！

夏仪灯　　大娘风光一生，唉！

兰雪绒　　你们这边还不是……唉，奶奶也不在了！

夏仪灯　　是啊，奶奶这大年纪了，一辈子又养尊处优，哪受得了这样的惊吓和奔波？

兰雪绒　　风雪交加，又日夜不停地逃。

夏仪灯　　奶奶一病不起，最后去世了，随便葬了一下，碑都没有！

兰雪绒　　这年头！哎，怎么没见四弟妹啊？

夏仪灯	她……（欲言又止）
兰雪绒	怎么了？
夏仪灯	她最惨！比死了的人还惨！
兰雪绒	她到底怎么了？
夏仪灯	为了救奶奶，救我们全家！
兰雪绒	你直说好不好？不说我问四娘去！
夏仪灯	哎哎哎哎，（拉住兰雪绒的袖子）千万不要问四娘，她一个守寡的人！
兰雪绒	那你说！
夏仪灯	我们没有像你们那样顺着大路跑，只是在附近野地里转。有一天的傍晚，分作两路逃命的我们一路和同了奶奶、四娘逃的三叔他们一路碰到了一起，正在这时，我们遭遇到了鬼子。
兰雪绒	啊！（倒抽一口冷气）
夏仪灯	大家会吓死，赶紧藏在一片河滩地的芭芒丛后面，大人小孩都噤了声。看看敌人已走了过去，本来已可躲过这一难的，不料神志已经不清的奶奶偏偏这时咳起嗽来，这就引来了鬼子兵的包围。
兰雪绒	我的天！四十多条林家人的生命啊！
夏仪灯	是啊，我们都吓死了。可就在这个时候，只见四弟妹她高扬着一条红色的头巾，边叫喊着边故意发出咳嗽的声音向另一个方向冲去。
兰雪绒	四弟妹！
夏仪灯	鬼子嘴里"花姑娘的大大的有"地叫着，呼啦一下子又向那个方向包抄过去了。可怜她小脚一双，跑不多远就被鬼子兵按倒在了地上。（讲述与画面重叠）
兰雪绒	（面无血色）我的天哪！
夏仪灯	等到日本人在蕲水镇上驻兵建下岗哨、我们也都返回到了莲藕塘，她才被人送回到林家来。可这时，她已经是皮破脚烂、浑身青肿、奇臭无比了。
兰雪绒	怎么会是这样？

夏仪灯	她被日本鬼子轮奸了。
兰雪绒	（浑身一颤）啊？！
夏仪灯	这还不算，又扒光了她的衣裤，一丝不挂地跟一群被抓去的女人在双乳上拴了铃铛、推到滚烫的开水里跳铃铛舞。
兰雪绒	太可怕了！
夏仪灯	她受不了这样的折磨，蹦跳了没几下就摔倒在了开水里，烫昏了过去。
兰雪绒	（战战兢兢）四弟妹为女人一场，真正的是苦了一生！
夏仪灯	大嫂你想，四弟本来就不喜欢她，现在更是嫌弃她了。
兰雪绒	她现在人在哪里？
夏仪灯	已搬到三娘的院子里了，单辟了一间偏屋给她住，专门拨了一个使女陪伴她，别人都不理她。
兰雪绒	唉！苦啊！

内景／林怡瓯院霍修墨房／白天

兰雪绒	（入，对在窗下织布的霍修墨）四弟妹！
	（霍修墨动作迟缓地抬起头来，用了痴呆的目光去看来人。见是雪绒，那眼里便流下了汩汩的泪。兰雪绒疾步过去，挨她坐下）
兰雪绒	四弟妹你好些了吗？
霍修墨	大嫂，你总算回来了！
	（兰雪绒见她穿得倒也干净，身上并无臭味。脑后侧有一大块秃着并无半根头发；肌肤肉疤疙瘩重叠；手完全变形，像深山老林中的千年怪树根）
兰雪绒	我回来了，心里惦着你，来看看你。
霍修墨	谢大嫂！
兰雪绒	我们姐妹一场，莫客气啊！
怡坤院丫鬟	（在门口探头）大少奶奶，二老爷和二太太有请。
兰雪绒	噢，来了。（又对修墨）四弟妹你也不要做得这样辛苦，先歇着点儿。我有空了再来陪你坐。
霍修墨	大嫂你有事就去忙吧！

内景 / 林怡坤院厅堂 / 白天

    （兰雪绒随传信丫鬟入，好多人在座，二位叔父长吁短叹，三位婶娘流着眼泪，鄂威夫妇、孝威夫妇、荆威和余氏都在，知道出了大事，紧张得气都出不来）

兰雪绒　　（声音颤抖地）二叔、二娘、三叔、三娘、四娘，侄儿媳妇来了。

林怡坤　　楚威媳妇你先坐下——（丫鬟赶紧端过凳子来，雪绒坐下）

兰雪绒　　谢二叔！

林怡坤　　楚威媳妇啊——你要想得开！你看我们多好的家庭啊，可日本鬼子一来，家哪还像个家！

兰雪绒　　是，二叔！

林怡坤　　仁爱慈祥的老祖母去世了，你的婆母去世了，从小把你奶大的奶妈去世了，你的四个儿子死了两个、丢了两个。我们还死了那么多的族人和家丁，还有我们的庄园……你一定要想得开！

兰雪绒　　（不成腔调的声音）二叔，我想得开……

林怡坤　　今天，有人从武汉来，带来了信，说楚威他……

    （林怡坤猛地打住了话，兰雪绒已从凳子上溜到了地上，昏死过去了）

内景穆氏院兰雪绒卧房 / 晚上

穆　氏　　（坐在床前抹泪，夏仪灯料理病中的兰雪绒）楚威媳妇，你要想得开！

兰雪绒　　（哭）四娘，如今的我什么都想得开。就只涵儿她爹这件事放不下，偏偏他就出了事！

穆　氏　　可他现在已经不在了啊！你一定要想得开啊！

兰雪绒　　国民政府？往重庆迁都？他到底是怎么死的？

夏仪灯　　鬼子来了，国民政府往重庆搬迁，大哥随着一起走。走到长江三峡的时候，病倒了，又没人管，就——就走了——

兰雪绒　　（悲泣）她爹！

穆　氏　　楚威媳妇，为了涵儿和嫣儿……

兰雪绒　　四娘，如果不是因了涵儿和嫣儿，我真想像六弟妹那样……

内景／林怡坤院厅堂／白天

兰雪绒　　（入）侄儿媳妇拜见二娘！

卓　氏　　（收起正看着的一份地契）哦，楚威媳妇来了？

兰雪绒　　是，二娘！

卓　氏　　坐吧，（指了椅子）你病身子还没好，有什么事了带个信儿我们
　　　　　　过去嘛。

兰雪绒　　不了，二娘，侄儿媳妇过来是应该的。

卓　氏　　有什么事吗？

兰雪绒　　（有气无力地）二娘，自去年我们分手躲日军以后，不孝侄媳无能，
　　　　　　没有照顾好母亲，使她老人家葬骨他乡，实在让我寄颜无所。

卓　氏　　躲日军嘛，那没办法。你看老太太还不是不在了！

兰雪绒　　是啊，事到如今，忏悔也没有用。只是我和涵儿、嫣儿她们千辛
　　　　　　万苦逃得家来，又怎么忍心，让我娘她孤坟一座、荒草封路在野
　　　　　　山呢？故侄儿媳妇想去那里请回灵柩。

卓　氏　　（沉吟半晌）你有这样的孝心是好事，现在找我是要帮什么忙吗？

兰雪绒　　我想找二叔、二娘支一些银钱用用。

卓　氏　　钱——啊？

兰雪绒　　路途太遥远，饮食住行要花费，到了那里也不知哪里人让不让移墓。
　　　　　　娘去世时我身无分文，在那里曾给我娘赊过一副薄棺……

卓　氏　　噢——

兰雪绒　　还有，就算我还了原来的棺材钱、人家也让我起坟，可我还得请
　　　　　　工开墓、还得请人入殓、还得……

卓　氏　　楚威媳妇啊——（打断她的话）原因很多，总之要钱，我明白了！

兰雪绒　　二娘——

卓　氏　　可你知道吗？这日本人一来，我们家哪还有进项？房子炸得东倒
　　　　　　西歪，现在勉强只能遮风避雨，要想恢复原样已不可能。你也看
　　　　　　到了。

兰雪绒　　可是——

卓　氏　　就是修饰一新也得有个十年八年啊。你说是不？

兰雪绒	是的——
卓　氏	城里的商号被烧个精光，你三叔虽是又进城去了，可支了一大笔钱也没见他把店铺重开起来。田庄上呢，自去年跑日本，佃户们哪顾了秋耕冬播？眼见得这又秋后了，稻田里汪着水、棉田里不见蕾，抢种的一些高粱也是稀稀落落的。没租子哪儿变得来钱？
兰雪绒	嗯——嗯——
卓　氏	你看着以前红火，是吧？那时有榨坊、糖坊、粉丝作坊，可没了芝麻、没了菜籽怎能打榨？没了甘蔗、没了红薯、没了苞谷怎么熬糖？粉丝、豆腐各种作坊更不消说得。你说是不？
兰雪绒	嗯——
卓　氏	还有一桩你是不知道的，镇上、村上隔三岔五派了人来催粮催款说是犒劳皇军。那是个无底洞啊！楚威媳妇，我说这些你应该懂了。
兰雪绒	侄儿媳妇懂了。可是、可是，林家虽说比以前败落了，但运回我娘灵柩的钱还是有的。不是我不懂事，只是我的身体太差了，我怕一口气活不过来、迎不回婆母愧对了祖宗！
卓　氏	楚威媳妇，不是我不仁义，实在是有难处。我与你娘妯娌一场是三十年的姐妹情啊，能忘了这个老嫂子？可生计的艰辛又有谁知？不当家不知柴米油盐贵。你看老太太吧，自去年不幸故去，还不是草葬了？我和你二叔难道是没有孝心？真正是心有余而力不足啊！
兰雪绒	二娘，我实在不敢这样牵强，只是想支一点点钱，只想二娘明白我的心迹。
卓　氏	我明白你！
兰雪绒	娘养涵儿她爹和五叔、八叔三兄弟一场，可到头来……涵儿她爹成了这样；她五叔这一走就是好多年，我们都不知能不能再见到他的面；她八叔在外面打仗，生死都难保，我担心的是娘永远也归不了祖坟。
卓　氏	你这担心是多余的。哪能让你娘永远在外呢？迟早会迁回来的。可现在不行！没钱！老太太还是草葬呢。

兰雪绒	老祖母虽是没有厚葬，可她老人家毕竟是在自己的墓园里；而且还有二叔、二娘、三叔、三娘和四娘和我们这些后辈们年年能祭奠。等到太平年间了，这么多子孙一定会举行隆重的仪式重葬老太太的……
卓　氏	好了！楚威媳妇——这样吧，你的一片孝心我们记着，待到有了余钱，第一笔大点儿的开支就给你。这样行了吧？
兰雪绒	呃——
卓　氏	先下去吧。管家还等着盘存呢！

内景 / 穆氏院厅堂 /1939 年 / 深秋 / 白天

（穆氏手捻着一串佛珠，兰雪绒缝补着一件衣裳）

穆　氏	楚威媳妇，你上次讲要迁回你娘灵柩的事儿，怎么样了啊？
兰雪绒	（愁苦地）二娘不让我说，让我等。可是——
穆　氏	是啊，这都等得田畈里板仓咚咚响、莲子老了、苞谷黄了、板栗下树了、秋蚕上蔟了。
兰雪绒	可还是不见二娘提支钱的半个字儿。
穆　氏	你再去问啊！
兰雪绒	我去问过两回，还是一个答复："没钱！"
穆　氏	（内容复杂的眼神）唉！你等吧，四娘我也跟着你等吧！
兰雪绒	钱！钱！钱！我从来不管家，现在才尝到了没钱的滋味。
穆　氏	其实，有时候，钱就是个害人的东西！
兰雪绒	想我们兰家、林家以前那么辉煌，金银财宝、珠佩首饰不计其数。现在到了这个地步，为几封银钱愁白了头！
穆　氏	阿弥陀佛！
兰雪绒	啊！珠佩首饰！天哪！我想起来了，我真是被这一连串的打击砸昏了头！四娘，有了！（猛地站起，往外走去。穆氏看着她的背影发愣）

外景 / 林楚威小院 / 白天

（残垣断壁不忍入目，满院荒草令人心寒）

（兰雪绒急急忙忙入，来到井边伏下身，用手抠掉砖头，从洞中

（取出湿漉漉的匣子来，打开了，松口气，金银首饰历历在目）

（兰雪绒捧起那面银光闪闪的圆镜，抚到胸前失声痛哭）

兰雪绒　　楚威、楚威！你为何要弃我而去！

　　　　　（兰雪绒哭得天昏地暗，喉痛声哑，产生了幻觉，林楚威就在她的身后，就像那年三十夜他夫妻俩同照一面镜的情景，不觉就又举起了手中的镜子）

　　　　　（镜中景：发黄的脸庞、红肿的眼睛、密布的皱纹、飘散的鬓发，明明是个半老婆子！身后没有了楚威，却有着半人高的荒草！）

内景 / 林怡坤院厅堂 / 晚上

　　　　　（林怡坤、卓氏端坐在八仙桌两边。兰雪绒站在桌前，将两根金条放到桌上、往他二人面前推了一下，他们的眼中放出神光）

兰雪绒　　（后退一步）还求二叔、二娘把它兑换成现洋，我好做迁移我娘的盘缠。

卓　氏　　（十分乐意地）她二叔，给楚威媳妇两封钱吧。

兰雪绒　　求二娘了，不能那么少，那价钱贱得比铜贵不到哪儿去。

卓　氏　　这你就不懂了，楚威媳妇！

林怡坤　　现在的金子不值钱，人们饭都吃不饱，还要金子做什么？这不知要跑多少钱庄、费多少劲才兑换得来呀。

卓　氏　　再说，楚威媳妇啊，不是我们要责怪你，你明明现藏着有私房钱，为何不早早拿出来呢？

林怡坤　　看着大家都不宽裕还要来打秋风，这就不对了嘛！对婆母尽孝是好事，可也不能这么个孝敬法呀。

卓　氏　　你娘原先当着家，也不知瞒了多少去，我想你应该是知道的。何苦要到我这里来叫穷！

兰雪绒　　（着实吃一大惊）二叔、二娘冤枉了我，也冤枉了我娘！这金条是我娘家的陪嫁。

卓　氏　　陪嫁？陪嫁还存在这里？这多年了也没置办点田亩？

兰雪绒　　不信二叔、二娘可以审验的，金条上有我兰家的姓氏特征兰花。我娘虽是管家多年，可我最敬佩她的就是她的秉公办事，两袖清风、不占分毫。

卓　氏　好了！说那么多干什么？就算这金条是你兰家的，也不能说明你
　　　　婆母就干净得跟个铜棒棒似的。还有，既你要对婆母尽孝心、既
　　　　你要对丈夫尽忠心，又怎不早点儿拿出兰家的钱急用？倒要找我
　　　　苦苦相逼，还搬出汉威和昌威来讲你的苦处，这能叫品德高尚吗？

兰雪绒　二叔、二娘，实在是侄儿媳妇糊涂了——急糊涂了。回到家来房
　　　　子也倒了、屋也垮了，住在四娘那里，再没到我那院儿里去，就
　　　　把我藏的东西忘了！

卓　氏　楚威媳妇，如果真是这样，那我做二娘的就要叮嘱你一声，这事
　　　　儿以后就不要出去讲了。

林怡坤　就算我们了解你、相信你、理解你，难免别人看扁了你。还说你
　　　　捏着自家的钱舍不得用，花起大家的钱来不心疼。你说呢？

兰雪绒　（很屈辱地点点头）嗯。

卓　氏　好了，下去吧！

兰雪绒　二娘，侄儿媳妇还有一事相求。

卓　氏　嗯？（很不耐烦地）还有什么事？

兰雪绒　我这次出远门，路上可能会有诸多的不便，为了各件事都顺利，
　　　　想求二娘让三弟妹与我同行。不知能否？

卓　氏　（松一口气）那有什么不行的？年轻的媳妇出远门，是得有个人
　　　　做伴。就让孝威媳妇跟你去吧。你还有什么不方便的就只管说。

兰雪绒　我这次出门去，想带上我娘原来就准备好了的那具棺材。

卓　氏　可以！（很爽快）棺材本是你娘的"万年屋"，该她睡，带去后
　　　　起了墓一并请人重新入殓，回来入土也方便。

兰雪绒　另外，还望二娘给安排一辆马车。

卓　氏　行啊！只是马车呢，很一般。

兰雪绒　能用就行。

卓　氏　你也晓得，最好的一辆去年给你们了，实指望把你们送到镇上就
　　　　返回来的，谁知在外面炸得分了身子。家里的呢，自日本人打来
　　　　后车子、轿子、牲口都没了。现在的是新购置的，没有车厢，你

	们将就着用吧。
兰雪绒	谢过二娘了。
卓 氏	好了，下去吧！
兰雪绒	二叔、二娘，侄儿媳妇下去了。（雪绒离去。林怡坤、卓氏二人相视而笑）

内景 / 穆氏院厅堂 / 白天

  （穆氏上香、拜佛，坐下捻佛珠，兰雪绒入）

兰雪绒	四娘！
穆 氏	噢，回来了？他们答应没有？
兰雪绒	答应了。金条往桌上一放，二叔、二娘就答应了。
穆 氏	那就好。
兰雪绒	可是，他们只给兑两封银钱。
穆 氏	啊？（吃惊地结巴了）太、太、太——
兰雪绒	算了，我也说不过二叔他们。只要能把我娘迎回来，什么都行！
穆 氏	是啊，你算计不过他们的！
兰雪绒	四娘，过两天了，我要出远门去迎我娘回来。想把涵儿她们托给您照看些时，不知四娘愿不愿意？
穆 氏	你把涵儿她们托给你三娘吧，我要同你一起前往。
兰雪绒	您去？您的年岁大了，少不得路上要受风寒。
穆 氏	我已铁了心，你就不用多说了！
兰雪绒	哦，好吧。

第二十一集

外景 / 大路上 / 白天

（马车载着穆氏、兰雪绒、夏仪灯缓缓而行）

外景 / 山道上 / 白天

村　妇　（挽着包袱独自前行，听见身后车轱辘响，往边上让让，扭头观看。发现车上坐着兰雪绒，惊讶）林嫂！

兰雪绒　啊？大嫂，是你？

外景 / 村道上 / 白天

村　妇　（坐在马车上与林家女人攀谈）东家近来才新聘了一个小寡妇进门来，抚养着他的小儿子过日子，一家人过得还可以。

兰雪绒　哦，那就好！

村　妇　林嫂，自你们娘儿仨走了以后不久，就有一个说是你小叔子的人，带了军队上的人来了。

夏仪灯　五弟？八弟？

兰雪绒　八弟！

村　妇　他们叫他林连长。林连长见娘死了、嫂嫂和侄女儿也都不见了，就非要找东家交人。东家吓得磕头求饶，说很有可能是回了原籍。

兰雪绒　后来呢？

村　妇　林连长也没怎样，就走了。说是再去寻找。

兰雪绒　哦——

村　妇　东家从此才真知林嫂您不是一般人。他说他每次想起对你们一家人的做法，就浑身冒虚汗。

兰雪绒　这也不怪他。当时能留我们，就是救了我们。

村　妇　是啊，是啊，林嫂就是仁慈！听人说，有次林连长他们到蕲城县去执行任务，派人打听得林嫂您确实回去了，他才作了罢。

夏仪灯　这里隔我们县那么远，他打听一个人的事你们怎么知道？

村　妇　　我们村子是新四军的活动地。东家屋宽，经常住新四军。他们讲的。

外景 / 内景 / 庄户人家内 / 外 / 山坡上 / 白天 / 黑夜

　　　　　（东家男人显出很大的热情。村上人杀猪宰羊，摆了酒席款待林家人）

　　　　　（薄棺从土冢里起出。大棺木厝在草棚里。以上有形无声）

内景 / 庄户人家堂屋 / 白天

穆　氏　　楚威媳妇，你那天讲，你们逃难的时候，曾经在一间尼庵里待过。
　　　　　是吧？

兰雪绒　　是的，四娘！

穆　氏　　你带我到那里看一看吧。

兰雪绒　　四娘，那小庵山门已闭、四壁已空，早已断了香火，去了也是没
　　　　　有人的。

穆　氏　　大千世界，无奇不有。你怎么就知那里没人？

兰雪绒　　这——

穆　氏　　我们吃斋念佛的人要心诚。想那小庵救了你们老少三代人，怎能
　　　　　到了这里还不去拜一拜那里呢？

兰雪绒　　是！四娘！

内景 / 尼姑庵 / 白天

　　　　　（庵堂里香火燃着、油灯点着，还有一老一少两个尼姑。兰雪绒
　　　　　与穆氏、夏仪灯一同迈入，惊讶地四处张望）

兰雪绒　　（心声）只怕真像四娘所说，大千世界，无奇不有。怎么这庵里
　　　　　又有人了呢？

夏仪灯　　（轻声地）大嫂，那小尼会不会是偷走若鸣的贼！

兰雪绒　　（瞪直了眼看那小尼，失望地摇头）不是的！

内景 / 尼姑庵 / 晚上

　　　　　（二位尼姑与林家三位女香客用餐。兰雪绒眼泪汪汪，吃不下去）

闪回

内景 / 尼姑庵内 / 白天 / 黑夜

　　　　　（两个婴儿啼哭，苗氏病倒，兰雪绒端着一碗粥发愁。兰雪绒在
　　　　　婴儿屁股上扎针，包在毯子里的若音被人抱走）

内景 / 尼姑庵 / 晚上

（老尼给穆氏剃度。兰雪绒惊骇地抓住夏仪灯的胳膊）

兰雪绒　　啊！四娘要出家！

夏仪灯　　怪不得她要同来接大娘，怪不得她要来看尼庵，原来是早有准备的了。

兰雪绒　　（哭起来，同仪灯双双跪下）四娘，您不能这样啊！

夏仪灯　　四娘，您跟我们回家吧！

穆　氏　　（端坐在椅子上，表情木然）楚威媳妇、孝威媳妇，你们都是我的好侄儿媳妇，四娘会记得你们的！

兰雪绒　　我们一定好好孝敬您！

夏仪灯　　不是女儿却会胜似女儿的！

穆　氏　　四娘心已定！

兰雪绒、夏仪灯　四娘！（二人磕下头去）

外景 / 大路上 / 白天

（车夫驾着运柩的马车行驶着，车上只有兰雪绒和夏仪灯和一具棺材）

兰雪绒　　（伤感地唉声叹气）三弟妹，我们这次出门，虽是迎回了我的婆母，可我们又失去了四婶娘，回去了怎么交代啊？

夏仪灯　　四娘想出家是老早的事儿了。

兰雪绒　　啊？

夏仪灯　　自去年逃难以后，本来就黄卷青灯过日子的她就更是每日里吃斋念佛，除了没敲木鱼，是把一切烦恼都抛到了窗外。

兰雪绒　　你怎么不早说？

夏仪灯　　你搬到她那院子里去后也看见了。她就像个蓄发的出家人，还同些尼姑们时有来往，修行佛法已到了六根清净的地步。

兰雪绒　　（回忆着）嗯，是的！

夏仪灯　　这次来这里给大娘移坟，帮工的人杀猪宰羊、热闹非凡，你看她不欢喜；大娘的遗体从墓穴中挪起，她也不悲痛。直到又重新入殓盖棺了，她才叫着大嫂在灵柩前磕了三个头，又口中念念有词在草棚里守了一夜。

兰雪绒　　我真不该跟她讲我们去年住的那个小庵，不然她也不会到那里去当尼姑了。

夏仪灯　　她心已冷，你拉不回她的。

兰雪绒　　是的，我们那么磕头求情，她都不为所动。

夏仪灯　　算了吧，这是命！

兰雪绒　　三弟妹，我又起了一个心思。

夏仪灯　　什么？

兰雪绒　　等把婆母的棺柩接回去安葬以后，我还要找回涵儿她爹！

夏仪灯　　啊？那上哪儿找去啊？你一个女人家！

兰雪绒　　不管他死在哪里，我走遍天涯也要把他找到！

夏仪灯　　嗯！

兰雪绒　　我要迎回他的尸骨、归于祖墓，林家的后代不能做那孤魂野鬼！他的儿子虽都不曾成人，但他还有未亡人！我要对丈夫尽最后一片心！

夏仪灯　　（深为感动）大嫂！

内景／林怡坤院卓氏卧房／晚上

　　　　　　（林怡坤、卓氏夫妇躺在床上）

卓　氏　　他爹，楚威媳妇逃难回来了，没死！又去迎迁回来了大嫂的尸骨。

林怡坤　　唔——

卓　氏　　这个女子可非同一般呢！

林怡坤　　知道，我们防着她就是了。

卓　氏　　光防还不行！

林怡坤　　那还要怎么样？自那年收到湖威绑架苏儿的匿名信后，我不就一直是在心底里提防着楚威媳妇和荆威媳妇吗？

卓　氏　　荆威媳妇翻不起个大浪来！现眼见得她境况更是不如以往，我反已不把她放在心上了。倒是楚威媳妇虽也有些失势，但如果她是个真知情者，那只怕比荆威媳妇祸害一千倍，变着法了剪除了她，那不就少了一个祸患？

林怡坤	除？（惊）你怎么除了她？
卓　氏	嫁了她！
林怡坤	嫁了她？
卓　氏	对，嫁了她！
林怡坤	（沉吟，缓慢点头）唔！
卓　氏	还有，家产！
林怡坤	家——产！对！
卓　氏	你想啊，四弟妹已经出了家，这一房的家产很明显地就空在那里了。
林怡坤	是啊，那一年，要是湖威过继过去了该多好！
卓　氏	长房的呢？我看也是已空出来的了。
林怡坤	怎么讲？
卓　氏	你没听孝威媳妇回来讲吗？昌威已入了新四军，那可是跟日本人打仗的啊。
林怡坤	是啊！枪子儿不长眼睛，不定什么时候，就会有个像报楚威噩耗的人登门来报丧——林家八少爷已命赴黄泉。
卓　氏	汉威更是音讯全无。自大哥去世后他离家至今已经五年了吧？留洋到西欧也已三年多了。开始还有个信件来往，家里还给他汇去钱款，后来就稀疏了；自日本人打来，干脆就断了消息。我看他也不会好到哪儿去！
林怡坤	是啊，楚威肯定是已经不在了，可他还有个媳妇和两个女儿。如果没有她们，那长房里还不真是一片空白了？
卓　氏	所以说，只有让楚威媳妇再嫁。她要是另聘了人，就与林家一刀两断了。那田、那地、那房就空出来了。
林怡坤	嗯！很好！
卓　氏	要是能把若涵、若嫣两个小丫头拖油瓶儿带去新家，那是最好！
林怡坤	这可能有点不行，族人也不会答应的。你没看那个死老头子族长，死会抠章法。他那儿不点头，你能把林家小姐让寡妇拖油瓶儿去？
卓　氏	就算留下了两女也好办，先给小姑娘许下婆子，过个几年了再把她们一嫁，就算赔上两份嫁妆又有什么难的！赚大啦！

| 林怡坤 | 好！（摇头晃脑地击掌）妙！妙！妙！ |

内景 / 林怡坤院厅堂 / 白天

（林怡坤、卓氏威严地坐在八仙桌旁。兰雪绒跪在地上砰砰地磕头）

兰雪绒	二叔二娘发发慈悲饶了我！
卓　氏	你这是什么意思？
兰雪绒	侄儿媳妇有什么不好的地方、有什么让叔父、婶娘看不惯的地方就请说出来，我一定改过！二叔二娘发发慈悲……
卓　氏	笑话！（打断她的话）好像是以我们的好恶为中心，看不惯你了就多余了你。
兰雪绒	不是的！不是的！侄儿媳妇不敢这么想！
卓　氏	你不要以怨报德，我们是为你好！你年纪轻轻地在这里守寡，永无出头之日，还不如趁早嫁出去了还有个新家。
兰雪绒	我不嫁！我不嫁！我生是林家的人，死是林家的鬼！我在涵儿她爹床头站一夜也是林家的媳妇，何况我们是十来年的夫妻！林家年轻的寡妇也不是没有，四娘她在林家就孀居二十多年到现在……
卓　氏	四娘跟你不一样，她是立过牌坊的人。可现在民国这多年了，政府也不再旌表这类事情；再说四娘她有着老太太管着，你跟她就不一样了。
兰雪绒	一样的！一样的！（几乎是在尖叫）我誓死不离林家的门！
林怡坤	（阴沉地）楚威媳妇——（兰雪绒打个寒战，安静下来）我们知道你对楚威的一片忠心，也知道你对林家的感情，可是你也应该现实点儿，不要钻死胡同。把改嫁视为奇耻大辱，那都是过去的事情了，楚威的在天之灵会理解你的。
兰雪绒	不！不！
林怡坤	即使在古时候，妇女改嫁的事例也不是没有的嘛。
兰雪绒	二叔——
卓　氏	让你二叔讲！
林怡坤	汉卓文君夜奔司马相如是改嫁吧？汉武帝的姐姐平阳公主与大将军卫青的结合也是第二次出嫁。东汉湖阳公主死了丈夫，光武帝

召集满朝文武官员让姐姐择夫。三国时曹操将蔡文姬从匈奴赎回改嫁于董祀。唐高宗十九女，改嫁者有四；太宗二十一女，改嫁者有六；仅唐代公主中再嫁、三嫁者就多达二十七人。北宋女词人李清照，这是你最钦佩的一个，可她在丈夫赵明诚死后，曾改嫁汝舟。南宋大文人陆游的前妻唐婉，这又是你所知晓的一个人，在被迫离开陆游后也改嫁了。你比起那些金枝玉叶若何？

兰雪绒　　（惊得目瞪口呆，心声）这是二叔说的话吗？他从来就是把"三纲五常""三从四德""从一而终""忠臣不事二君、贞女不更二夫"挂在嘴边上的啊！怎么会有这样大的变化，还对那些再嫁之人大唱赞歌、褒奖有嘉！

林怡坤　　你比起那些才女佳人若何？

兰雪绒　　（大声辩护）我不是"金枝玉叶"，也不是"才女佳人"。我只是民间一女子，只是林家的一个儿媳妇。

林怡坤　　是个一般的人就更不要拿姿作态。寡妇改嫁，有什么不行？古时称为"再醮"，那意思就是再举行一次酒宴，说明这是可以庆贺的事。

兰雪绒　　可是，我是你们的亲侄儿媳妇啊！你们怎么舍得把我再嫁出去呢？

林怡坤　　你放心，在这件事上我和你二娘宽宏大量。

兰雪绒　　（心声）宽宏大量！

林怡坤　　做长辈的为你着想，不会因了楚威的名誉而将你禁锢在这里。在这方面，古人也有诸多典范。你要听吗？（兰雪绒不语）

卓　氏　　讲了她听！让她开窍！

林怡坤　　孔圣人这你知道吧？他在儿子孔鲤死后，还主动地将守寡的儿媳改嫁到卫国去了呢。宋代两个宰相都是大肚量：范仲淹自己曾跟着母亲改嫁到了朱家，后来又把守寡的儿媳嫁给了一位丧偶的门生；王安石也因儿子有病，其儿媳与儿子不和，就亲自做主，为儿媳择夫改嫁。圣人和名相尚且都能如此，我这做叔父的又怎能小气呢？就是提倡"饿死事极小、失节事极大"的程颐的侄子病死后，他的侄儿媳妇没多久也改嫁他人了呢。

兰雪绒　　（心声）二叔竟把自己同圣人与名相相提并论，还大谈王安石的
　　　　　儿子有病、与儿媳不和什么的，那么三弟和三弟媳呢？道貌岸然
　　　　　的二叔一而再、再而三地引经据典宣扬寡妇再嫁的好处与可能性，
　　　　　太出奇了！对，明摆着叔父、婶娘要铲除我，要扫地出门！怎么办？
　　　　　不能答应！千万不能答应！

兰雪绒　　既然二叔二娘这样慈悲为怀、宽宏大量，何不学学王安石疼儿媳，
　　　　　将三弟妹另择了夫婿再嫁人呢？（林怡坤一愣，脸上变成了酱色）

卓　氏　　（一拍桌子站起，指头捣到雪绒的鼻尖上）你不要不知好歹！不
　　　　　要没有上下倒正！你你你，孝威媳妇好歹是有丈夫的人，你呢？
　　　　　一个寡妇！还死赖在林家干什么？

兰雪绒　　是的，我是寡妇！（站了起来）涵儿她爹离我而去，不是他抛弃我，
　　　　　是阎王爷爷心狠要拆散人间夫妻。可你们呢？心好像比阎王老爷
　　　　　软不到哪儿去，连我们母女骨肉都要拆散、连立锥之地都不留给
　　　　　我们孤儿寡母！你说我赖在林家，这个"赖"字太恶毒！我吃没
　　　　　吃你碗里一口，穿没穿你柜里一纱！铜盆烂了分量在，两个孩子
　　　　　是林家长房长孙的遗孤、我再怎么样也是林家大少爷的遗孀，又
　　　　　没做对不起林家的丑事，凭什么要出我？就算是林家穷得食不果
　　　　　腹、衣不遮体了，你们做叔父、婶娘的也没有不管不顾侄儿、侄
　　　　　女的道理！百足之虫、死而不僵，何况还没有死，只是伤了元气，
　　　　　并没败落到哪儿去。明眼人心里都清楚！还有，一贯注重伦理道
　　　　　德、林家门风的二叔、二娘如果转了风向，非要拿不愿改嫁的寡
　　　　　侄媳为赖在林家的话，我倒要问问六弟的艾氏之事了。六弟妹守
　　　　　寡以后四娘提出要过继她，二娘您是怎么答复的？不说别的，那
　　　　　还是六弟的意思呢、那还不是改嫁呢、那还不出林家的门呢，倒
　　　　　讲什么"说到天边，她是宜威媳妇，总不至于宜威没了，他屋里
　　　　　人也没了吧？"难道六弟是林家少爷，我们涵儿她爹就是外姓人？
　　　　　难道艾氏是宜威屋里人，我却是个闲杂人？
　　　　　（兰雪绒的话说完了，没有人回答她。夸夸其谈的怡坤没了言语，
　　　　　咄咄逼人的卓氏也没了言语，三人就这样僵持着）

兰雪绒	我不是死认理的人，寡妇改嫁不是不可能，但这得要看别人自己愿意不愿意，不能说非得要嫁，也不能说非不能嫁。如果世风确实变了，做叔婶的要拿侄媳再醮开先河，那也得等我孝满三年吧？我可是双孝在身，做叔婶的也忍心？
林怡坤	（赶紧借跳板下船）这完全是你的误解，我们一片好心，你反当仇意。正因为你孤儿寡母、正因为你还年轻，怕你将来没有靠山，日子不好过，就思量着给你找个好人家，哪知你不领情，反在长辈面前大吵大闹，说出去了都丑！楚威媳妇你想想吧。
卓　氏	（对林怡坤）走，让她去想！
林怡坤	哼！（林怡坤和卓氏拂袖而去，兰雪绒反而被晾在了那里）

内景 / 穆氏院堂屋 /1939 年 / 冬 / 夜晚

（兰雪绒、夏仪灯、霍修墨三妯娌闲坐）

夏仪灯	哼！要叫是我，等不到三天就改嫁！留在这里干什么？
兰雪绒	（苦笑一下）不行的！
夏仪灯	大哥人再好，可没了；大娘人再好，也没了；能拍桌子拿定夺的老祖母人多好？照样两眼一闭不管不顾我们了！
兰雪绒	我迟早也会"没"了的。
夏仪灯	可你现在不是还没"没"吗？何必留在这里受白眼？你不要学了六弟妹，非要吊死在这棵苦楝树上。
兰雪绒	我跟六弟妹不一样，也不会学了她去殉夫，而是要好好地活下去。我有两个女儿，把她们抚养成人才是给你们大哥最好的交代。
夏仪灯	可是，他们不会让你好好地活下去的！天老爷，饶恕了我吧！不是我背后说公婆的坏话，实在是实情。（转身面向神龛双手合十点了点，又回过身来）
兰雪绒	活一天，是一天！
夏仪灯	他们会拖死你！憋死你！到了受不了的时候在这里了结此生；要么屈从就范，任他们把你抬到哪一家。
兰雪绒	两条路我都不会走！
夏仪灯	哦，我知道，他们把你许在蕲水镇上——

兰雪绒　　（惊）蕲水镇上？

夏仪灯　　是的。（没注意雪绒的表情）还有，他们不但打你的主意，还把眼睛盯到了若涵和若嫣身上。

兰雪绒　　啊？

夏仪灯　　他们还给涵儿、嫣儿也许了婆家。我的天爷爷！一个才十岁，一个才八岁，他们也下得了心！

兰雪绒　　是真的？

夏仪灯　　是真的！你在这里要好好地活下去，要把两个女儿抚养成人当然好。可是，你怎么才能好好活下去？怎么才能把女儿抚养成人？

兰雪绒　　死守这个小窝！

夏仪灯　　（缓缓摇头）将守寡儿媳强行嫁人，在我们林家确实不曾有过，甚至这种念头都不曾有过，可别的人家不是没有。到那时，你叫天天不应、喊地地不灵，怎么办？

兰雪绒　　大不了一个死！

夏仪灯　　你看，还是离不了死路一条！再一个，他们把你嫁了，然后看在祖宗的份上、看在大伯大娘的份上、看在大哥的份上将涵儿和嫣儿留在林家养大了、再堂堂正正地嫁出去也就罢了；如果那心一黑，把两个小姑娘当了童养媳打发出去，你当娘的就是哭个天昏地暗、再次天狗吞日又有何用？

霍修墨　　（缓缓地）不至于吧？

夏仪灯　　不至于？（望一下眼神发直的雪绒）我也这样想。可你善良，别人不这么善良！我们林家的姑娘哪一个不是聘的好人家？娶媳妇还不怎么看重门当户对，可嫁姑娘就特别注重门户，"娶媳可以不如我、嫁女必须胜过我"。然这一次呢？给涵儿说的是山后的一户人家，给嫣儿说的是四弟妹你们那县的一户人家，据说家境仅比佃农强一点。

霍修墨　　你哪儿听到的话？

夏仪灯　　这些都是二嫂讲的，绝对没有假。

霍修墨　　嗯！

夏仪灯	你们想想，事情到了这一步，他们还能让大嫂在这里好好活下去、好好地将涵儿和嫣儿抚养成人？（雪绒眼望着神龛下的镜子一言不发）我说大嫂！不是我站着讲话不嫌腰疼。依我看，你带着涵儿和嫣儿早早离开这个要命的地方还好一点，这里除了有疼你的老奶奶、大伯、大娘的坟墓外又还有什么值得你留恋的呢？
兰雪绒	坟——墓！
夏仪灯	大哥爱你，可他抛尸他乡，至今不能魂归祖墓。你心中有他，任你走遍千山万水，他的英灵都将与你同在！你说是不是？
兰雪绒	（点点头）嗯！（想想不对，又摇摇头）嗯——
夏仪灯	五弟、八弟敬爱你，不过他们这一生一世还回不回得到莲藕塘来还不敢说。我和四弟妹拥戴你，可我们又自身难保，帮你说句公道话的分儿都没有。
兰雪绒	（望她俩一眼）谢谢你们了！

第二十二集

内景 / 穆氏院堂屋 / 夜晚

夏仪灯　　我和四弟妹原来都想过继涵儿和嫣儿，现在已是不可能的了。你只这两个宝贝女儿。就是听到要将你嫁人的消息后，我们也还动过抱养她俩的念头，现在更不可能了，敢都不敢了。

霍修墨　　（见兰雪绒表情疑惑）是怕以后跟你不好交代。

夏仪灯　　不为别的，只是想到我们抱养了她俩，你只身走了人，将来他们把她俩随便打发了出去，叫我们在你面前怎么交代？叫我们又怎么对得起大哥？

兰雪绒　　不！

夏仪灯　　大嫂，你带着一双女儿远走高飞，离开这淹死人的苦海，才是明智的！

兰雪绒　　不！（缓缓地摇头）我的女儿姓林，我在外面人家叫我林嫂，我生死都是林家的人！他们逼急了我，大不了也是一死！人生自古谁无死？

夏仪灯　　还是一个死！我们知道，你和大哥感情深笃，排遣不开。可如今你境况危急，应该想得远一点儿。你死了，涵儿和嫣儿怎么办？

兰雪绒　　涵儿！嫣儿！

夏仪灯　　真的到了那时，小姐妹俩更是无人相帮了，我们做婶娘的也只能眼睁睁地看着她们受苦难。

兰雪绒　　涵儿！嫣儿！

夏仪灯　　你要是活着，带了她俩到新家，好好把她们养成人，兴许还有大的作为。从小看大，小姐妹俩差不到哪儿去。再说听二嫂讲，那柳家家境也还可以。

兰雪绒　　（更吃一大惊）柳家？蕲水镇？

夏仪灯　　是的，是姓柳。那汉子三十多岁，女人没了七八年了一直未娶；

	上有一老母，下有一个八岁的女儿；有山、有地、有房子，日子过得还不错。

兰雪绒　　柳家！

夏仪灯　　我想啊，万宗都好，就一宗不如意——有个婆婆。我现在是提起婆婆就胆寒。不过，虽是天下婆婆恶的多；但也有好的，比方大娘、比方三娘；还有，我想再恶，也恶不过我们家婆婆去。

兰雪绒　　柳家！

夏仪灯　　是的，柳家！再加你又贤惠能干，过去了那不小鸟入林、大鹰飞天？涵儿和嫣儿加那女儿是三个女儿……

兰雪绒　　别说了——（将手朝上一甩）水儿她爹！

夏仪灯　　你说什么？水儿她爹？哦，水儿——那女儿？

兰雪绒　　是的！你们知道吗？那汉子就是眉子她大哥！

夏仪灯　　（惊叫）眉——子！（霍修墨坐直了身子）

兰雪绒　　是的，柳眉就是柳玉玺，她大哥叫柳玉来。我在他家住过两次。

夏仪灯　　啊？！

兰雪绒　　第一次是逃难出去的时候在那里住了一夜，那时我娘、奶妈、林石和咏儿、光儿都还在。第二次是回来的时候，就只剩下我和涵儿、嫣儿了，我因病了还在那里停留了几天。

夏仪灯　　哦！

兰雪绒　　可那人看着挺忠厚，见我住到他家，也许是顾虑孤男寡女不方便，第二天就带着女儿进城去了。难道他会起心……

夏仪灯　　不不不！人家七八年不再论婆，要婆还消等到今天？倒是我家婆婆上赶着托人说媒，就是那个有名的张快嘴搭的桥。

霍修墨　　涵儿和嫣儿的亲也是那张快嘴说的。

夏仪灯　　谁知那位柳家大哥根本就不干，力推力辞的。倒是他家老母不说行、也不说不行，一个劲儿地哭，还念叨一千个对不起林家、一万个对不起林家。原来是这样！他是眉子她大哥……

兰雪绒　　是啊，他是柳玉玺她大哥、他是五弟的舅老倌，是个忠厚老实的本分人。

夏仪灯　　这是缘分哪!

兰雪绒　　三弟妹、四弟妹，看来我是在劫难逃了! 人是三节草，不知哪节
　　　　　好。也许是我以前的日子过得太好了，以至于老天现在要惩罚我，
　　　　　这是天意。

夏仪灯　　我们每个人都在受惩罚!

兰雪绒　　我也想好了，二叔、二娘既然起了心，他们就不会放过我。

夏仪灯　　是的!

兰雪绒　　我呢，只有跟他们硬磨软抗往后拖!

夏仪灯　　怎么拖哟!

兰雪绒　　就算玉来大哥救我一命回绝了，那张快嘴还是要往别处去牵线;
　　　　　兵燹年间鳏夫多，柳家不应杨家应，我还是挣不脱的。

夏仪灯　　是啊!

兰雪绒　　世上人上千，心中只一人。我现在唯一的办法就是言我重孝在身，
　　　　　没有马上再嫁的道理，拖一天是一天了。再就是提出迎回了涵儿
　　　　　她爹的尸骨再嫁，这他们也没有不同意的道理。

夏仪灯　　对，这个办法可以!

兰雪绒　　等到我娘三年出灵以后，我就出门去寻涵儿她爹。这样三年五年
　　　　　地拖过去，涵儿也长成大姑娘了。

夏仪灯　　可以，可以!

兰雪绒　　我要单家门、立家户地过日子，自己做主给涵儿许婆家、论婚嫁;
　　　　　兴许那时五弟或八弟回来了，他们还没个给大嫂撑腰的?

夏仪灯　　只要他们一回来，我娘立马就蔫了!

兰雪绒　　如果在孝满期内二叔、二娘他们非要强嫁，我也就拼了。顾不得
　　　　　什么脸面，提了铜锣到祠堂门口去敲。让族长来评评理、让族人
　　　　　们来看看真相，世上竟有这样的叔父和婶娘!（霍修墨长出一口气，
　　　　　神情松懈了一些，靠在了椅背上）

夏仪灯　　（点点头）这办法好! 看来只有这样了。

兰雪绒　　（给她们续茶）我也不想这样，是他们给逼的!

夏仪灯　　唉! 眉子离了我们家已经五六年了吧，真不知道现在怎么样了。

兰雪绒	一点音信都没有！
夏仪灯	不过不管她生也好、死也好，离了我们家总是好！她要是还在我们家，她与五弟的婚事一定没有好结果。要么障碍重重不能成亲，整得疯疯癫癫，甚至死人；要么成了亲备受折磨，生不如死。
霍修墨	连大嫂这样的人都落到这个地步，还说是她！
兰雪绒	唉！眉子！
夏仪灯	大嫂，想当初你要帮我逃了去该多好！到如今我还是这样人不人、鬼不鬼的！我表嫂死了多时了……
兰雪绒	你那舅家的表嫂？
夏仪灯	是的，在逃避日本兵的追杀时她被敌人捅死了，还死了一个孩子。现在我表哥拖着剩下的这个孩子可苦呢。
兰雪绒	三弟妹——
夏仪灯	我现在总是想往他家跑，但又特别怕去那里。见了表兄，我们俩除了叹气就是哭。有什么办法？我守着活寡不能嫁他，他当着鳏夫又不能娶我。这种日子何日是尽头啊！（三张愁苦的脸）

内景 / 穆氏院厅堂 / 厨房 / 兰雪绒卧房 /1940 年 / 夏 / 白天 / 夜晚

（林若涵和林若嫣就得了疟疾，痛苦。雪绒坐立不安，煎药、喂药，厅堂、厨房、卧房团团转）

内景 / 林怡坤院厅堂 / 白天

（卓氏坐在八仙桌旁看一张地契，兰雪绒卑微地恭立一边）

兰雪绒	二娘，涵儿和嫣儿打摆子多时，病情越来越重了，需要求医。可是我不便外出，还请二娘给个方便。
卓　氏	这只怕不好办吧？你一个守寡的妇道人家，怎么能把一个男人引到自己家去，给女儿瞧病呢？
兰雪绒	我不要郎中来，只想求二娘随便派哪位兄弟出去，给涵儿和嫣儿抓几副草药就行。打摆子是常见病，我想只要报了年庚，郎中给按剂量配就行了。
卓　氏	抓药？哪儿来的钱？眼见得这么多嘴要填满，家里亏空越来越大，吃饭的钱都快要没有了，还要吃药！

| 兰雪绒 | （泪眼婆娑、哆哆嗦嗦地递上首饰）侄儿媳妇已备好了，还请二娘给兑换了抓药。 |
| 卓　氏 | （寓意叵测地笑）你还有不少的钱嘛。（兰雪绒忍辱不言） |

内景 / 穆氏院厅堂 / 晚上

　　　　（炭火炉子上放着药罐，兰雪绒弯着腰汗流浃背地扇火。夏仪灯提着草药包入，向兰雪绒递过药包）

夏仪灯	大嫂，我娘她们在忙着给七弟娶亲，让我给你把药送过来。
兰雪绒	（接过药包）哦，谢过她三娘了！
夏仪灯	你又是拿首饰换的？
兰雪绒	到了这个地步，我还有什么办法？
夏仪灯	唉！
兰雪绒	涵儿她们病成这样，为了她们的性命、为了她们的将来，我只好把留着为以后出去寻找她爹的坟冢、当作盘缠钱的私房再拿些出来交给二娘了。
夏仪灯	用金银珠宝换草药，这药开的是天价哦！

外景 / 林湖威新辟的小院 / 白天 / 夜晚

　　　　（湖威迎娶新娘。张灯结彩、华堂生辉，唢呐、锣鼓、鞭炮齐鸣）

内景 / 穆氏院厅堂 / 兰雪绒卧房 / 白天 / 夜晚

　　　　（素门白幔、黑幕低垂，病中幼女痛苦呻吟）

内景 / 林湖威小院新房 / 晚上

　　　　（新媳妇任梓茗坐在喜床上，满怀喜悦地等着丈夫来揭盖头，脚步声近了。"扑"的一声响，任梓茗的盖头连同发上的头饰都扯了去。粗壮、疤脸、金牙的林湖威出现在新娘子面前。湖威背着手、斜着眼来回溜达着，像看牲口样的把她审视了一遍，接着一把将她按倒在床上）

内景 / 林怡坤院厅堂 / 白天

　　　　（任梓茗已经没有了新娘子的水灵，哭哭啼啼地向婆母投诉、求救）

| 任梓茗 | 他这样不分昼夜地折磨人，我实在太害怕了！ |
| 卓　氏 | 害怕什么？ |

任梓茗	我不知道丈夫什么时候才能变得斯文一些，我求饶不行、反抗也不行。万望娘给我做主，求您救救我！
卓　氏	（拉下脸来）你死狐媚子媚男人，倒有好脸子出来讲！
任梓茗	（哽一下咽喉）娘——
卓　氏	你男人那样对你是你的福分，夫妻床帷之间的事也出来讲，好意思！你娘教你的？（任梓茗啼哭，无语）

内景 / 林湖威小院厅堂 / 白天

　　（林湖威对任梓茗拳打脚踢。任梓茗啼哭嚎叫）

林湖威	啊？你还跑到外面去放驴屁，说什么梳头不好一时过，嫁夫不好一世错。我让你过！我让你错！我让你哭天无路，求地无门！

内景 / 林湖威小院厅堂 / 卧房 / 白天 / 夜晚

　　（林湖威变本加厉、变着花样儿的折腾任梓茗，甚至大白天开着房门，甚至当着下人的面，甚至唤了下人在跟前服侍着折腾。任梓茗羞耻、悲愤之极，林湖威却还大笑。以上有形无声）

内景 / 穆氏院厅堂 / 白天

林襄威	（入）大嫂，涵儿、嫣儿好些了吗？
兰雪绒	啊，九弟回来了？
林襄威	回来了。
兰雪绒	坐吧。（筛上茶来）多谢九弟过问，她们刚刚睡下了。吃了好长时间的中草药，症状轻了一些，可还是隔天发作一次。
林襄威	慢慢调养吧，大嫂也不要过于劳累。
兰雪绒	谢九弟！
林襄威	七哥结婚，我接了信回来，总说要过来看看你们，可总也脱不开身，还望大嫂见谅！
兰雪绒	看九弟说哪儿去了！前一些时，听说你们要把家搬到城里去，真有些舍不得。
林襄威	大嫂，我们也舍不得你们。
兰雪绒	九弟，我思量着，你们在这里过得还比较安逸，一下子放弃了这么多的田园，是不是可惜了？

林襄威	我们早就不想在这里待下去了，我要像大哥、五哥、八哥他们那样到外面去闯世界、打天下。
兰雪绒	唉，你大哥他们……
林襄威	我想离开这里，可不能扔下我娘。我不愿让她受二娘的气，也不能让四哥受二叔的制挟。
兰雪绒	对！
林襄威	二叔、二娘他们整日乌鸡眼似的盯着这个、盯着那个，为了什么？为了钱！这多年来你看他们置过一亩地没有？没有！那是怕分家时别人多匀出去一份。可钱呢？不显山、不露水，谁看得着？
兰雪绒	嗯！
林襄威	可是大娘当家时是这样吗？我想好了，我们走得越早越好，省得往后去闹得像仇人。我爹爹在城里开商号很有一些经营之道，如我娘去了，爹爹一来多个帮手、二来也能照料爹爹一下。
兰雪绒	唉，是对的。三叔年纪大了，确实需要有个人照顾。
林襄威	我跟爹、娘、四哥都说了，林家家产共是四份，我们好歹只要其中属于自己的那一份。四娘那一份随二叔他们怎么去处置，与我们不相干就是了。
兰雪绒	是啊，跟他们是不能算细账的！
林襄威	二叔、二娘、二哥、三哥他们都不是经营商号的料，也不愿去管那些事；七哥倒想接手，或者说插手，可我们不会干。
兰雪绒	他！那么一种游手好闲的人，吃喝嫖赌抽样样全。让他管事只怕苦挣多少年累积起来的一点家当，都会败在他的手上。
林襄威	就算他钻研经营之道，我们也不会让给他。他心太黑，他经商，那是国家吃亏、同行倒霉、民众遭殃。
兰雪绒	（忧忧地）那你们都走了，这里的田不要了？
林襄威	不要了。
兰雪绒	啊？
林襄威	二叔他们看重的就是田，全给他们。商号的房屋、货物也是家产，就用老家的山林、田地、河塘、房屋作抵；剩下来的折算成现款

让四哥带到大冶去。

兰雪绒　　大冶？

林襄威　　我有个朋友的父亲在北方办工厂，要把他经营的一个小铁矿出盘，我想可让四哥去买下来，不够的先贷些款。我去协助他也行，请人去帮他管理也行，总比窝在这里强。

兰雪绒　　（怔了片刻，点点头）九弟，你想的是对的。

林襄威　　没办法，（苦笑一下）一是我出去求学增加了不少知识、开阔了一点眼界；二也实在是看着这个家不像以前那样好了，越来越憋气。

兰雪绒　　到底是你有见识，站得高、看得远。

林襄威　　（微微一笑）总是大嫂夸奖得好。

兰雪绒　　荞姑娘还好吗？

林襄威　　谢谢大嫂相问，她还好。

兰雪绒　　自那年在城里分手，至今又已两年半了，好想她。

林襄威　　她也总念叨你。你要是再到城里兰大哥家里去住，我和她一定来看你。

兰雪绒　　（现出笑容）你真是个奇人，左说右说，说得我都动了到城里去走一走的心思了。

内景／林怡坤院厅堂／白天

　　　　　（卓氏严厉地坐在桌旁，任梓茗跪在地上痛哭）

任梓茗　　我过门到林家，还不满一个月，可是，早已落下病来了。娘骂我，我也就忍了；他当着下人的面胡来，我还是忍了。可他不该让三哥看我们同房，这不是林家的家风！

卓　氏　　（吃一惊）你说什么？你再说一遍！

任梓茗　　（哆哆嗦嗦地）昨天晚上，大家都还在外面乘凉，湖威就鬼鬼神神地要下人们在房里点起好多灯来，晃得如同白昼，我不知他又要捣什么鬼，只是很害怕地望着他，后来，我才知他让三哥在蚊帐后面看我们行房事……当时见了三哥，真是羞耻难当啊！我又踢又打又叫，湖威上来就是两耳光，又双手掐了我的脖子，以后的事我就不知道了。

　　　　　　　　　八　刀

卓　氏	（动怒了）你起来，先回去吧。
任梓茗	是！（退出）
卓　氏	来人啊！
一仆人	（入）二太太！
卓　氏	立马给我把江威和湖威叫来！
仆　人	是！（仆人离去。卓氏气得来回走动。江威和湖威入）
林江威、林湖威	娘！
卓　氏	（气得拍桌子打板凳）你们还有没有廉耻？昨天夜里这等下作事也敢做！你们是人啊还是畜生？
林湖威	娘——（做出十二分的委屈）是我看着三哥可怜，想帮帮他。
卓　氏	可怜？帮他？
林湖威	您不是也跟我媳妇讲，我那样对她是她的福分吗？可是三哥不能给三嫂那样的福分，要是三哥的病好了呢？我听人说，好多男人得了那病看见别人行房事了，他一着急那病就会好的……
卓　氏	放你娘的狗臭屁！（又一拍桌子）你们这是乱伦知不知道？
林江威	娘！
卓　氏	娘你个屁！为非作歹越来越狂了！江威，孝悌信义到哪儿去了？你是猪啊？你再无用也是个男人，起码骨子里是个男人！做伯子的躲到小婶子房里偷看别人行房，你有没有脸？下作到了这个地步！
林江威	儿子再也不敢了！
卓　氏	湖威，我虽是骂了你媳妇，可那是为了抬举你、镇住她，不要以为你就可以放纵无度了。要再这么癫狂下去，伤了你的元气只怕以后还不如你三哥！
林湖威	（嘀咕）哪个像他那样无用！
卓　氏	你说什么？
林湖威	没说什么。
卓　氏	再说你媳妇好歹是你传宗接代的人，你把她整出大病来，难道以后想当孤老？你们两个强盗坏子都给我听着！以后要是再继续胡

作非为，不好好收敛一下，只怕祠堂里的板子就等着你们了！

林江威　　再也不敢了！

卓　氏　　哎哟我的天哪！我怎么生了这么些现时报哇——（痛哭）

外景 / 林怡坤院外 / 白天

　　　　　　（湖威与江威从父亲院出，怒气冲冲地走在前面）

林湖威　　（忽又停住脚步转身对江威）女人真是祸害！没有那个婆娘哪来
　　　　　这些鬼事？不好好教训教训她，只怕往后还要骑到我的头上拉屎
　　　　　拉尿了。

林江威　　七弟，算了算了，七弟妹也确实可怜得很，我们也确实错了。你
　　　　　对她又打又掐往死里整，放了她吧！

林湖威　　（横眉立眼的）你说得好！

林襄威　　（从穆氏院儿过来，遇见他们）三哥！七哥！

林江威　　（满脸通红，羞愧）唔——（湖威不理襄威，气冲冲而去）

八　刀

第二十三集

内景 / 林湖威小院厅堂 / 白天

（林湖威逮住缩在暗处的妻当胸两拳，将其打倒在地）

林湖威　你这个翻精作怪的死婆娘！

（又跳过去抓了她的发髻、往死里用脚乱踢。直到自己确实累得不行了，才住了手跌坐到椅子上，仍是破口大骂。侍者赶紧捧过茶来，林湖威一口喝干了，将杯子顺手丢到桌上。杯子眼看要掉到地上，被侍者接住）

林湖威　（对丫鬟招手）过来，好好服侍我！

（丫鬟们不敢怠慢，过来捶背的、揉肩的、摇扇的、揩汗的。他骂痛快了、歇凉快了，手伸到摇扇女的衣襟下面。那丫鬟畏惧地往后缩着）

林湖威　怕什么？赶明儿我休了那婆娘，把你们都收了房不就行了？（瞪一眼地下的任梓茗）把那婆娘抬走，我见不得她！（众仆人忙把梓茗往房里抬）

内景 / 柳玉来家堂屋 /1942 年 / 春 / 白天

（柳玉来和柳水儿在灵前上香烧纸磕头。水儿已十岁，羊角辫变成了独发辫，少了几丝稚气，多了一分成熟）

柳玉来　娘，您为了儿子、为了孙子，积劳成疾离开了我们。我会记住您的话的，赶紧攒几个钱，过两年了再将这一座林木山、一口清水塘、十亩薄田、三间瓦房卖个好价钱，便带着儿子远走他乡。给儿子谋个好前程，自己也留得好名声。我父子俩插秧割麦、栽桑养蚕、放酒熬糖、打猎赶仗、伐木烧炭、木工瓦匠样样拿得起，水儿又学得一手针线茶饭，只要离开了这靠谎言过日子的地方，生活是会好起来的。娘，儿子给您叩头了！

外景 / 柳玉来家外池塘边 /1942 年 / 夏 / 白天

　　　　　（柳水儿呆坐在塘边，俊秀的脸上写着郁郁寡欢。蜻蜓飞来飞去
　　　　　戏弄着粉荷点着水，好像要下暴雨。有脚步声传来，柳水儿扭头
　　　　　一看，见是半大小子冯冰儿左顾右盼地走过来。他变得高兴了）

柳水儿　　冰儿！（冯冰儿一愣，见是柳水儿，赶紧走过来，挨水儿坐下）

冯冰儿　　你在这儿干嘛？

柳水儿　　这儿是我家，我歇一歇。

冯冰儿　　这儿是你家？（四周打量）啊，这儿真好！

柳水儿　　哪有你家好？那大的院，那么多的山，那么多的田。

冯冰儿　　那大的院子有什么好？那是牢！

柳水儿　　你怎么这样说？

冯冰儿　　我娘说的。

柳水儿　　她不喜欢你家吗？

冯冰儿　　她恨死那大院了。问她为什么，她总说等我长大了就告诉我。哦，
　　　　　小姐姐，我跟你说这些你不要告诉别人。

柳水儿　　嗯。

冯冰儿　　你家里的人呢？

柳水儿　　就我和我爹。我爹跟马帮进山贩盐去了。

冯冰儿　　你娘呢？

柳水儿　　（眼睛黯淡了，瞥一眼冰儿，瞳仁里闪出火来。可见了冰儿那纯
　　　　　真的脸，不觉眸子又潮湿了，泪花儿打转）我没娘！

冯冰儿　　你没娘？

　　　　　（柳水儿为了掩饰自己，弯下腰去假装洗脸，独辫从后背滑到前
　　　　　胸又垂到水里，打湿了辫梢。他扬起头来，用衣襟擦一把脸，把
　　　　　辫子朝后背一甩，做得既优雅又娴熟。冯冰儿见了，下意识地在
　　　　　空中也将甩辫动作做了一下，并伸手去触摸柳水儿的辫子）

柳水儿　　（见他动自己的辫子，吃一惊，想起父亲的告诫）男孩子是不能
　　　　　动女孩子的。

冯冰儿　　（完全沉浸在自己的苦痛之中）我什么时候才能有辫子啊！

柳水儿　　（笑了）早就民国了，哪还兴男的留辫子。

冯冰儿　　哇——（大哭）小姐姐你怎么会知道我的苦哇！

柳冰儿　　（被哭感染）哇——（也恸起来）

　　　　　（高空一声霹雳，降下大雨。柳水儿惊起，见山峦一片蒙胧，忙拉了冰儿就走）

内景／柳玉来家堂屋／白天

柳水儿　　（拉着冰儿冲进屋里，喘息）有什么好哭的！你不愁吃，不愁穿，我们才叫苦！

冯冰儿　　你苦哪有我苦多？（摸一把满脸的水）你名叫水，我名也叫水。可我多了两点水，那是眼泪水。还冰冷冰冷地结了冻，也就活在冰窖里。

柳水儿　　好了，好了，我这儿不是冰窖，是堂屋。来，我们把衣服烤干。

冯冰儿　　好！（柳水儿在火塘里架起火来）

柳水儿　　你今天怎么一个人跑这儿来了？

冯冰儿　　我妈到城里去了，让我在家读那死书。我不想读，就溜出来玩。不知怎么就走到你这儿来了。

柳水儿　　（笑）简老贵瘫在了床上，没人逼你读书了。你倒好，事不做事，又不愿读书，成天游手好闲。

冯冰儿　　你多好！多自由！

柳水儿　　自由个啥呀！还不是和你一样，不能跟外边人在一起。我爹管得可严了，只是比你少了个院墙围着。（柳水儿解开湿发辫梳理起来。冯冰儿呆望着）

简家仆人　（画外音呼唤）冰儿少爷——大少爷——

冯冰儿　　（站起）我得走了。你可别跟别人说我来过。

柳水儿　　（有些舍不得，慢慢站起，讷讷地）我知道。我爹晓得了也不会饶我的。

外景／柳玉来家门外／白天

柳水儿　　（看冰儿穿过稻场，沿着小路，傍着池塘边又回头望望，消失在竹林后面。无奈地自言自语）我不能跟姑娘们游戏，可像冰儿这样的小子也不能在一起玩耍。（小山羊叫起来）羊儿啊，我孤独得还不如你们呢！（远处有牧童骑在牛背上喊着山歌，水儿羡慕地抬头望去，就见来了两个小姑娘，惊喜，扬手呼喊）若涵姐姐，若嫣妹妹！

林若涵　　水儿——

林若嫣　　水儿姐姐——（小姐妹欢笑着跑过来）

林若涵　　你在家呀？我们生怕碰不到你。

林若嫣　　柳奶奶呢？柳大叔呢？

柳水儿　　我奶奶去世了；我爹爹进山贩盐去了。

林若涵　　噢，那不就你一个人在家？

　　　　　（小姐妹一边一个搂肩搭臂地与柳水儿往屋里走。水儿很不习惯别人这样搂着他，尤其是这两个真姑娘，他把她俩的手拂了一下）

林若涵　　怎么？不让碰你呀？来了客人，不请进屋里坐，还给扒拉一下。

柳水儿　　呵呵——（难为情地笑）

林若涵　　几年没见你了，你不喜欢我们了。还和男孩子玩，和那个阔少爷玩！

柳水儿　　男孩子？阔少爷？

林若嫣　　就是嘛，我和姐姐都看见了，他从你家出去的。

柳水儿　　噢，那是简家大屋的人。我没跟他玩，他是来躲雨的。

林若涵　　好了好了，我知道你不会跟小子们玩，哪有姑娘家家跟小子们玩的？

内景／柳玉来家堂屋／白天

　　　　　（三人入，水儿去倒茶。林若涵见火塘里有火，好高兴）

林若涵　　这下好了，我们可以把裤脚烤干了。来，妹妹，把裤子脱了。

林若嫣　　好啊，好啊！

　　　　　（若嫣笑着同姐姐把绊了雨水的长裤褪了下来。水儿吓得不敢看她们，茶也不倒了、坐到椅上看塘中的火苗发呆。若涵将长裤搭在火边的椅背上烘烤）

林若涵　　（笑）水儿，你怎么这样啊？披头散发的，像个山妖。

柳水儿	（也笑一笑）我刚才淋了雨，打湿了。
林若涵	来，我们给你梳头好不好？
柳水儿	不不，算了，我自己来。（赶紧拿过一把木梳推辞着）
林若涵	给你梳嘛，保证油光水滑的。妹妹，我们给她买的红头绳呢？
林若嫣	在这儿。
	（林若嫣从偏襟褂儿的小兜里掏出一根红艳艳的头绳，在水儿面前炫耀地展示一下。林若涵已从水儿手中拿过了梳子，他也就不再动弹，任凭她在他头上捣鼓。若嫣把冒着气的长裤翻了个面）
柳水儿	你们怎么今天来了？姊姊呢？
林若涵	我们给奶奶和爹爹守孝期满了，娘要带我们进城到舅舅家去。然后她自己出远门去找我们爹爹。
柳水儿	你们爹爹不是不在了吗？
林若涵	是不在了，可我娘说生要见人、死要见坟。她要找到我们爹爹的坟，把爹爹的尸骨搬迁了回来。
柳水儿	那你们娘呢？
林若涵	我们娘病了，现住在客栈里。
柳水儿	病了？她什么病？
林若涵	自那年跑日本，我娘生两个小弟弟时落下了一种怪病——受不得惊吓。如果碰到紧急的事或叫人害怕的事，她就会昏迷不醒，轻一些也是腰杆僵硬，直着眼睛说不出话，缓过来后也要好多天还不能还原。这一次她带了我们离家进城，没想到刚到镇上，就遇见了横冲直撞的日本兵……

闪回

外景 / 蕲水镇 / 白天

  （雪绒带女儿在镇上的小街遇上日军，躲闪不及肩上挨了一枪托，小姐妹也被踢了几脚。雪绒张着嘴没喊出声来，就犯了病，直瞪瞪地鼓着眼睛倒在路边）

林若涵、林若嫣 娘——娘！（日军扬长而去，人们围过来。路边客栈跑出老板娘）

内景／柳玉来家堂屋／白天

林若涵　还是那位老板娘出来把我们接了进去。这样我娘只得和我们在客栈里住下来了。

柳水儿　她怎么没到这里来？上次她病了，你们就在我们这里住了好几天。

林若涵　我娘不来，也不让我们来。我们是等她睡着了偷偷跑出来的。

柳水儿　哦，我知道了。

林若涵　你知道什么？

柳水儿　我告诉你们了你们不要跟别人讲。

林若涵　我们不跟别人讲。

柳水儿　你们家二太太要你们娘改嫁，张媒婆说的媒是我爹爹；我爹爹没应，你们娘也不干。这样你们娘就不好到我们家来了。

林若涵　原来是这样，我们只知道娘被逼着要嫁人，她不愿意，总是哭；倒不知道说的是你们家。

柳水儿　你们不要出去讲啊。

林若涵　我们不出去讲。

　　　　（柳水儿的头梳好了，很好看。到底是孩子，一高兴就忘了自己的男儿身，三个人说笑着就在那里比谁的辫子粗、谁的辫子长）

柳水儿　你们在这儿玩一会儿，我去喂了蚕就来。

林若涵　喂蚕？那我要去！

林若嫣　我也要去！

林若涵　我们的裤脚已经烤干了，穿上吧。

　　　　（小姐妹在柳水儿面前毫无顾忌地穿裤子，柳水儿害羞地背过身去不看）

内景／柳玉来家蚕房／白天

　　　　（柳水儿站在簸箕前，欣赏地看着他的蚕。蚕食桑叶沙沙响，林若涵偏着头静静地听着。林若嫣看着簸箕里的蚕一片白，有些紧张）

林若嫣　啊，好害怕呀！（林若涵饶有兴趣地看着）

柳水儿　（笑）这是蚕宝宝，好东西呢！（又撒一些桑叶，房里马上响起更大的沙沙声）

林若嫣	（高兴地在灰堆上写个蚕字，又拉水儿来看）水儿，我教你认个字。
柳水儿	什么字哦？
林若嫣	这个呢是蚕。蚕就是天虫、天上下凡来的虫。所以它就是你说的宝宝，人间的绫罗绸缎都是它送的。
柳水儿	若嫣你真好！（笑得好开心）蚕啊蚕！呵呵，我可以认得蚕字了，呵呵……
林若涵	水儿你想认字吗？
柳水儿	想啊！
林若涵	我们可以教你。今天晚上了我和妹妹就给你写好多好多字，然后在字旁画上画，你一看那画就知是什么字，好吗？
柳水儿	好是好，可我怎么才能看到呢？
林若涵	我们把字写在纸上，明天想办法送来；要不你明天中午到船码头去等我们，我们给你。
柳水儿	嗯！好！
林若涵	以后到城里去了再给你写好多。你不要着急，一天认它三五个就行。
柳水儿	那你们就在这上面先给我写上爹、娘、奶奶、姑姑、婶婶、林若涵、林若嫣、柳水儿、冯冰儿……
林若涵	（拿棍子正要在那灰堆上写字，听他说冯冰儿，便直起腰）那个躲雨的阔少爷？
柳水儿	是的！（难为情地笑笑）
林若涵	没羞！
柳水儿	其实他人挺好。呵呵，也没什么，我只是想多认几个字。
林若涵	（撇撇嘴，写字）姑娘家喜欢跟男娃子玩，没羞！
柳水儿	呵呵——（仍笑笑）
林若涵	（写好了字）妹妹，天不早了，我们走吧，待会儿娘要找我们了。
柳水儿	（舍不得的样子）你们要走啊？
林若涵	嗯。
柳水儿	啊，你们等等！（向厨房跑去）
林若涵	（手指着他的背影，转向若嫣）妹妹你看她的红头绳，多好看！

林若嫣	嘻嘻——
柳水儿	（从厨房出，用荷叶裹了熟苞谷送到若涵怀里）拿着，可嫩可香啦！你们来了，我一高兴，就忘了请你们吃了。你们带上吧，给婶婶也带些回去。就说在镇上买的，你们身上角子钱可能还是有的。能给我买头绳，就有钱买苞谷。
林若嫣	哈哈，苞谷！看，这是苞谷两个字。（一高兴拿了棍儿又写了两个字）

内景 / 蕲水镇客栈 / 白天

兰雪绒	（收拾包裹行李）涵儿，你和妹妹去租条船吧，我们回莲藕塘。
林若涵	（一惊）为什么？
林若嫣	我们不去舅舅家了？我们不去找爹爹了？
兰雪绒	（愁苦地）从前天到昨天到今天，一晃又是几日了，这出门就不利，像这样住下去，哪还敢出远门？倒不如先回了家，等养壮实了再启程也不迟。
林若涵	嗯、嗯——（哼哼叽叽地捱时间，不想走）
林若嫣	娘，怎么要租船呢？
兰雪绒	我们现在穷了，家里不给轿子，也租不起轿子了；再说一顶轿子也不够我们几个人坐呀。
林若嫣	那就坐马车吧。
兰雪绒	马车也贵。马车是车钱、赶车人的工钱、牲口钱一起收；再说路上不平，我腰疼得很，颠不得。
林若嫣	船便宜些吗？
兰雪绒	便宜些。船小，船家也只收力气钱；走水路也平稳。我们从莲河走，两个时辰就可到家。你们俩去租吧。

外景 / 蕲水镇客栈外 / 白天

林若涵	妹妹，我们给水儿写的字还没给他送去呢，怎么办？
林若嫣	你看，他来了。
	（原来柳水儿正等着她们。林若涵拿出写的字，又将昨日已在灰堆上写过的那几个字抽了出来，让水儿看。有形无声）
林若涵	水儿，我们不进城了，娘有病说要先回莲藕塘。等过些时再路过

蕲水镇的时候，我们给你带些字来。（三人说着向水码头走去）

外景 / 蕲水镇码头 / 白天

　　（林若涵、林若嫣、柳水儿三人在码头上徘徊，不知该怎么样租船）

林江威　　（走了过来）涵儿、嫣儿！

林若涵、林若嫣　三叔！（小姐妹见到了救星）

林江威　　你们不是到舅舅家去了吗？怎么还在这里？

林若涵　　娘病了，住在客栈里。我们娘说先回家，等把病养好了再到舅舅家去。

林若嫣　　娘让我们租条小船。

林江威　　让你们来租船？你们娘也不怕别人讹诈你们。

林若涵　　我们娘腰疼，走不好路。

林江威　　哦，你们先歇着，我去租船。（去而复回）价谈好了，快去见你们娘。

林若涵　　水儿，那我们走了。

柳水儿　　好。（两姐妹与水儿分手，同林江威往客栈去）

内景 / 蕲水镇客栈 / 白天

兰雪绒　　（对林江威）三弟，今天多亏了你！

林江威　　看大嫂客气！

兰雪绒　　（向老板娘递过钱）老板娘，这是房钱、伙食费，你收好了。

老板娘　　（接过钱）好的，林嫂！

　　（林江威见兰雪绒双手撑腰挺着身子往外走，那样子很是难受，就伸手去搀扶，可马上又缩了回来。转身向老板娘低语了几句，又给了一大把毛角子钱，那老板娘便笑眯眯地搀扶着兰雪绒，送她们出门）

外景 / 蕲水镇码头 / 白天

　　（客栈老板娘把雪绒扶到停靠在石坎边的小划子上坐下。江威携了若涵和若嫣，把行李也搬到船上。又拿过两把大红油纸伞，撑开了，递一把给雪绒）

林江威　　大嫂，太阳太大，遮着点儿。

兰雪绒　　谢过三弟了！

林江威　　（又递一把给两个小侄女儿）涵儿、嫣儿，好生照看着娘，我就
　　　　　不送你们了。
兰雪绒　　多谢三弟！
林若涵、林若嫣　多谢三叔！
　　　　　（船家用竹篙一撑，三尺来宽、丈来长的小船便轻轻离岸了。船
　　　　　进了莲河，傍着岸走，钻过座座小拱桥）

第二十四集

内景 / 穆氏院兰雪绒住处 / 傍晚

兰雪绒　　（望着四壁空空又冷冷清清的住处，发呆自言自语）想到要在外头好长时间，又怕夏天里粮生虫、油哈喇，这屋里一粒米、一滴油都没有存，拿什么做饭吃啊？

林若涵　　我们到二奶奶那里去支一些东西吧。

兰雪绒　　就怕他们不乐意。

怡坤院仆甲　大少奶奶！（雪绒转过身朝外面看，忽地仆人端进一桌好饭、好菜来）

怡坤院仆乙　大少奶奶，二太太命我们给大少奶奶、大小姐、二小姐送过晚餐来。

兰雪绒　　（糊涂的回不过神来）去回过二太太，我们谢过了！

怡坤院仆甲　是！大少奶奶！（摆好饭菜后离去）

兰雪绒　　（对着那桌饭菜发呆）怎么突然间，又对我们这么好了呢？

内景 / 林怡坤院厅堂 / 晚上

　　　　　（众人请安）

兰雪绒　　侄儿媳妇带了涵儿、嫣儿给二娘请安！

　　　　　（施过礼后，同谭金簪、夏仪灯、任梓茗站在了一边）

卓　氏　　楚威媳妇，你回来得这么急，是在哪儿得到的信儿啊？

兰雪绒　　回二娘，我没得到什么信儿啊。

卓　氏　　没得到什么信？（愣了一下）没得到什么信儿怎么就回来了？

兰雪绒　　回二娘，我病了。前天刚到镇上，就碰见了日本兵，挨了一枪托，涵儿她们也挨了踢，我一急，就犯病了。我怕病在外面，就先回来了。

卓　氏　　噢——回来了好，回来了好。楚威媳妇啊，过去了的事就让它过去吧，以后不要提它就是了。你有些事做得是对的，对婆母孝、对丈夫忠、对儿女慈，是对的。以后好好过就是了……

兰雪绒	（望着卓氏，不知为何要说这些）侄儿媳妇记住了。
卓　氏	这次楚威那边带信来——
兰雪绒	什么？楚威？那边？带信——来？他、还、活……
卓　氏	楚威那边带了信来，他现在生活得很好，让我们大家莫牵挂。我们也是下午才得到的消息，还生怕你得不到信儿、走岔了，一个人出远门去寻找……
	（兰雪绒两眼瞪得似要凸出来，疼痛着的腰部这时僵硬得成了一块石板）
林若嫣	（首先发现不对劲）娘！娘——（哇哇大哭）
林若涵	（双手抱了兰雪绒的腰哭喊）爹呀！爹呀！娘——
卓　氏	孝威媳妇、湖威媳妇，你们陪大嫂回房里去歇息。
夏仪灯、任梓茗	是！（夏仪灯、任梓茗上前搀扶兰雪绒）

内景／林怡坤院卓氏卧房／夜晚

林怡坤	（与妻密谈，惊讶地瞪着眼睛）楚威他还活着？
卓　氏	还活着。
林怡坤	到底是怎么回事？
卓　氏	他活着！还结了婚！还又有了儿子！
林怡坤	啊？！有这样的事？
卓　氏	他来了信。你看看吧。（林怡坤接过信纸细看）

内景／林鄂威院卧房／夜晚

谭金簪	（与鄂威密谈）苏儿他爹，大嫂出门几天，今天又突然回来了，又说大哥来信了，还活着。到底是怎么回事啊？
林鄂威	你当时不是在那里嘛。
谭金簪	娘不让问。
林鄂威	娘怕人多嘴杂，说岔了。
谭金簪	活着就活着，有什么说得岔的？
林鄂威	娘有她的想法。大哥又结婚了，还生了个儿子！
谭金簪	啊？！
林鄂威	我看了那信的。信上说武汉要沦陷的时候，他们就往西走，撤到

　　　　　重庆去了。

谭金簪　　是啊,以前有消息回来也是这样说的呀。只是他还没到重庆就死啦。

林鄂威　　可是他没死。到了第二年,他从一个蕲城县老乡那里打听到家里的消息。那人告诉他,说奶奶去世,家里房子没了,城里商号也毁了,大娘、大嫂、和他的儿女全部不在了!

谭金簪　　有的是,有的不是。

林鄂威　　有人亲眼见过大娘她们带去的那乘马车——林家标志太明显,谁人不认识?那车被飞机炸得粉碎,马匹都被分了尸,人还能躲过那一难啊?路上到处都是死尸!说得有鼻子有眼儿。

谭金簪　　这也是!想起逃难的日子,我就怕!

林鄂威　　听到这样的消息,大哥就大病了一场。又过两年,大哥从重庆回来,可是又染上伤寒,船到宜昌的时候就住进了那里的一所医院里。

谭金簪　　伤寒蛮厉害吧?我一个兄弟就是得伤寒死的。

林鄂威　　是啊。大哥住院的时候,一个叫田小螺的护士对他很好,专心护理他。他又活了过来。那个女护士就是他现在的妻子。

谭金簪　　啊?转身就又娶啊?

林鄂威　　什么转身就又娶!大哥哪知道家里老婆还在世,一直以为自己家破人亡,光棍儿一个呢。

谭金簪　　也是,逃难都有三四年了!

林鄂威　　大哥还在信上说,他不是负心忘了涵儿她娘、不是舍得他的儿女,确实是既然她化作仙鸟飞走了、既然儿女跟着母亲离去了,他也就只有认命了!

谭金簪　　(酸唧唧地瘪瘪嘴)啧啧啧,还化作仙鸟呢!

林鄂威　　他们读书人就好搞这些花里胡哨的东西。哎,你知道吗?那个田小螺还给大哥输过血呢!

谭金簪　　输血?什么是输血?

林鄂威　　输血就是把一个人的血灌到另外一个人的身上去。

谭金簪　　我的妈呀!红彤彤的,吓死个人啰!还灌进去!

林鄂威　　大哥信上说那个女的救过他的命,他没有理由不接纳她。

谭金簪	嗯，也是啊，大哥一贯的重情重义。
林鄂威	他们在宜昌住了一段时间，今年添了儿子，才迁回武汉。
谭金簪	哦，他什么时候回来呀？
林鄂威	信上说，等秋凉了，就回乡探亲祭祖。

内景 / 林怡坤院卓氏卧房 / 夜晚

林怡坤	（从信上，抬起头来）哎呀他娘，我们以前那样对待楚威媳妇，他回来以后能随便放过我们吗？
卓　氏	这你放心，我有一计不知能用不能用。
林怡坤	说来听听。
卓　氏	今天楚威寄信回来，全家上下一会儿全知道了。我知道对楚威媳妇瞒也是瞒不住的，而且她出门几天了，突然地又回来了，我还以为是她得到了消息，只得相告，还送了饭菜去。
林怡坤	做得对！
卓　氏	可是，她既然不知道细节，我就掐下了楚威再婚的那一节，以后留作他用。
林怡坤	你要干什么？
卓　氏	（笑）我要让楚威休了她！
林怡坤	休了她？这可能吗？他们夫妻俩感情深着呢！
卓　氏	可你没看见信上说，他跟新妻感情也深着吗？
林怡坤	嗯，也是！
卓　氏	这样一来，楚威的存在，对于他媳妇来说就等于不存在。楚威也不会为了兰氏，跟我们成仇人了。

内景 / 林楚威家一楼客厅 / 白天

（田小螺悠闲地逗着孩子玩耍）

仆人甲	（入）太太，外面有人求见，说是先生家乡来的。
田小螺	啊，家乡人，请进，快请进！
仆人甲	是！（退出）
林湖威	（入）林太太，打搅了。
田小螺	请坐！请问这位先生尊姓大名？

林湖威	尊与大就免了吧，林太太叫我老七好了。
田小螺	那怎么行？老七是你家里的排行，或者是你们把兄弟的座次，我怎么能叫？再说姓氏是祖上传下来的，能随便丢吗？
林湖威	姓什名谁无关紧要，一回生、二回熟，也许以后我们就是好朋友了。我今天登门来访是有重要的事情，有请林太太找个僻静的地方，我有要事相告。
田小螺	出门去？（有所警惕地打量着这个陌生人）那不行！
林湖威	这儿人多嘴杂，不好讲话。
田小螺	我家孩子还小，要吃奶，不能离了妈身边。
林湖威	（左右望望，往前探探身子、压低声音）是有关林家的事，你不想对林先生多了解一点儿吗？
田小螺	（沉思，心声）是啊，丈夫的家世、为人、工作、收入我知道。但这大多来自他自己的口、凭他说；至于他的朋友、他的过去——尤其是一些细节，我就知之甚少了。何不从这人嘴里多了解一些情况呢？
林湖威	怎么样？（看出她的心理变化）我说过，我有要事相告。
田小螺	好吧，江边仙居楼等我。我二十分钟后到。

内景 / 仙居楼 / 白天

田小螺	（入，落座，对吞云吐雾，悠闲在坐的湖威）有什么话，请你直说。
林湖威	我不会转弯儿的。
田小螺	那就好！
林湖威	林太太现在春风得意，我作为家乡人先表示祝贺。不过，你只怕会是早上的露水、阳光下的雪花，长久不了的。
田小螺	你什么意思？
林湖威	林先生学识渊博、身份不低，在家是阔少爷，出门也有地位；曾经从政，现在又在汉口的大公司里供职；你们燕尔新婚，又喜添贵子，各个方面有头有脸，确实无限风光。但我为你担忧、为你难过，你是一只因贪吃谷粒而被罩在竹筛下面的小鸟，受骗了！
田小螺	受骗了？

林湖威	是的。
田小螺	谁骗我？
林湖威	林先生。
田小螺	他骗的什么？（着急了）怎么骗的？为什么要骗？
林湖威	林先生比你大许多，这你知道；可你知道他曾有过妻室儿女吗？
田小螺	知道，他有一个妻子，两个女儿和两个儿子。可躲避日本人的时候同他的母亲一同遇难了。
林湖威	不对！你只知其一不知其二。逃难的路上他确实死掉了母亲和两个儿子，可他的发妻和两个女儿都活过来了；而且在路上还生了一对双胞胎男孩，一个送人了、一个被人偷走了。
田小螺	（受了惊骇）这可是当真？
林湖威	句句当真！
田小螺	请讲详细点儿！
林湖威	事情就这些了，我要说的倒是关于你！刚才已经讲了，你现在春风得意，可你要是再不留神，只怕就是秋风扫落叶、冬霜打枯草了。
田小螺	你的意思是说……
林湖威	趁着他家里的那一个还没找上门来，你先下手为强，打脱离！
田小螺	离婚？你要我跟林先生离婚？
林湖威	哎，你听错了，既然你已成了林太太，哪有再散伙的理儿？我是说你要闹，要林先生与他的发妻离婚！
田小螺	哦！（松口气）
林湖威	为了你，也是为了林先生！你想啊，你一个黄花闺女，曾经是个职业女性，与林先生的婚姻虽没经明媒，却也是新事新办，正宗的正娶。
田小螺	就是！他的亲朋好友、场面上的人谁不知道？
林湖威	变被动为主动吧！难道你要等那乡下婆子找上门来了你再受气？
田小螺	她还活着！
林湖威	摆在你面前的有三条路好走：一条是你忍气吞声抱孩子、拎包袱、狼狈不堪地独自走人；第二条是与那大老婆和睦共处，做你那矮

人三分的小妾；第三条路才是大路，那就是开她的赶，你堂堂正
正地做"大"！

田小螺　三条路！

林湖威　可是，你要继续当你的林太太，而不让别人介入，就必须赶在现
在林先生还没回老家以前，或者那个女人还没携了女儿来汉之前，
让林先生打脱离。

田小螺　（慌）怎么会是这样！怎么会是这样！哎，这位七先生，这事怕
不好办吧？如果那女人还在，可真麻烦了。

林湖威　怎么麻烦？

田小螺　据我所知，林先生与他那发妻感情是很好的，在宜昌的时候他发
烧到四十度了还老叫着"涵儿她娘、涵儿她娘"，后来我才知道"涵
儿她娘"就是他的妻子，而且已死好几年了。如果是这样，他能
随便答应离婚吗？

林湖威　这就是我今天来找你的最最重要的事情了。

田小螺　哦？

林湖威　消息嘛，我不告诉你，别人也会告诉你，你迟早会知道；可主意呢？
就只有我帮你拿了。

田小螺　谢七先生了！

林湖威　不管林先生出于什么动机要对你封锁消息，你回去后都要大哭大
闹，骂他卑鄙小人，先镇住他。

田小螺　骂人啊？

林湖威　必须这样！就算他也真的不知家中女人还活着，你也不能心软，
寻死觅活都行，一口咬定他欺骗了你、欺负了你，在家庭生活的
道路上，两个女人是有她没你、有你没她！

田小螺　（深深地点头）嗯！

林湖威　林先生是聪明人，他会面对现实的。你说林先生与发妻有感情，
难道与你就没感情？他念及家里还有两个女儿，可你已有现成的
儿子，且以后还会生育。

田小螺　是啊！

林湖威	你年轻、美丽、有文化，难道不比乡下那个只会针线茶饭的小脚女人强？还有一宗，你不趁着现在站稳脚跟、坐正了位子，如果他们找回来了那丢失的儿子，只怕你的孩子的地位就会一落千丈——那是庶出！
田小螺	这位大哥，你真好！太谢谢你了！
林湖威	切切记住，一定不能心软。大哭大闹，寻死觅活，不然就会功亏一篑。
田小螺	我记住了！一定！
林湖威	三妻四妾的人又不是没有，哭闹得外面的人都知道了也不要紧。林先生是极要面子的人，到那时，他权衡一下，也许就顺了你。切切记住，不能妥协！千万千万——

内景／林楚威家／白天

（田小螺披头散发、大发其泼，男佣们要上前拉架被甩在一边）

（婴儿嘶哑着嗓子哭着没人管，保姆噤若寒蝉缩在一边）

（林楚威一言不发——在屋里踱来踱去）

仆人甲	（入）林先生，外面有人求见。
林楚威	（脸上现出复杂的表情，恳求地）小螺，你别这样好不好？让外人见了这种乱糟糟的场面实在不光彩，有话等会儿说吧。
田小螺	（更加高声）不见！谁来也不行，今天不把话讲清楚，休想开溜！
	（仆人出。林楚威丧气地坐下）
仆人甲	（复入）来人说他叫林襄威。
林楚威	九弟！快有请！（站起）小螺，这是我的一个兄弟。
田小螺	我不管你兄弟还是弟兄，来了正好！我要他给我评个理！
	（林襄威入，十分惊讶地看着这混乱的场面，见了林楚威，疾步上前，紧抓了林楚威的手）
林襄威	大哥——！
林楚威	九弟——！（如鲠在喉）相别近五年了，你也长成大人了！
林襄威	大哥！
	（林襄威的眼睛在林楚威的脸上游移，打量着他。歇斯底里的田小螺见了这位俊逸的小弟，又见了他兄弟俩相见时的动人场面，

忽地就打住了吵闹。林楚威马上反应了过来，拉一把正呆呆地看着他的林襄威）

林楚威　　快走——！（逃跑地拉了林襄威奔了出去）

　　　　　　（后面传来噼里啪啦的一阵响，接着是田小螺山崩地裂般地哭喊）

内景 / 包车上 / 白天

林襄威　　大哥家出了什么事？

林楚威　　你大嫂她真的还活着吗？

林襄威　　真的还活着！哦，为了……

林楚威　　涵儿和嫣儿还好吗？

林襄威　　还好！（林楚威红了眼圈儿，一路不再说话）

内景 / 林楚威办公室 / 白天

林楚威　　（万分疲惫，给坐在对面的林襄威茶杯中加水）九弟，都是阴差阳错啊！到了今天这个地步，你那新嫂嫂逼着我与你大嫂离婚，你看这……

林襄威　　离婚？你要与大嫂离婚？（楚威不语）大哥，我真不敢相信。

林楚威　　唉！

林襄威　　小时候，总听人讲你和大嫂如何如何般配、如何如何恩爱，我就总在心里想我长大了一定要像大哥大嫂那样般配、恩爱。可是，可是你要离婚了。好钢铁雨淋不锈、好姻缘棒打不散，到底是你们姻缘不好，还是你的变化太大？应该是大哥你变了！

林楚威　　九弟！

林襄威　　大哥，你是我顶顶敬重的一个人，真没想到变起来这样快，变化又这么大！不是小弟我出言不逊，你要真是那样，就太亏良心了！

林楚威　　我心里也难受啊！

林襄威　　不是对你尽一个忠字，大嫂只怕再嫁人几次也都可以了。我听三嫂讲，她在邻县避难时那东家就对她逼婚，那时大娘已经疯了，要过安逸日子那时不就嫁了？

林楚威　　哦？

林襄威　　后来大娘去世了，那东家逼得更厉害，大嫂不得已，携了涵儿和嫣儿连夜逃走。那是为了谁？为了大哥你！

林楚威	咏儿他娘！
林襄威	这事八哥可能知道，大嫂救过八哥。
林楚威	八弟！
林襄威	又后来，二叔、二娘逼大嫂再嫁，她抗婚的事全家人、全村人都知道，你去访访吧。
林楚威	到底是怎么回事？
林襄威	太复杂了，以后再慢慢叙。我要讲的是，大嫂她拒嫁那东家是因为你生死未卜，可回家后又拒婚、抗婚，却是在得到你确实死亡的信息以后啊！
林楚威	雪绒她——
林襄威	她这么多年是怎么挺过来的，大哥你都想象不出来啊！大娘病死在外地，是大嫂她携了女儿逃回来以后又去接回的棺枢，现安葬在祖墓里。
林楚威	娘！
林襄威	就是你带信回家，大家在得到你还活在人间的消息的时候，大嫂她又出门了。领着两个女儿，走在了寻夫路上！她生要见人、死要见尸；见了人要迎回家乡，见了坟要搬回祖墓。
林楚威	她身体还好吗？
林襄威	哪儿好？积劳成疾！她省吃俭用，除了大娘迁坟和两个女儿害疟疾花了些银钱外，从来舍不得多花一文钱。陪嫁都留着，要做寻你的盘缠。哪儿像个阔人家的少奶奶，成天纺纱织布，为的是攒几个钱。可你倒好，要与大嫂打脱离！
林楚威	九弟！（分外痛苦）我怎么愿意跟她离婚！可……
林襄威	可是你已经再婚了，新家还闹成那样！
林楚威	这些都是误会，都是消息不通造成的！
林襄威	兵荒年间嘛。
林楚威	我身边一个亲人也没有。不说妻子、儿女、老母了，就是有你们其中的一个在身边也好啊，音讯全无。好不容易见到了老乡，又告知全家人死绝了！死绝了啊！这是个什么概念九弟你能体会到吗？
林襄威	我知道，你是重感情的人。

第二十五集

内景 / 林楚威办公室 / 白天

林楚威　好端端的一个家没了，能挺到今天，我都总认为是涵儿她娘的阴魂在佑着我。这次得到她还活着的消息，就像那次得到她已死去的消息一样令人惊骇。那次我痛苦、我绝望，我深知永远地失去了她，心中装着一个完整的她。可这次，我却要被锯成两个半边——两个女人哪，两个妻！我一个也割舍不了！

林襄威　你那个新太太？好厉害呀！年纪轻轻的，看那样儿也就和我差不多大吧？真是凶！大嫂何曾这样过？

林楚威　九弟，你有所不知。她脾气虽是比涵儿她娘大一些，可人还是挺好的。她不远千里，从鄂西跟了我来到汉口，小家庭的日子过得挺好的，却突然蹦出个丈夫的前妻来，确实让她一时半刻受不了。连我都受到震动，何况她了。

林襄威　你和她不一样。你心里装着两个人，她只为自己！

林楚威　不过，让我觉得奇怪的是，她从哪儿知道的消息。连我都不知道涵儿她娘还活在世上，她却知道！还大骂我是卑鄙小人、脚踏两只船，硬是逼着要我与涵儿她娘离婚。

林襄威　不要谈离婚了！离婚是洋话，在我们老家那叫休妻！

林楚威　休妻！

林襄威　休妻也叫出妻！得有七种理由：无子、淫逸、不事舅姑、口舌、盗窃、妒忌、恶疾。请问大嫂有哪一种？

林楚威　九弟，你是读书人，怎么能拿这些来靠？

林襄威　不拿这靠，可以呀。你得说出个让人心服、口服的理由啊！

林楚威　是你新大嫂硬逼的，刚才在家里你也看见了。

林襄威　新大嫂？她凭什么硬逼你？云隙里的阳光刺眼睛，患难夫妻才是亲。要离，你就离她！

林楚威	你有所不知。她这次发泼确实是有些出格了，可平时还是挺好的。你知道吗？她救过我的命。
林襄威	哦？
林楚威	去年我得了伤寒，是她照料我、安慰我，那可是传染病呢。说到你大嫂的死，她还为我流泪；在我肠便血、肠穿孔、生命垂危的时候，她还为我输过血。我的血管里流淌着她的鲜血呀！九弟，你说我能离她吗？
林襄威	我承认，她对你非常重要。可不能因了她，而离了大嫂吧？
林楚威	九弟，我能挺——（特别强调"挺"字的重音）到今天，心底里一直认为有你大嫂在佑着我；可是能活——（特别强调"活"字的重音）到今天，却是因为有你新嫂嫂在护着我。一个是我以为已经死去了的兰雪绒，一个是现在伴在我身边的田小螺。哦，九弟，你知道吗？她有个好听的名字——田小螺！
林襄威	田小螺？
林楚威	是的。你还记不记得小时候听的田螺姑娘的故事？
林襄威	记得。（心情很是沉重）可是，田螺姑娘会拆散人家夫妻吗？
林楚威	不会！可是，千不该、万不该，我和她也是夫妻了啊！拆散谁都不行，两个人并存也不行。
林襄威	既这样，只有并存了。（眼里有一丝嘲讽）娥皇、女英吧。
林楚威	那更不行！小螺寻死觅活的就是怕如此。如真这样，那她不成小妾了？
林襄威	妻也好、妾也好，这已是事实。只有学蒋委员长这一条路好走了。你看，要么学委员长为了宋氏小姐而休原配毛氏，要么让姚氏怡诚到溪口去陪毛氏福梅同住。这都是有委员长的先例的。
林楚威	九弟……（眼里满是忧郁与无奈）
林襄威	哦，还有，第五战区司令长官李宗仁将军的家事不是处理得很好吗？新嫂嫂较之郭德洁女士若何？德洁女士就能与李秀文和睦相处，她就不行？况且她还是善良美丽的田螺姑娘呢，怎么就容不下一个与世无争的女人？

林楚威	这事儿看来只有先搁那儿，拖着，让你新嫂嫂慢慢转弯儿了。她没有你大嫂好说话。
林襄威	世上像大嫂那样知书达理又贤惠的人，难找！
林楚威	唉！你看我遇见这种尴尬事情，都昏了头，还没讲讲你们的事呢。九弟，你们还好吧？三叔、三娘还好吧？四弟他们怎么样？你现在哪儿？是还在学校还是已出来谋生了？
林襄威	我爹和娘在蕲城县城关开商号，四哥和余氏嫂嫂带着孩子在大冶开铁矿，四嫂单独留在了老家。我现在武汉上学。
林楚威	（沉吟片刻）你刚才说你大嫂逃难在外时曾救过你八哥，后来你们见过你八哥没有？
林襄威	没有，有一点儿他的消息，倒是听说五哥回国了。
林楚威	是的，你五哥前年就回国了。
林襄威	他怎么不回来呢？我想他了。
林楚威	眉子丢了。他曾经发过誓，不找到柳眉就不回老家，所以他一直没到蕲城县去过。去年他打听到我在重庆，就去了那里；谁知那时我正顺江而下，与他擦肩而过病倒在了宜昌。他现在在军队里供职。
林襄威	大哥，兄弟相见的日子不远了，夫妻团聚的日子不远了。我先预祝你一切都好！
林楚威	唉，夫妻团聚！你看这整的！
林襄威	我还有个疑团没解开。既然大哥活鲜鲜的，那又怎么会传来你死在三峡了的消息的呢？
林楚威	噢，其实那是一次讹传。我确实在奉节下过船，后来就跟很多人失去了联系。迁移的过程中，又确实在奉节的旅馆里死过一个叫"凌初为"的人，被老乡知道后纷纷转告，以至于家里人以为我死在了那里。
林襄威	唉，你这个误传的噩耗，让大嫂遭过多少磨难！不是她拼死顶住，早已嫁作他人妇了。
一职员	（入）林先生，林太太在家出了大事，现正送往医院抢救，你家

来人在外等候……（林楚威惊起，脸色变得煞白）

内景 / 教会医院诊疗室 / 白天

医　生　　（对田小螺实施抢救，楚威和襄威入）人失血过多、急需输血、输血！

林楚威　　（捋了衣袖）我的血型和她一致，输我的吧。

内景 / 医院走廊 / 白天

林楚威　　（曲着才抽过血的胳膊同襄威从诊疗室出，问佣人甲）到底发生
　　　　　了什么事？

佣人甲　　您走后，太太更是又哭又闹，不久就进房里上吊了。

林楚威　　啊？

佣人甲　　我们发现后把她救下来，苦苦劝她、求她，好歹要等先生回来了
　　　　　有话慢慢讲。她不听，乘我们不注意，拿了你的修须刀片就割了腕。

林楚威　　小螺！

佣人甲　　那个血流的呀，吓死人。我们把太太的胳膊用细绳扎了才敢把她
　　　　　抬了来，刚才医生说那刀片太锋利，太太的血管被割断了。

佣人乙　　（慌张地跑过来）林先生，小少爷饿得快不行了，保姆让问能不
　　　　　能喂点儿炼乳？

林楚威　　（火起）少爷怎么会让他饿着呢？还说快不行了！既是饿了怎么
　　　　　还要问能不能喂炼乳？

佣人乙　　是太太不让喂的。她说先生不答应她的条件，就让少爷饿。饿哭、
　　　　　饿病，直到先生点头为止。

林楚威　　（跌坐到椅子上，挥挥手）快回去喂少爷吧。

林襄威　　（心声）我刚才那一系列话语都白说了，大嫂的悲剧已经注定了！
　　　　　（默默离去）

内景 / 穆氏院子厅堂 / 白天

　　　　　（兰雪绒喜气洋洋地带领两个女儿打扫房间，夏仪灯帮忙）

夏仪灯　　（打趣儿）大嫂，真是人逢喜事精神爽啊，自打得知大哥还活在人间，
　　　　　你就像返青的麦苗儿一下子鲜活起来了。

兰雪绒　　（笑）这好的喜事哪有不鲜活的！

夏仪灯　　你看你那天好吓人哦，我娘话还没有说完，你就倒到地上去了。

兰雪绒	呵呵，实在是没有想到。可我第二天就好了呀！
林若涵	娘在镇上发作的腰疼病也好了。
兰雪绒	我们把房子收拾好，干干净净的。等涵儿她爹爹回来了，我们摆十桌八桌的喜酒给他接风洗尘。

内景 / 穆氏院雪绒卧房 / 深夜

（林若涵两姐妹在床上熟睡）

（兰雪绒独自捧了林楚威给买回的镜子，望着里面的自己发笑）

兰雪绒	（心声）有道是破镜重圆。其实，镜既破了，又怎么还能重圆呢？接得再圆的镜，也总是有裂痕的。唉！还是我这丝毫不损的圆镜好！（目光离开镜子，移到桌上，望着毛笔字痴迷。特写：天涯海角有穷时，只是相思无尽处）
夏仪灯	（画外音拍门声）大嫂！大嫂！
兰雪绒	啊，三弟妹，来了！（站起身）

外景 / 穆氏院 / 深夜

兰雪绒	（从屋内出，走到院门处打开门）三弟妹，这么晚了……
夏仪灯	（一把抓了兰雪绒的手）走，到屋里说！

内景 / 穆氏院雪绒厅堂 / 深夜

夏仪灯	（与雪绒入，坐下。四处望望，又看看卧房的门）涵儿她们睡了？
兰雪绒	睡了。有什么事吗？
夏仪灯	（表情非常严肃地）啊，是这样，大哥活着没有错，可是——
兰雪绒	（感觉不妙）可是什么？
夏仪灯	我才得到的消息。
兰雪绒	说啊！
夏仪灯	大哥，大哥他还活着没有错，可是，现在已经讨了小！
兰雪绒	这怎么会呢？（怔住，脸上的红晕退去，变成了蜡黄。稍后，跳起来手指了夏仪灯的额头）你不要在这儿瞎说八道，这是不可能的！
夏仪灯	大嫂，不管可能不可能，这已是事实！
兰雪绒	放屁！你胡说！你嘴上要长毒疗！你大哥不是那种人！
夏仪灯	（扶她坐下）我不想说大哥是种什么人，可他现在不但有了新家，

而且又添了小少爷。这事儿好多人都知道，只是瞒了你！（兰雪绒呆着）大嫂，你心里难过，你就哭吧，哭了会好受些的。

兰雪绒　（缓缓地摇头）我不哭。现在什么稀奇事没有啊！如果真是那样，生米煮成了熟饭，哭又有什么用？我为他哭得够多的了。他活着就是最大的好！

夏仪灯　其实，那天接到信，我婆婆就知道了大哥再婚的事儿，不过她瞒着没告诉你，连我们也不知道。可后来她和二哥、七弟他们在一起叽叽咕咕讲这件事的时候让七弟妹听见了，七弟妹跟我讲的。昨天清早七弟就出门去了，听七弟妹说是到汉口去的，像要去拜会新嫂嫂。

兰雪绒　难道涵儿她爹真变了？

夏仪灯　男人们嘛，就那样，三妻四妾可以的；但一个女人养两个男人你看看。唉！不讲那些了，说到天边，你是大哥的原配，不怕那个小娘子来鸠占鹊巢。你看我娘也对你好多了，说明你还是威风仍在的，是个正宗嘛！

兰雪绒　三弟妹，就算这样又有什么用？

夏仪灯　是啊，卧榻之上，已另有新人，又将如何？即使大哥给你有享不尽的荣华富贵，把莲藕塘的全部家产都给了你，又有什么意思？和我一样，缺少的是家庭温暖啊！

兰雪绒　从掀盖头的那一刻起，到1938年正月十六日江边那一别止，满打满算，我与涵儿她爹恩爱不到十年；自打日本人一来，我就失去了所有美好的东西。涵儿她爹曾说过要接我和孩子们到汉口去的，可如今他有了新妇、又有了孩子，还会要我吗？顾及我吗？

夏仪灯　男人啊男人，你是什么？你是天上一浮云！女人啊女人，你是什么？你是塘中一浮萍！

内景／林怡坤院厅堂／白天

谭金簪　娘，大哥真的要休大嫂啊？

卓　氏　是的，他带了话来。

谭金簪　这怎么得了！

卓　氏　这有什么不得了的！我已跟他媳妇讲了。

谭金簪　我刚才去看了她。她不哭又不闹的，怕不对劲哎。

卓　氏　活该！早知今日，何必当初？我好心被她当了驴肝儿肺，那年她要是听我的话，嫁人也就嫁了。你看，到了现在，成了弃妇更没意思！

内景 / 穆氏院兰雪绒卧房 / 深夜

兰雪绒　（伴着油灯，慢慢地磨墨、缓缓地掭笔、长长地给林楚威写信。写好后用镇纸板压住，依依不舍地在房里转悠。心声）质本洁来还洁去。死，也要死得干干净净！

内景 / 穆氏院厨房 / 深夜

（兰雪绒烧水）

内景 / 穆氏院偏室 / 深夜

（兰雪绒沐浴）

内景 / 兰雪绒卧房 / 深夜

兰雪绒　（穿着一新，对着林楚威给买的镜子慢慢梳头、佩戴首饰。打扮完毕，端灯走到床前，坐下，看着一双女儿。求饶似的）涵儿、嫣儿，娘走了。不是娘狠心，要丢下你们；你们相依为命，好好过下去吧！

林若嫣　爹爹！爹爹——

（睡乡里的林若嫣突然欢叫起来，双脚乱弹、蹬开了被子；双手直直地朝前伸着，像是要抱谁。兰雪绒惊地站起。林若涵也坐起来）

林若涵　妹妹，你赔我的梦！

兰雪绒　哎，涵儿、嫣儿，你们怎么了？

林若涵　（笑眯眯又不无遗憾地）娘，我梦见爹爹了，呵呵。把我接到汉口去上学，给我买了好多好多的东西，还有九叔那样的衣服，是学校发的。我刚刚把东西拿了给你看，妹妹就爹爹地叫，就把我给叫醒了。

林若嫣　我也看见爹爹回来了，牵了若咏弟弟和若光弟弟，旁边是奶奶和老奶妈，她们一个抱着若音弟弟、一个抱着若鸣弟弟。我好高兴哦，就赶快喊爹爹，接着姐姐就把我推醒了，（噘嘴不高兴地）就吵我！

兰雪绒　　（惊骇，心声）这梦实在不知是凶还是吉。梦境跟现实一般都是反着的，涵儿做了这样的梦；可嫣儿的更邪乎，梦中人是死的多、活的少，又会是怎么一回事呢？这梦让我来做还差不多，反正我是马上要赴阴间的人；可嫣儿呀，怎么也会做出这样的梦来？（俯身放声大哭。小姐妹吓了一大跳，完全清醒过来）

林若嫣　　娘，娘！你怎么了？

林若涵　　娘，你怎么要穿这样的衣服？打扮这么齐整要干什么？（兰雪绒更是痛哭）娘，你不哭了，我去给你倒水来喝。（下床去取杯，见桌上镇纸板下压着写了字的纸，拿起阅读，抬头特写：涵儿她爹。不动声色地读它，大骇。读完飞奔到雪绒的面前跪下，双手攀了雪绒的腿）娘！娘啊！你怎么要给爹爹写那样的信啊？你不要我们了？

林若嫣　　（惊惧）啊？娘不要我们了？是娘不要我们了！（打滚号啕，手脚乱蹬乱踢）

林若涵　　你死了我和妹妹怎么办？有你在他们都要把我和妹妹许人，你死了还有我们的活路吗？

林若嫣　　娘你不能死啊！不能死！你前头死，我们后头就死！

兰雪绒　　涵儿、嫣儿，你们也长大了，应该懂事了。不是娘忍心不要你们，是你们爹爹又给你们娶了姨娘，哦，不是的，是后娘，是他不要我们了。

林若嫣　　呜呜——后娘哦，好怕人哦！

兰雪绒　　我想，我死了，你们爹爹会把你们接到他身边去的。你们不能又没爹、又没娘。刚才涵儿不是梦见爹爹把你们接到汉口去了吗？

林若涵　　不、不，那是梦，那只是做的一个梦。娘，你都不管我们了，爹爹又怎么会管我们呢？还有那个后娘，好可怕啊！娘，你还记得秋池姑姑给我们唱过的那首《小白菜》吗？（林若嫣溜下床去）

兰雪绒　　涵儿，娘的心思你不明，可我们家里很多事你是知晓的。你爹爹出门这多年，好不容易有了他的音讯，现在又出了这种事，实在是……

　　　　八　刀

林若涵	娘，娘！（打断雪绒的话）你写给爹爹的信我已看过了，你的心思我明了。你做的事都是对的，只一件错了——你不能死！
兰雪绒	可是娘没有别的路可走！
林若涵	你死了所有的事就都错了。那么大的苦、那么大的难、那么多的委屈和压力你都挺过来了，怎么现在就顶不住了呢？
兰雪绒	这次和以前的苦难都不一样！
林若涵	你给些钱我吧，我到汉口去找爹爹、求爹爹，我想他是铁石心肠也会软化的。
兰雪绒	（摇头）不会软的。事情到了这一步，所有的都是白搭！
林若涵	就算他真的不要我们了，我们也还是要过下去。这么多年，你根本就没打算找到活着的他，只是想着去移墓，还不是照样活过来了？怎么爹爹活着你反而要去死呢？
兰雪绒	因为我多余了！
林若涵	就算爹爹又娶了新娘，那我们就自己骗自己，只当还是没有爹爹的音讯的嘛。他不认我们，我还不认他呢，讨米要饭都不往那方去！
兰雪绒	涵儿！不许你这样说爹爹！
林若涵	我现在是说我们自己。有钱多用、缺钱少用、无钱不用，辛苦换来自在吃。我和妹妹一定听你的话、争口气，有什么翻不过去的大山呢？
兰雪绒	（感动）涵儿，娘不死！娘要把你们好好抚养大，让你们好好读书。娘想过来了，你们爹爹负我，可我不能负他。把你们好好抚养成人，再做一件对得起他的事。哎呀，涵儿，你妹妹呢？嫣儿呢？

内景／穆氏院厅堂／深夜

（林若嫣赤着一双脚跪在神像前祈祷。兰雪绒与林若涵从房里出来）

| 林若嫣 | 爹爹，你为什么不要我们了？娘哪点儿事做错了？她现在气得要寻死了，我们要成小白菜了。无娘的儿谁照应？爹爹，求你了！我们给你守孝的时候是天天跪地叩首的，娘说要感动天地老爷，你的在天之灵也会知道的。可现在感动得你又活过来了，又怎么不要我们了呢？爹爹，回来吧！你回来了我把好多事都讲给你听， |

　　　　　　你一定会喜欢娘的……

兰雪绒　　涵儿，把你妹妹拉起来，叫她去睡觉！

林若涵　　是！（走过去拉若嫣）妹妹！起来吧，你这样，娘伤心了。

　　　　　　（林若嫣站起，若涵拉了若嫣走到雪绒面前）

兰雪绒　　嫣儿，娘不死！你们这么的懂事，我又怎么忍心舍弃你们呢？快
　　　　　　快睡觉去吧，娘不死！

第二十六集

内景 / 穆氏院厅堂 / 白天

（夏仪灯、霍修墨、任梓茗看望兰雪绒）

夏仪灯　　大嫂，听嫣儿说你前儿夜里要寻死啊？那可使不得！

兰雪绒　　我不死，我不死！就是为了涵儿和嫣儿我也不死！

夏仪灯　　对，偏不死！（又愤愤地）我看世上最坏的就是男人，眼也花、心也花！大哥是好人里面又挑出来的好人，一样变成了这样，还讲那些臭男人！

兰雪绒　　（很严厉地制止）三弟妹，不许你这样说你大哥！

夏仪灯　　（很是不满意）还不许说？他那样的负你，你不伤心？

兰雪绒　　伤心？他心已不在我身上了，伤心也没有用。

任梓茗　　我没见过大哥，但知道他的口碑很好。我就想不通，他这样正派的一个人，怎么会想起来要离婚？

霍修墨　　话也不能这么说，要离婚也不见得就是不正派。大哥一定有他的苦衷。

夏仪灯　　好了，《红楼梦》里有首《好了歌》，《好了歌》里有段"娇妻忘不了"，说的是"世人都晓神仙好，只有娇妻忘不了！君生日日说恩情，君死又随人去了"。

霍修墨　　这是千古绝唱，千古名句呢。

夏仪灯　　狗屁！我最见不得这一段了！什么"君生日日说恩情，君死又随人去了"，恶毒的男尊女卑！哦，死了男人的妻不能再嫁人，嫁了人就是昨日说恩情、今日随人去。可是夫呢？可以一婚二婚再再婚，三妻四妾不为多。高兴了，十个八个的女人存着，不高兴了，一个"休"字就把人打发了，现在又改作了什么离婚之说。凭什么男人是人，女人就不是人！

任梓茗　　在外面闯世界，讨个把小也是有的。我不明白的是大哥顶顶讲仁义，怎么就要把妻休了！"贫贱之交不可忘、糟糠之妻不下堂"，难道他不晓？

夏仪灯	他不晓？他学富五车，墨水瓶儿里泡大的，晓得的没有你多！
任梓茗	哦，学的摩登，赶的时髦。
夏仪灯	摩登？哎，对！（转向兰雪绒和霍修墨）你们还记不记得五弟和八弟那年讲的蒋总裁，提倡的那个什么"新生活运动"？说是要过一种合乎礼义廉耻的新生活，也许这个娶一丢一的打脱离就是那个什么"新生活运动"吧。
霍修墨	好像不是。那好像是讲的衣食住行，不是讨老婆。
夏仪灯	嗯，确实不像。蒋总裁就是娶一丢三，甩得干净呢。
兰雪绒	算了，你们不要说那么多了。女人就是飘忽不定的命，我认命了，离就离吧。
夏仪灯	你真要答应啊？（瞪大了眼睛，霍修墨和任梓茗也齐望了兰雪绒）
兰雪绒	不应怎么办？花种千粒犹嫌少，爱植两棵便多余。我是多余的人了，死又不能死，女儿不让；拖又拖不下去。只有应了。
夏仪灯	没有的道理！好妻是原配，你是堂堂正正、明媒正娶的正房大夫人，那小娘子算什么？就是上船、起坡也还有个先来后到吧？多余的是那个人，而不是你，偏不应他！
任梓茗	就是！像四哥对四嫂这样的也好哇，起码还给人留了条活路吧。大嫂，你要是应了，又能到哪里去安身立命呢？
兰雪绒	这——（紧蹙了眉头，冥想着自己的立锥之地）
夏仪灯	不答应，拼死抗争！像大哥那样温文尔雅、又讲仁义道德的人，我想还不至于把你捆绑了扔出莲藕塘吧？
兰雪绒	别讲那些了，当断不断、反受其乱。不要说你们大哥捆绑了我去，就是动我一指头他也不会动的，可我拼死抗争又有何用呢？
霍修墨	也是！
兰雪绒	如果是那样，那只能又添了涵儿她爹的烦恼，给我和大家包括你们带来些不安。好了，任他吧。我对何去何从现在不愿去多想了，到了哪座山上唱哪首歌，凑合着过吧。

夏仪灯	唉！大嫂你真是死心眼子！世上忠贞女子多，痴情丈夫谁见了？
霍修墨	要是大哥这时在这儿就好了。让他听听大嫂的话吧，听了一定不会再说打脱离的事了的。
任梓茗	是不是大哥不晓得大嫂的为人？
夏仪灯	怎么会呢？他们是恩爱夫妻多少年，孩子都养了一大串，他比谁都了解大嫂。只是现在吃了迷魂药、喝了迷魂汤、进了迷魂阵，失去了他的自我。再个说，古人虽有"七出"，但同时也还有个"三不出"，不说"七出"大嫂沾不上边，就是那"三不出"大哥也该想想吧。
任梓茗	"七出"我知道，可那个"三不出"是什么呀？
夏仪灯	"三不出"就是有所去无所归不出，与更三年丧不出，前贫贱后富贵不出。
任梓茗	哦——
夏仪灯	前一条是讲仁，你把别人有家的女子娶了来，现在别人无家可归了，你要休人是不仁慈的；后一条是讲义的，就是劝世上男人不要做陈世美；中间一条讲的就是情。
任梓茗	仁、义、情！
夏仪灯	中间一条，是指做儿媳的已为公婆守"三年之丧"，义同"未嫁女"，与丈夫已有了兄妹情分，你现在要休了去，便是无情无义、忘恩负义。
	（听到与林楚威的兄妹情分，兰雪绒又已是泪水长流）
霍修墨	这三条，大哥起码占了两条。
夏仪灯	是啊！末一条，无所谓前贫贱后富贵，大哥没有富贵到哪里去、大嫂也没贫穷多少。可前两条呢？大嫂的父母早已不在世上了，虽她兄家还不错，经济也宽裕、兄嫂人也好，可娘家、婆家的名分是不一样的，这叫大嫂如何做人！
霍修墨	更有中间一条，寒心！
夏仪灯	大嫂不仅为大伯守过三年孝，更对大娘送终、迁灵柩、更三年丧都是有目共睹的。就算大哥没看见，可我想也听说过了吧？凭什

么把发妻说休就休了呢？太没良心了吧？

兰雪绒　　三弟妹、四弟妹、七弟妹，我还请你们不要再说了，事情就这样了。还是静静地坐一坐吧，以后我们是聚一次少一次的，我们妯娌一场，缘已到头了。

内景 / 林怡坤院厅堂 / 白天

（林怡坤、卓氏坐桌两旁，兰雪绒恭立）

兰雪绒　　二叔、二娘，涵儿她爹说的事，我一切听由他安排。

林怡坤　　（面露喜色）唔——

兰雪绒　　不过——

林怡坤　　嗯？（夫妻二人紧张）

兰雪绒　　我有个小小的要求。

林怡坤　　说吧。

兰雪绒　　望二叔、二娘不让我二人再次见面。

卓　氏　　噢，就这呀，这没事。

林怡坤　　我们保证一定替你劝说楚威不见面。

兰雪绒　　谢过二叔、二娘！

内景 / 穆氏院厨房 / 晚上

（兰雪绒在锅台前忙着，林若涵在案上切菜，林若嫣坐在灶间帮娘架柴烧火，那火苗呼呼地响着往上直窜）

林若嫣　　娘！娘！你看这个火在打哈哈，要来客人了。娘，是不是爹爹回来了？

兰雪绒　　唔——（忧忧地望一眼女儿）嫣儿，你们爹爹已经回来了。

林若嫣　　啊！真的回来了？

兰雪绒　　他住在你们二爷爷那边。不过你们要听话，最好不要见你们爹爹。

小姐妹　　为什么？

兰雪绒　　你们长大了就懂了。

林若涵　　那娘说不见爹爹，我就不去见爹爹。

林若嫣　　（十分不情愿地）那我也不去见了。

外景 / 林家大院甬道 / 晚上

林江威　（陪着林楚威边走边谈）大哥，我娘说，大嫂答应离婚的条件之一，就是你们两个人不再见面。可是你现在去见她……

林楚威　我知道，我对不起你大嫂。可你大嫂善解人意，是不会恨我的。

林江威　这和恨与不恨是两回事啊！

林楚威　将来我们就天各一方了，目前毕竟还是夫妇。即使她真的不愿见我，我也不能不去看她。

外景 / 穆氏院门外 / 晚上

　　　　（院门紧闭，四周漆黑一团。林楚威和林江威走过来。孝威上前，打门缝中朝里窥视，只见有微弱的灯光，却并无半点声息。江威敲门）

林江威　大嫂、大嫂，大哥回来了！（没有回应，又敲门）涵儿、嫣儿，你们爹爹回来了，快开门！（静等）

林楚威　来了吗？

林江威　走吧，大哥，她们不会出来的。

林楚威　不！（林江威继续敲门、呼喊，反复几次，里面仍是没有反应）

林江威　自从得到你要到家的确切消息后，这门就再没有打开过。

林楚威　再等等！（两人在门外等，许久，里面房门一声响，走出一个人来）

林江威　（赶紧扒门缝儿朝里瞄，一个小姑娘到院子中来舀水）大哥，是嫣儿！

林楚威　啊！我看看（将江威挤到一边）我的小女儿都已长这么大了！

林江威　若嫣！嫣儿！你来——（蹲下身子，将嘴对着门缝，压低了嗓子拍门）

林若嫣　（听见动静，停一下，慢慢朝这边移来，到了门里停下）三叔，是你吗？

林江威　是的。嫣儿，你爹爹回来了！

林若嫣　爹爹！（将脸贴在门上）爹爹回来了！可是，可是我娘说……

林楚威　嫣儿！嫣儿！是我！你开开门！

林若涵　（出现在院子里）妹妹，你在干什么？

林若嫣	（转了身轻轻地）姐姐，你来。
林若涵	（也移了过来）你在干什么？
林若嫣	姐姐，爹爹回来了！（若涵猛地停住）姐姐，爹爹让我开门。
林若涵	我们进屋去！（顿了一顿，很果断地拉了妹妹就走）
林若嫣	（有些不情愿）姐姐——
林若涵	莫非是娘的心伤得还不够，你真要气死她了好让我们当孤儿啊？
	（林楚威眼睁睁地看着两个影子合成一团，进了那有灯的屋）
林江威	（木门吱扭一声关上了，眼前又一片漆黑，站起）走吧，大哥！
林楚威	（被江威拉了一起往回走）涵儿！嫣儿！
林江威	我早知道今天来是要碰壁的。你知道大嫂为了你吃过多少苦吗？她盼星星、盼月亮，盼了个活着的丈夫回来，又不要她了，她能不伤心吗？
林楚威	活着的丈夫！
林江威	女儿是娘的贴身小棉袄，涵儿和嫣儿对你再有感情，也抵不过娘的感情啊！俗话说宁死当官的爹，不死叫花子娘。算了，我也不是要劝你怎样，也不管你有什么原因，只知道你要打脱离是铁了心的。
林楚威	三弟，你说人能锯成两半儿吗？要能那样，该多好！
林江威	说的什么话！
林楚威	涵儿！嫣儿！
林江威	大哥，我劝你不要再见大嫂了，那样只会更进一步地增加你和大嫂的苦恼。不过涵儿和嫣儿呢，我看能不能把她们叫出来，叫到我那院儿里去让你看一看。
	（林楚威只管深一脚、浅一脚地走。无言）

内景 / 林怡坤院厅堂 / 白天

（林怡坤、卓氏分坐桌两边。林楚威坐在另一旁）

| 林怡坤 | 楚威啊，财产分割就这么定了，你要了自己的那一份，还给女儿留下了一部分，很好的。 |
| 林楚威 | 唔—— |

林怡坤	不过，我还想问一句，你要不要把不动产作价变卖了去？
林楚威	这个——
林怡坤	一是你远离家乡，不可能每年回来抱着账本子收租，而且你对农时作物、丰荒产量知之甚少；二是我们听说你也想自己开办公司。可办公司是需要大笔资金的哟，你恰恰又缺乏的是资金活钱。
林楚威	是的。
林怡坤	荆威的矿业办得不错，还在汉口购置了小公馆，我想你也应该这样。老在别人的公司里任职也不是个长久的事。可这些投资从哪儿来？田地、山林、河沟、湖塘是搬不去武汉的。
林楚威	行，我把田地房产都变卖给二叔、二娘。
林怡坤	这样甚好！
林楚威	不过，我还有三点要求。
林怡坤	说吧。
林楚威	一是听说二叔、二婶曾做主要涵儿她娘嫁人。
林怡坤	（慌忙地）这是以前的事儿，没成的！
林楚威	以后不许这样！嫁与不嫁一切听由雪绒她自己的便。不能强嫁，也不能霸着不让改嫁。
林怡坤	这个当然，这个当然！
林楚威	还有，你们曾给若涵和若嫣许的婆家，那不算数。退约的事，就请二叔、二娘快快处理。
林怡坤	行！行！（二人慌着点头）
林楚威	第二点还是涵儿她娘，虽是脱离了林家，但毕竟还要带着两个女儿，故一定要让她娘儿仨有住处。
林怡坤	这你放心，没有不让她们住的道理。
卓　氏	房子多得很，随她们挑。
林楚威	另外，我给她们保留的五十石租的田地，是她们的生活必需，实际上这是我专门给兰氏留下的田亩。
卓　氏	这明白啊。
林楚威	女儿眼看着就长大了，我思量着把她们接到武汉去上学，或者她

们长大后要嫁人，这剩下的田地就会是涵儿娘的。她一个妇道人家，不宜与外人打交道，还望二叔、二娘在农时田租上帮她操点心。

林怡坤　　（望一眼卓氏，支吾着）嗯——

外景 / 林氏祖坟墓园外 / 白天

守园人　　（见林楚威拎了纸、鞭和香去上坟，迎上去）哦，是大少爷来啦？大少奶奶和两位小姐进去一些时了，你们怎么不是一起来的啊？

林楚威　　啊？啊！

外景 / 林氏祖坟墓园内 / 白天

　　　　　（林楚威拾级而上，老远见父亲的坟头上青烟缭绕，便急急地向那里走去，突然又刹住了脚步。犹豫片刻，踅到另一座墓碑的后面去看兰雪绒她们）

外景 / 林怡乾与苗氏的合葬墓前 / 白天

　　　　　（墓前跪着三个人：兰雪绒已经有了丝丝白发，她一声不吭，不断地向火中丢进去一张张草纸；林若嫣双手合十，脸上挂着两行泪，闭着眼睛一动不动；林若涵手拿着一沓纸在那里读着）

林若涵　　回首我夫妻十个春秋的恩爱之情，我四年来的思念之苦；事到如今却出现婚变，实在匪夷所思。不过既然八匹烈马已拉不回来你，我也只好面对现实了。违逆夫君不是我为人的根本，只要你喜欢、只要你愿意，我万死不辞。所以，我决定了此一生，到另一个世界去会我娘家、婆家的四老，去会我的老奶妈，去会我心爱的孩儿，还有我那一奶同胞的两个妹妹。这样，对己是一种解脱，给你将来也减少了许多麻烦。

林楚威　　（心声）呀！是她娘在对我讲话！是写给我的信。她打算死去！
　　　　　（林楚威立起要冲了过去，可还是克制住了）

林若涵　　不过，我有一事相求——仅仅一事，就是不要亏待、怠慢了两个女儿——可怜的若涵和若嫣。她们从小失去父爱，现在又失去了母亲，实在让人割舍不了。涵儿她爹，看在多年的夫妻情分上，看在她们祖父、祖母对她们的疼爱上，看在她们还算争气的事实上，不要舍弃了她们。她们长大了，会报答孝敬父亲的。糟糠妻兰氏雪绒泣绝。

（林楚威刷白的脸。林若涵读完，瞥一眼母亲，无声地把信递给了雪绒）

（兰雪绒还是一声不吭，将那一沓纸分开来，一张一张地向火中丢去）

（林若嫣俯身磕了三个头，又拿起面前的几张纸）

林若嫣　　太爷爷、太奶奶、爷爷、奶奶，这是娘抄的"结发"诗，今天我们也要把它们烧了去。烧掉以前，我还是要念给太爷爷、太奶奶、爷爷、奶奶听的。一为"结发为夫妻、恩爱两不疑"，一为"而我在万里、结发不相见"，一为"结发同枕席、黄泉共为友"……可现在呢？娘把它们改成了"结发为夫妻、分离两相疑"，"而夫在万里、结发拒相见"，"结发难枕席、黄泉不为友"。太爷爷、太奶奶、爷爷、奶奶，枕席的是你们，为友的是你们。娘已经不是林家的人了，她要跟爹爹同墓穴的愿望达不到了，娘要跟你们告辞了。她说，今天来跟你们磕头烧纸后，她就下堂了！

（雪绒烧完手中的信纸，又从林若嫣手中抽过"结发"诗去，一张张地投向火中。诗抄变成火焰腾空而起。雪绒的眸子随着一片已变成灰的纸屑向上望去）

兰雪绒　　（心声）这灰的纸屑多像我虚无缥缈的命运，会掉落在何方？
林若涵　　娘，走吧。你不是说要避着人吗？乘这时人少，我们赶紧回家吧。

（兰雪绒又向墓碑磕了三个头，携了一双女儿离去）

（叠影：林楚威颤颤抖抖地站起。田小螺那死人般的白脸和鲜血淋漓的衣裤；一片狼藉的家及哭得声嘶力竭的儿子。兰雪绒牵着若涵和若嫣离去，楚威瘫坐在女贞树下。林楚威又站起，伸长脖颈向墓地出口处张望。见到守园人在向兰雪绒她们讲着什么，那娘儿仨转身向这边望了一望，但没有返回来。呆了片刻，她们还是远去了）

外景 / 莲藕塘村口大道 /1943 年 / 夏 / 白天

　　　　　（林湖威背着盒子炮，与一女子合骑一匹高头大马威风凛凛地奔驰）

　　　　　（乡邻们停止劳作，对湖威引颈观望）

乡邻甲　　你们看，林家七少爷得意得很呢！

乡邻乙　　人家为皇军协力，荣升团长啦！

放牛娃　　（唱歌谣）疤子疤团长，骑马挎洋枪。你一枪，我一枪，打他个
　　　　　疤团长！

　　　　　（林湖威恼羞成怒，策马一跃，手中的马鞭抽在了一个锅铲子头
　　　　　的肩背上。那小泥人黧黑的皮肤立马就起了一道紫红的凸棱，一
　　　　　个跟头翻到田坎下，发出了剐人般的哭嚎。牛娃们一哄而散。林
　　　　　湖威冷笑一声，从背后搂了那女人，又在马屁股上甩一鞭子，战
　　　　　马就"得儿得儿"地逼近家门）

内景 / 林怡坤院厅堂 / 白天

怡坤院仆人　（惊慌入）二老爷，好多人围在大门外吵吵嚷嚷。

林怡坤　　什么事？

怡坤院仆人　说是七少爷刚才用马鞭抽打放牛娃娃，挨打娃娃的家人找上门
　　　　　来了。

林怡坤　　（火冒三丈八）你赔三升蚕豆出去，再多说说好话。

仆　人　　是！（出）

卓　氏　　打个放牛娃有什么了不得的？还要赔三升蚕豆出去！

林怡坤　　你知道什么？我们做人要做慈善人，就是敛财也应敛得不显山，
　　　　　不露水。

卓　氏　　嗯。

林怡坤　　再说湖威给日本人干事，是要遭天打雷轰的！我们自己都深恶痛
　　　　　绝，何况乡邻们。众怒难犯啊！你还记得民国十五、六年间的农
　　　　　友会？

卓　氏　　啊，对，对！

内景 / 林鄂威小院厅堂 / 白天

　　　　　（林鄂威、林湖威、林若苏和湖威带回来的那女子闲坐）

林鄂威　　　七弟，你在这吃也吃了、喝也喝了，（斜一眼那女子）你回自己的院儿里去吧。再说也不去给爹娘请安，像个什么话！

林湖威　　　我那院儿里的婆娘有什么看头？爹娘那里我也不想去，去了就是挨训！

林鄂威　　　那你就在这儿待着吧。（拂袖而去）

第二十七集

内景 / 林鄂威小院厅堂 / 晚上

林湖威　　（入，对厌烦地写毛笔字的若苏）我们三个人一起出去骑马、兜
　　　　　　风好不好？

林若苏　　好！好啊！（乐极，可又哭丧着脸）七叔，不行啊，今天爷爷打
　　　　　　我手板心了。

林湖威　　为什么？

林若苏　　要我抄《增广贤文》，我没抄就打我。要是今晚还不抄完，那明
　　　　　　天板子就上屁股了。

林湖威　　（皱皱眉）什么破"贤文"，拿我看看。

林若苏　　（眯眯笑）看什么呀，七叔你帮我抄嘛。

林湖威　　好哇——（戏弄他）我给你抄，你给我打扇。

林若苏　　打扇就打扇！（忙摆好纸墨笔砚，把湖威推过去坐下）

林湖威　　打扇啊！

林若苏　　七叔，你只管抄，我只管扇，保你凉凉快快的。

林湖威　　多的不要扇，只一千下就行了。

林若苏　　可以！（湖威假装写字。若苏站到湖威的身后十分认真地打扇）一、
　　　　　　二、三、四……（湖威舒坦地入睡）九百九十七、九百九十八、
　　　　　　九百九十九（用最大的力气扇一下）一千！七叔，抄了多少了？
　　　　　　我扇了一千下了！（湖威不应，张着嘴，涎垂下来。若苏生气地
　　　　　　推醒他）你怎么能睡觉？你怎么能糊弄人？（欲哭）明天爷爷要
　　　　　　打我了，又要骂我朽木不可雕了。

林湖威　　（摆摆头、眨眨眼，醒过来，把纸一推）什么朽木、精木的，抄
　　　　　　那些东西管屁用！爷爷要打你，你跟七叔到城里去，包你吃得快活、
　　　　　　玩得快活。

林若苏　　（惊喜）真的？

林湖威	七叔从来就没像你大伯、五叔、六叔、八叔、九叔他们那样念过书，可比他们过得快活多了。怎么样？你愿不愿意跟我去？
林若苏	真的能跟你到城里去？光玩不念书？
林湖威	只要你愿意。
林若苏	那有什么不愿意的！
林湖威	你要是跟了我，和我一起住也行，我还给你派勤务兵照顾你；要不和我一起住也行，随你到哪儿去。
林若苏	我不相信有这么好。
林湖威	这还不算好呢。我可以带你去很多好玩的地方。到戏院儿里去看戏，泡酒楼、坐茶馆、逛窑子……
林若苏	窑子有什么好？不是石灰就是砖瓦。我要去看戏。
林湖威	看戏当然好，逛窑子更好。这个窑子不是烧窑的窑，是妓女住的地方。
林若苏	你说婊子婆娘？
林湖威	哎，不能说婊子婆娘，那多不雅呀！
林若苏	雅的怎么说？
林湖威	应该说"花魁粉头夜度娘"。
林若苏	花魁粉头夜度娘。
林湖威	她们可好啦。歌唱得好听，舞跳得好看，样子好玩。刚洗完澡出来，穿着华丽的衣服，像花一样的鲜艳；进门出门都不做声，媚人地飘来飘去。男人们完全被迷住了，感到痛苦的是离开她们，最快乐的是和她们新相好的时候。
林若苏	你去和她们相好关我什么事？我要看戏、骑马、打枪……
林湖威	都可以。我还要带你去看人家赌钱、抽大烟、枪毙人，什么都有……
画外音	砰——（一声门的巨响，闯进林怡坤和谭金簪）
谭金簪	（叉了腰破口大骂）你这个短阳寿的爬虫王八蛋！自己为非作歹、鱼肉乡里、吃喝嫖赌抽五毒俱全还嫌不够劲，现在又来教唆我们苏儿！他才十岁呀！茅草尖尖才出土，你就把他往那邪路上引，你是人还是畜生！

林怡坤	（更是气大）老子不管你是团长、还是什么鬼长，下午害老子赔了三升蚕豆出去，还要低三下四地给那些人赔笑脸；现在吃驴肉、发马疯又来给苏儿灌输这些吓人的勾当。将来的林家就看苏儿的戏了，这样一学下去还有好的？你这个混世魔王！鳖羔子！（抢了扫帚劈盖脸地打过去）
怡坤院仆人	（慌慌张张跑入）老爷，老爷！四少奶奶与人通奸，已经被捉住，现押在上房里。太太叫您快快回去。（怡坤的扫帚停在半空，所有的人都惊呆）
怡坤院仆人	老爷，快走吧。太太等着您回去发话！（怡坤扔了扫帚，与来人匆匆离去）
林湖威	哈哈，四嫂红杏出墙，有这等奇事！（一下子活了，呲着金牙，学着京剧里生角儿走的八字步，一跶一跶地摇过来）二嫂，好好教训教训你自己的爬虫王八蛋吧。嘿嘿……骚娘，我们走！
骚　娘	（画外音）哎——（另间屋闪出"骚娘"）

内景 / 穆氏院厅堂 / 晚上

兰雪绒	（提着香篓儿，对女儿）涵儿、嫣儿，娘去去就来。你们哪儿也不要去。
林若涵、林若嫣	哎！（兰雪绒出）
林若嫣	娘是不是看四娘去了？
林若涵	是的。四娘昨天晚上被人捉住了，现关在祠堂里，被判了要沉塘。
林若嫣	啊？我怕！（林若涵赶紧抱住若嫣）

外景 / 林氏祠堂门外 / 晚上

族丁甲	（与族丁乙把守着大门，见了兰雪绒走来，上前拦住）嫂子，你要干什么？
兰雪绒	两位兄弟，我想看看霍氏。
族丁甲	嫂子，不要怪罪我们不认人，您现在已经不是林家的人了，外姓人是不能随便进出本家祠堂的。再说里面还关了一个淫妇，我们实在不敢放您进去。
兰雪绒	（递上两块钱）两位兄弟，求求你们，我和她妯娌一场，只是看一眼，

并无他妨。

族丁甲　　（两族丁见钱眼开，对族丁乙）怎么样？

族丁乙　　念及嫂子往日的好，她又说得诚恳，谅也不会助了霍氏逃跑，就让她进去吧。

族丁甲　　好，早点儿出来。

内景 / 林氏祠堂黑屋 / 晚上

兰雪绒　　（入，黑屋里的稻草堆上，蜷着霍修墨）涵儿她四娘！（霍修墨动了一下）

兰雪绒　　（坐到草堆上）你怎么了？

霍修墨　　没怎么。好好的。

兰雪绒　　到底出了什么事？

霍修墨　　没什么事。

兰雪绒　　你吃点东西吧。我带了些饭菜来。

　　　　　（霍修墨饿急，接过饭碗来不停地往嘴里扒，饭粒儿掉一地）

兰雪绒　　（等她吃完，接过空碗）她四娘，能告诉我这到底是怎么回事吗？（修墨长出一口气）如果你还相信我，就跟我讲心里话。我虽已不是你大嫂了，但我是女人！

霍修墨　　女人！

兰雪绒　　你真的与我生分了？

霍修墨　　与生分不相干。

兰雪绒　　我们以前憋得慌的时候，是愿意相互交谈的。我想，你从来就是恪守妇道、品行端正的人，怎么会发生这样的事呢？里面会不会有什么误会？

霍修墨　　误会！

兰雪绒　　捉贼拿赃捉奸拿双，哪有你与人通奸没有奸夫的道理？那人是谁？你怎么不申辩？

霍修墨　　申辩！

兰雪绒　　好了，我也不问了。有这事，你是愿意的；无这事，你是冤枉的。如是你愿意的，那我无话可说，人讲"死在牡丹下、做鬼也风流"，

可你风流在哪儿啊！年纪轻轻的就像个枯老婆子！如无这事儿，
你给人垫背，或是遭人陷害，就是冤枉。

霍修墨　　垫背！冤枉！

兰雪绒　　窦娥喊冤六月下大雪，你呢？眼见得要沉塘，但你不申冤，谁也
　　　　　救不了你。好了，她四娘，我也算尽了心了。我们妯娌姐妹一场，
　　　　　其实在去年彼此的缘分就已绝了；今天，我只是作为一个女人、
　　　　　一个受苦受难的女人来看你。既是这样，那我走了。涵儿她们还
　　　　　在家等着我呢。（收拾碗筷放到香篓里，要起身却站不起来。原
　　　　　来霍修墨紧抓着她的衣裳下摆不让她走。她又坐下了，但已没了
　　　　　话说，只是怔怔地望着黑暗中的这个苦人儿）

霍修墨　　（轻轻地）大嫂！

兰雪绒　　（也轻轻地）嗯——

霍修墨　　不是我不想说，只是我……（哽住）

兰雪绒　　说吧，慢慢说。我知我帮助不了你，只是想在你死之前，让你有
　　　　　个说话的人陪你一会儿。你说吧。

霍修墨　　大嫂，我要是说了，就会害了另外一个人！

兰雪绒　　那个男的？

霍修墨　　不是的。

兰雪绒　　果然你是冤枉的！给人陷害了？给人垫背了？

霍修墨　　你要答应我不讲出去，我就说给你听。

兰雪绒　　你以为我是长舌妇？

霍修墨　　不是这个意思。我是说，因为你也疼着那个人。如果我告诉你了，
　　　　　你一听她要被沉塘，就会很着急，一敞出去，她命一定保不住！

兰雪绒　　她是谁？

霍修墨　　你要先答应我！

兰雪绒　　我答应你！

霍修墨　　你要是憋不住，说了出去，将来她死了，我也还是会死的。

兰雪绒　　啊！我的老天爷呀！我都不敢往下听了！

霍修墨　　大嫂，还要我告诉你吗？

兰雪绒	（长出一口气）告诉我吧，我要解开这个谜。
霍修墨	那人是三嫂！
兰雪绒	涵儿她三娘？夏仪灯？！
霍修墨	是的！
兰雪绒	这是怎么一回事？与她那表哥吗？
霍修墨	是的！
兰雪绒	那怎么又把你捉住了？
霍修墨	刚好给我撞见了。
兰雪绒	给你撞见了？在什么地方？
霍修墨	花园的假山那里。
兰雪绒	我的天哪！到底出事了！
霍修墨	是这样……

闪回

外景 / 林宅花园假山处 / 晚上

（霍修墨独自走着，传来悄悄讲话声，她立定在原处观望）

夏仪灯	（哭）哥，这往后的日子怎么了断才好？我肚子里已经有孩子了！
夏表兄	（惊）啊？你说什么？
夏仪灯	（哭哭啼啼）只有把胎儿打下来了。
夏表兄	不行！怀的是我的孩子，也是我家的一条根；我没了内人，迟早要想办法把你接进家去的。
夏仪灯	可来不及啊，瓜熟要蒂落、皮纸包不住火怎么办？
夏表兄	我这几天就住在镇上，每晚来与你见面，会想个好办法的。（两人紧搂痛哭）
老仆妇	（忽然地从两人中间插进去牢牢抓住他俩）来人哪！捉奸哪！这里有人养野汉哪！
夏表兄	（焦急地）你快走！快点儿！（夏仪灯挣脱了,从霍修墨面前跑过去）
老仆妇	（更是大喊）快来人哪！花园里有奸夫哇！快来呀，捉奸哪！
	（远处有人向这边跑来。夏表兄抡了拳头把老仆妇打倒在地，也从霍修墨面前跑了过去。老仆妇在地上扭动着爬不起来，霍修墨

见状上前搀扶）

老仆妇	（抓住修墨）跑得了奸夫跑不了淫妇！这种伤风败俗的事，打死我，我也不能不管！
霍修墨	（吃一大惊）不是我，刚才不是我！
老仆妇	怎么不是你？（箍住修墨的手腕）刚才明明就是你，抱了那个野男人哭。那个野汉和你亲嘴，说是住在镇上，天天晚上来看你，要想个好办法。什么好办法？不就是在家偷人，外出私奔？！（灯笼火把一齐围了上来）

内景／林氏祠堂黑屋／晚上

兰雪绒	能不能想个两全其美的办法，既保住了三弟妹，又保住了你？
霍修墨	没有这样的好办法。他们对我，正好处死而后快；况且我也活腻了，好没意思的，不如一死了之。
兰雪绒	可是——
霍修墨	还有，他们问我奸夫是谁，我好歹不开口，他们就把我没办法。可如果牵扯到了三嫂，她那表哥也必死无疑。他家还有个无娘的孩子呢，三嫂肚子里又还有个没生的孩子呢。
兰雪绒	那你就这样干等着死吗？
霍修墨	我活着跟个死有什么两样？
兰雪绒	可你这样的死，和你百年以后的寿终内寝不一样啊！雁过留声、人过留名，我们辛辛苦苦地劳碌一生，这也讲究、那也顾忌，拿了自己的皮肉身心吃苦为哪般？就为留个美名在人间。
霍修墨	我也想留美名，可是——
兰雪绒	你现在，清清白白的一个人，一下子成了破鞋，还要被族人处死，还要写到族史上去、让子子孙孙讲下去，你划得着吗？
霍修墨	（流下泪来）大嫂，这些事我也想过了，这一天一夜我想了很多。本来我是打算封了我这张嘴，把秘密一起带到塘底去的，可现在见了你，我还是忍不住告诉了你。一是我相信你，确实要找个人说说话；二也是想让你知道事实真相。
兰雪绒	嗯！

霍修墨	大嫂，你一定帮我记住，林家的四儿媳、林荆威的结发妻子是对得起祖宗的！如果三嫂及她表哥百年了，你可以把事实告诉后人；如果你在他们前面仙逝，可给涵儿和嫣儿讲一讲，她们是林家的姑娘，会给四娘昭雪的。
兰雪绒	她四娘！
霍修墨	我现在死了，百无遗憾，心中唯一不安的是，对不起生我、养我的爹娘。爹娘对我抱有很大的希望，可生下地不是个儿子、又豁了唇，对他们打击很大。
兰雪绒	但是，他们没有嫌弃你啊，照样爱你，还教你学了那么多的知识。
霍修墨	是的。嫁到林家来，虽是丈夫不肯理我，却也不曾作贱我；我呢，尽忠尽孝、恪守妇道，也算对得起他。跑日本的时候，为了救全家，我遭了那么大的害，给娘家丢人、给婆家丢人、也给我们女人丢人。
兰雪绒	那都是野兽们害的，连你公公、婆婆和丈夫都没有因此撵了你。
霍修墨	是啊，我心足了！可事到如今，我鬼使神差地跑到花园里撞见这种事，要李代桃僵，我也认了。本来我这条命就是捡回来的。日本人没整死我，是阎王爷忘了在勾魂簿上划上一笔；后来我又死过几次，却总是掉不了气。
兰雪绒	唉！你命大，这次也许还能躲过一难。
霍修墨	（摇头）不会了。这次要替三嫂去死，其实，我觉得也值得了，总是一种悲壮的。只是死后我那来收尸的娘家人脸上实在无光，真对不起他们！
兰雪绒	是啊！
霍修墨	六弟妹死后，她娘家送了"看我门楣"的横批来。那么我死了呢？也许他们来都不会来，随便由了哪个人把我的尸首扔到乱坟岗上去喂野狗。或是来了人呢，也是三更半夜地像做贼似的把我裹了往车上一丢，赶着就跑。好了，不说这些了。人死了，两眼一闭，什么也不知了。
兰雪绒	乱坟岗子！太可怕了！
霍修墨	是啊，我原想，丈夫把我丢这里出去谋生，我也认了。只想在这

里无声无息地度完一生，归葬到林家祖墓里，也算是不错的。尤其是见了大嫂你现在的状况，更是感慨万端。

兰雪绒　　唉，女人！

霍修墨　　可现在，我更是认了。大嫂你是给林家做过那么大贡献的人，都不知将来魂归何处，何况我呢？这就是命！你说过，女人的命都不好，女人都是苦的！

族丁甲　　（画外音、敲敲门）喂，时间不早了。嫂子你该走了。

兰雪绒　　（对外）哎，马上就走。（又对修墨）我走了，回去想想办法。

霍修墨　　什么办法都不消想得，就这样了。（又压低声音）弟媳唯一求你的，就是不要说出三嫂的话，那样我死得也心安。

兰雪绒　　别讲了，我先回去了。（按了按霍修墨的手，提了香篓儿站起来）

第二十八集

外景 / 穆氏院 / 夜晚

林若涵　　（兰雪绒推门入，若涵迎）娘，三娘来了。

兰雪绒　　啊？哦！（与女儿向厅堂走去）

内景 / 穆氏院厅堂 / 夜晚

　　　　　（夏仪灯红肿着眼睛、憔悴不堪地在那呆坐。兰雪绒与林若涵入）

兰雪绒　　噢，三弟妹来了？涵儿，你到房里去教妹妹扎袜底，今晚要把倒
　　　　　针学会，就扎万字花。点上洋油灯，亮些。

林若涵　　哎，妹妹，走吧。（与若嫣进里屋。雪绒坐到夏仪灯对面）

兰雪绒　　我刚才到祠堂去了一趟，事情都知道了。

夏仪灯　　大嫂！我该怎么办哪！（扑到雪绒身上痛哭，雪绒捋她的头发）

兰雪绒　　（待她平静些）涵儿她四娘把一切都承担过去了，现在是要当着
　　　　　族人的面公开处死她。但她不让把你说出去，我也答应了她。看
　　　　　来要救她是难了。

夏仪灯　　我知道我是犯了天大的错。

兰雪绒　　是啊，眼看着四弟妹要为你赴死，你却还不能自首。你只要往外
　　　　　一站，必死无疑，肚里还有一条命！

夏仪灯　　再说相好是我表哥，这在好多年以前，就被老太太怀疑过，这回
　　　　　出了这事，他也一定逃不脱。

兰雪绒　　另外，四弟妹这次为你担担子，即使事实查清了，二娘也不会放
　　　　　过她的。搞得不好就是四五条性命！

夏仪灯　　我可怎么办啊！大嫂，如果我能以死换回平静，我一定速速死去！

兰雪绒　　无济于事。刚才我俩说的，也就是涵儿她四娘说的。她还说，你
　　　　　死了她还是会跟着死去的。再说我答应过不把话敞出去，所以现
　　　　　在既不能劝你，也不能阻你。

夏仪灯　　我一开始就错了，现在是越错越大。大嫂，你是过来人，曾经与

大哥是恩爱夫妻，那个两相情爱的滋味你一定比我体会得深；可现在分开了，你的克制力又比我强，这是我比不上你的地方。

兰雪绒　　人为自己活着。可往往更多的时候，是要受到自身以外的各种牵制和限制。谁不想为所欲为？可那行吗？

夏仪灯　　我和我表哥是从小就好的，爹娘强行把我俩分开了；我们彼此相思十几年、又努力克制十几年已不易了。孝威又只那样，表嫂又死去多年，我们怎么就不能成亲呢？天老爷偏不怜悯人。

兰雪绒　　这就是牵制和限制！

夏仪灯　　只要心相会，铁棒打不分，过年的时候我回了一趟娘家，见了表哥，再也不愿分开，就出现了那样的事，还怀上了毛毛。我做梦都在想孩子，可现在有了孩子又吓得要命。

兰雪绒　　是啊！哪个女人不想有自己的孩子！

夏仪灯　　表哥来了，我就是想告诉他这件事的，就给人抓住了。我跑掉了，表兄也跑掉了，可好心的四弟妹又去扶那个多事的人，结果那人就逮住了她不放。唉，阴差阳错怎么会有这么多的差错啊！

兰雪绒　　这样吧，我们明天再去看她，再想办法求求三娘和四弟。我想到日本人那样的残害四弟妹，三娘和四弟都忍了、没把她除了去，现在虽是有了这样的恶名，也许他们还会发发慈悲，到族长和二叔、二娘面前求着饶她一命。

夏仪灯　　就是把四弟妹休了去也好哇，反正她这样跟个休了的一样。总是保了一条命的，只要能活过来，以后什么都好说。

外景／林氏祠堂门前／晚上

　　　　（远景：兰雪绒和夏仪灯提着准备的饭菜，走到大门前，族丁拦住。她二人求情、递钱，族丁放她俩进去。以上有形无声）

内景／林氏祠堂黑屋／晚上

　　　　（黑暗中雪绒、仪灯、修墨围坐在稻草堆上。仪灯哭泣，修墨狼吞虎咽地吃饭）

兰雪绒　　涵儿她四娘，慢慢吃，莫噎着。我们已经带信到三娘和四弟那儿去了。你别着急，可能会有救的。

夏仪灯	四弟妹，我对不起你！
	（画外音嘈杂的说话声、脚步声，越来越近越来越大。三人听了慌作一团）
霍修墨	啊，这里！这里！（丢了碗筷，手指墙角处靠着的柯子柴。兰雪绒和夏仪灯忙提了饭篮子躲到里面。霍修墨将她们遮好，涌进很多人来）
族丁乙	应族人要求，族长决定今晚将淫妇处死，以免夜长梦多，也免了劳民伤财要人守。把霍氏修墨带出去！（数健壮族丁上前拉起霍修墨，将其带出去）
兰雪绒	（柴柯缝隙中露出惊恐的眼睛）啊，三弟妹，四弟妹要被处死了！
夏仪灯	老天爷啊，饶了我们啊！（两人推开柴柯，爬出来往外冲）

内景/林氏祠堂黑屋外/晚上

（兰雪绒和夏仪灯发了疯地冲出来，两族丁不顾一切地阻拦）

族丁甲	我的女菩萨哎，你们想死待会儿再去死吧！
族丁乙	可不要害得我们也去做水鬼呀！（兰雪绒和夏仪灯放声大哭）
	（两族丁上去啪啪两下就把夏仪灯打昏了过去）
	（兰雪绒不用打，那腰疼病又犯了，早直挺挺地倒在了地上）

外景/林氏祠堂门前/晚上

（火把通明，霍修墨被装进藤条编的筐子里。族人们聚拢来）

族 长	淫妇霍氏修墨还有什么说的？
	（霍修墨紧闭了双眼不动。族长一挥手，过来两壮汉，抬起筐子走到池塘边上）
两壮汉	一、二、三——
	（藤筐被高高抛起，又重落下去，哗啦一声巨响，水花溅起老高，又四散开来，那筐沉入水底；咕噜噜一阵气泡鼓过以后，一切都归于平静）
族 长	明早用抓钩把筐捞起来，抬到后岗上刨个坑把她埋了。
两壮汉	是——（看热闹的族人把池塘团团围住，议论纷纷）

族人甲	跟人通个奸就沉塘，太野蛮、太残忍了些。
族人乙	（悄悄抹眼泪）一个女人家，何必呢？
族人丙	就是该这样，女人是祸水，没有她们的有伤风化，国家何以会如此多灾？引得日本人都打进来了。
族人丁	嗨，依我看哪，这么个处罚法还太不过瘾，人往水里一丢，一点儿也不刺激，应该是铡头、应该是五马分尸，最好是烧死。
族人戊	对！就看那个人头落地、看那个人被扯成几半截、看那个人在火中扭动，才叫有劲！才叫过瘾！

内景 / 林江威院卧房 / 黑夜

（林江威躺床上，翻来覆去睡不着。夏仪灯披头散发，鬼魅般潜入）

林江威	你到哪儿去了？这半夜的。（无回应）唉，四弟妹也死了！可怜她的！怎么就要去偷野汉子呢？（夏仪灯仍不吱声，打开箱柜找东西）

外景 / 花园假山处 / 黑夜

（夏仪灯背着包袱悄悄行走）

外景 / 花园后门处 / 黑夜

（夏仪灯走近，四处望望，上前悄悄地、无声地拨动门闩）

外景 / 村大路上 / 黑夜

（夏仪灯独自疾走）

外景 / 蕲水镇码头大树下 / 黎明

（夏仪灯独自等候，夏表兄从另一方向跑来。两人合拢，拥抱）

外景 / 蕲水镇大道茶亭外 / 早上 /

（一辆马车停靠在路边，夏表兄搀扶夏仪灯上车）

外景 / 大道上 / 白天

（载着夏家表兄妹的马车疾驰）

外景 / 莲藕塘村庄 / 晚上

（人声嘈杂，火把光飘动。打着火把的簇丁甲和族丁乙在列）

族丁甲	找到了？半个月了吧？
族丁乙	半个月了。四少奶奶被沉塘的那天夜里她就不见。

族丁甲	她现在在哪里？
族丁乙	枯风寨附近。
族丁甲	啊？那不是离青蛇镖不远啊？
族丁乙	他们没入土匪伙。就两个人在一起。
族丁甲	他们？还两个人？还有谁呀？
族丁乙	他表哥呀！你不晓得吧？她一直和她表哥私通！
族丁甲	哦——

外景/村大路上/晚上

（火把成队形移动。后离开大路，分为几支向小路移动）

族丁甲	要是抓到了她，会把她怎么样？
族丁乙	那只怕不会轻过四少奶奶的沉塘哦。
族丁甲	林家的脸真让她们丢尽了！

外景/山上岩石下/早晨

夏表兄	（破被烂絮露宿的夏氏表兄妹醒来）妹——
夏仪灯	（哭）我饿！

外景/农家园田旁/白天

（夏表兄溜进一玉米地，偷掰玉米。农家狗吠叫起来）

农家主人	（画外音）来人啦，有人偷庄稼哪！（夏表兄吓得玉米掉地上，赶紧逃离）

外景/山上/白天

（林氏族人在山上搜寻。另座山腰冒起一股烟）

族人丙	（发现，手指着那里）看，那里有烟子，有人！
族人丁	快追！

外景/山上岩石下/白天

（三块石头形成灶，灶上一瓦罐。夏仪灯蓬头垢面地趴在地上，使劲地吹那浓烟滚滚的火。夏表兄气喘吁吁地爬上山来，一把拉住夏仪灯）

夏表兄	快！快跑！林家人追来了！
夏仪灯	啊？（惊骇地站起，四处观望，果见不少人向这边撺来）

夏表兄	快跑！
众族人	站住！不要跑，站住！（夏氏表兄妹逃窜，族人呐喊、追赶）

外景/山野/白天

（夏氏表兄妹逃窜，族人呐喊、追赶。变换不同的山包和山势）

外景/山顶/悬崖边白天

夏仪灯	（跌跌撞撞地奔跑着，上气不接下气）哥，我不行了——
夏表兄	妹——
夏仪灯	哥，你快跑吧！他们抓的是我！
夏表兄	不！我不能丢下你！
夏仪灯	家里还有孩子，你不能为我……（话还没说完，族人围上来。他俩被逼着往后退，再回头，就到了悬崖边上）各位族兄族弟、老少爷们儿，我夏仪灯一人做事一人当！犯了错，随族长怎么处置我都行，只求你们放过我表兄。
族人丁	不行！奸夫淫妇，伤风败俗，不惩治何以治族！
族人戊	放过？说得轻巧！先在祠堂门外示众七天，让十里八村的人都来看看偷人养汉的下场，再慢慢让你们在那里饿死！
族人甲	说那么吓人干什么？带回去交差就行了。
族人丁	就你啰唆！上！（众族人上前围拢过来。夏氏表兄妹步步后退，已没退路）
夏仪灯	哥——我走了！（纵身跳下悬崖，夏表兄急得去拉她）
夏表兄	妹——（拉住了她，却被带着一起坠落了下去）

（族人们蜂拥至悬崖边，望着炫目的崖底，各自表情复杂）

外景/蕲水镇码头/1943年/初秋/白天

（码头上走来兰雪绒和林若涵、林若嫣，小姐妹已长成了小大人）

（郦兰和冯冰儿从另一个方向走来。郦兰打着油纸阳伞仍是楚楚动人，冯冰儿已快与她同高了。蕲河里满是下游开来的商船和上游放下来的木筏和竹排。伙计们在跑上跑下地忙着装货卸货；船工和排工们在划拳喝酒；码头的石坎上是一大群姑娘媳妇在漂洗衣物床单，棒槌声笑闹声此起彼伏）

冯冰儿　（为之心动）娘，我想到竹排上去玩一会儿。

郦　兰　（犹豫了一下）好吧，不要跟别人交谈，只到排上去站一站。

　　　　　（冰儿雀跃般地来到竹排上，又新鲜又紧张，还有些头晕。排的最下端码着一张张的簸箕，柳水儿用竹刷刷洗着。水儿身着花布衫，一根又黑又粗的长辫直垂到衣裳下摆。冰儿没有认出他来，试探着撩水洗了一把热烫的脸）

男娃们　（画外音）哦——嗬——（河边高坎上，传来一阵童稚的、欢快的长啸）

　　　　　（冯冰儿扭过头去，七八个小男娃娃齐刷刷地站在坎边上，扒下肥裤腰，恶作剧地向下撒尿。冯冰儿哪见过这种阵候，一紧张，跌进河水里去了）

郦　兰　（站在高处将这一切看得真切，吓得跌倒在地上）啊——救命啊！快快救人啊！

　　　　　（男娃娃们的闹剧、冯冰儿的落水、郦兰的呼救，引起了蕲河上下的一阵骚动和喧哗。柳水儿抬头见排的上游漂来一个人，在水中扑腾着，时沉时浮）

柳水儿　（丢掉竹刷，扎进水中，将冰儿救到排上，见是冰儿，十分惊愕）冰儿！

冯冰儿　（睁开眼认出水儿，拉了她的手就哭）水——儿！

柳水儿　（又急又怕，望望四周）别哭了，别人都看着我们呢。走吧，你娘在岸上等你。

　　　　　（冯冰儿软弱无力，柳水儿只得拉他起来，搀扶着往岸上走。一河的人都望着他俩，望着两个湿淋淋的人）

一媳妇　阔人家的少爷有吃有喝养不壮实，风不吹就倒。

男娃们　没羞！没羞！小子还得丫头救！没羞！没羞！小子还得丫头救！

柳水儿　（扶冰儿上坎，郦兰搂了冰儿哭。冰儿嘤嘤着）快回去吧，给他把衣服换了。

郦　兰　（止住哭，心疼地摸水儿的湿衣服）好姑娘，真谢谢你！你也回

<table>
<tr><td></td><td>去换衣服吧。</td></tr>
</table>

冯冰儿　　（见水儿不理郦兰，转身要走）姐姐……

　　　　　　（水儿回头看冰儿一眼，朝河中的簸箕走去。玉来从另一方向朝这边走来）

林若涵　　娘，你看，她是水儿。

林若嫣　　哦，水儿真能干，救人了！

林若涵　　（手做喇叭状）水——

兰雪绒　　（忙拦住了她）别叫！

林若嫣　　（着急）娘，我们要问他收没收到我们给他新带去的字。

兰雪绒　　你们看，她爹爹来了。我们最好别见他。开船还要一会儿，我们先去吃了饭再来。快走吧。（一乘轿子疾走而来，轿帘掀开处露出任梓茗的脸）

任梓茗　　（对轿夫）跟着涵儿她们走！

内景／蕲水镇餐馆／白天

任梓茗　　（入，目光搜索兰雪绒，见到母女三人）大嫂！

兰雪绒　　啊，涵儿她七娘，你怎么来了？

林若涵、林若嫣　七娘！

任梓茗　　（应着小侄女）哎！我来送送你们。

兰雪绒　　真难为了你！

任梓茗　　四嫂死了、三嫂也死了，你们又要走。我真舍不得你走！

兰雪绒　　唉！你也知道，我们不能再住在那里了，要搬到城里去。

任梓茗　　是啊，那地方实在叫人心酸！

兰雪绒　　再说，也是为了涵儿她们上学方便。她们都大了，光靠我教的那些诗书已经不行了，和秋池妹妹说的一样，女孩子也应该多学点各种知识。

任梓茗　　（抹泪）现如今投缘的妯娌里，四人死了两个，又要搬走一个。

兰雪绒　　是啊！就算不是为了两个女儿上学读书，我也还是要走的。往日有她们两个在，大家好像还好过一些，现在这个样子，实在不是我住的地方。再说过个几年了涵儿和嫣儿一长大，许个婆子往人家一抬，我这个外姓人也还是要走的，晚走不如早走。

任梓茗　偌大一个林家庄园，就剩下了我这个最小的媳妇。每日里看着公公、婆婆、伯子、嫂子脸行事，受了丈夫的气又还没地方说，叫我怎么过哟！

兰雪绒　我比不得你。你日子再不好过，也还是二娘自己的儿媳。虽然有些看不惯、虽有些刁难，却还不至于往死里整。（两闲汉入，边走边聊）

闲汉甲　当天夜里，林家三少奶奶就失踪了。

闲汉乙　失踪了？

闲汉甲　是的。林氏族人到处找，哪儿找得到？一直到半个月以后，有人在枯风寨附近的山上见到夏氏，和一个男的在一起。

闲汉乙　（两人在另一桌边坐下）那男的是谁？

闲汉甲　鬼晓得！族人们集合起来了去包围，撵了几架山，终于把她和那个男的逼到了一个悬崖边上，他俩就一起跳下了深谷。

闲汉乙　真的？

闲汉甲　那还有假的？几天后有采药的人在断崖半腰中看见了他们的尸骨，摔得稀稀烂！

闲汉乙　还有这样的事啊！

闲汉甲　林家的风波闹得四处沸沸扬扬，你还不知道？

闲汉乙　不知道。（林江威入，站门口四处望望，向兰雪绒这桌走来）

闲汉甲　别说了。林家三少爷来了。

林江威　大嫂、涵儿、嫣儿，哦，七弟妹！（面露尴尬神色）

任梓茗　（也尴尬地）三哥！

林若涵、林若嫣　三叔！

兰雪绒　涵儿三叔来了？

林江威　哎，来了！我刚才听人讲看见你们往这边来了，特来送送。你们不是要进城去吗？

兰雪绒　是的，那谢过三弟了！（饭菜上来）三弟、七弟妹，我们一起吃饭吧。

林江威　谢过大嫂！（入座）待会儿我去租船。

兰雪绒　　不用了。现在比不得从前，万般要用钱，什么都得省着花。

林江威　　那怎么走？

兰雪绒　　我们乘坐那只专门载人的大木船就行了。

第二十九集

外景 / 蕲水镇码头 / 白天

  （兰雪绒三人上到大船上，与岸上的江威、梓茗挥手告别，船渐渐离岸）

  （郦兰也上了这条船，身旁是已换了衣裳的冯冰儿）

  （她娘儿仨打量着那母子俩，那母子俩也在暗中窥觑她娘儿仨）

外景 / 蕲城县城关兰宅外 / 白天

  （兰宅门上打着封条、墙上贴着布告，很多人围观）

兰雪绒 （与女儿上前观看，问一老者）这位老伯，兰家出了什么事？

老　者 兰老爷被日本宪兵队捉去了，说是通匪。

兰雪绒 （吃一大惊）啊！

老婆婆 还有哦，他家少爷在路上看见了被押着的爹爹，拼死命追赶，被日本兵"叭勾"一枪当了活靶子。

老　者 兰太太也被赶出家门，前日死在江边了。

老婆婆 唉！这家人真可怜！

老　者 这幢房子现在已经查封了，过几天就要变卖了去。屋内值钱物件儿早就被抄走、抄光了。（兰雪绒倒在地上）

内景 / 蕲城县一旅馆房间 / 晚上

  （病中的兰雪绒躺在床上，林若涵和林若嫣陪着她）

林若涵 娘，过两天卖房的日子就要到了，您不是说，想把咱们家的房子买下来的吗？怎么样了啊？

兰雪绒 那是我们兰家的祖业啊！我肯定想买。可是，兰宅太大了，日本人又把价抬那么高，我们买不起啊。

林若嫣 我们不是有钱吗？打算寻找爹爹的盘缠钱。

兰雪绒 那点钱哪够买下兰宅？我昨天软磨硬缠地求他们，将着钱有多少买多少地购下几间屋。

林若涵	那不是有些屋不是我们的了？
兰雪绒	没办法啊，日本人太坏了！抢了我们的屋，又要我们拿钱去买回来。
林若涵	（咬牙地）日本狗强盗！
兰雪绒	还有两个人，一个想开旅馆、一个想开商铺，可他们都买不下兰宅的楼院，就合伙分了买。我就和他们商量着，分了小部分给我们。开始他们不愿意，加我们一家进去不好办。我求他们，他们就答应了。本就是我们兰家的宅子，他们心里也过不去；再加乡里乡亲的，面子上磨不开，也就应了。
林若涵	我们要了哪几间？
兰雪绒	宅子最边上的几间。
林若涵	哦。
兰雪绒	在里面把和旅馆相隔的房子用砖堵死，另在宅外开个门，就独成一体了。
林若涵	那就好！
兰雪绒	最方便的，是前面有块场地、有口水井，一头临街、一头和伸到江里去的石阶相连。这是我们家当年做生意时，为了方便上下货物专门修建的小码头，唉！想不到今日已换作了他人姓了！
林若涵	娘，我们有了房子就好说了。总有个住处了。
兰雪绒	可是，你们没钱上学了哇。
林若嫣	那我们在家里先学着，还是娘教我们。
兰雪绒	不行！等秋收了，我身体好些了，就回莲藕塘收些租子回来，好让你们上学去。

内景 / 林怡坤院厅堂 /1943 年 / 秋 / 白天

（林怡坤、卓氏坐桌两旁，兰雪绒恭立一边）

卓　氏	涵儿她娘，你租子收了吧？
兰雪绒	涵儿她二爷爷、二奶奶，我这次回来，收了些租子。
卓　氏	找我们还有什么事吗？
兰雪绒	我没法把它们肩挑背扛运到城里去。还望涵儿她二爷爷、二奶奶

帮我把粮食收购了。

林怡坤	我们又不是粮行的，收那些粮食干什么？
兰雪绒	行行好！
卓　氏	我们自己的粮食还等着换现钱呢，总不能我们先给你垫钱、再去给你卖粮食，又把自己的沤在家里占地方吧？
兰雪绒	实在是涵儿她们指望着拿这些钱去上学！
林怡坤	好吧，看在涵儿她们两个姑娘的份上，收了你的粮，不过——
兰雪绒	二爷爷请讲！
林怡坤	价钱你自己凭着良心定。我想你不至于让我们帮你收回了租，又购你的粮，还替你贴钱吧？
兰雪绒	（忍气吞声地）一切听由二爷爷、二奶奶安排。
卓　氏	她二爷爷，要不我们善人做到底？
林怡坤	你说吧！
卓　氏	涵儿她娘，你每年老是县城、莲藕塘地来回跑也不是个事，总不能老让别人为你出力又贴钱地收租和卖粮。能不能把那五十石租的田亩干脆作价卖了少一些麻烦？
兰雪绒	可是，可是——那是涵儿她爹留给我们的口粮田，卖了就断了生活来源。
卓　氏	那你就等着别人一次次为你收租、一次次帮你卖粮吧。
林怡坤	我们这是为你好。
兰雪绒	（也确实害怕，只得点头）一切听由二爷爷、二奶奶安排！
卓　氏	好，下午拿地契过来拿钱。
兰雪绒	谢二爷爷，二奶奶。我走了——
卓　氏	去吧！（雪绒离去，与夫相视而笑）好她个兰氏，也就一败家子！

内景 / 林湖威小院厅堂 / 晚上

任梓茗	（与兰雪绒坐聊）大嫂，你把田地给卖了？
兰雪绒	没办法，慢慢过吧。
任梓茗	那你们以后靠什么生活啊？
兰雪绒	我新买的房子门前有一块场地，可以晾晒一些东西的，又有口水井。

城里学生多、船工多，客人也多，我去接些缝缝补补、洗洗浆浆
的活儿来家做，钱虽然不多，但凑凑巴巴地也还将就得过。

任梓茗　是你们家原来的房子吧？

兰雪绒　是啊！被日本抢走了，害死了我兄嫂侄儿一家人，又还要让我们
　　　　拿钱去买回来！我们原来的兰宅高大宽敞，买不起，就被另外一
　　　　个人买去了一多半。那人买走后已成了一家"临江旅馆"。

任梓茗　涵儿、嫣儿她们呢？

兰雪绒　已经在城里给她们找好了学校，可是没钱去上学。我这次回来收
　　　　租子，就是给她们找学费的。

内景 / 兰雪绒家堂屋 /1944 年 / 春 / 傍晚

（林若涵折叠着洗净的衣服，从屋里可以看到在外面忙碌的兰雪
绒。林若嫣搂着一大抱晾干的衣服入）

林若嫣　姐姐，我看见冯冰儿和他娘老在街对面，看我们的房子，好一会
　　　　儿了。

林若涵　冯冰儿？那个掉到河里去了的少爷？

林若嫣　是的。

林若涵　他们要住店吧，在看客栈吧？

林若嫣　不像。要住店只要去住好了，干什么站那么远老打量房子？

林若涵　嗯，我们看看去。

外景 / 兰雪绒家外面墙拐角处 / 傍晚

（姐妹俩出门来向那母子俩站的地方张望。兰雪绒早注意到了郦
兰和冯冰儿，也走了过去与她们站在一起。郦兰与冯冰儿正讲着
什么，并上下左右地打量大宅。一偏头见了那正注视着他们的母
女仨，忙拉了冯冰儿扭头就走。郦兰离去好远了，又回头看了一下，
见兰雪绒她们三人仍是盯着他们，只得赶紧走掉）

兰雪绒　（怔怔地）那个太太好面熟哦！

林若涵　去年我们搬到这里来的时候，跟我们坐的一条船。

兰雪绒　嗯。不过，我老觉得以前在哪儿见过她。

林若涵　她是蕲水镇上简老贵的太太，娘你怎么会见过她？

兰雪绒　　可能是她长得像哪一个，我总也想不起来。（见天色不早）涵儿，你架火做饭去吧；嫣儿，你把衣服折好了码整齐，我明天再去送。

林若涵、林若嫣　哎——（两姐妹应一声，进屋去）

　　　　　　（兰雪绒到井台上去把洗好了的菜提过来，几只鸡正上笼，按住其中的一只黑母鸡，伸手到鸡屁股下量量，笑了，摸摸鸡头，准备把它丢进笼子里去）

兰雪绒　　明天又可下蛋了，涵儿、嫣儿又有蛋花儿喝啰！进去吧，好好歇歇吧。明天我来捡蛋，你就"个个大"吧！（街头传来"啪啪"两声枪响）

伪　军　　站住！抓住他！抓住他——

　　　　　　（兰雪绒吓了一大跳，赶紧将身子贴在了墙上，这时就有一个人手按着左肩往她这边跑来。她知那人就是被追赶的人，后面的不是日本兵也是伪军，忙将那人一把推到屋里并带上门。追赶的人还在叫喊着往这边追，兰雪绒情急之下，拿了菜篮子里的刀就将鸡脖子一抹，又提了篮子沿着石阶向江边跑去）

外景 / 江边石级尽处 / 天擦黑

　　　　　　（兰雪绒跑到石极尽头处，回头往高处看，朦胧夜色中见有两个人站在她家的门口，叽里呱啦地东张西望，又低下头去，好像在看地上的血迹）

兰雪绒　　（将手里的黑母鸡扔到水里）来人哪！救命啊！有人跳江啦！快来人哪……

　　　　　　（两个追赶的人闻声沿着石阶跑下来，及至来到水边，果见水中一个人的黑脑袋一沉一浮地向下游漂去）

鬼　子　　八——嘎！（恼怒地朝伪军抽一耳光，又气急败坏地朝水中打了两枪。伪军也端枪朝水里放两枪。日本兵叽叽咕咕地骂着，眼见得那黑脑袋在江中消失了，才瞪了兰雪绒一眼，往回走去）

　　　　　　（兰雪绒瘫坐到石阶上。看看天色全黑定了，慢慢站起往家走）

内景 / 兰雪绒家堂屋 / 晚上

兰雪绒	（推门入）涵儿，你们怎么灯也不点啊？
林若嫣	娘，我好害怕！
林若涵	娘，那个人流了好多血，昏过去了。
兰雪绒	（吃一惊）哦，还有个人！（慌得转身闩上门）涵儿你去打一盆 热水来，嫣儿你到箱子里把那块白纱布找来。
林若涵、林若嫣	哎！
兰雪绒	（点上灯端过来，瞧见那张脸，更是吃一大惊）涵儿、嫣儿，他 是你们五叔！
林若涵	（端来水，惊讶）五——叔！
林若嫣	（拿来纱布，奇怪）五——叔！
兰雪绒	是的，你们五叔！离开我们已经十一年了。涵儿，把那块干净巾 子拿来。（若涵拧巾子递过去。雪绒解开汉威的衣扣，掀开见了 弹眼儿，接过巾子，擦着伤口边沿的血迹）五叔离开我们的那一年， 涵儿你才四岁，嫣儿你才两岁。也就是那一年，你们的爷爷去世了， 你们的六叔娶了六娘，你们的咏儿弟弟才出世，你们的眉姑姑和 他离开了家。可眉姑姑丢了，五叔为了找她就再也没有回来过。
林若嫣	眉姑姑！
林若涵	（轻轻地）五——叔！（五叔仍昏迷着听不见） （兰雪绒轻轻地擦拭伤口，眼中出现叠影：林昌威的伤情与林汉 威的伤情；兰雪绒用贴身小褂给林昌威包扎伤口，用粗瓷碗给林 昌威喂奶） （林汉威微微睁开眼睛，愣神了一会儿，惊得坐直身子）
林汉威	大嫂，是您？ （听闻"大嫂"称呼，泪水冲出雪绒眼眶，顾不得应答，立刻背 过身去）
林若涵、林若嫣	五叔——！
林汉威	（惊诧）五——叔？
林若涵	五叔，我是若涵！
林若嫣	五叔，我是若嫣！

林汉威	啊！涵儿？嫣儿？都长这么大了？（一把抓住她俩的手、细瞧她俩的脸，表情复杂。又蓦地站起，攀着雪绒的肩把她扳得转过身来，仔细瞧）大嫂——！
兰雪绒	五弟——！
林汉威	大嫂——！
兰雪绒	五弟你受了伤，坐下吧！
	（兰雪绒把手中的巾子丢到水盆里，抬起双手扶着林汉威坐下。又搓了巾子来给他洗血迹，用纱布给他包扎着伤口。林汉威一动不动，一句话也不说，任凭大嫂怎么摆布他。那双眼睛却瞧了雪绒瞧若涵，瞧了若涵瞧若嫣）
兰雪绒	涵儿，你去给五叔做点儿汤来。
林若涵	哎！（离去）
兰雪绒	（对汉威）他们是要抓你吗？
林汉威	是的。
兰雪绒	那你就在这儿住下吧。你要养枪伤走不了的。
林汉威	嗯！
兰雪绒	刚才我把一只黑母鸡杀了丢到江里去了，敌人以为是你跳了江，放了几枪就走了。他们想到你死了，就没有挨家搜查，可是一出去就会有新的危险。这些时城里宵禁，白天出城、进城也盘查得严，对你们这样年轻力壮的男子查得更严。你就住在里间，我和涵儿她们睡在外屋。
林汉威	那怎么行？
兰雪绒	你放心。我这里是比较容易隐藏人的。
林汉威	（扭动着脖子观看着室内布置）这么多衣服？
兰雪绒	这些都是我收洗的旅客和学生的衣服。
林汉威	哦！
兰雪绒	我们家，里里外外不管晴天阴天，总是晾挂着各种各样的床单、衣裤、鞋袜，男的衣裳居多。你的衣服晾出去了，别人也会想到是我收洗的旅客或学生的衣服的。

林汉威	好！
兰雪绒	你只要静静养伤不走动，就是有人进了我们的家门，也不会知道这横一条棕绳、直一根竹竿上搭着的衣服、床单后面还有个人。
林汉威	嗯，谢大嫂！你们是什么时候搬进城的？
兰雪绒	去年夏天。

内景 / 中药铺 / 白天

（兰雪绒抓药）

内景 / 兰雪绒家 / 白天

林若涵	五叔，你好好养伤，我出门去一趟。
林汉威	在家好好的，出去干什么？外面太乱了。
林若涵	娘去给您买药，只能抓到一些中药。那药力太慢了，您的伤什么时候才能好啊？
林汉威	现在这个样子，只能这样啊！
林若涵	药力快的西医洋药日本人又管得太紧，怕被新四军弄走了。
林汉威	是啊，那只能用中药了。
林若涵	我会去买些西药回来的。
林汉威	到哪儿去买？
林若涵	外县。
林汉威	不行！
林若涵	怎么不行？
林汉威	外面太乱了！
林若涵	我又不是小娃娃！我有个同学他父亲就是做这个生意的，您受伤的那天晚上用的纱布就是他给我的。
林汉威	他不在学校吗？
林若涵	放假了，回家了。
林汉威	哦！
林若涵	我找他，不会出事的。
林汉威	还是不行！路上不安全！
林若涵	我会见机行事的。妹妹，好好陪着五叔！（挽了包袱就走）

林汉威	涵儿，不行！（去拉她，林若涵几步跨出门去）这个丫头！
林若嫣	五叔，坐下吧。我姐是这脾气。
林汉威	要是出了事怎么办？（回到原处坐下，焦急，站起）
兰雪绒	（入，放下一抱脏衣，将一包药递给若嫣）嫣儿，去给你五叔把药煎了。你姐呢？
林若嫣	姐姐刚才走了。她说您去给五叔买药，肯定只能抓到一些中药的，可中药的药力来得太慢了，五叔的伤不知什么时候才能好。她到外县找同学去了，要买一些治外伤的西药回来。
兰雪绒	（笑笑）这个涵儿！（对若嫣）去给五叔熬药吧。
林若嫣	哎——（离去）
兰雪绒	（坐下做针线）五弟，自打你那年走后就没有了音讯。大家好想你的！
林汉威	我 1939 年回的国，1940 年到了重庆，后来在汉口与大哥见过几次面。
兰雪绒	玉玺还是没找到？
林汉威	没有。
兰雪绒	那你还一直没有婚娶？
林汉威	嗯。
兰雪绒	（叹口气）孤身一人。你见过八弟和别的兄弟没有？
林汉威	没有。不过我听大哥讲过八弟和冯姑娘的故事。在武汉我还跟四哥、九弟分别相逢过。四哥现在发了，日子过得蛮不错，残腿也在外国人开的医院里做了矫正手术，已跟正常人一样。四嫂死了，他纳的小妾余氏就做了正房夫人。九弟已经二十多岁了，早和艾鹿荞举行了婚礼。（兰雪绒闻言，直直地发怔）

内景 / 外景 / 兰雪绒家内 / 外 / 白天 / 黑夜

（汉威疗伤、养伤，雪绒洗衣、做饭，若涵和若嫣读书、写字。四人日常生活）

内景 / 兰雪绒家 / 白天

林汉威	嫂，我想这两天就走。

兰雪绒	不再养几天吗?
林汉威	我感觉强壮些了,又还有些重要的事要完成。
兰雪绒	那这样吧,我出去探探风声。

内景 / 兰雪绒家 / 晚上

（林汉威把一张张牛皮纸铺到桌上,林若嫣拿着一把笤帚刷子站在旁边）

林若涵	（端一只瓦盆从厨房出）五叔,糨糊来啦!
林汉威	好,我们来贴纸。（站到桌上,若涵向纸上刷糨糊）
林若嫣	（将纸递给汉威,汉威把纸贴到天花板上）嘻嘻,这下好了。
林汉威	是啊,又好看,刮起风来又不会往下掉粉尘了。
林若涵	五叔,你真好!
林汉威	涵儿,嫣儿也好啊!
林若嫣	五叔,你不要走嘛!
林汉威	不行啊!五叔还有好多事要办呢?
林若涵	妹妹,五叔是大人,伤好了就要走的。
林若嫣	伤还没有好!
林汉威	好多了。涵儿、嫣儿,五叔以后来看你们!等不打仗了,我还要把你们接到武汉去。
林若嫣	是真的吗?
林汉威	真的。（天花板糊好了,汉威跳下桌,三人收拾屋子）
林若嫣	能见到我们爹爹吗?
林汉威	那当然能见到啦!
林若涵	（制止）妹妹!

第三十集

内景 / 兰雪绒家 / 晚上

兰雪绒　（人）哟，都糊好了？

林汉威　都糊好了，大嫂，你看——

兰雪绒　嗯，不错！她五叔，你走的事儿有办法了。怕你出城时被敌人盘查出来，我想了个法子，送你打我们家旁边的那个小码头上船，从水上走。

林汉威　嗯，这个法子好！

兰雪绒　我刚才出去找了个在江上打鱼的小划子，要那渔夫把一个人送到江对岸去，谈好了价钱，那人答应明天早上来接你。

外景 / 江边石阶小码头 / 黎明

　　　　（雪绒带着女儿来送汉威上船。渔夫见微曦中的年轻男人威武雄壮一表人才，又被没有男人的女人大路不走走小路地偷偷摸摸地送了来上船，想得很邪）

渔　夫　（一脸坏笑）兰家嫂子，怎么样？这个男将还不错吧？

兰雪绒　（很大嗓门儿地）渔家大哥，我这娘家嫂子的本家弟弟，是蛮不错的，赚了不少钱。（压低嗓子故作神秘地）贩的是烟土，要是查出来，那不倒了大霉？

渔　夫　（点点头）哦哦！

兰雪绒　我们求了你走这条路，你可得操点儿心。顺顺当当地把我兄弟儿送到，我自然会给你那个价钱。你这条船坐顺了，只怕以后就可以少打好几船鱼了，荷包里还鼓得老高呢！

渔　夫　（欢喜不送）好好好，这位兄弟请上船！（汉威上船，渔夫桡片一晃小船离岸）

兰雪绒　她舅爷好走！（摇了摇手）

林若涵、林若嫣　舅爷好走！

林汉威　　好走！你们回吧！（曙光中小船渐渐离远）

内景 / 汉口仙居楼 / 白天

林湖威　　（同上次一样约见田小螺）林太太知道林先生兄弟几人吗？

田小螺　　知道啊。他叔伯兄弟共是九人，中间去世了一个，现存有八人；
　　　　　亲兄弟三人，他老大，下面二弟排行老五，三弟排行老八。

林湖威　　你知道老五、老八在哪里吗？

田小螺　　老五是重庆方面的人，老八是延安方面的人。

林湖威　　你见过他们吗？

田小螺　　老五见过，老八没见过。他们都离家了。最后一次见到老八的是
　　　　　林先生的原妻，离现在也已经六年了。

林湖威　　他们的婚事你知道吗？

田小螺　　老五单身一人还没结婚；老八的妻子听说也在新四军里，曾是林
　　　　　先生前妻生的两个女儿的家庭教师。

林湖威　　老五为什么到现在还没结婚，什么原因你知道吗？

田小螺　　不知道。

林湖威　　那么我告诉你吧。这与一个丫头有关。

田小螺　　丫——头？

林湖威　　是啊！

田小螺　　一个留过洋的富家哥儿，怎么会与一个丫头牵扯到一起？

林湖威　　这事儿你可以去问林先生，也可以到林家甚至莲藕塘去打听。

田小螺　　哦，复杂吗？

林湖威　　蛮复杂的！十年前的一个夏天，林家五少爷再次外出上学，一乘
　　　　　轿子将他送走了，可也就在那天一个叫柳眉的漂亮丫鬟失踪了。
　　　　　全家上下、全村内外找了个遍，事到今天已经十年了，那个丫头
　　　　　也再没出现过。

田小螺　　真跟他跑了？

林湖威　　不跟他跑了，到哪儿去了？五少爷到现在也还是独身，这就太奇
　　　　　怪了吧？什么原因呢？无外乎始乱终弃！

田小螺　　始乱终弃？

林湖威	富家阔少爷胡搞，要玩弄丫鬟，又怕粘到自己身上了甩不脱，就先奸后卖，两全其美。
田小螺	就算是如此，这与五弟不结婚又有什么关系？
林湖威	这里头肯定有名堂啊！要不就是一对狗男女野媾时被人捉了奸、闪了精，从此那事儿就不行了，也就死了结婚的心；要不就是那丫头也不干净，连带的五少爷也得了见不得人的病，再也不敢和任何女人同房，干脆来个不谈婚事，当个西方的独身主义者。
田小螺	我看不像！
林湖威	怎么不像？
田小螺	你这个猜测太牵强。
林湖威	怎么太牵强？
田小螺	五弟与他大哥，虽然是性格上有些差别，可是为人，还不至于坏到你说的这个样子。
林湖威	你是不了解的。
田小螺	再说就算有你分析的这些原因，那就和那个丫头同居好了，你不说我疤、我不嫌你麻。
林湖威	问题是他一个少爷，有权力嫌那丫头啊。
田小螺	会不会是别的原因呢？
林湖威	你说说！
田小螺	比方说那丫头的失踪与五弟的出门在时间上的同一，只是一种偶然的巧合？
林湖威	那就怪了呢！巧合得这样出奇？
田小螺	那丫头是被另外的人害了，或是自己出走了。而五弟的至今不结婚只是一种留学生洋的做派、怪异的时髦。你不是说了吗？西方的独身主义……
林湖威	不对！他们不是一种偶然的巧合，而是一种必然的联系。那丫头没有被另外的人所害。
田小螺	依据？
林湖威	我们那里针眼儿大的事，都会扇起簸箕大的风来。要是她被害了，

或是被土匪绑去了，一定会传得每个村庄都知道的。

田小螺　　自己出走呢？

林湖威　　更不可能！凭什么呀？那丫头在林家莫看身份是使女，可受着宠，吃香的、喝辣的，身上虽不是绫罗绸缎，却比任何一个下人都穿得鲜亮。她干什么要走？又能走到哪儿去？如非要离开林家，就只有一个原因、也只有一个人能带着她走，那就是五少爷！五少爷以勾引的手法把她拐出去了，玩弄她！

田小螺　　天哪！你讲得太可怕了！

林湖威　　可怕吧？

田小螺　　能不能这样想？就算是五弟把那女孩子带走了，但不是勾引她、要玩弄她、要卖掉她，而是真心实意地喜欢她；是一种反抗封建礼教的自由恋爱，用老话说就是一种私奔？

林湖威　　（阴笑）林太太到底是新的女性，满嘴里新的词语。可是你没想想，有这么相爱、这么私奔的吗？奔得把人都丢了。

田小螺　　（愣一下）呃——

林湖威　　我倒怀疑是他把人害了，随便掀到哪个河沟里去了了事。

田小螺　　你怎么把人想得这么坏呢？

林湖威　　不是我想的坏，是他根本就不好！

田小螺　　你看你，能不能设想一下他们在私奔的路上出了意外？

林湖威　　（见田小螺脸上很不好看，忙顺水推舟）好好好，我们言归正传吧。就算他们是两相情爱，就算他们演绎着感天地、泣鬼神的动人故事，可是我想问一声林太太，你愿意要个曾是丫头使女出身的妯娌，与你平起平坐进祠堂祭祖宗吗？

田小螺　　嘿嘿（不好意思地笑）在外成家立业的人是不在乎这些的。

林湖威　　不对！林先生是特讲究礼仪、特注重孝道的人，难免以后林氏大家族大团聚。到那时，你是顶顶有身份的人，可身旁有个曾经低人一等的人与你跪在一排蒲团上、坐在一条板凳上，你不觉得气不顺吗？

田小螺　　怎么可能呢？你没看见五弟他不结婚吗？不结婚的人，怎么又会带个这样的太太回来呢？

林湖威	你是个善良的人、又是个有情趣的人，那么我们就按照你的思路往下想。设想五少爷不结婚，就是为了那个一起私奔而出现了意外的丫头。既然是这样，那么海枯石烂、沧海桑田熬白了头，终于有一天他就把那个女子找到了，把那个丫头带回来了。
田小螺	笑话！都十年了，就是人死了，投胎后，也该变成个小大人了吧？哪还会找回来呢？
林湖威	哎，这也说不定。林太太，我们讲了这么半天你家小叔子们的婚事，最后还是要归到你身上来的。
田小螺	我？
林湖威	是啊，不为你，我找你说知心话干什么？
田小螺	哦，谢谢七先生了！
林湖威	你看你前年那场"家庭政变"闹得怎么样？
田小螺	嗯，很有成效。只是我先生他大病一场，虽然对我还是很好，可是不像以前那样开心，有好多事也不跟我讲了。
林湖威	错！只要林先生离了她、留了你，就是百益无一害！不然的话，哪有你今天的地位和风光？那下场真是不堪设想。
田小螺	（点头）嗯！
林湖威	可现在呢？你还要把眼光看远点儿、志气放大点儿，不要让你家这一房的二弟和三弟成了气候，以后在你面前摆谱。
田小螺	为什么要这样说？
林湖威	因他们在老家还有田产，以后不是个大地主、也会是个中不溜的地主老爷，搞不好，还会在汉口也办个公司与你们相抗衡。到那时，你们，主要是你！不就好没意思了吗？
田小螺	啊？
林湖威	所以啊，趁着他们都还在外面漂着，你赶紧怂恿林先生把老家二弟、三弟的地给卖了，拿了那钱办个大公司。
田小螺	那能行啊？！（吓一大跳）祖传的产业每个儿子都有一分的，哪能让我们都独吞了去？

林湖威	这不叫独吞，叫借鸡下蛋。
田小螺	鸡和蛋都是别人的，我们连那鸡毛和蛋壳都不能要！
林湖威	这你就傻了。你们家老五和老八都在跟日本人干仗，能不能活着回来就还是个问题。
田小螺	噢！
林湖威	再者说，老五还要当他的独身，哪有心思管田？老八更邪乎，是个不食人间烟火的魂灵，你让他无田了，成了赤贫，是救了他。
田小螺	能这样吗？
林湖威	能这样！再有他们那两个人的太太，如果还是那丫鬟和家庭教师，又怎么能跟你是一路货色呢？
田小螺	怎么能用"货色"说话？
林湖威	一样的！她们是受过雇佣的人。趁早吧，收了他们的田，看她们怎么进林家祠堂。到那时，你是汉口大公司的阔太太，是蕲城县林家长房长孙媳，回到莲藕塘，要多威风就有多威风！
田小螺	那不成了霸占了？
林湖威	如能占了就占了嘛。如果不行呢，以后老五、老八还要自己的那一分，就还给他们呗，只当给他们保管了。这就叫借鸡生蛋。
田小螺	那我试着跟楚威讲讲吧。
林湖威	不能试。一定要态度坚决，就和上次一样。
田小螺	好吧，七先生，太谢谢你了。
林湖威	谢什么？我是真心帮助你的。

内景 / 林楚威公馆 / 白天

（林楚威的新家比以前的豪华了许多，但又是一片狼藉。田小螺哭闹不止，佣人们都望着她一动不动。林襄威入。田小螺见了他更是大哭大闹地发疯。襄威一声不吭地坐下，看着别处，像周围没有人一样。田小螺哭闹得没有了意思，哭声渐渐变小）

林襄威	大嫂，我只是来告诉你一声，大哥到沙市、宜昌一带洽谈业务去了。
田小螺	什么？（震惊，哭声完全停止）你说什么？
林襄威	他心里烦，出门洽谈业务去了。不过，这只是个借口。

田小螺	他凭什么心烦？凭什么找借口？
林襄威	大嫂，请容我说几句直爽话。您这样闹对您是很不利的！
田小螺	我也是为了这个家！
林襄威	为了这个家？如果说上次是为了正其自身名分、不愿意看到天有二日的话，那这次谁占着您、惹着您了？如果上次还包含有向封建开火、追求文明婚姻的味道的话，那么这次把眼睛盯到了兄弟的饭碗里，就未免太贪婪了些吧。
田小螺	贪婪？我们到时候不是不给钱的！
林襄威	我是堂兄弟、不是亲兄弟，但我看得明了！您太过分了！尤其是您不该翻出柳眉和冯秋池的不是，抖落出她们曾在林家服侍过人的短处——真不知从哪儿打探来的消息！
田小螺	这——
林襄威	这能不把大哥搞恼火吗？您实在不知道大哥是多么得向着他的两个弟弟，又是多么地对两个弟媳感到满意。您这样的说长道短，实在是让大哥看轻了您。
田小螺	我说的都是实话。
林襄威	实话？您别怪我说话尖刻。您赶走了他的发妻，现在又要夺他兄弟的田地，他要恨你的！
田小螺	我没有夺田地，只是帮变卖！
林襄威	说轻一点，您也不怕他把您与原大嫂相比较。那一比，不就比出白与黑的反差了吗？高下立判啊！（田小螺惊惧的眼睛，不吵不闹了）您是大嫂，我是小弟，这些话本不该我来说。可为了大哥，也为了您——既然这个家几经折腾到了现在，就应该稳定下来了。您今天也闹明天也闹，总不至于把这个家闹散了，您就满足了吧？

外景 / 汉口小巷 / 白天

　　（一辆人力车拉着林汉威，从巷子里穿过）

内景 / 林楚威公馆楼下居屋 / 白天

管　家	（领汉威入）您现在暂且住在这里。您原先楼上住的房间，被您大嫂的一位朋友住下了，请不要见怪。

林汉威	这里就挺好。
管　家	那位女士说以前在抗日艺术宣传队的时候，与林太太共过事。这次专程来汉口找林太太，不想扑了个空，打算在这里住两天了就走。
林汉威	扑了个空？我大哥、大嫂呢？
管　家	林先生因生意上的事到宜昌一带去了。林太太带着少爷回鄂北娘家去了。
林汉威	噢，那请您派人给我去购些外伤药来。
管　家	行。您现在请到餐厅用餐去吧。
林汉威	不了，端到这里来就行。（收拾自己的行李，抬头可见外面的楼梯）
管　家	好吧。（离去。佣人端进饭菜来，摆好，离去。林汉威坐下吃饭）
女　佣	（画外音）柳小姐，请到这边用餐。
柳玉玺	（画外音）好的，汉儿，来，我们吃饭。
林若汉	（画外音）哎——
	（汉威听见说话声，莫名其妙地慌，从房间向外张望，可看不见外面的情况）
女　佣	（画外音）柳小姐，吃好了？
柳玉玺	吃好了。汉儿，吃好了没？
林若汉	妈妈，吃好了！
柳玉玺	那我们上楼上去，好吗？
林若汉	好！（汉威赶紧盯楼梯看。女客人带一个孩子上楼，从后面认真地瞧，失望）

外景／轮船尾部甲板上／白天

客　商	（与林楚威聊天）林先生经历了这么多次的就业、失业、又就业，抗战期间又四川、湖北两地多年的闯荡、漂泊，终于可以稳定下来了。
林楚威	是啊，我只想有一家自己的商企！
客　商	从政是危险的，经商是稳当的。
林楚威	承蒙兄弟您多年的提携！
客　商	我们做生意，也是互补的嘛。你看你在先前的公司里，有了那些

知识和经验，现在开办自己的商企正是时候。

| 林楚威 | 是的，我们想好了，就做医药生意，开一家"蕲威医药用品器械公司"。 |

客　商　好主意！近期还有什么安排？

林楚威　才在沙市结了两笔账，再到宜昌去一趟。

客　商　我说你最好到重庆去考察一下，那里很多商机。

林楚威　行，正好顺路。

内景 / 林楚威公馆楼下居屋 / 白天

林汉威　（对管家）我要到重庆去，请您派人给我买张船票。我想明日启程。

管　家　真巧啊，那位柳小姐也要到重庆去，又带着一个孩子。是不是你们两人结伴同行，把票买到一起？

林汉威　那没必要。她是大嫂的客人，既来了，就请她在这儿再住几天吧，你多关照一下。我是有急事要走。

管　家　（笑笑）好吧，我只是随便说说。

内景 / 林楚威公馆楼下居屋 / 晚上

管　家　（递票给汉威）这是明天早上的船票，七点开船。

林汉威　（接过票）谢谢了！

内景 / 林楚威公馆楼上书房外 / 深夜

　　　　（书房里有灯亮着，林汉威径直推了门走进去）

内景 / 林楚威公馆楼上书房 / 深夜

　　　　（林汉威见柳小姐坐在书桌前，愣了一下，很是奇怪地又在后面打量她）

　　　　（听见有人进来，柳玉玺很自然地转过身来。两人呆住）

林汉威　玉、玉——（结巴着）玉玺！真是你？！

柳玉玺　五、五少——（脸色陡变，站起，换个称呼）汉威——

林汉威　（奔上前，把她搂进怀）玉玺、玉玺！真是你？你怎么会在这儿？

柳玉玺　（颤抖着）真是我！真是我！你怎么也会在这儿？

林汉威　（语无伦次地）我？哦，这儿，大哥，你还记得大哥吗？这儿是大哥的家！

柳玉玺	大哥的家？！（惊骇）大哥？哪个大哥？你真是汉威吗？你有几个大哥？
林汉威	我只一个大哥！我是汉威！
柳玉玺	你是汉威？你只一个大哥？可大哥是有家的呀！田小螺嫁了大哥，那么大嫂呢？我们那个雪绒大嫂去世了？
林汉威	没有！玉玺，大哥、大嫂的故事太长，我们等会儿再讲大哥的事好吗？告诉我，（把她搂得更紧）告诉我！你结婚了吗？
柳玉玺	没有！（仰起脸）五少——汉威，你结婚了吗？
林汉威	（笑了）没有！上帝啊，我的眉子玉玺终于回来了！
柳玉玺	（眼里滚出泪来）怎么会呢？十年了，你怎么还会没有结婚呢？男人都是守不住煎熬的、守不住清苦的。
林汉威	那么你呢？你能熬住十年不嫁，我怎么就不能熬住十年不娶呢？
柳玉玺	你不同，你是富家少……（双唇被林汉威的嘴给堵住）
林汉威	告诉我，你这十年在哪儿？是怎么过来的？
柳玉玺	（笑笑）好少爷，你让我坐下来慢慢说话好吗？
林汉威	哎呀，你看我，乐昏了头，一直让你站着。（弯腰将她平抱起，来到沙发前将她放下）快快告诉我，你怎么过的？你找过我吗？
柳玉玺	你真舍得问这种亏心的话！不找你我能等到今天吗？只怕我的孩子都要一大串了。
林汉威	孩子！可是，你虽没有一大串孩子，一个却是有的。
柳玉玺	（惊讶）你怎么知道？你现在才与我第一次见面！
林汉威	前几天，我听见有人叫"柳小姐"，忍不住就打你的后背看了一眼，见不像你、又带着个男孩，就算了。
柳玉玺	怎么不像我了？
林汉威	以前你的个子好像没有现在高，梳的是油光水滑的大辫子，穿的是偏襟褂。可你现在颀长一些，剪着齐耳发，身着旗袍加开胸外套，分明是个城里人嘛。而最令我失望的是柳小姐的身边跟着一个半大小子。告诉我，那孩子是谁？
柳玉玺	（笑一笑）我的儿子，也是你的儿子！

第 三 十 一 集

内景／林楚威公馆楼上书房／深夜

林汉威　　（吓一大跳）我的儿子？这是不可能的！我跟你根本就……

柳玉玺　　是的，可是……（幽怨地一笑）等了你这么多年、盼了你这么多年，
　　　　　眼见得就没有指望了，我又不甘放弃、也不愿嫁人，想想孤身一
　　　　　人漂泊在外，就于前年领养了一个小男孩儿，是在安徽的一个慈
　　　　　善机构领养的。

林汉威　　噢！

柳玉玺　　为了纪念你，给他取名叫林若汉。汉威，我不能结婚，不能生孩子，
　　　　　他就是你的再续！

林汉威　　啊！若汉，我的儿子！告诉我，你是怎么过来的？

林玉玺　　那年，在候船室你离开我后，就过来了几个人说是你在叫我，我
　　　　　信以为真地就跟着走了。

林汉威　　我的天，你真单纯啊！

柳玉玺　　走了好远、好远，没看见你，我就不再往前走，不料那几个人把
　　　　　我裹挟了往前跑。我大喊大叫，这时过来一个巡捕，那几个人才
　　　　　丢下我溜了。我迷了路，七打听、八打听找到候船室，哪儿见了
　　　　　你的人影？在那里守了一天一夜，仍是没有见到你，就到码头附
　　　　　近的一家旅馆住了下来，天天上候船室去。

林汉威　　我也是到处找啊！

柳玉玺　　这样过了十来天，我就彻底失望了。后来，我到你的学校去，学
　　　　　校回答没有林汉威这个人，这下可把我推到了绝境。我用大嫂送
　　　　　给我的那笔钱把自己送到一所学校读书去了，又用了原名柳玉玺。
　　　　　假期里，我也曾悄悄地潜回原籍打听过你的踪迹，可根本没你的
　　　　　踪迹。

林汉威　　你去找大嫂啊。

柳玉玺	我哪还敢登林家门！到了1938年9月，我已在武汉上了四年学，日军入侵了。我参加了五战区政治工作大队，后来转战到鄂北，就编入了艺宣队。在襄阳的时候，认识了小我几岁的田小螺。
林汉威	现在的大嫂。
柳玉玺	嗯。可1939年冬到宜昌的一次劳军慰问演出后，小螺受了风寒，不能随队行动，就留在了那里。小螺学过护理，病好后就在宜昌的一家医院里当了护士。1941年皖南事变后，我随艺宣队到安徽立煌去作巡回演出，从此与小螺失去了联系。
林汉威	你吃苦了！
柳玉玺	后来，我也丢掉了工作。漂流了一年多，从另一个友人处得到小螺在武汉安家的消息后，这才又回到了武汉。
林汉威	幸亏回来了！
柳玉玺	我找到小螺的家，男女主人都不在。我没地方去，就住了下来，心里却很不踏实，没有职业了。能到哪里去呢？到重庆去吧，那里也许还有不少熟人；要不就在巴山里找所小学当个教师也行，今生今世与你相逢的希望就已经是等于零了，我早已做好了当一辈子老姑娘的准备，找个向孩子们寄托感情的地方，总比永远这样漂泊强。
林汉威	（长长地舒一口气）你也真沉得住气啊，都住到别人家里来了，也不打听打听男主人是谁。
柳玉玺	我只知道是姓林。但我想肯定不会是你。
林汉威	真是老天有眼，把你又还到了我的身边。告诉我，是早上的船票吗？
柳玉玺	是的。（望一眼已指到3点的座钟）你来了，我不走了。
林汉威	走！一定得走！
柳玉玺	那——（瞪了眼睛，呆呆地望着林汉威）
林汉威	（又笑一下，拿出一张船票，展示给玉玺）你看这！
柳玉玺	你？上水船！
林汉威	是的！老天把你又送到我身边，这回是个真正的新娘！
柳玉玺	（抿嘴笑着）嗯！

林汉威	到了重庆，我要倾其所有举行婚礼，不惜借债！十年了啊！十年的苦难，我要在这巨大的相思洞里，统统地用幸福填满！玉玺！玉玺！眉子玉玺！（说不下去了，再次用他的拥抱来表达他的感情）
柳玉玺	（用手轻轻摩挲汉威的脸）汉威，你还没有告诉我，你这么多年的来龙去脉呢。
林汉威	玉玺！玉玺！别说话，我们有的是时间讲过去。我只想跟你说，别再离开我半步，我真的怕又丢了你。你的到来，我就老觉得是在梦里。
柳玉玺	不是的，不是的，汉威！我是真的回到你身边了！我再也不会离开你了，再也不会被人骗走了。
林汉威	是啊，十年了，十年的教训若你还没有长进，那就真是枚千年不变的玉玺了！
柳玉玺	都差点儿成铜烟锅儿了。
林汉威	都是我的错。别说了，别说了！我的错我会来弥补的。玉玺，我们还年轻！
柳玉玺	是啊，我们还年轻。不过我还想问件事，我到这里来住也有好几天了，从没见过你。你是才来吗？
林汉威	不，我也来好几天了，一直很少走动。
柳玉玺	那这三更半夜的了，你到这书房里来干什么？
林汉威	我的一样东西掉这屋里了，我想这次把它带走。
柳玉玺	太可怕了！如果我们这次没有住在一起呢？如果你今晚上不来拿这个东西呢？如果我不转过身看看来人呢？岂不又是失之交臂？
林汉威	失之交臂？玉玺，你不能再刺激我！你告诉我，这十年了，你真的没有结婚？
柳玉玺	汉威！天地良心！你十年的来来往往没告诉我，我都不追问呢，怎么倒对我的婚姻状况不放心了呢？
林汉威	十年了，人间沧桑不容易。你已不再是当年逃婚的小姑娘，也不再是跟着我出走的女孩子了。你已有了你新的知识、新的职业、新的社会经验，已从一个漂亮单纯的女孩变成了一个美丽成熟的

	女子。就算你铁了心要等我到白头，可你没有生活在真空里，就没有人给你献温情吗？
柳玉玺	（表情黯然）给你说准了。不但有，而且是紧追不放；按下葫芦又起瓢，这人去了那人来，苦恼之极。
林汉威	果然！
柳玉玺	可我一口咬定老家有娘亲给我许下的婆家，丈夫抗日在外，要胜利之时再相见。他们就说那是空中楼阁、靠不住气的；还有父母作主的许配不作数，封建婚姻，结了婚都可以离；何况并没有完婚。我受不了他们的纠缠，就离开了那里。我在那里干得好好的、那么受器重，突然地就放弃了那份我喜爱的工作，就是这个原因。
林汉威	玉玺，眼看着人一年年大了，对我又没了指望，你怎么就没想过，要找个终身依靠呢？
柳玉玺	我的终身依靠就是你，早找好了，还找什么呢？你娘、我娘不相识，却要把我们两个人配到一起；我不知好歹，放弃了那么温暖的家要逃离你，最终却还是投入了你的怀抱；我的前生已有冰人用绳子拴了我的脚，命里注定要跟个爱我的少爷的。
林汉威	别再少爷了，惭愧！
柳玉玺	你知道吗？我们排演话剧《雷雨》的时候，剧中人物四凤这个角色，就是我扮演的。每次排练或演出的时候我都非常投入，觉得那个四凤就是我、周萍就是你。他们俩也是要双双出走的，可是没有我们幸福、却比我们幸运。
林汉威	是啊，幸福与幸运不能并存！
柳玉玺	他们没有我们幸福的原因你知道，明明相爱却不能再爱下去；而我们呢？则可以永永远远爱到底。比我们幸运的是四凤死了、周萍也死了，煎熬的心一了百了；而我们呢？明知没指望了，却还要望穿秋水等伊人。
林汉威	望穿秋水！十年煎熬！
柳玉玺	我也曾想死了去，可又舍不得也许还活着的你。为什么要说你是也许而不是肯定还活着呢？因为我觉得你要是还活着，怎么会不

找我呢？怎么又会找不到我呢？你说这日子何时是尽头？

林汉威　　（很动情地）玉玺，我找过你！我找过你！可找得死去活来就是
　　　　　找不到你！

柳玉玺　　嗯！

林汉威　　就是现在，我也从没放弃过找你！（叹口气，放心不下他心中的
　　　　　焦虑）那个像我的"周萍"、那个剧中的大少爷、台下的演员爱
　　　　　不爱你呢？他会不会也很"投入"呢？你这样痴情于剧中人物，
　　　　　会不会台上台下犯了迷糊认错了人呢？

柳玉玺　　这也是麻烦。那个一号男确实爱我，是个对我穷追不舍的人；戏
　　　　　也演得很投入，不然也就不会是我们那里最优秀的男演员了。

林汉威　　就是啊！

柳玉玺　　可是，台上台下是两回事。他在台上演得好，是他责任心强、有
　　　　　敬业精神；在台下追我是真情流露，不像我是把他当了少爷、当
　　　　　作了你。可我到了台下心中却只有你、只有一个叫林汉威的五少爷，
　　　　　而那个周大少爷就消失在了天幕里。

林汉威　　哦——

柳玉玺　　还有，我天生命里注定要当一回丫头的。我当了丫头就有了你，
　　　　　当了丫头演剧时才有那么多的感受。这下你放心了吧？我的五少
　　　　　爷！

林汉威　　不许你叫少爷！（用嘴堵住柳玉玺的嘴）

内景 / 林楚威公馆林若汉卧室 / 深夜

林汉威　　（坐在床沿，在背后攀住玉玺的肩，端详熟睡中的林若汉）他就
　　　　　是我们的儿子，还有个叫"林若汉"的名字。如果我们不相逢，
　　　　　你就要和他过一辈子了。

柳玉玺　　是的！（点点头，摩挲他搭在她肩头的手）我到慈善院领孩子时，
　　　　　一眼就看上了他。觉得我与他是有缘的，他应该姓林！（若汉醒了，
　　　　　见妈妈与一个陌生的男子坐在床前看着他讲话，十分惊讶，瞪着
　　　　　眼不吱声）汉儿，你醒了？

林若汉　　是的，妈妈！（坐起来，羞涩而礼貌地对汉威）叔叔——

柳玉玺　　不要叫叔叔，要叫爸爸！

林若汉　　爸——爸？（眼睛瞪得非常大）

柳玉玺　　他就是我们失散多年的爸爸

林若汉　　爸——爸！（虽是这样叫了，但还是不自然）

林汉威　　（笑一笑，怜爱地拍拍他的头）好儿子！

外景／林楚威公馆门外／凌晨

管　家　　（对司机）你先把行李搬到车上去。

内景／林楚威公馆餐厅／凌晨

　　　　　（管家入，见汉威与柳小姐及小男孩十分亲热地坐一起用餐，惊
　　　　　得目瞪口呆）

外景／林楚威公馆门外／凌晨

　　　　　（林汉威与柳玉玺领着孩子相伴着从里往外走，管家怔怔地看他俩）

林汉威　　（兴高采烈地介绍）这是我的太太！

管　家　　哦！太太！（哈哈腰）恭喜恭喜！（一直把他们送上车，目送着远
　　　　　去了，嘲笑地摇头）现在的人哪，啥样儿的都有！昨天还说是大
　　　　　嫂的客人，不愿结伴同行一起走；才过了一夜，今早就变成太太了！

外景／重庆一商贸公司大门外／白天

　　　　　（一辆吉普驶过来，林汉威从上面跳下来往门内跑。迎面撞上林
　　　　　楚威）

林汉威　　大哥！（激动得双手扶住林楚威的双臂）

林楚威　　（见是汉威，激动得提包差点掉地上）你？五弟！

林汉威　　我在一个老乡那里听说你到重庆来了，在这里洽谈业务，我一口
　　　　　气就跟了过来。好悬，又差点儿走错过了！

林楚威　　好，好！

林汉威　　住在哪儿？

林楚威　　朝天门旅社。

林汉威　　走，我送你！（两兄弟走过街，上到吉普车上。车开动，离去）

内景／吉普车内／白天

林汉威　　（驾车）我们接头时，被敌人发现，赶快分成两路撤离。可那人

没有逃脱，被抓住后严刑拷打，最近传来消息说他死在了宪兵队。

林楚威	我总是为你和八弟担心！
林汉威	大哥，如果没有大嫂，我今天就见不到你了！
林楚威	唉，我们林家亏欠她太多！
林汉威	我先送你到旅社，过会儿带个人来见你。
林楚威	谁呀？
林汉威	现在不能说！

内景 / 朝天门旅社 / 白天

林汉威	（带柳玉玺入，对整理材料的楚威）大哥，你看谁来了？
柳玉玺	大哥！
林楚威	你是——？（打量）
林汉威	不认识了？再看看！
林楚威	啊！眉子！我的天哪！
柳玉玺	大哥！
林楚威	你们在哪儿遇见的？十年了！
林汉威	在大哥你的家里。
林楚威	我的家里？哦，坐坐坐，慢慢讲！（三人入座）
林汉威	我离开蕲城县，就到汉口去养伤。在大哥家，就遇上了玉玺。
林楚威	（仍是迷惑，转向柳玉玺）那眉姑——哦，玉玺你怎么又会在我家？
柳玉玺	我和小螺是好朋友，到武汉投亲靠友来啦。谁知大哥您和小螺都不在家，却碰巧又遇上了汉威。
林汉威	呵呵，歪打正着，呵呵……
林楚威	哦，好！好！喝茶，喝茶！
柳玉玺	谢大哥！
林楚威	（突然显出难堪，假装兑水去提开水瓶，心声）羞愧死了！小螺和玉玺竟然是好朋友！她却在家为玉玺和秋池的身世跟我闹的一团乱糟，真个是无地自容啊！

内景 / 重庆一教堂 / 白天

（林汉威与柳玉玺举行婚礼，长兄林楚威帮办）

外景 / 林楚威公馆门外 / 白天

（一辆卧车驶近，停在公馆门前，车上下来林楚威）

内景 / 林楚威公馆 / 晚上

田小螺　　（哭）我实在不知五弟和玉玺的往事，你不要再生气了！

林楚威　　你哪儿来的什么少爷与丫头、少爷与家庭教师的是非？

田小螺　　是一个叫老七的家乡人告诉我的。

林楚威　　老七？（眉头紧皱）是不是脸上有疤痕的？大金牙？

田小螺　　是的。上次涵儿她娘的事也是老七讲的。

林楚威　　唔——

田小螺　　楚威，（恳求）我实在不知五弟他们的事情，你千万不要再提起
　　　　　这件事了，汉威和玉玺跟前不能让他们知道，就是在亲戚、朋友
　　　　　面前也不能走漏风声，不然我以后怎么做人啊？

林楚威　　现在明白了？

田小螺　　我实在不知道那个柳眉就是柳玉玺。当然，不得不承认，玉玺哪
　　　　　个方面都比我强！

林楚威　　为人要厚道。就算不是柳玉玺，不是自己的好朋友，也应该善待
　　　　　人家嘛。

田小螺　　是是。哎呀，不行！

林楚威　　又是什么不行？

田小螺　　你不讲出去，九弟要讲出去怎么办？他是知道这些事的。

林楚威　　唉！早知今日，何必当初？

田小螺　　（急得哭起来）这叫我如何做人？

林楚威　　好了好了，九弟也不会说。

田小螺　　真的？（收了哭）你跟他说说。

林楚威　　不消说得，人家什么都考虑得周全。怕你难堪，也想到你以后在
　　　　　妯娌们面前不好做人，我去沙市、宜昌的时候，他送我走、后来
　　　　　又到我们家来找你，都没有让九弟妹鹿荞同行。你想想吧！为了
　　　　　什么？

田小螺　　啊，担心多一个人知道。（感动）真难为九弟了！

林楚威	再说，我见到汉威弟弟后，站在他和昌威的立场上，跟他谈到了家乡的田地问题。五弟是留过洋的人，自是不会再回去种田了，就作主把属于自己和八弟名下的田地处理了去，拿那资金入了我们公司的股，将来我给他们红利就行。
田小螺	（感叹）噢！这样，真好！皆大欢喜。
林楚威	本来是挺好的事，硬是被你闹得那么歹毒！
田小螺	我哪知道这些？都是老七害的我！

外景 / 蕲威公司门外 / 白天

（"蕲威医药用品器械公司"开业，贺喜之人络绎不绝。楚威迎宾，荆威、襄威指挥着将公司匾牌往门额上悬挂。小螺、鹿荞和余氏从大门内走出，仰望匾牌）

内景 / 兰雪绒家堂屋 /1945 年 / 夏 / 晚上

（兰雪绒在灯下做着针线活。画外音鞭炮齐鸣，锣鼓喧天。兰雪绒抬起头来，静听外面的动静。门突然被打开，欢天喜地的林若涵和林若嫣风一样地卷进来）

林若涵、林若嫣	（一边一个拉了兰雪绒）娘！娘——
兰雪绒	（见她俩这样，不解地）你们怎么了？
林若涵	娘，日本鬼子打败了！
林若嫣	他们投降了！
兰雪绒	（大惊）什么？
林若涵、林若嫣	日本打败了！投降了！
兰雪绒	涵儿、嫣儿，扶我起来！（受到刺激，雪绒感觉她的腰疼病又要犯了，但强忍着。颤抖的双手撑着椅背和桌子站了起来，在女儿的搀扶下走到门口，迎着外面的喜庆，咬牙切齿，又泪流满面）小日本！你们也有今天啊！

外景 / 兰雪绒家外场地 / 晚上

（场地上摆着一张作为祭台的条桌，桌上一只香炉。兰雪绒将一面玻璃镜子擦拭了一下，供到条桌上。母女三人上了香，跪倒在祭台前）

兰雪绒	奶奶、娘、奶妈、哥、嫂，小鬼子投降了！雪绒告慰你们在天之灵！
林若涵	若涵告慰太奶奶、奶奶、老奶妈、舅舅、舅妈在天之灵！
林若嫣	若嫣告慰太奶奶、奶奶、老奶妈、舅舅、舅妈在天之灵！（母女三人伏身磕头）

外景 / 蕲城县长江边兰家小码头 / 白天

  （兰雪绒在江边洗着一大堆鞋）

外景 / 小码头台阶 / 白天

  （兰雪绒提着一篮鞋，拾级而上）

外景 / 兰雪绒家外场地 / 白天

  （场地上支起几排竹竿，晾晒着各色衣裤。兰雪绒从江边回来，将洗净的鞋一双双摆放到柴火堆上晾晒。井边大木盆里泡着床单。雪绒将水桶放进井里）

林江威	（提着一包碱和几块肥皂过来）大嫂！
兰雪绒	涵儿她三叔来了？
林江威	我带了点儿碱和胰子过来。（将手中物递给雪绒，接过井绳打水）
兰雪绒	三叔总是客气！
林江威	大嫂也不要做得这样辛苦啊，够用就行了。你看你这双手！
兰雪绒	（看自己的手，笑笑）没办法呀！涵儿、嫣儿大了，开支也大了！
林江威	有什么事要帮忙的，就吱一声啊。
兰雪绒	谢过她三叔了！
林江威	我现在就住城关，不想回去了。
兰雪绒	反正你只一个人嘛。
林江威	就是啊，回去了就不愉快。
兰雪绒	那你总得找点儿事做才行呢，老住在朋友家也不是个事儿啊。
林江威	哦，大嫂你知道吗？我这个朋友开的货店，就是从三叔他们手上购买来的。
兰雪绒	真的？那不就是林家的铺子嘛！
林江威	是啊！那年四弟在武汉购置了公馆，要接父母到一起居住，三叔就把几处商号都卖了。蕲城县城关的店铺就卖给了现在的经营人。

兰雪绒　　　那既是朋友，你又住在他家，就给他们帮帮忙、也长点知识。

林江威　　　嗯！我住到朋友家，如入自家门。哦，不，比在自己家还自由多了！
　　　　　　每日里无事，就帮着给算算账、看看货。

兰雪绒　　　你不在乎钱嘛。

林江威　　　呵呵，我工饷也不要，只要自由快活。

兰雪绒　　　有空过来坐坐。有什么衣物要洗涮缝补的，就吱一声。

林江威　　　嗯嗯，好的！

第三十二集

外景 / 蕲城县城关长江码头 / 1946 年 / 春 / 白天

　　　　（林楚威携田小螺和儿子，随众多乘客从客轮上下来，上岸）

外景内景 / 码头客栈 / 白天

　　　　（林楚威一家三口进码头客栈，开客房）

外景 / 城关街上 / 白天

　　　　（林楚威三人逛街）

外景 / 城关街头 / 白天

　　　　（街头打出横幅标语——蕲城县中学抗日救国宣传队。楚威三人过去围观）

报幕员　　下面表演的是，活报剧《放下你的鞭子》。

　　　　（卖艺汉敲锣，小伙计敲鼓，香姐站在一边；锣鼓停，卖艺汉开始说白）

林楚威　　（吃一惊）这不是嫣儿吗？她怎么也参加演戏了？（看着女儿发痴发呆）

　　　　（戏仍在演出中：香姐被逼着卖艺，因体力不支倒在地上）

林楚威　　啊！嫣儿！

　　　　（卖艺汉子在一边打锣，香姐勉强支起身体，一转身，又倒在地上，汉子暴躁起来，手持鞭子走向香姐，打一下）

汉　子　　来呀！（香姐倒在地上没有声音，汉子举鞭子又打。观众愤愤不平）

观众甲　　手段真辣！

青　工　　岂有此理！

汉　子　　（少顿，睁视）来呀！（又一鞭）

青　工　　鞭子放下来！（挺身欲前，为左右两人所阻）

　　　　（林楚威错乱了剧中人与现实的关系，控制不住自己的感情，冲

進演出场地，严声厉辞地夺下那打人的鞭子）

林楚威	放下你的鞭子！（观众一起鼓掌喝彩）
众演员	（吃一惊）你！
	（真正应该上场夺鞭子的"青工"演员弄得不知所措。若嫣反应灵敏，见这位观众来救她，忙从地上爬起，躲到楚威后面，做出寻求保护的样子，又暗示那个应该夺鞭子的演员。那个装扮"青工"的演员反应过来，跳进人圈里继续与汉子论理，并将他推倒在木箱上）
香　姐	（惊泣着，走近青工）好先生，请放了他吧，这不是他的错。
青　工	不是他的错？这样狠毒地用鞭子打你！
香　姐	（悲伤）……他是我爸爸。
林楚威	（吃一惊）爸爸？那个凶恶的穷汉子怎么成了嫣儿的爸爸？
青　工	是你的爸爸？怪了，世界上哪有这样狠毒的爸爸，用鞭子打他的女儿。
香　姐	他也是没有法子呀，我们有两整天没有吃个饱啦。先生，这种生活我们经过好多年了。
林楚威	（天旋地转，痛苦的心声）可怜的女儿啊！吃不饱饭，认了个穷汉子做爹，沦落到了卖艺挨打的地步。
香　姐	可怜的爸爸，为了饥饿所迫时常暴躁使气。可是在从前，他是我慈爱的爸爸呀！我一点怨恨他的心也没有，因为我懂得挨饿是怎么回事，我感到他的痛苦比鞭子打在我的身上更难过。
汉　子	唉，真要命，我疯了，我怎么会下这样的毒手鞭打自己的女儿呢？
香　姐	爸爸！
汉　子	我的好女儿！我对不起你，我不像个父亲的样子好好照顾你、抚养你！可怜的女儿呀！（汉子的话句句戳在林楚威的心上，傻呆呆地在场中间站着）
林楚威	嫣儿！
汉　子	最可怜的是你的妈，她活着没有过一天好日子，连死也死得那么可怜。

香　姐	（哭泣着）爸爸！
林楚威	（惊悸）难道，我认错了人？难道，那不是若嫣？难道，她娘已经死了？（演出在楚威的发呆中继续进行，后结束。若嫣来到楚威面前，深深地鞠了一躬）
林若嫣	先生，太感谢您了！那么有同情心，一定是位好人，请签个字吧。（林若嫣递上一个油印剧本。林楚威心慌意乱地摇手）
林楚威	对不起，我写不好字。你以后要好好学习，会有出息的，我祝福你！（林楚威说着拉了田小螺和儿子就走）

外景 / 城关街上 / 白天

林楚威	（心事重重地和田小螺、儿子往前走，心声）小女儿都已经长这么大了，都不认识我了，她长得多像当年的雪绒啊。她娘和我定亲的时候，也就若嫣这么大吧？可一晃多少年过去了，女儿也长大了。那么涵儿呢？涵儿肯定更是个大姑娘了。唉！多想见见她们，和她们在一起聚一聚啊！（瞟一眼牵着儿子的田小螺。田小螺正兴致勃勃地东张西望地看热闹，还嘻嘻哈哈地跟儿子笑话林楚威）
田小螺	你看你爸，刚才为了救那小美人，表现得多勇敢啊。真像个骑士！
林楚威	（心烦地）小螺，我身体有些不适，回旅馆去休息吧。（田小螺只好很不情愿地同他往回走）

内景 / 城关码头客栈店堂 / 白天

客栈伙计	（与搂着一篮子脏衣往外走的雪绒打招呼）兰嫂好走哇！
兰雪绒	你们忙着啊！走啦！（偏着头边走边回话，猛地撞到一个人身上，吓得忙回过头来慌张地赔礼）失错！（待兰雪绒看清来人是林楚威，那身子就靠在廊柱上不能动弹了。满腹心事的林楚威抬头见是兰雪绒，也惊呆了）
田小螺	（牵着儿子举三个糖人儿从大门外进来）楚威，走，我们到房里去玩糖人儿。（田小螺发现林楚威与一个半老婆子愣愣地对视着，以为他们因互不让道发生了抵触，倒十分宽容）
田小螺	走嘛，让她三分又何妨？何必呢？（又拉他）走吧——

（林楚威像个木偶似的被牵着走，表情僵着，一句话也不说。上了楼，在回廊上又回过身来望大门，兰雪绒还是一根木桩般地靠在那柱上一动不动。田小螺见林楚威那么一种失神落魄的样子，还在劝慰）

田小螺　　一个洗衣妇有什么好看的？大人不计小人过，不就行了？

林楚威　　（心声）这世界太小了！到蕲城县才多大一会儿？接着就见着了她们母女俩，还不知我心爱的大女儿是什么样子了呢！雪绒的变化太大了，往日我的娇妻哪是这么个样子？全村、全镇、全县都是出了名的美女，怎么一下子就成了半老婆子、洗衣妇了呢？还被小螺称作了"小人"，可想她与一个下人差不了多少了。五弟虽讲过她做了洗衣妇，却没想到这么惨、这么大筐大筐地收脏衣。涵儿她娘，我不是给你们留了有田亩吗？怎么困难到了这一步？

田小螺　　（见林楚威仍这么痴痴呆呆，很不高兴，跑下楼去）这位大嫂，你到底要干什么？不就是两个人互不让道吗？假如你要钱，我们给；假如没什么事，就请你走吧？（雪绒抬眼望田小螺，倒吸一口气，眼睛瞪得大大的。又过一会儿，眸子里又放出光来，紧盯了田小螺，看得小螺心里直发毛）

兰雪绒　　（随即，浅浅地一笑）你放心，什么事也没有。我一会儿就走。

客栈老板　　（走过来）兰嫂，你怎么了？

兰雪绒　　老板，麻烦您找个人，帮我把这筐衣服送到我家去，好吗？我的腰疼病又犯了，提不动它们了。

客栈老板　　可以是可以，（犹豫）那你犯病了，这么多衣服还能洗吗？

兰雪绒　　能洗的。（又浅笑一下）我保证明天把干净的送来，不误时间。

客栈老板　　那好吧。（一扬手，过来一个小伙计）把衣服送到兰嫂家去。

小伙计　　好嘞！（衣服筐被送走了，兰雪绒也慢慢走着离去了。田小螺往楼上来，却见林楚威还扶在栏杆处，呆望那个没了人的大门口）

内景／城关码头客栈柜台处／深夜

客栈老板　　（与站在柜台外的林楚威讲话）那兰宅是她娘家的房子，被日本人收了，兄嫂也死了。她花钱买了几间兰宅的房子居住。

林楚威	兰宅那么大，原来的呢？
客栈老板	兰嫂买下的只是一个小角角，真正的宅子现在分成了两半，一家商铺、一家旅馆。旅馆叫临江旅馆。
林楚威	她就靠这样收脏衣服生活吗？
客栈老板	是的。她们娘儿仨的生活来源，主要是靠她收洗客人和学生的衣物，再就是替人缝缝补补地做些补贴。

内景／码头客栈楚威客房／深夜

（林楚威、田小螺同卧，二人均辗转难眠）

内景／林怡坤院厅堂／白天

（林怡坤升辈为老太爷，卓氏老太太。怡坤患病严重，终日以大烟土镇痛，已显出老态。林家现只剩下了鄂威、江威，媳妇谭金簪、任梓茗。孙子有鄂威的五个孩子与湖威的独生子。任梓茗在发髻上扎上了白头绳为湖威戴孝。众人请安）

谭金簪	我说七弟妹，你也不用为他伤心的。
任梓茗	二嫂——
谭金簪	湖威当汉奸，早该杀头了。再说他对你也不好，要么不着家、要么回家就打你。枪毙就枪毙了，你倒还为他戴孝！
卓　氏	鄂威媳妇你住口！湖威再不怎么的，也是他媳妇的丈夫。她尽的是个妇道、尽的是个孝道，你不要再说了。
谭金簪	（咕哝似的）是——
林怡坤	你们都下去吧。江威你留下来。（众人退出）
卓　氏	你现在孤身一人，给你说过几门亲，你也不点头讨个老婆。你到底怎么想的啊？
林江威	我现在这个样子，讨妻和不讨妻有什么两样？
卓　氏	你们兄弟四人，宜威去得早；你呢，现在落了个无妻无子；湖威呢，幸亏任氏给他养了个独苗苗。
林怡坤	这样吧，江威你二哥孩子多，你过继一个小儿子，将来好养老。
林江威	爹、娘，我命里注定无后。过继了，以后的财产是二哥的；不过继，也还是他们的，我无所谓。

林怡坤	可你总会老的啊，要人送终啊！
林江威	爹和娘这样主张，我听爹娘的便了。
卓　氏	好，你下去吧。
林江威	是——（离去）
卓　氏	（掩面哭泣）我的湖威哦，幺儿子哦！
林怡坤	算了，人死都死了，哭有啥用？
卓　氏	那么多的皇协军都被收编了，那么多汉奸摇身一变都成了国军。凭什么我们的湖威就要被镇压？
林怡坤	这实在是他罪孽深重，和一般的皇协军不一样嘛。区上不是说了吗？不杀不足以平民愤！
卓　氏	什么狗屁民愤！小鬼子滚都滚了，未必不杀我们湖威，湖威还能把他们喊回来不成？呜呜，我的儿子啊！好在你媳妇还记着你，在发髻上扎个白头绳。也算尽了妇道、尽了孝道啊，呜呜——
林怡坤	他娘，不讲湖威了。现在讲讲楚威吧！
卓　氏	啊？楚威！（一下子止住哭，来了精神）
林怡坤	楚威前几天回来祭祖，把他们三兄弟的田亩山林都划过来了。我现在老觉得人手有点儿少了哦。
卓　氏	他们名下的还和以前一样租给那些人，让佃户们去耕种、管理。只是租子收得太少，得重新算算、重新定了。
林怡坤	找几个长工吧，还得要增加家丁才行。
卓　氏	好。现在家眷少了，外面跑腿的事倒多了。

外景 / 城关临江旅馆前 / 白天

　　（两辆人力车停住，上面下来林楚威、田小螺和孩子。林楚威仰头观看"兰宅"，目光落在"临江旅馆"的牌子上）

林楚威	小螺，我们就住这家旅馆吧。
田小螺	（点头）好！

内景 / 临江旅馆店堂 / 白天

伙　计	（热情迎接楚威三人）来啦！坐，坐！
林楚威	给我们在楼上开两间客房。

伙　计	好嘞！（上楼去）
田小螺	怎么要开两个房间？
林楚威	我们这次回乡祭祖，应酬多、又还处理田地，真的很辛苦。你和儿子也累了，就好好地休息一下吧。
田小螺	那你呢？
林楚威	我，需要起草一份业务上的文件，要熬夜，免得打搅你们。

内景 / 临江旅馆楼上 / 晚上

（林楚威凭栏楼临江而望。江心灯火闪闪，几艘轮船驶过）

闪回

内景 / 蕲城县县城兰宅楼上 / 深夜

（林楚威夫妻俩凭楼临江而望）

（夜空布满阴霾，江面上轮船的灯火游移不定；沉闷的汽笛声鸣响）

内景 / 临江旅馆楚威所订客房 / 晚上

（客房正是以前楚威和雪绒的卧房。楚威失魂落魄地四周看着，又坐着发呆）

闪回

内景 / 兰宅楼上雪绒卧房 / 深夜

（林楚威与兰雪绒手端油灯坐在床前，细看熟睡中孩子们四张可爱的小脸）

林楚威	唉！孩儿们，爹爹明天就要到汉口去了！
兰雪绒	（笑着摇摇头）他爹，他们今夜怎么这样出奇？怎么突然地非要睡在一起呢？又非都要跟你睡在一起呢？
林楚威	（笑笑）他们知道我明天就又要离开他们，舍不得我呗！
兰雪绒	你又不是第一次出远门了，真有些出奇！她爹！（靠他肩上）我可能又有喜了。
林楚威	是吗？（把目光移到妻子脸上，又惊、又喜、又愁）

内景 / 临江旅馆楚威所订客房 / 晚上

林楚威	（仍发呆，心声）我的儿子，四个儿子啊！你们在哪里！（站起来走动，心声）屋还是这间屋、房还是这座房，可今非昔比，早

已改名换姓了。小楼昨夜又东风，故国不堪回首月明中……（在窗前伫立片刻，沉思良久，出）

外景 / 兰雪绒家门外 / 深夜

（屋门打开着，屋里的灯光直照到外面的场地上。雪绒在井台边就着微弱的灯光搓洗衣服。楚威在暗处注视着雪绒和她的家。雪绒忙进忙出地洗衣、晾衣，终于收拾好了端着大木盆走进门去。楚威下了决心，快步上前）

内景 / 兰雪绒家 / 深夜

（兰雪绒将门闩拉上，捶了捶腰间。画外音敲门声）

兰雪绒　（又把门打开了，双手扶着门板向外看）谁呀？啊！你……

林楚威　涵儿她娘，能让我进来吗？

（雪绒松开扶门的手，朝边上让了让。楚威进去并带上了门。他东张西望地打量着屋里的摆设，觉得有些寒酸。见了神龛处供的镜子，不禁眼眶潮湿）

兰雪绒　（沏上茶来）涵儿她爹，你坐吧。茶叶不好，将就点儿。

林楚威　（坐下了，嘬嘬茶）涵儿、嫣儿呢？

兰雪绒　她们都住校。

林楚威　哦，你还好吧？

兰雪绒　还好。

林楚威　你的腰疼病好了吗？

兰雪绒　多谢你问，好了。

林楚威　生活上有什么困难吗？

兰雪绒　没有。（两人沉默了，静得有些难堪）

林楚威　这房子原来本是你们兰家的，怎么没返还给你们呢？

兰雪绒　日本人夺去了，还能返还给我们吗？

林楚威　可日本人早走了啊。你应该找政府！

兰雪绒　找了。党部的人说，现在的房主是出了钱的，可钱是日本人用了的，要算账还得找日本人。

林楚威　那就这样算了？

兰雪绒	能不算了？我兄嫂侄子死了，人都没了，还能东渡大海找他们天皇？
林楚威	唉！两个姑娘读书上有什么问题？
兰雪绒	（沉吟片刻）如果你调剂得过来，就给她们一点学费吧。
林楚威	好！
兰雪绒	涵儿上了高中、嫣儿上了初中，学费贵得很，眼看着要辍学，我很担心。
林楚威	这事我来办。（两人又没了话说，各自想心思）
兰雪绒	（向林楚威的茶杯里续过水去，打破僵局）喝茶吧！
林楚威	我明天就返回汉口了，没机会见到涵儿，好想她！我那天回到蕲城县来的时候在街上看见嫣儿了。她在演出，没认出我来。
兰雪绒	（脸上升起一点点欣慰）两个女儿都还有些出息。
林楚威	我离开之前，会把学费送过来的。
兰雪绒	我替女儿谢谢爹爹了！
林楚威	你还有什么要话说说吗？
兰雪绒	还有，还有……（吞吐着、犹豫着，林楚威很专注地望着她。兰雪绒抬起眼也看着他，下定了决心）涵儿她爹，我想问一句，涵儿她新妈妈是哪里人氏？
林楚威	（不知雪绒何用意，小心翼翼地）襄阳人氏。
兰雪绒	今年多大了？
林楚威	1922 年、壬戌的、属狗。
兰雪绒	她祖姓田吗？
林楚威	是抱养的。
兰雪绒	这就对了。
林楚威	嗯？
兰雪绒	她身上有什么特征或者是记号？
林楚威	特征？记号？我没注意。
兰雪绒	涵儿她爹，时间不早了，我也不留你再坐一会儿了。如果你有机会的话，请你看看涵儿她新妈妈左肩后背处有没有一朵小兰花。

| 林楚威 | 小兰花？你是说……哦，你姑妈曾经在小侄女儿身上…… |
| 兰雪绒 | 你走吧。望你们过得好！ |

外景 / 蕲县城关临江旅馆门外 / 深夜

（林楚威双腿就像灌了铅似的沉重，内心郁闷地慢慢在街上踱着）

内景 / 临江旅馆田小螺所订客房 / 深夜

（田小螺洗好了澡正在穿衣服。林楚威入，迫不及待地上前扒开她的上衣领口，朝左肩后背处看，赫然一朵兰花熠熠在目）

林楚威	（心声）天哪！她竟然是兰雪绒的亲妹妹兰雪瓶！
田小螺	（很感惊讶地扒下林楚威的手，拉上衣领）你在干什么？
林楚威	告诉我——（坐下来）你是怎么到田家做的女儿？
田小螺	不是给你讲过好多次嘛。
林楚威	再讲一遍！
田小螺	我是我舅从江中救起来的。我娘嫁到田家后一直无嗣，他就把我送给我娘做了养女，取名叫田小螺。就这些，怎么了？
林楚威	没怎么，我只想问问。
田小螺	我要你说！
林楚威	回汉口以后我会讲给你听的。不早了，你睡吧。（醉汉似的往外走）
田小螺	（惊奇地望着他的背影不得其解）我怎么老觉得，你最近总是不对劲呢！

内景 / 临江旅馆楚威所订客房 / 深夜

| 林楚威 | （坐立不安，心声）怪不得小螺住进这个旅馆以后那么的兴奋，像个小孩子一样。别梦依稀，原来她是兰雪瓶！她不自觉中回到了自己的童年、她的孩提时代——这里原本就是她的家！又因为她的出现，给她的亲姐姐带来了那么多的苦难。原只说鸠占鹊巢，原她俩本就出于一巢；九弟曾劝我娥皇、女英，我说自愧不如舜，却不知她俩还真是亲两姐妹。雪绒！雪瓶！我到底对不起你们哪一个呢？世界啊，你真是太小了！ |

第三十三集

内景 / 林怡坤院卧房 /1948 年 / 夏 / 白天

卓　氏　　（翻看账簿，对歪在床上吸鸦片的林怡坤）他爹，昨儿晚上湖威
　　　　　　媳妇过来说，我们那小孙子老是抽风，很不对劲，病得厉害哦。
　　　　　　我们过去看看吧。

林怡坤　　急什么急，我这一泡还没抽完呢！

卓　氏　　一天就知道抽、抽、抽！（湖威院使女惊慌地入）

使　女　　太、太、太、太老爷——

卓　氏　　慌什么！

使　女　　请的郎中说，小少爷得的是狂犬病。

卓　氏　　什么是狂犬病？

使　女　　就是疯狗子病！

卓　氏　　啊？（吓得一歪，差点栽到地上）

林怡坤　　（一欠身坐起）我说吧，那天被狗咬了，我就说会出事的！
　　　　　　（卓氏号啕大哭，把账簿往抽屉一塞就往外跑。林怡坤也下床找鞋，
　　　　　　没来得及穿好，便趿着鞋跌跌撞撞地往外跑）

内景 / 林湖威院儿廊下 / 白天

　　　　　　（众佣仆聚在廊下听屋里的动静。屋里发出撕裂人心的哭喊声）

内景 / 林湖威院儿厅堂 / 晚上

　　　　　　（任梓茗目光呆滞、披头散发地坐在屋当央,怀里抱着死去的儿子）

内景 / 林怡坤院厅堂 / 晚上

林怡坤　　（与鄂威夫妇议事）这孩子还没成人，不能埋在祖墓里。

卓　氏　　鄂威，明天叫人钉个木匣子。

林鄂威　　埋到哪儿？

卓　氏　　拉到后岗子上去。

林鄂威　　是！

卓　氏	（哭）哎哟我的小孙孙哦！
谭金簪	都是那死女人带的灾祸！
卓　氏	嗯？（一时没有反应过来）
谭金簪	任氏啊！不是她，我们林家哪有这么多灾祸！克夫克子丧门星！
卓　氏	任——氏！（咬牙切齿，眼里射出仇恨的光）

外景／柳玉来家不远处树林里／1948 年／秋／白天

（柳水儿坐在树林里编柳筐。长大了，有了庄户人家的闺女样。只是脖子里渐渐出了喉结，嘴唇上慢慢长了绒毛）

柳玉来	（画外音呼唤）水儿——水儿！
柳水儿	哎——（站起，惶惶地钻出树林。声音像只初打鸣的小公鸡）
柳玉来	（走近）哦，在这儿。
柳水儿	爹，你贩盐回来了？
柳玉来	嗯，你怎么躲在这里不回去？
柳水儿	（愁眉苦脸地）前庄的王媒婆、后村的张快嘴她们今天又来提亲，说了两户人家。我说要等你点头，她们就赖着不走，我只好躲到这里来了。
柳玉来	（焦急万分）水儿啊，更可怕的还有呢。
柳水儿	怎么？
柳玉来	我这次到山里去贩盐被匪帮捉住了。青蛇镖要拜我当丈人，娶你做压寨夫人。
柳水儿	啊！（吓得往后退一步）
柳玉来	我假骗他们，说要回家跟女儿先说说，准备准备，才逃得一条命回来。
柳水儿	爹，怎么办啊？
柳玉来	水儿，此处终不是可留之地，我这就出去打听买主。我们把家产卖了去，离开这里，永世不再回来。
柳水儿	好，爹爹，你早去早回！

内景／蕲威公司／白天

林襄威	（和楚威从外往里走）大哥，现在生意做得怎么样？

林楚威	唉，刚好了点，这不？又打起来了！
林襄威	是啊，兴业伊始，日军在这里，做生意举步维艰。医药器械业务，尤其是那外用药品又太为敏感，不好做。
林楚威	这些商品是国、共、日、匪、民多方争夺的对象。有段时间，我都差点儿办不下去了。
林襄威	（边走边打量四周）好在时间不长，随着胜利的 1945 年那令人激动的盛夏的到来，无数个商贸人扬眉吐气、挺直了腰杆做生意。经过打拼，公司也渐入佳境，生意也越做越大了。
林楚威	可是，现在内战又起了，你也知道，我是个不问国事、不谈国事的"中庸"之人。现在失去了"真空"，甚至成了争取对象。

内景 / 兰雪绒家 / 晚上

兰雪绒	（独自在灯下缝补，画外音拍门声）谁呀？
林江威	（画外音）大嫂！
林若印	大娘！开门哪！
兰雪绒	（疑惑地）大娘？（起身去打开门，林江威带着林若印入）
林江威	大嫂！（又对若印）印儿，快叫大娘！
林若印	大娘！
兰雪绒	哎——（仍是迷惑，对林江威）这是——？
林江威	（笑）我朋友的儿子，商印儿！
兰雪绒	那好！那好！快，过来坐。（给江威泡过茶去。又在一只碗里放了京果、炒米花，用糖水冲了，加把小调羹，端给若印）来，乖乖，吃吧。
林若印	（看看林江威，摇头，虎头虎脑、甚是可爱）嗯——
林江威	吃吧，大娘给的可以吃的！
林若印	好！谢大娘了！（端起碗呼呼啦啦吃得香）
兰雪绒	唉（慈爱地看着他，心声）要是我的若音和若鸣还在，也就长这么大了哦！
林江威	我朋友他们一家三口，都对我很好。
兰雪绒	我见过那老板娘，慈眉善目的。

林江威	这个小子呢，一天到晚缠着我，划船、钓鱼、看戏，玩不够。
兰雪绒	你就会玩嘛，正好和他玩到一起去了。
林江威	真的，大嫂，这个小子虎头虎脑的，真还和我投缘哦。
兰雪绒	（心声）要是夏仪灯还在世该多好哇！大家又可在一个地方团聚了。江威虽是有毛病，可人毕竟是个好人。

内景 / 林怡坤院厅堂 / 晚上

林怡坤	（与鄂威夫妇议事）湖威媳妇现在怎么样啊？
谭金簪	还能怎么样？一天到晚哭兮兮的，还得专人服侍。
卓　氏	这女子留不得了！
林鄂威	让她改嫁不就行了？
谭金簪	是的！这是最好的法子。
卓　氏	当年要兰氏改嫁，我们还有个"劝"字，这回对任氏，是一点客气都不能讲了。
林怡坤	可她到底是湖威的媳妇啊，总不至于湖威人没了……
卓　氏	他爹，这都什么时候了，你还指望她给林家再争一座牌坊回来？
林鄂威	七弟是汉奸，哪有给汉奸婆娘立牌坊的？
林怡坤	闭你的嘴！动不动就汉奸、汉奸的，他好歹也是你的亲弟弟哪！
林鄂威	（咕哝）爹您只管躲家里抽大烟、享清福，哪知外面的世界。我们在外面，脊梁骨都被人戳断了！
卓　氏	算了，你们俩都不要动这么大肝火，汉奸这锅算是背到家了。还是说任氏吧，她和艾氏不一样。那年艾氏守了寡，我们要她过继一个孩子，是想给林家二房多分一份财产。现在，所有的林氏财产全在我们名下了……
林鄂威	出了她，能叫乡亲们早点儿把给我们林家丢脸的湖威忘掉。
谭金簪	嫁了她，多少也还可以得些彩礼。
林怡坤	好吧，你们去托个媒婆子吧。

外景 / 柳玉来家外面场地 / 晚上

柳水儿	（站在场地上，心事重重地向远方张望，自言自语地）爹爹怎么还不回来啊！

内景 / 柳玉来家 / 深夜

　　（柳水儿在灯下做针线，过一会儿听一下外面的动静。站起，走
　　到门口打开门，向外张望。又失望地关上门，转过身，靠在门上
　　发呆）

柳水儿　　青蛇镖！压寨夫人！

内景 / 柳玉来家水儿卧房 / 深夜

　　（柳水儿靠在床头，熬不住瞌睡，吹了灯歇息）

外景 / 柳玉来家门外 / 深夜

　　（一群土匪摸近柳玉来家，来到场地上。一土匪拔出一把亮闪闪
　　的刀，上前把刀插进门缝，拨动门闩）

内景 / 柳玉来家水儿卧房 / 深夜

　　（黑暗中，睡着了的柳水儿被人按在了床上。他惊醒过来刚要喊叫，
　　嘴里便被塞进了一团布条）

外景 / 柳玉来家外场地 / 深夜

　　（柳家外火把通明。嘴里塞着布团的柳水儿从屋里被拉出来，捆
　　住手脚后给绑到了马背上，他挣扎着，不起作用。众匪徒放火烧房）

土匪甲　　别绑紧了。伤了小夫人的手脚，大王不会放过我们的。

土匪乙　　不绑紧点他跑了你顶啊？

土匪甲　　夫人的爹现被捉在山上，还怕找不到人？

土匪乙　　她爹已跳崖死了。你还不知道？（熊熊大火，柳水儿昏死过去）

外景 / 山道上 / 深夜

　　（马背上的柳水儿被颠簸地醒了过来。匪帮继续往前走。柳水儿
　　发现从马肚下捆系他手脚的绳索已松开，便寻找着逃跑的机会。
　　枪声响起，匪帮和前面的什么队伍打起来了。没有谁再顾及柳水儿，
　　他趁机滚下马背，躲到刺蓬里，又趁乱向山崖爬去）

内景 / 山上山洞里 / 早上

　　（柳水儿在山洞里躲藏着。天亮了，晨曦照进洞内。洞外传来脚
　　步声，柳水儿惊恐地从地上爬起，紧贴洞壁站着。洞口露出一个

剪影。那影子迟疑地往前挪着，一步一探。柳水儿看得真切，喜出望外）

柳水儿	冰——儿！

柳水儿 冰——儿！

冯冰儿 （惊叫）啊——！（被叫声吓坏，转身往外跑。柳水儿跳上前，将他抱住）

柳水儿 冰儿——！（冯冰儿吓昏过去，柳水儿又惊、又怕、又伤心，哭起来）
（冯冰儿醒过来，见柳水儿搂他入怀，流着泪水抚摸着他的小分头）

冯冰儿 （惊坐起，抱住他大哭）水儿，你怎么会在这山洞里啊？

柳水儿 土匪们绑了我，烧了我家的房子，我逃出来的。你呢？你怎么也会到这来的？

冯水儿 （仍哭）我家昨天夜里也遭了劫。

柳水儿 哦，老贵去年就已死了。你娘呢？

冯冰儿 前些时我娘一下子不见了，我好害怕啊，苦守空房一直等着她。前几日，一个被我娘救过的土匪小喽啰给我送来一封长信，说我娘被青蛇镖抢到了山上，极有可能这辈子也见不到我娘了。

柳水儿 啊？出了这样的事？

冯冰儿 嗯，那封长信是我娘写的，在信里头告诉了她和我的身世，还嘱咐我快快离开这个地方。

柳水儿 那你怎么不快点走呢？

冯冰儿 我是要走啊！赶紧藏好了所有的地契、房契，收拾了所有的细软，准备先离开这个地方，再找学上、再谋前程。可是，就在昨晚匪帮下了山，打劫到简家大院。

柳水儿 我家也是！

冯冰儿 不过除烧了大屋，他们什么也没有得到，一无契约，二无钱财。他们气得要死，就抓了我拷问，我一口咬定，所有的东西全由母亲收藏着。土匪就把我抓走了，要带到山上去。

柳水儿 那你怎么到了这儿？

冯冰儿 我被绑在马背上一颠一颠地，骨头都要散架了。突然前边打起来，那个给我送信的土匪小喽啰，好心地趁乱割断捆我的绳索，放了我一条生路。

柳水儿　我也是绳子松了的。

冯冰儿　我跌跌撞撞地跑了一夜，天亮了，脚板满是血泡，也没跑出山外。怕被人撞见，正十分着急，忽然看见崖畔有这个山洞，就想进洞来躲一躲，好等天黑了再说。没想到你也在这里！（说到这儿伤心地抱了柳水儿又恸哭起来）

柳水儿　唉！这也是前世修来的缘！

冯冰儿　想想一夜的折腾，真是吓死人了。

内景/外景/山洞里/外白天/黑夜

（柳水儿与冯冰儿忍饥挨饿。柳水儿昼伏夜出，白天在山洞附近拾柴捡草打地铺，晚上便出外寻找吃的穿的）

内景/山洞洞口/早上

冯冰儿　（在洞口盼望，水儿精疲力竭地从山下回来。急切地）水儿，找到没有？

柳水儿　还是没有啊！我找到你讲的地方，可每次都有土匪在那里晃动。可能是要等着抓你，这样我就没敢取。

冯冰儿　取不成就以后取。没有了你，我也活不成了。

外景/山坡上/傍晚

（两人分别。柳水儿下山，冯冰儿眺望。白天，黑夜交替）

外景/山洞外/早晨

（柳水儿挽着一个包袱喜气洋洋地走上山来。他不急着去见冯冰儿，在洞外草地上躺了下来，头枕着手臂，沐浴着阳光。画外音脚步声，停下。冯冰儿长长的叹息声。躺在草地上的柳水儿笑眯眯别过脸去，觑着眼睛瞄冯冰儿。冯冰儿蹲在地上，满脸愁苦地看一块沾满鲜血的布条）

柳水儿　（见了那血，吃一大惊，从地上跳起）冰儿！你怎么了？你受伤了？

冯冰儿　（被响雷般的叫唤吓得跌坐在了草地上）啊——

柳水儿　（奔去搂住冯冰儿的双肩）告诉我，哪儿来的血？

冯冰儿　我、我……

柳水儿	你怎么会流血呢？受伤了？
冯冰儿	（满脸通红，从地上爬起双膝跪地）好姐姐你饶了我吧，我不是故意要骗你的。
柳水儿	你骗我什么了？
冯冰儿	这是月经。
柳水儿	月经？月经是什么东西？
冯冰儿	啊？（惊愕之极）你、你、你！你是姐姐！你这个当姐姐的，怎么会不知道……
柳水儿	我？姐姐？哦！我是姐姐！
冯冰儿	月经就是、就是，女人每月要来的那个东西。就是、就是，你现在看见的这些血！
柳水儿	女——人？（把个"女"字拖得长长的，眼瞪得大大的，松开扶冯冰儿的手，蹲着往后退了两步）你是女人？
	（冯冰儿悲痛欲绝地点了点头，跪着往前走了两步。一下子抱住柳水儿，双手在水儿的背后，死死地抓住他的长辫子，将脸颊贴在柳水儿的胸膛上）
冯冰儿	（哀哀地）好姐姐，我女扮男装实在是没有办法，你不会瞧不起我吧？
柳水儿	（气短心慌，心声）我一直把她当柔弱的小弟弟看，谁知转眼间变成了一个来、来月……（又变得可怜兮兮）我怎么会瞧不起你呢？
冯冰儿	（松口气，瘫软下来）我娘原来是戏班子里的女戏子。那年又旱又涝闹灾荒，戏班子就散伙了，班头把我娘卖给了快要六十的简老贵。
柳水儿	（咬牙地）简老贵！
冯冰儿	当时，简老贵要买一个有身孕的小女子为妻。他虽然曾经三妻四妾，可是，娶一个死一个，他命中克妻，而且命中无嗣。他是个宫里遣散的太监。
柳水儿	啊！太监？怪不得……
冯冰儿	他那么大的家业要传承，没有错。可他生怕别人知道他是个太监，

	既不过继孩子，也不抱养孩子，偏要在他家出生的孩子，还是一个没有父亲的孩子。这样，他就勾结青蛇镖害死了我爹。

柳水儿　　阴毒啊！

冯冰儿　　我爹爹也是戏班子里的人。班头为了多挣钱，怕我娘有了拖累，就不让他们成亲，可他们还是暗中要好，后来就有了我。简老贵与青蛇镖合伙害死我爹后，买下了我娘。我娘拼死抗争，但想到我，为了给冯家留条根，就忍辱负重活下来了。后来我出世了，是个女孩子。

柳水儿　　女孩子！

冯冰儿　　可是简老贵——那老鬼不知中的哪门邪，好歹说我是个男孩子，说他老来得子，后继有人。如果我娘不从他就掐死我，我娘只得认命。那老鬼害了多少人哪！我爹、我娘、我！还有你，你娘！（说着一下子蹿起，抱着柳水儿的脖子）

柳水儿　　冰儿！

冯冰儿　　姐姐，我有罪！我对不起你！我不该出世！因为我的出世，害死了你娘。那老鬼怕接生的你母亲露出风声，在当天晚上就把你娘害死了。姐姐，我有罪，我对不起你呀！（柳水儿默默无语，双泪长流。冰儿害怕跪着挺直了身板儿、将脸颊搁在柳水儿的头顶上，又哭）我娘见你一次面，回去总要哭几天。这些，我当时不明白。前几天收到她的那封长信，我才知道是这个原因。

柳水儿　　唔——

冯冰儿　　我说我苦，只是一个孤独的孩子感觉到的苦。其实，我爹、我娘、你爹、你娘、你奶奶，都苦！我也就明白我娘为什么要给我取名冯冰儿了。……可是那老鬼，害人那么多，也没得到好下场。他一个鼻孔出气的青蛇镖烧了他的房屋，霸了他的妻——虽然只是名义上的妻，还要夺他的田产！还要……（突然打住话）

柳水儿　　（愕然地抬起头，只见她紧蹙着眉头、呆愣着眼，他很紧张）你怎么了？

冯冰儿　　（恹恹地）好多呀！裤子都湿了。

（柳水儿闻言，十分惊慌，忽地又发觉冯冰儿柔软的胸脯就蹭在他的脸上。他猛地推开冰儿紧箍着他脖子的双手，慌乱地在地上蹭着往后挪了两步）

冯冰儿　（愕然）你怎么了？

柳水儿　你不要碰我。我不好，我一直把你当弟弟。

冯冰儿　是我不好。我骗了你，骗了很多人。

柳水儿　我也骗了你，骗了很多人。

冯冰儿　你骗我？你怎么骗的我？

柳水儿　和你一样。

冯冰儿　和我一样？（好奇地往前挪两步，端详着这个骗人的人）

柳水儿　我不是你姐姐。是个男的。

冯冰儿　男——的？（又一下子拉直身子，瞪大眼睛把柳水儿从头看到脚。除了那花衣和长辫，怎么看怎么像男的，只是俊俏一些，缺乏几分彪悍）

冯冰儿　那你怎么要男扮女装的呢？

柳水儿　快十六年了，难熬的十六年哪！我出生那年蕲水龙王要吃人，我爹娘害怕，就把我当了女儿养。一直到现在。

冯冰儿　（咬牙切齿）你知道那蕲水龙王是谁吗？

柳水儿　不知道！

冯冰儿　他就是青蛇镖！

柳水儿　啊！（震惊）

冯冰儿　他不知在哪里算了一卦，说是得吃当年正月的男婴，就假借蕲龙王的名义，四方搜索捉拿新年的新生男孩儿。有些男婴瞒住了他，他没吃成，后来知道了，就报复，把他们打死在龙王庙外，还现出龙爪印。

柳水儿　你怎么知道这些的？

冯冰儿　我娘在信中告诉我的。

第三十四集

外景 / 山洞外 / 早晨

冯冰儿　那一年，青蛇镖跟简老贵喝酒，要老鬼把家产分一半给他。老鬼自是不干，两人就闹翻了。青蛇镖发了威，说"不要把老子搞毛了，自是没有你的好果子吃。多少人在我手里丢了小命，你是知道的。你媳妇儿那相好，你家那个接生婆，不都是我送他们到阴曹的？还有那些正月里的小奶儿，这十多年我吃了多少！你扳得过指头来吗？你这条老命算什么？我要结果你，也就是一句话的事。"自打那以后，老鬼就瘫在床上了。

柳水儿　（怒火中烧）我要走了，我要亲眼看到青蛇镖的死去！

冯冰儿　啊！你？（慌了）我——

柳水儿　他的匪帮被前几天和他打仗的队伍打败了。

冯冰儿　哦！太好了！

柳水儿　那队伍里的长官何等了得！也就是莲藕塘的林家八少爷。我昨夜去取你的包裹时听说，后天要枪决青蛇镖，七村八庄的人都要去看。我要看着他掉脑袋！

冯冰儿　我也去看！

柳水儿　刮他的肉，剥他的皮，抽他的筋我都不解恨！

冯冰儿　我也是！

柳水儿　我要跟那队伍走！可想到你还在这儿等我，我不能不辞而别，就又回来了。哦，你等等（跑到刚才晒太阳的地方，拿起小包袱又来到冰儿身边）。冰儿，你要我取的东西，我都取来了。你清点一下，看少了什么没有。

冯冰儿　（感觉到水儿离她远了，不禁伤心）我相信你，不会少什么的。

柳水儿　那你就收起来吧。我要走了！（也不禁黯然神伤）不知什么时候才能相见？

冯冰儿	啊！姐姐——哦，不，哥——（拉住他）你不能丢下我！我要跟你走！
柳水儿	跟我走？你不是要找所学校去读书吗？
冯冰儿	我不去了。你走到哪我跟到哪！
柳水儿	可是，这——（拿不定主张）
冯冰儿	你说的那队伍里有女兵吗？
柳水儿	有，有哇。（突然明白过来）你也要跟那队伍走？
冯冰儿	嗯！（点点头）
柳水儿	你这文弱的小女孩儿？
冯冰儿	我跟你走！你走到哪，我跟到哪！
柳水儿	（指那个包袱）那它们怎么办？
冯冰儿	契约不要了。谁种地谁获益，没了人收租子，自然粮食归种田人所得。钱财首饰都带上。
柳水儿	好！
冯冰儿	我们投奔的那队伍好，这费用自然归那队伍了；那队伍不好，这细软自然是我俩将来的盘缠钱。
柳水儿	只是，只是，你仍是那个小弟弟该多好！
冯冰儿	你，你！（幽怨地一把抱住水儿）你不为我着想，也应为你自己着想。难道你还想当你那个假姐姐？
柳水儿	（又惊慌起来，抚摸着冰儿的小短发）当然，当然冰儿是妹妹更好！
冯冰儿	（笑了）那我们走吧！
柳水儿	嗯，我们走吧！（两人立起，在山洞前呆立片刻，一步步走下山去）

内景 / 林江威货店 / 傍晚

林若印	（从外面跑入，爬到看账本的林江威身上）林叔，你今天晚上要去看电影吗？
林江威	是啊。
林若印	那我也要去看。
林江威	可是，你才放学，要做家庭作业啊。
林若印	我现在就做，一会儿就完。

| 林江威 | 好，你做完了、又做得对，我就带你去看电影。 |
| 林若印 | 好，就这么说！（向后院儿跑去） |

外景 / 林江威货店门外 / 晚上

    （林江威和林若印上到一辆人力车上）

外景 / 蕲城县城关街道上 / 晚上

    （林江威递给林若印一包食物）

林江威	印儿你看，才做完作业，慌慌张张搞得我们晚饭也没吃。
林若印	（笑）可是我的作业都做完了啊，也都做对了啊！
林江威	（摸一下他的头发）小淘气！

外景 / 电影院门外 / 晚上

    （货店小伙计急奔而来，影院大门紧紧关闭，焦急地等候在场外，
    不停在看影院大门。电影散场，观众蜂拥而出，林江威和林若印
    谈笑着随人流往外走）

小伙计	林先生！林先生！
林江威	（惊奇地）你怎么来了？
小伙计	快，快点回去！老板和老板娘已经不行了！
林江威	啊？你说什么？
小伙计	他们晚饭的时候，吃了有毒的蕈子，中毒了！（江威拉了若印奔跑）

内景 / 林江威货店后院 / 傍晚

    （老板夫妇停在两张竹床上，老郎中念念有词，仍在把脉，众人
    围着他们）

| 商娘子 | （断断续续的）江威、兄弟，拜、拜托了…… |
| | （老板娘活未完，咽了气。林江威吓坏了，转身看商老板。商老
板紧抓了他的手，又把孩子的手抓过来重叠到一起，死死地箍着，
双脚一蹬，也死了） |
| 林江威 | 啊——（惊恐万状）你们不能这样！（哭）呜——怎么说走就走了？
这孩子怎么办？这店子怎么办？ |
| 林若印 | 爹！娘！（哭） |
| 老郎中 | 林先生，节哀吧，事情来得太突然。他们夫妻俩都是好人，我们 |

也不愿意他们这样。可没办法呀！刚才你朋友向你托孤，你要打
起精神哦。

林江威　　啊？托孤！（打了个激灵）

内景 / 林江威货店后院 / 白天

（两具棺材停放在灵堂，林若印披麻戴孝，林江威主办丧事）

外景 / 墓地 / 白天

（一座巨大的坟茔，前立两块墓碑。林江威跪拜、酹酒，林若印跪拜、
磕头）

内景 / 林怡坤院卧房 / 晚上

湖威院丫鬟　（慌张入，对躺在床上抽大烟的怡坤夫妇）老太爷！老太太！

卓　氏　　什么事？

湖威院丫鬟　七太太不见了！

卓　氏　　什么？（坐起）

林怡坤　　赶快找啊！

湖威院丫鬟　找了，都没有，不敢耽搁，特来禀告老太爷、老太太！

林怡坤　　再接着找！

湖威院丫鬟　是！（离去）

林怡坤　　来人！

家　丁　　（入）老太爷！

林怡坤　　把老爷叫来！

家　丁　　是！（离去）

内景 / 兰雪绒家 / 白天

兰雪绒　　（招待江威和若印吃饭）来，吃吧，吃吧！

林江威　　谢大嫂！

林若印　　谢大娘！

（雪绒给若印夹过菜去，疼爱地摸他头，慈祥地看着他，不觉流
下泪来）

林江威　　大嫂，我命中无子。可家里逼着我过继孩子，现在，又来了一个子；
我不在乎钱财，也知亲兄弟觊觎着我的钱财，干脆就将家中的那

一份丢给了他们，没想到这里又有偌大一份家产等着我。说到底，还是我们林家的家业。事到如此，我只得强打精神安葬了朋友；精心经营、抚养儿子，正正经经地过日子了。

兰雪绒　　她三叔，这是又悲又喜的事情，你也真不容易！

林孝威　　这儿子自从跟了我，比以前更加知事、懂事了。我喜爱他，就给他把商印儿的名字改叫林若印了。

兰雪绒　　啊，若印，真好听！跟我那个失散的儿子若音差不多。（又给若印夹过菜去）唉！要是有个弟妹帮着带带孩子就好了！

内景 / 林怡坤院厅堂 / 白天

林怡坤　　（与鄂威夫妇议事）找到任氏没有？

林鄂威　　没有！

卓　氏　　她娘家呢？

林鄂威　　去了，也没有，还差点儿被她娘家人打死。

林怡坤　　怎么回事？

林鄂威　　任家庄的人听说任梓茗不见了，可不得了，非得要我交人。死尸都不行，非得活人！

卓　氏　　啊！反了天！

林鄂威　　我上哪儿交活人去，有活人也不上任家庄去找了。

林怡坤　　那你就告诉他们啊。

林鄂威　　他们能听我讲吗？说任氏在我们家受欺负这多年，现在又搞得生不见人、死不见尸。我一听心里就火，跟他们吵。他们就更不得了，族人们拖棍提棒地就撵杀了来，把我吓死了。幸亏去的有马车，赶快爬到车上，才跑了回来。

卓　氏　　这怎么办？

林怡坤　　现在赶紧去区上报个官，就说湖威媳妇失踪了。要是任家来了人闹事，起码有个官家出头。

林鄂威　　好。

谭金簪　　要是任家不来人，这事也就了结了。只当是把她已经改嫁了的。

卓　氏　　嗯！别看任氏话不多，可绵里藏针，性子也刚烈得很。如果真改嫁她，只怕又得闹出什么新花样来。

谭金簪　　是的，她走了，还省了多少事！

内景 / 蘄威公司办公室 /1948 年 / 冬 / 白天

助　理　　（入，对看合同的林楚威）林董，外面有一先生求见。

林楚威　　你去接待一下。

助　理　　是！（出，继而入）那位先生要亲自面见您。

林楚威　　好吧，请他进来。

助　理　　是！（退去，进来一长袍、礼帽、金丝眼镜的青年男子，楚威礼
　　　　　节性地站起）

林昌威　　（抢上一步）大哥！

林楚威　　唔、唔，你好！（一时回忆不起这人是谁，仍礼节性地回答，向
　　　　　桌外走来）

林昌威　　（取下礼帽、摘下眼镜）大哥，是我！

林楚威　　啊！八弟——（也抢上一步，双手拉了昌威的手仔细打量）真是
　　　　　你啊？

林昌威　　大哥！

林楚威　　八弟！长大了、成熟了，我都一下子认不出来了。来，坐，坐！（两
　　　　　人到沙发前坐了）这多年来，没有你的音讯，好想你啊！

林昌威　　我也思念大哥，时时不敢忘怀！

林楚威　　你看，我们林氏兄弟九人，其实我心中最牵挂的还就是你这个小
　　　　　八弟了，另外几个人都有消息，并有来往。就是五弟，留洋回来
　　　　　虽也是枪林弹雨的风里来、雨里往，但毕竟我和他见过几面，而
　　　　　且他同柳玉玺失散后重逢并已完婚，了却了我做长兄的一桩心事。
　　　　　可八弟你——

林昌威　　自那年莲河一别，至今已十载，着实让人思念！

林楚威　　（泡上茶来）你能找到这里，就一定已经对我的情况比较了解了。

林昌威　　（笑笑）嗯，打听了一下。

林楚威　　听说八弟你参加了中国共产党。能把你这多年的情况跟我讲讲吗？
　　　　　如果方便的话。

林昌威	我的情况当然应该跟大哥讲。那一年我离家后就参加了抗战，在新四军里干事。皖南事变时死里逃生，后一直在苏皖一带打仗。最近回到家乡来，前些时还回了趟老家蕲城县。（昌威的话语触动了楚威心底里一丝深深的痛）
林楚威	哦，八弟，娘生养我们哥儿仨，可我和你五哥在娘跟前没有尽孝。每每想起，就对日军深恶痛绝！只有你还曾在娘跟前一拜，能跟我讲讲吗？
林昌威	其实，我当时被敌人追杀，跟娘也只匆匆见了一面，就又离去了。真真尽孝的是大嫂！
林楚威	当时是什么样的情况？
林昌威	很是紧急。
林楚威	你也知道，因为不可能与涵儿她娘详细面谈，关于母亲一路逃难、又客死他乡的经过，我知之甚少。我迫切地想知晓细节。
林昌威	我是偶然碰上涵儿、嫣儿她们小姐妹俩的，她们在山上放羊，穷得跟个叫花子一般。她们告诉我死了咏儿和光儿，大嫂在逃难的路上又生了两个小男孩儿也丢了。为了活命，大嫂在一个土财主家当奶娘，她们给那个东家放羊。咱们娘已经疯了，不认识人了。
林楚威	啊！
林昌威	第二天夜里，我顺道去看她们，谁知被坏人告了密遭到追杀，是大嫂设计引开了敌人。我左肩下部被子弹打了个二面穿，伤势比较严重，又是大嫂救了我！她撕掉东家给她贴身穿的小衣帮我扎伤口。后因流血过多我昏过去了，大嫂挤了奶水给我喝，救醒的我。直到今天，每当想起那粗糙瓷碗里白白的乳汁，我都心里不是滋味！
林楚威	八弟！
林昌威	大哥，娘就在跟前啊！可生我养我的娘却不认识我了！我只好对大嫂说，"拜托了，请您为我们也尽一片孝心。惭愧！我们枉为男儿一场，在母亲膝下却不能尽孝。可国难当头，我不得不狠心离开母亲、离开你们。这个苦难是日本人给我们带来的，我要报仇、

要杀敌！大嫂，我有千言万语，一时难以表达；娘听不懂我的话，您能明白我的心！"哥！大嫂为女人一场，实则比男人还强！我后来离开了那里，不久娘就去世了。

林楚威	（怔怔地，心声）八弟，你之所讲，又何尝不是我心之所想！
林昌威	后来，我又到那里去过一趟，才知娘已经不在世上了。同时知道的还有那财主逼婚一节，当时气得我杀了那人的心都有！可是……我最近回到老家，突然得知大嫂和大哥你……（打住话）
林楚威	（沉默，心声）还说什么呢？一切辩解都是苍白的！
林昌威	大哥，我真的好想大嫂！
林楚威	我知道，出于礼节，大家对我可以不露微词。其实我心里很明白，除了二叔、二娘、二哥、二嫂，所有人的感情天平都是倒向兰雪绒的。（静场片刻，两人显出尴尬。林楚威赶紧转移话题）哦，八弟，你现在怎么样？冯小姐呢？她也还好吧？
林昌威	承蒙大哥关心，我还好，她也还好！我们已经结婚了，有了两个小孩。
林楚威	惭愧啊！你少小离乡，咱们父母去世得又早，我做兄长的对你没有尽到做兄长的职责，连婚配迎娶这样的大事都无法给你操办，心中一直不安啊！
林昌威	这怪不得大哥，是动荡的时局所致！
林楚威	这样啊，八弟，你不要再去打仗了，到我这儿来吧。薪威公司里有你的一份产业，你和八弟妹又有学识和文化，到这里来正好可以帮着打理一下生意。孩子们也可过上上学读书的安定日子。
林昌威	会来的，大哥，在不久的将来！（笑笑）可是，目前的时局大哥你也许知道，仗打成这样，能停下来吗？我到这里来，倒真的有一要事相求！
林楚威	快别说是"求"了，愧死人的。有什么事你尽管说！
林昌威	我今天来，一则探望久别的大哥，以解我思念之渴；二也确实有要事相求，正可谓"无事不登三宝殿"。还望大哥一定满足我！
林楚威	你这么强调了又强调，很严重吗？

林昌威　　（笑笑）不是严重，是重要！

林楚威　　（研究性地盯着昌威看，也笑）你说吧。只要不是让我到美国兵的军舰上去掌舵，不是穿过白长官的"剿匪"总司令部去运送军火。

林昌威　　（又笑）运送军火不至于，更不用去开军舰。不过说难也还真的有点难，说不难那就一点也不难。就看大哥的了！

林楚威　　八弟！你直说了吧，什么事？

林昌威　　我想在大哥这里购置一批药品和医械。

林楚威　　你？购置？给、共军——？

林昌威　　是！

林楚威　　这个——你知道，我只做民间生意。

林昌威　　我确实知道，尤其是在日伪时期，所以你受了不少欺压。可现在呢？不同了！自刘邓大军挺进中原，仅河南就有百分之九十成了解放区，湖北西部和江汉平原、鄂豫皖的大别山区也都已是共产党所辖。过不了多久，整个中国都将是共产党的江山，现在供应医药及用品，是在为国为民！

林楚威　　这个——

林昌威　　我随部回到大别山后，现在主要是在黄冈一带工作。你知道，黄冈虽然水路陆路交通发达，可因战乱，物资运输却很困难；况因缺医少药，不说部队给养、医疗困乏，就是民众也是贫病交加、苦不堪言。

林楚威　　乡间确实困苦得多！

林昌威　　想到我们的老祖宗李时珍先生悬壶济世，为了救死扶伤攀千山、爬万崖，不顾个人的生死安危去采集草药。可如今发达了，医疗用品和设施较之古时不知强了多少倍，然而强了又能怎样？运不到需要它们的人手中！眼见得我们的伤病员和数万同胞在生死线上挣扎，城里却堆积着上好的药品，究其原因却是因了政治！太不公了吧？

林楚威　　唔——（面露难堪之色）

林昌威　　要不这样吧，大哥！如果你真的为难，那我也可以完全撇开我现在的身份，与你做生意，纯民间的。

林楚威　这怎么说？

林昌威　你打货过来就可以直接交给我，经水上运到蕲城县，打大嫂她家原来那小码头起坡上岸。三哥现在在蕲城县接了个店子，货可以存放到三哥他那货栈里去。咱们本家做生意，与外人无相干。

林楚威　（笑笑）又是大嫂、又是三哥的，你们是不是联系很多，走得很近了？

林昌威　大哥聪明！

林楚威　（沉吟半晌）好吧，就按你说的办。你先开出货单来，看能不能采到你要的货。不过你一定不得声张，毕竟这里是国统区，"中统""军统"太厉害！

林昌威　（又笑一下）大哥你放心！不说你是我亲哥哥，就是个一般的生意人，我们也会保护的。

林楚威　那就好！（松口气）

林昌威　不过……（欲言又止）

林楚威　说吧！（续过茶去）

林昌威　不过，我们目前经费有些调剂不过来。

林楚威　哦，这样啊——（顿了顿）这个问题不大。公司里本来就有你的股，做生意嘛也有你的份儿。货款的事儿你先记着账，有钱了就打过来付上，只要不是太多，不把公司拉空了就行。

林昌威　不会的、不会的！能把货款打过来的。既然大哥这么说，我也放心了。退一万步说，真的欠账多了，我以我股相抵。

林楚威　其实，你离家十多年，没在家支过一分钱，在你名下的份钱应该是不少的了。自打你走后、到我把老家你和五弟名下的田地处理给二叔他们，那段时间你名下的钱应该算作生活费，你没支用也就算了。经过逃难和战乱，逝了祖母和母亲，二叔、二娘掌管家务，有些事也说不清楚了，干脆算了。自从我办了"蕲威"公司，又拿你和五弟名下的产业入了股，就一直给你们记着账。五弟有家小，转战南北开支又大，便来支了一些钱补贴家用；可你名下的红利全存在这里没动。所以你的本、利、息几样滚下来，已经不少啦！

林昌威	太感谢大哥了！
林楚威	（笑了）很乐意为你和五弟管理、扩大资产。今天向你交代了一桩早就想告诉你的大事，也了却了我一件心事。
林昌威	我漂泊在外，没有为家里操一份心、出一份力。大哥如此爱护我们，我却坐享其成，实在汗颜！
林楚威	你说这些话就有些生分了！
林昌威	好，不说了，有情不在一日之感！大哥向来都是慈祥贤良的，容小弟日后报答！为防耳目，购药一事还望大哥与我单线联系。
林楚威	那个当然，小心不为过！噢，要不这样吧——我干脆在蕲城县再办一个分公司，就可以直接进出货了。都是我的公司，他们查起来就要松得多。
林昌威	那样也行。不过，现在江面上不平静，江两岸对峙着，可能不会那么容易。小心为好！
林楚威	那是！
林昌威	另外，我还想跟大哥讲，听说新大嫂以前是做过护士工作的……
林楚威	（惊讶地）你把这都了解得这么清楚？
林昌威	（笑笑）新大嫂应该把业务再捡起来才好。共产党反对不劳而获，提倡的是自食其力、劳动光荣。我想，一旦我们占领了武汉，就让新大嫂出来参加工作。参加了共产党的卫生工作，就成了共产党的干部。她有文化、有技术，在干部奇缺的时候是很受欢迎的，既"造福"他人，也解决了自己吃饭的问题。
林楚威	哦？哦——（一时不知该怎么回答）
林昌威	大哥，在这件事上听我的没有错！
林楚威	（望着小弟深深地点头）我知你真心！
林昌威	你我手足情！
林楚威	（心声）在雪瓶换雪绒这件事上，八弟和五弟一样，对雪绒的离去只是一种遗憾，而并没有对雪瓶表示侧目哦。

第三十五集

内景 / 林江威商号店铺 / 晚上

（林江威带着林若印从外面回来，伙计迎上来）

伙　计　老爷，您老家来了一位太太，说是要见您。

林江威　太太？见我？

伙　计　是的，在后院等着您。

内景 / 林江威商号后院 / 晚上

林江威　（带若印入，展眼望去却是任梓茗，惊喜）七弟妹，你怎么来了？

任梓茗　三哥，我投奔你来了。

林江威　投奔我？爹怎么说？娘怎么说？

任梓茗　爹、娘嫌弃我，要改嫁我。

林江威　啊？小侄儿呢？你怎么是一个人？

任梓茗　你的小侄儿——（大哭）被疯狗咬了，发了狂犬病，已经死多日了！

林江威　（惊骇，悲伤）七弟妹，你别哭了，莫伤了身子！

任梓茗　三哥，我没有地方可去了。娘家不敢回，怕婆婆他们追了去，也怕汉奸家属的臭名害了娘家人。

林江威　是啊！

任梓茗　他们这是要逼我死！

林江威　弟妹你千万不要谈死！

任梓茗　我不会死的！如今的世道已不再是过去，前面几个嫂嫂的结局我看得很清楚，没必要作茧自缚；自由要靠自己奋斗，前程要靠自己去争取！

林江威　（听着她满嘴新词，又惊又喜地看着）那你是要——

任梓茗　只求三哥你留下我！我在这儿只想讨口饭吃，做你的帮手料理你。绝不吃闲饭。

林江威　这呀！

任梓茗	我是你的亲弟媳，吃的是一锅饭、住的是一座房，一起共同生活了这多年，又不欺负我。我想，我一个丧夫失子的苦命人，成了这个样子，三哥你是不会嫌弃我的！
林江威	行行，我应了。
任梓茗	谢三哥！添麻烦了！
林江威	其实，这么大个商铺，我自己也是忙进忙出忙不过来的。现今你来了，正好有个帮手。
任梓茗	真的？
林江威	真的，你就在这儿住下吧。若印，过来见过你七娘！
林若印	七娘！
任梓茗	若印？七娘？
林江威	哦，是这样。我的一个朋友最近……

内景 / 兰雪绒家 / 晚上

（案子上摆着好几个竹篮，兰雪绒将折叠好了的干净衣物往不同的竹篮里装）

林江威	（携任梓茗、林若印入）大嫂，你看谁来了？
兰雪绒	啊？七弟妹！（任梓茗上前抱住兰雪绒号啕大哭，泣不成声）

内景 / 外景 / 林江威商号里外 / 白天 / 黑夜

（任梓茗当家理事，把个店铺的前堂、后院收拾得焕然一新，不善自理的林江威和林若印被打扮得周周正正。里外有了很大的变化）

内景 / 林怡坤院卧房 / 晚上

（林怡坤歪在床上抽大烟，卓氏很厌烦）

卓 氏	这么多事，你也不管管，一天到晚就知道抽、抽、抽！
林怡坤	我老了，又有病。因病吃药，抽上这么几口，轻松点儿，有什么不好？
卓 氏	你现在是越抽越离不了这一口，身子骨越来越差，还大把大把地往外拿银钱。家里会给你掏空了！
林怡坤	呵呵，这么大一座金山，一小撮撮烟土就给掏空了？
卓 氏	好，就算你吃不空这座山，可你也得想想你自己吧？我还指着你多活几年呢！

林怡坤	（又笑）呵呵，都说"人生七十古来稀"，我都六十好几的人了，值啦！
卓　氏	值了？都枯了！大事小事这么多事，你要拿主意啊。什么也不管！
林怡坤	我现在是太爷了，当太爷的人就是享福的人，还管什么管！让鄂威去管吧。他现在是老爷了，让林老爷去管吧。
卓　氏	唉，是啊，这大个家产，全成他的了，让他去管吧！

内景 / 林怡坤院厅堂 / 白天

卓　氏	（与鄂威夫妇）鄂威，从今天起你就当家理事了。干什么事都得多个心眼儿了！
林鄂威	是，娘！
林怡坤	这大的家产，全都划归到了你的名下，要全部担当起来可不是闹着玩儿的啊！
林鄂威	是，爹！儿子我记住了。
卓　氏	还有鄂威媳妇，现在十里八乡和整个蕲城县，你都是最有身份的人了，以后待人接物，可得多动动脑子！
谭金簪	是，娘！儿媳妇记住了！

内景 / 林江威商号后院厨房 /1949 年 / 春 / 白天

任梓茗	（忙碌着饭菜，江威入）三哥回来了？
林江威	嗯，回来了！（拿起砧板上的萝卜条吃起来）
任梓茗	（见了笑笑，用汤勺舀点汤送到江威嘴边）三哥你尝尝，这汤味道怎么样？
林江威	（喝了一口）嗯，不错，好鲜啊！
任梓茗	（笑）只要三哥和印儿喜欢就好！（两人相对而立，相视而笑）
林江威	（渐渐地江威显出不安）七弟妹，你住这儿真是万般好！可是，以后怎么办？
任梓茗	以后……
林江威	我们跟别人不同，这孤男寡女的，又兄长弟媳的，待在一起会招闲话。我想……
任梓茗	三哥，我明白。我不会给你招麻烦的。

林江威	可是，你要是走了，又……

外景 / 林江威商号后院天井 / 白天

任梓茗	（递点心和铜钱给小伙计）晚上你带着少爷到戏园子看戏去。
小伙计	（惊喜地接过）那老爷呢？
任梓茗	老爷不去，他有别的事儿。
小伙计	是！

内景 / 林江威商号后院饭厅 / 晚上

（任梓茗在桌上摆了几样菜，与林江威对酌、为他夹菜，见吃得差不多了）

任梓茗	（离桌跪到江威面前）三哥，你的担心我知晓，可是有什么办法呢？
林江威	七弟妹，你这是干什么？（慌地去扶她，可是她不起来）
任梓茗	如果三哥不嫌弃我，就把我收留了吧！
林江威	这，这只怕不好。我是你大伯子，你是我小婶子，外人要说闲话、看笑话的。
任梓茗	闲话别人说得还少、笑话看得还少吗？
林江威	弟妹！
任梓茗	你那不争气的七弟把林家人的脸都丢尽了！自从湖威被枪决以后，我就成了汉奸婆子，那个日子啊，是人过的吗？在家看婆婆的脸子、出门遭乡邻的唾沫。谁人不恨日本人？谁人不恨汉奸狗腿子？我受的压迫外人不晓，可湖威干的坏事人人皆知；打倒卖国贼是一种痛快，作贱一个小女人也是一种乐趣。可是，这一切我都忍了，自己前世作了孽，此生遭报应。嫁个丈夫受磨难，他死了还阴魂不散要吸干我的骨髓。吸吧，人已经要干枯了，要不了多久了。
林江威	七弟妹，你的伤心我知晓。只是你我关系太特殊，若是个邻墙隔壁的人，也许我还点头了。
任梓茗	你我关系太特殊那是以前，现在你的弟弟早已不在世了，我只是个路人。
林江威	你起来好吗？起来我们说话。
任梓茗	我求三哥答应了。

林江威	你不起来，我不好讲话。
任梓茗	我就想这样跟三哥讲话。
林江威	你知道，我是有病的。
任梓茗	有病无病我不在乎，只要人好！你那七弟没有病，可他哪叫人？
林江威	你是说你刚进林家时……（臊得满脸通红，掉过头去，后背对着任梓茗）
任梓茗	（闻此也埋下头去。片刻，又抬起头来，轻轻地）三哥——
林江威	（无地自容）我也不叫人！
任梓茗	三哥，你不要再说过去！（哭）如果你真要那样想，从那一刻起，我就应该是你的人了！你不说我疤、我不说你麻。我们在一起过日子好吗？ （林江威不忍她这样，转过身来，望着这个弟媳不知如何是好）
兰雪绒	（入，见梓茗这个样子，惊奇万分）三弟，七弟妹，你们这是干什么？
任梓茗	（如见救星，大哭）大嫂，我走投无路了，才来找三哥。这一房里，就三哥不欺侮我，而且三嫂又不在了，我想让他收留了我。
兰雪绒	这——
任梓茗	大嫂，你看这行吗？如行，你帮给求求三哥吧。他听你的，我也听你的。你说不行，我也就算了。
兰雪绒	（沉吟片刻）你先起来，不起来我就不想说话。
任梓茗	嗯！（只得起来）
兰雪绒	涵儿她三叔，如果她七娘愿意，也没什么不好的。
林江威	可是、可是……大嫂……我的状况你知晓……
兰雪绒	我知道你要说什么。这事主要看她七娘的了，如她喜欢、如她愿意，你还讲什么？你总不能看着你娘把她嫁了，她再去受罪吧？
林江威	如果大嫂这样说，我听大嫂的。只是心里不停当。
兰雪绒	她要的是你对她的好！
林江威	我对她的好，也只能是一个兄长般的好，爱护她罢了。
兰雪绒	她七娘——（转向梓茗）就这种好，你满意吗？
任梓茗	满意！（恨不得鞠躬）我受够了湖威的苦。我没见过的四娘自嫁

到林家守了二十多年的寡，那还不是过了？四嫂虽有着丈夫，却是那样的下场。我本想在林家就这样无声无息地过下去，可公婆不放过我，我不知他们要把我打发到哪儿去。要是到个人不人、鬼不鬼的地方，不如跟了三哥。三哥人好，会对我好的，有这种兄长般的好，我足够了！

林江威　　要知道，我不会生育，我们不会有孩子的。

任梓茗　　若印就蛮好！（小伙计带了若印入。若印见了雪绒，欢叫着扑了过去）

林若印　　大娘！（又转身）爹爹，七娘！

兰雪绒　　（指着任梓茗笑）你刚才叫她什么？

林若印　　（很响亮地）叫七娘！

兰雪绒　　哎，错了，你应该叫她娘！

林若印　　叫娘？（偏偏头，对林江威）爹爹，应该叫娘吗？

林江威　　过两天再叫娘才行。（难为情地看雪绒又看梓茗。梓茗彻底松了口气，低头笑）

兰雪绒　　我明天张罗一桌酒饭，叫几天证人来坐一坐，就可以叫娘了。

内景／林怡坤院卧房／白天

林鄂威　　（惊慌奔入）爹！娘！

卓　氏　　都是当老爷的人了，慌什么！

林鄂威　　（声音哆嗦）飞镖传书！又是飞镖传书！

卓　氏　　什么飞镖传书？

林鄂威　　勒索信！枯风寨土匪的勒索信！

林怡坤、卓氏　什么！（两人一下子坐起身）

林怡坤　　那个啸天大王青蛇镖不是被枪毙了吗？

卓　氏　　怎么还发勒索信？

林鄂威　　这回是二头目，他坐了第一把交椅，自封"咆天大王"。他信上说这是他的第一笔"生意"，看得上富豪之家林府，不多，只索要光洋一万块。

卓　氏　　一万块！

林鄂威	那年四弟出了事、后来又是若苏出了事，哪一样不是整得人差点大伤元气？这回怎么得了！
卓　氏	（镇定自若地）没什么！青蛇镖的队伍上次被打垮了，已经伤了元气，不用怕他们。不过得严加防范。
林鄂威	（松了口气，又叹气）可是，严加防范，又怎么防范？若苏是老大，在外地上学、老二也在县城住读。这么大个家院，实际上也就爹、娘、我、媳妇，还有三个小孩儿，也就七个人住着，很多院落都空着。
林怡坤	仆人们呢？家丁们呢？
林鄂威	除了管家、厨娘、丫鬟和打杂必需的仆人外，其余的人都遣散了。连家丁也就只留了十来个，有的还兼着轿夫或者是车夫。
卓　氏	混账东西！糊涂蛋！谁要你减人的？
林鄂威	这不为了节省嘛。
卓　氏	这也节省得？鸡眉小眼儿！成不了大器！
林怡坤	赶快招募啊！
卓　氏	一时半会儿的，急着上哪儿招募年轻力壮、又有点儿拳脚功夫的家丁去？
林鄂威	前些时国军抓壮丁，满湾满乡的男人都抓走了。还有一些人跑到大别山，参加共产党的队伍去了。
卓　氏	算了，算了，说那么多干什么？土匪的催命信都来了，还要去招募！先让家丁们操练着吧，哦，把各个作坊的工匠们也召集起来了让他们也操练。
林怡坤	（阴阳怪气地笑）哼哼，让他们舞棍弄棒。那些个笨拙样子，那武功只怕比挖田打夯还难看哦！
卓　氏	少在这儿说风凉话！像个太爷吗？你去耍两下子看看！

内景／林楚威公馆楼下大厅／白天

林楚威	（入，对从楼上下来的田小螺）我回来了！
田小螺	（迎上前来）刚才来了两个蕲城县的柳姓老乡，一个男的，一个女的。
林楚威	哦？
田小螺	他们说是生计无着、专程投到你的名下讨口饭吃，给些粗活干就行。

林楚威　　你看呢?

田小螺　　（有些不好意思）以前老七那样，我真对蕲城县老乡特别小心。不过，
　　　　　怎么看那两夫妻都跟老七不一样。那个柳嫂端庄秀丽，她的丈夫
　　　　　也精明能干，我们正好差人，留下他们又帮了人家。可我不好擅
　　　　　自作主，只得留了他们暂时住下，茶饭招待，做工的事还是你来
　　　　　定吧。

林楚威　　（边往会客厅走）把他们叫来看看再说。

内景 / 林楚威公馆楼下会客厅 / 白天

　　　　　（林楚威、田小螺在坐。柳玉来、郦兰入）

柳玉来　　林先生!

郦　氏　　林先生!

林楚威　　啊! 猎户大哥，是你啊? 坐吧，坐吧。柳嫂你坐吧!

柳玉来、郦氏　谢林先生!

林楚威　　（对小螺）雇下他们吧。柳嫂可以跟你做伴; 柳哥就跟我跑外。
　　　　　我最近正好要和一位商务助理到上海去，柳哥就和我一起出门。

田小螺　　好!

林楚威　　哦，对了，五弟的部队要换防到武汉来，他们夫妇俩近期可能就
　　　　　要回到汉口来了。我给他们已经买下了房子，你有空就和柳嫂带
　　　　　了人过去，先帮他们收拾收拾。

田小螺　　（兴奋地）好吧!

第三十六集

外景 / 林家后院 / 白天

（众家丁操练，乱七八糟，林鄂威急得瞎吼）

内景 / 林怡坤院厅堂 / 白天

卓　氏	（议事）家丁们操练的怎么样了？
林鄂威	（哭丧着脸）娘，真和爹爹说的一样，他们在挖田、打夯！
卓　氏	这怎么得了！
林鄂威	要是土匪打上门来了……
一家丁	（入）老太爷、老太太、老爷，外面来了两个穿军装的，骑着马来的，求见。
林鄂威	我的天老爷啊！土匪还没打发呢，又来了当兵的！不见！
家　丁	树林子里还有队伍。
林鄂威	啊？（吓得差点儿溜到地上，站起来转圈儿，发狂地甩手）不见！不见！
家　丁	是！（退出离去）
林怡坤	你敢惹当兵的？
林鄂威	我现在是谁都不敢惹，可他们偏要惹我！娘啊，怎么办啊？
卓　氏	（急得哭）我有啥法子？
林怡坤	唉，现在是田多了、钱多了，人丁少了、家败了！
卓　氏	（怒）什么丧气的话都可以从你嘴里出来！
林怡坤	本来嘛！想当年，我们林家多么显赫！人丁兴旺！四房九子！出了什么事儿，老太太一拍板，大家立马分工，四面出动，什么事也都解决了。现在搞得好…
卓　氏	（戳到痛处，大哭）啊，母亲！
家　丁	（入）报老太爷、老太太、老爷，来的那人说他是林昌威。
林怡坤、卓氏	啊？昌威！

林鄂威	八弟！（立起就往外走）
林怡坤	快请进！
家　丁	是！（跟着林鄂威离去）
林怡坤	啊！太好了！救星来了！
卓　氏	（忧愁而又阴沉地）只怕他会报仇哦！
林怡坤	怎么会呢？现在这个样子，不管是被动的、还是主动的，昌威回来了，没有不让进家门的道理。
卓　氏	那倒是！
林怡坤	鄂威现在是林府唯一住家、又正当家理事的兄长，盛迎远游的幼弟，自然是应该的！
卓　氏	昌威一别十多年，也不知晓他现在的情况怎么样了。
林怡坤	唉，林家演变成现在这个样子，虽是了却了我们敛财扩产的心愿，甚至家财家产尽收囊中，可怎么也觉不出高贵阔绰的美满。
卓　氏	是啊！除了不在世的宜威和湖威，还有守在家里的鄂威，那六兄弟现在都在外面，也没见他们穷到哪儿去。
林怡坤	解放军已经占领了鄂东，昌威是当兵的，一定知道现今国共两军的战事时局，我们可以从他那里得到详情。
卓　氏	可是，我担心的是前几年让湖威到汉口去……
林怡坤	现在急的是土匪勒索信的事！正好让昌威来帮我们出主意。
卓　氏	那他要是跟我们记仇呢？
林怡坤	见机行事！

外景 / 林家大院大门外 / 白天

林鄂威	（从大门处奔出，迎接等候在大门外的林昌威和柳水儿）八弟！
林昌威	二哥！（二人伸出双手扶住对方的双臂，互相打量。昌威笑着）二哥还好吧？
林鄂威	（红了眼圈，嘴唇抖动，焦急、盼望、激动的真情流露）唉，一言难尽！你还好吧？
林昌威	还行！
林鄂威	哦，进去说吧！（看着柳水儿）这位是——

林昌威	我的警卫员。
林鄂威	啊！警卫员！
柳水儿	（敬军礼）林先生好！
林鄂威	（吓一跳，往后一缩脖子）啊？好，好！（朝小树林看看果然有部队）
林昌威	二哥我们走吧。
林鄂威	好，好。（对家丁）把马牵到后院儿去，多喂点草！
家　丁	是！（牵马绕道向后门走去，回头观看林昌威二人）
林鄂威	（不由自主地右侧身、微弯腰、摊着左手往里做"请"的动作）八弟，请！
林昌威	二哥，请！

内景 / 林怡坤院厅堂 / 白天

林昌威	侄儿戎装在身，恕免行跪拜大礼。（十分恭谦地拱手）侄儿给二叔、二娘请安了！
林怡坤、卓氏	啊，好！好！昌威回来了！回来了就好！（二人老泪纵横，泣不成声）
林鄂威	爹、娘，八弟回来了是好事啊，别哭了！
林怡坤、卓氏	好、好，不哭！（二人立起，拉了林昌威的手，哭得更厉害）
林昌威	（恭谦地弯下腰）二叔、二娘，坐吧！

内景 / 林怡坤院厨房饭厅 / 白天

（林怡坤夫妇、林鄂威夫妇、林昌威、柳水儿围坐吃饭）

内景 / 林鄂威院小屋 / 白天

（林昌威和林鄂威谈话。林昌威低头看勒索信，看毕，将信放到桌上）

林昌威	二哥放心！我们马上进行剿匪，近日一定拿下枯风寨，还人民一个安宁！
林鄂威	什么？那祸害民众的匪帮占山为王几十年，要被剿灭？会被剿灭？
林昌威	是啊！
林鄂威	八弟，你这话可是当真？
林昌威	怎敢跟二哥开这种玩笑？实话跟您说，青蛇镖就是被我的部队捉

住的。本来那次就要一鼓作气铲平枯风寨，可当时又接到新的任务要到别处去，就延期了。

林鄂威	啊！青蛇镖是你打败的！
林昌威	是的！二哥你放心，土匪为非作歹的日子长不了了！
林鄂威	那好！那太好了！（右拳击左掌，续过茶去）八弟，你可解了我的大围啊，真不知道怎么感谢你才好了！
林昌威	不要谢我！我一个人是把枯风寨没办法的。要谢就谢我们的队伍吧。
林鄂威	剿匪的队伍当然要谢啦。可是，你现在就敢在这里拍板打土匪、还要拿下枯风寨，就说明你指挥得动他们，就说明你是他们的官儿。能不能告诉二哥，你在你们那里是个什么官儿？
林昌威	（笑笑）地委书记。
林鄂威	地委书记？地委书记是什么？管多大的队伍？
林昌威	管整个鄂东一片。
林鄂威	整个鄂东？我的天哦！那不是个知府大人？
林昌威	（又笑）二哥，实话实说吧，我今天来，一是回老家探亲，看看二叔、二娘和你们；二则也是有要事相求。
林鄂威	相求？求谁？
林昌威	求二哥您啊。
林鄂威	求我？我有什么好求的？（笑）你当那么大的官儿，说打枯风寨就打枯风寨，还消求我的？
林昌威	是真话。我想找二哥借粮五万斤。
林鄂威	借粮？（吓一跳）五万斤？
林昌威	是的，五万斤。等过了这段时间的饥荒，我定当如数奉还。
林鄂威	这个、这个……哦，八弟，喝茶吧。（提茶壶）啊，空了？你先坐会儿啊，我到厨房去加点水。（鄂威提壶离去，昌威看着他的背影好笑）

内景／林鄂威院厨房／白天

林鄂威	（往茶壶里灌开水，发呆。心声）这事咋办？不答应他吧，剿匪的事可能会黄。一黄了呢，就不是大洋一万块的事，还有可能家

产难保，甚至是后患无穷。再说五万斤粮食也没那一万块大洋值钱。答应了吧，真是不甘心！咦？昌威这次回来，是不是有预谋的？早不来晚不来，偏偏土匪的勒索信来了他也来了。看来他剿匪是真、为民除害是真，可拿着剿匪借粮来要挟我，也不假！

内景 / 林鄂威院小屋 / 白天

（林鄂威脸色有几份难看的入。林昌威见了他这个样子，不觉又笑了）

林昌威　二哥！你想好了没有？

林鄂威　这个，这个……这么大的事儿，我想还是应该禀报你二叔、二娘一声。

林昌威　你天天猫在家里，可能一点也不知道外面发生了什么变化，我想苏儿应该回来跟你讲过的。共产党的军队已经占领了大半个中国，长江以北基本上都是共产党的天下了，连武汉都已经成了一座孤城。解放区的人民分田分地分房屋，你要那么多钱干什么？你这大的家产，只怕是将来一点都不会留下，甚至还要给你带来不少麻烦。1927年的农民暴动，你应该还有印象吧，我们县还成立过苏维埃政府……

林鄂威　（脸色变黄了）这我也听说了。可是、可是，那回搞那么厉害，还不是一阵风嘛，到后来屁事也没有。

林昌威　你错了！那时的革命还只是在局部地区进行，可现在是全中国都将掌握在共产党手里的时候了。那时候的斗争主要是减租减息，现在却是彻底地分田分地。我记得二嫂是桐柏山的人吧？你和她回一趟她娘家去看一看，看看那边的运动。

林鄂威　啊？好，好！

林昌威　二哥，你早就应该离开这个地方，拿了这些田产到外面去投资。你看我大哥、四哥他们！可是，我们说这些你听得进去吗？你们把田地看得太重。当然，田地固然重要，可是时代不同了，是要均田地、斗地主的！

林鄂威　（出汗）八弟，那你说我现在该怎么办？你在外面这多年，见多识广，还望给哥哥指条路啊。

林昌威　　我已经指路啦！

林鄂威　　田地保不住，也只得听天由命了；湖威为非作歹，我们管不了他，他自己也为此丢了性命。可我们怎么办？我们总得活命吧？

林昌威　　二哥，土改分田地随形势变化，不动产动不了它就不动它、不管它了。可你们的人、财、物呢？这一定得管！首先是人。二叔、二娘、你和二嫂都是大人，将来怎么办你们自己看着办，可苏儿他们一定得让他们出去，千万不能让他们再待在莲藕塘了，那样只会毁了他们、害了他们！这次平了枯风寨，给你们又可省下一万块，这钱你们可得想好了怎么用，反正不能再攒着了。还有那么多的粮棉油丝麻糖酒及其他，都处理了去，不能存了。存了是祸害！现在时局动荡、物价飞涨、物资匮乏，您拿出去了实际上还是在救民众！

林鄂威　　积积攒攒一把伞，大风一来一把光杆！唉！

林昌威　　还在心疼财产啊？

林鄂威　　这么多年攒起来的，哪有不心疼的？八弟，你今天告诉我的这些实在太重要了，不然我哪会知道这些哦！五万斤粮我应了你，选个晴好日子来挑吧。

林昌威　　那——二哥，借粮一事就这么定了？

林鄂威　　（点点头）就这么定了！

林昌威　　（对着门外）小柳！

柳水儿　　（画外音）到！（跨进门来）

林昌威　　你去告诉梁团长，让他们进来运粮吧？

柳水儿　　是！（转身离去）

林鄂威　　什么？今天？

林昌威　　是啊！（笑笑）今天天气晴朗，是个好日子啊！

林鄂威　　（迷迷瞪瞪地）八弟，你今天来借粮，就敢带队伍过来？你怎么知道我库里就存有这多现粮？你怎么就知道我会答应借给你？你不怕借不成？

林昌威	借得成的！借得成的！（又笑）秋收才搞完，这满畈满湾的谷子收上来，把您的库房都胀破了，要运出去都没空闲呢。再说二哥是什么人哪？明白人！我把形势给你一讲，你能不借吗？识时务者为俊杰嘛！哈哈哈……
林鄂威	对对对，为俊杰，为俊杰，识时务者为俊杰！（两人站起往外走，想了想又止住步子）哎，八弟，这事儿还得小心点儿。我虽"识时务"，可你二娘她不会"识时务"的，看这么多人到粮库去挑粮，只怕又会大吵大闹的，那样闹起来也不好看。这样吧，我让管家领了那团长去粮库。你和我到上房去陪我娘讲话，免得她这不是那不是的。如果她知晓了问起来，你就说是来买粮的。
林昌威	这样最好！（随鄂威往外走，由衷地）二哥，你要是早点到城里去，或者到大地方去，说不定还是个开明绅士呢。
林鄂威	唉！老窝在这里，还真是闭塞了些！八弟，我想近期到武汉去一趟，找找大哥和四弟他们，看能不能再给我出点主意。我爹病成那样，离了烟土就不能过日子，不是我不孝、说话恶毒在咒他，他真的只怕没几天活头了。可我娘怎么办？她是绝对不会离开莲藕塘的，她是死也要归到祖墓里去的。我和你二嫂就硬撑着吧，得过且过算了。
林昌威	嗯，一定得想办法把苏儿他们都送出去！

第三十七集

内景 / 林楚威公馆 / 白天

林汉威　　（柳玉玺带着孩子们到来，与田小螺相见）大嫂！

柳玉玺　　小螺！

田小螺　　噢！五弟、玉玺！（欢笑着，又有些难为情）

柳玉玺　　（拉过儿子）快叫大伯母。

林若汉　　大伯母！

田小螺　　哎！这是若汉吧？都这么大了。（又抚摸汉威的小女儿）两岁了吧？

柳玉玺　　对，对。（眼望了郦兰）这位是——

田小螺　　啊，她是家乡人柳嫂，孩子们叫她柳妈。

林若汉　　（跳到郦兰跟前）柳妈！

柳玉玺　　噢，本家嘛，你看若汉多喜欢她，就叫舅娘吧。

林若汉　　舅娘！

郦　兰　　哎！乖！（微笑，摩挲林若汉的头）

外景 / 蕲城县政府办公地点大门外 / 白天

　　　　　（昌威和水儿策马而来，下马。昌威将缰绳丢给水儿，水儿牵马
　　　　　到马厩去）

工作人员　林书记，回来了？

林昌威　　回来了。（往里走）

内景 / 蕲城县政府办公处 / 白天

冯冰儿　　（伏桌上抄写文件，抬头见昌威入）林书记，回来了？

林昌威　　回来了。小冯，给蕲水镇莲藕塘林鄂威记上一笔，捐粮五万斤。

冯冰儿　　是！（起身端一杯水过去）林书记，您和柳水儿去的时候，不是
　　　　　说的借粮吗？

林昌威　　（笑）小冯啊，这你可得动脑筋了。说是"借粮"，还真是借啊？
　　　　　共产党打下了江山，所有的粮食都将会是国家的。不说所"借"

之粮不用还，就是需要还，也不至于还给已打倒了的地主吧？

冯冰儿　嗯，我懂了，林书记！

林昌威　你记上一笔吧。粮食已经运回来了，你直接以林鄂威的名义报捐献。
　　　　五万斤哪！支前的功劳簿上，可以重重地为林鄂威标注上一笔了！

外景 / 蕲城县政府办公处会议室外天井 / 晚上

柳水儿　（坐在天井边上的廊下，见冯冰儿拿着文件走过来）冰儿！

冯冰儿　水儿，（指会议室）在开会，县上要打枯风寨了。

柳水儿　知道啊，林书记去筹粮的时候就决定了。可待会儿会议结束了，
　　　　我就要跟林书记回地委。怎么办？

冯冰儿　我现在进去送个文件。待会儿出来了，我们想个办法。

内景 / 蕲城县政府办公处 / 晚上

柳水儿　（与冯冰儿缠着林昌威请战）林书记，您不是一直教育我们吗？
　　　　不忘阶级苦，牢记血泪仇。现在我们报仇的时候到了，我要参加
　　　　攻打枯风寨！

冯冰儿　我也要参加！

柳水儿　我要报杀母之仇！

冯冰儿　我要报杀父之仇！

林昌威　（笑笑）你们两个小鬼！别的工作不做了？

冯冰儿　做啊！打下枯风寨，本职工作接着做！

林昌威　（对柳水儿）那你呢？

柳水儿　我也一样啊。刚才会上不是决定，您还要在蕲城县待几天吗？

林昌威　你以为我是在蕲城县休养吗？那是还要去一趟莲藕塘，让林鄂威
　　　　再捐钱捐物。

柳水儿　正好，等拿下枯风寨，我还是您的警卫员！

林昌威　（又笑）两个小鬼！好吧，你们找县大队报到去！

柳水儿、冯冰儿　是！谢首长！

外景 / 蕲水镇 / 白天

　　　　（蕲城县县大队与蕲水镇区小队集结）

外景 / 山道 / 晚上

（队伍行军）

外景 / 枯风寨匪巢外 / 晚上

（稀疏的灯火，懒散的哨兵。剿匪队员摸上来，轻易将其干掉）

内景 / 枯风寨匪巢 / 晚上

（松明子冒着黑烟，大厅里昏昏暗暗，三三两两的匪徒或坐、或躺、或吃喝、或吆五喝六地打牌。剿匪队员冲进来，一声命令，没费什么劲就全部擒拿。看着这么少的匪徒，大家都觉得奇怪）

大队长　　咦？人呢？就这几个？

冯冰儿　　说！谁是大王？站出来！

小喽啰　　冰儿饶命！（扑通跪到冰儿面前，冰儿吓一跳）

柳水儿　　（一把将冰儿拉到自己身后）你要干什么？

小喽啰　　冰儿，是我！

冯冰儿　　（仔细看一下）水儿，他是那个给我送信的人。我娘给我写的信就是他送出来的。

柳水儿　　哦，知道了。（对小喽啰）起来吧。

小喽啰　　谢长官！（站起）

柳水儿　　你们大王呢？怎么只这几个人？

小喽啰　　报告长官，前几日我们大王给莲藕塘的林鄂威去信，索要银钱一万，可是到了日子，那边却没有动静。我们大王生气了，带着人打莲藕塘去了。

柳水儿　　啊！（吃惊，转向大队长）大队长，林书记今晚去了莲藕塘！

县大队长　集合！（队员们迅速集合）区小队留在这里看押俘虏，清点财物。县大队马上向莲藕塘出发！

队员们　　是！

外景 / 林家大院大门内 / 夜晚

（画外音枪炮声、呐喊声不绝于耳。焦头烂额的林鄂威在门内指挥家丁抵抗，完全不得要领）

外景 / 林家大院大门外 / 夜晚

（匪徒们又打枪，又放箭，抬了杠子撞大门，点了火绳往院里射）

外景 / 林家大院大门内 / 夜晚

（大门渐渐被撞松，掉下一个门闩，撞开一个宽缝，门被撞开。匪徒涌进大院）

外景 / 林家大院 / 夜晚

（院里鸡飞狗上屋，哭喊声连天。卓氏惊厥倒地，眼耳鼻流血不省人事）

外景 / 林家大院上房 / 黑夜

（林怡坤拿着他的烟枪精神抖擞往外来，被一小匪看见劈面就去抢。他舍不得烟枪，两人扭着对打。只两下，林怡坤被打滚到台阶下面）

外景 / 林家大院柴垛 / 黑夜

（谭金簪护着三个孩子，瑟瑟发抖地躲到柴垛后）

外景 / 林家大院 / 黑夜

（林鄂威慌得六神无主，家丁跑光了。他气得站在院子当央仰天大骂）

林鄂威　　昌威啊，昌威！你个黑良心的！你骗我五万斤粮食，就是这么救的我吗？是你剿匪啊？还是匪剿我啊？

（突然闹声更大了，呐喊声震天。忽地神兵天降，满院满房顶的都是持枪人。林鄂威没有了骂声，站那里发愣。一个家丁跑过来，拉了林鄂威就往前院跑）

家　丁　　老爷，快，这是八老爷的人来了！

（正跑着的林鄂威听了这话，一下子瘫坐到地上，放声大哭）

林鄂威　　啊！昌威！我的好八弟啊！……

外景 / 林楚威公馆门前 / 白天

（一辆轿车驶过来，林楚威下车，佣人给林楚威提行李）

内景 / 林楚威公馆楼下 / 白天

田小螺　　（迎出）你回来了？

林楚威　　回来了。

田小螺　　就你一个人？（回望郦兰，抱歉地）你看——

林楚威　　哦，我是先期回家的。柳嫂，商务助理和柳大哥要在外等着收回一笔款子了，才能回来。

郦　兰　　哦，没关系的。林先生回来了就好！

内景 / 蕲城县政府办公大院 / 晚上

县大队长　（胜利归来，同冯冰儿从外面往里走）小冯，我们这次出师大捷，给林鄂威记上一笔——剿匪有功！

冯冰儿　　怎么要专给他记呢？这么多人出征。

县大队长　枯风寨可不好打啊！要不青蛇镖能盘踞这么多年？不是这次林鄂威对土匪的勒索信置之不理，惹恼了土匪杀到莲藕塘，使得枯风寨成了一座空城，那只怕我们会有很大的伤亡，而且要在那里耗多长时间都不好说。功劳簿上给林鄂威记上一笔！

冯冰儿　　是！

县大队长　速战速决，值得庆贺！

内景 / 蕲城县政府办公处 / 晚上

　　　　　（冯冰儿在册子上一栏栏地书写，后合上，册子特写：蕲城县解放功劳簿）

柳水儿　　（画外音）冰儿！

冯冰儿　　（抬起头，兴奋地跳起）水儿！

柳水儿　　（入）我一会儿就要走了，和林书记回地委。

冯冰儿　　嗯！（拿出一双鞋）给！

柳水儿　　（喜滋滋地抚摸着鞋）看不出来，公子哥儿的女红也这么好！

冯冰儿　　（不高兴了）你再这样瞎说，我不理你了！你还是丫头片子呢？

柳水儿　　好、好、好，不瞎说了！我们冰儿是女战士、革命军人了！

冯冰儿　　就是！革命军人就是劳动人民，劳动者自食其力，自己做鞋自己穿！

柳水儿　　那怎么要把鞋送我？

冯冰儿	你就是我，我就是你！
柳水儿	呵呵……（将鞋装到挂包里，拿出两枚鸡蛋）给，冰儿！熟的！
冯冰儿	（笑，接过一枚）我吃一个，给你留一个。
柳水儿	不嘛！都给你！（将鸡蛋全塞到冰儿手里，又捧住冰儿的双手）

内景／林楚威公馆楼上书房／晚上

（书桌上放着一个三尺来长，碗口粗细，黑不溜秋、硬邦邦的古怪东西）

林楚威	（入，看见桌上的东西，感到奇怪）这是什么？（拿起它颠来倒去地看，也没看明白。后见桌上还有一张用镇纸板压着的纸，便拿起它来，阅读）林先生展阅：今有一事相扰，既案上所搁之物。当日令公大人以诗文书画会友，不幸于过江之时失落传家之宝。今虽已二十余年过去，然漂泊东西南北又物还原主。望鉴查！完璧归赵（读完大惊，忙又拿起那个古怪东西，左瞧右看打不开。找来刀子、剪子、锤子，使劲撬敲割砸，终于掰开了它。原来里面有一幅画。震惊）啊！《秋江渔隐图》，父亲的遗落之物！这画打哪儿来！（惊恐地四周望望，四周静悄悄。又望古画上逍遥的渔翁和乾隆的题诗，百思不得其解）
田小螺	（入，见丈夫一个人怔怔地呆坐着）这么晚了，你怎么还不休息？
林楚威	你去睡吧，不要管我。（小螺满腹疑惑地出）
林楚威	（望着走出门去的田小螺的背影。心声）难道是她？她还活着？她就在我们身边？

内景／林楚威公馆楼上书房／白天

（林楚威坐在书桌前，仍对着那画筒发呆）

郦　兰	（入）林先生，您找我？
林楚威	柳嫂，您坐！（指着桌上的信、画和竹筒）这些东西是你放这儿的吗？
郦　兰	（望望桌上，又望望林楚威）我不知道。
林楚威	（突然地）你是雪蕊妹妹吗？（郦兰瞪大眼睛，楚威加强语气）你是雪蕊妹妹吗？

郦　兰	我不是的。我不知道谁叫雪蕊。
林楚威	你是的！你知道！你就是兰雪蕊！
郦　兰	我不知道谁叫兰雪蕊！
林楚威	昨天夜里，我的书桌上出现了这些东西。能随便进出我这书房的人不多，你就是其中的一个！而能据有这些东西、又知道这是林家的东西、并知道是很宝贵的东西、又愿意还给林家的人更不会多。我想，你既然住进了我家，就一定是对我的家庭关系了解得很清楚了。二十多年过去，我已经由你的姐夫变成了你的妹夫，这个中的原因一言难尽，也许你心里都明白。可当年乘船过江的时候船上的人只那么几个，你就是其中之一，而如今能拿这画还我的也只你一个人！我父亲不可能、岳父也不可能，他们现都已作古。你的小妹也不可能，那时她还小，才四五岁，记不住那么多；她跟我夫妻多年，从没提起过这件事；如有这事，她一定憋不住。再说如果是她，跟我讲一声，大家拿出来看一看，讲讲过去、发一通感叹、失去的宝物又回来，皆大欢喜，何必要采取这样秘密的手法呢？再就是舫公也不可能，他即使得到此物也会视如敝屣。那么，只剩下了一个你！你就是那个能得到此物、知道此物、又愿意还给林家、又不想暴露身份的人！你就是兰雪蕊！（郦氏没有否认，但也没有回答）那年你已经十来岁了，已经知道了很多事，也能记住很多事。（郦氏欲言又止）你的大姐现在住在蕲城县县城。还是你们兰家的房子，但只有几间了。
郦　兰	我知道！
林楚威	（长吁一口气）你能告诉我这么多年你是怎么过来的吗？
郦　兰	我不想说。
林楚威	如果你还瞧得起我的话……
郦　兰	不存在——
林楚威	我知道，你小时候是很敬仰你大姐的。正因为如此，你对我也特别的好；可事到如今变成这样，也许你在心里十分鄙视我。
郦　兰	不存在——

林楚威	那你告诉我好吗？我真的对你的过去十分关心。
郦 兰	请你不要问了，我对我的过去不愿谈。我现在很后悔，性子急了点儿，我应该等到丈夫回来以后再把画儿还你的。我接触你，只是想把古画还给你，并不想与你们、包括我的大姐相认。现在只等着我的丈夫快快回来，回来了我们就离开你家。其实，我应该等他回来了放了画儿就走的。
林楚威	二妹，你现在真的这么厌恶我们了吗？
郦 兰	不是的。
林楚威	如果你不愿和我讲话，我去把雪瓶叫来。你知道，她后来改名叫了小螺，完全是阴差阳错。
郦 兰	你不要叫她！
林楚威	你们是亲姐妹，失散二十多年，现在好不容易相聚了，怎么能不相认呢？
郦 兰	我不想让她伤心。
林楚威	你到底怎么了？你是怕她脆弱？能让我为你分忧吗？如果你还相信我的话。
郦 兰	也没有什么。
林楚威	我只想问你，你是怎么活过来的、又是怎么得到这幅画的。这可以告诉我吧？
郦 兰	（怔了怔，抬眼望楚威一下，又垂下眼帘）那天在船上，我好玩，散开了头发梳理着要编辫子，正在这时洋火轮的大浪把我们的船打翻了。我乱抓一气，就抱着了这么个竹筒，披散的头发跟船上的碎枝枯柴搅缠到一起，把我的脑袋高高地浮起在水面上，一直漂到九江了，才有人把我搭救上岸。后来别人就收养了我，这个竹筒就成了我的护身宝物，又因为它不起眼，别人也不要它，我就一直收藏着。
林楚威	后来呢？
郦 兰	你只让我告诉你我是怎么活过来的。
林楚威	好吧，我不强迫你回答我的问题了，但我有个要求还要说出来，

你不能离开我们。天大的事儿，等到你家先生回来以后再说好吗？

（郦兰望着林楚威不语）

内景 / 林楚威公馆会客厅 / 白天

（林楚威心烦意乱地看着一份报纸，柳玉玺入）

柳玉玺　　大哥，听说若汉他大伯母病了？

林楚威　　唉！五弟妹，世上的奇巧事太多，她害的是心病。

柳玉玺　　怎么了？

林楚威　　就说你吧，当她知道柳眉和柳玉玺是你一个人以后，就有好长时间打不起精神。后来我讲了她自己的真实身份，告诉了她叫兰雪瓶，告诉了她与涵儿她娘的关系以后，她真的发了一次疯，终日啼哭，要到蕲城县去寻她苦命的大姐、见那个洗衣妇，是我拦住了她。几年过去了，现在又出现了一个亲二姐，而且在自己家里做女佣。叫她怎么受得了！

柳玉玺　　我上楼去看看她。（出。楼上画外音哭声大作。林楚威痛苦地闭上眼睛。柳玉玺复入）大哥，要治好雪瓶的病还非得她二姐不可。

林楚威　　可是，自从雪蕊承认了她跟雪瓶的关系以后，就再也不愿见她的妹妹了。

柳玉玺　　可是现在没有别的办法呀，必须请她！

林楚威　　唉！好吧，我再去试试！

第三十八集

内景 / 林楚威公馆楼上郦兰卧室 / 白天

林楚威　　（入，见郦兰伫立在窗前发呆）二妹，现在雪瓶病了，歇斯底里的，实在没有办法。求你看在一奶同胞的面子上，认了姐妹吧。

郦　兰　　（回转身，喃喃地）大哥，不是我心肠太硬，只是我有我的难处。

林楚威　　你有难言之隐早看出来了。能让我为你分忧吗？

郦　兰　　我的经历愧对兰家姓氏，请你不要问了。

林楚威　　（坐下）现在还讲什么名门豪族！你看你们兰家三姐妹落到这样，你兄嫂侄被日本人杀害，现在一个兰姓男孩都没有了，兰宅成了他人屋，整个家族算是不存在了。我们林家呢？那么显赫的家族，现在又怎么样？也土崩瓦解了。所以说，没必要想那么多。

郦　兰　　大哥你不知，我做过戏子，是下贱的。

林楚威　　噢，原来为这呀！

郦　兰　　嗯！

林楚威　　演戏是好事啊，怎么能叫下贱呢？你知道吗？雪瓶、玉玺以前都演过戏，那能叫戏子？

郦　兰　　（坐下）是吗？

林楚威　　是的！我亲眼见过我的小女儿在街头演戏，好像是不下贱的嘛。我八弟和八弟媳就是在街头演戏时相识的，谁也不觉得那下贱，反而认为高尚。梅、程、荀、尚四大名旦那应该叫做戏子了吧？可人家红透了全中国。

郦　兰　　我还不仅仅是演戏。还被卖给一个在宫中做过太监了的人为妻！

林楚威　　（吓一跳）啊！

郦　氏　　我还被土匪抢到山寨上去过。大哥也许还记得枯风寨的啸天大王，听说四少爷和二少爷的小公子就被那个土匪头子绑架过了的。

林楚威　　那都是很久以前的事了，不要再提它了。

郦　兰	不！事情发生不久。而且我嫁给我的丈夫时间也不长。
林楚威	是——吗？（太出乎意料）
郦　兰	是的！
林楚威	你们夫妻恩爱，我一直以为……
郦　兰	我有个孩子，他也有个孩子，可是两个孩子与我们失散了，也不知是死是活。
林楚威	二妹——我知你吃的苦够多的了，能慢慢讲来吗？
郦　兰	那年我被人从水中救起后，一个姓郦的戏班老板收留了我，教我唱戏。十六岁那年戏班散伙，班头把我卖给了蕲水镇的简老贵，也许你听说过这个人。
林楚威	知道这人！
郦　兰	他伙同青蛇镖害死了我孩子她爹。我在简家生下了一个女儿，可这个老太监却要把我的孩子女扮男装当儿子养。那土匪头子一直想着简老贵的家产，前年死了老鬼，今年土匪把我绑上了山，既要霸人又要霸田。后来青蛇镖又看上了山下柳家的女儿，实际上那女儿是个儿子。因为青蛇镖要吃人肉、要吃正月生的男娃娃的肉，他爹娘为躲祸就将儿子当了女儿养。
林楚威	啊？骇人听闻啊！
郦　兰	匪头不知内情，绑了那孩子的爹上山逼婚。正在这个时候，土匪的队伍在山下被打散了，青蛇镖也被捉住了，听说已杀了头。后来二头目又来逼我做压寨夫人，是柳家大哥他带着我，在一个我曾救过他命的小喽啰的帮助下，从后山逃了出来。
林楚威	原来是这样！
郦　兰	同是天涯沦落人，又都失去了孩子，相依为命，我就跟玉来成了亲。
林楚威	玉来？哪个玉来？蕲水镇的柳玉来？你的丈夫叫柳玉来？不是叫柳大的吗？
郦　兰	是的！他叫柳玉来！
林楚威	你等等！二妹你等等！（迫不及待地出）

内景 / 林楚威公馆楼上楚威卧室 / 白天

林楚威　　（入，直接走到陪坐在田小螺床头的柳玉玺面前）五弟妹，快，
　　　　　快跟我走！
　　　　　（柳玉玺迷糊了，懵懵懂懂地站起来跟着林楚威往外走）

林楚威　　（回头看一眼惊讶的田小螺）雪瓶，没什么事，一会儿你二姐会
　　　　　来看你的。

内景 / 林楚威公馆楼上郦兰卧室 / 白天

林楚威　　（与柳玉玺入，将其带到郦兰跟前）五弟妹，快叫你嫂嫂。

柳玉玺　　嫂——嫂？哦，嫂嫂。你是柳嫂，本来就应是我嫂嫂。

林楚威　　是你亲嫂嫂！

柳玉玺　　亲嫂嫂？我的亲嫂嫂是——

林楚威　　噢，你的亲嫂嫂在十多年以前就被人害死了。这是你现在的嫂嫂，
　　　　　她的丈夫叫柳玉来！

柳玉玺　　柳——玉——来！我哥哥？

林楚威　　是的！（郦兰惊讶地瞪着眼睛不吱声）

林楚威　　坐下吧，五弟妹——（大家坐下，又对郦兰）二妹，现在你应该知道，
　　　　　你走不了了。这里就是你的家。

郦　兰　　我的家！

林楚威　　不管你认不认你的小妹、认不认我，可你家的小姑不会让你走了！
　　　　　你家的姑爷、我家的五弟也不会让你走了！还有，你丈夫回来后
　　　　　也一定不愿与他失散十六七年的妹妹再分离！

郦　兰　　小姑！姑爷！

林楚威　　所以说，你使我们这么多家庭更是亲上加亲，你是我们的福星。
　　　　　我代表大家感谢你！（郦兰明白了，脸颊由青变白渐渐升上红晕来）

柳玉玺　　（上前鞠一躬，激动地扶住郦兰的肩声情并茂地）嫂嫂——！

郦　兰　　（流下泪来，抓了柳玉玺的手颤抖不已）姑娘好！

柳玉玺　　嫂嫂好！你们是怎么到这里来的？我娘她还好吗？我有侄儿吗？
　　　　　他们在哪儿？

郦　兰　　娘早已不在了。

柳玉玺	啊？！娘——（哭泣）
林楚威	（待她们平息了些）二妹，从那幅画的出现看来，你对我们是比较了解的、是专门找上门来的。既然到了现在这个样子，我想二妹也没必要有什么顾忌了，大家都是亲戚，能把一切都告诉我们吗？
郦　兰	我和玉来从匪窝里逃出来后，又到简家大屋里去了一趟。可我的孩子不见了，东西也翻的没有了。不过，那个竹筒也许因为太不起眼没人要，被丢弃在瓦砾堆里，我就又收回了它。
林楚威	哦，那幅画！
郦　兰	玉来的家也被烧了，孩子也失踪了。没有办法，我们来到了汉口，想到物还原主，只得到这里来帮工。玉来谎称叫柳大，为的是你们认不出我们来。我听玉来讲，大少奶奶——哦，不——我大姐在躲日本时还在他家住过两次。
林楚威	（惊讶）是吗？
郦　兰	是的。头一次太太还在，我家奶妈也还在；第二次是逃难回来的时候，就只剩下我大姐和两个女儿了。
林楚威	（眼里噙满了泪）玉来大哥！
郦　兰	我们没打算在这里久留，只想把画还给林家了就远远地离去。我们要找回我们的孩子！我们都人到中年了，只想找回孩子了再安顿下来，自自在在、平平安安地过完一生。
林楚威	二妹，你们的愿望会达到的。你看，五弟他和玉玺离散十年了又团聚了；你们姐妹呢？都二十多年的光阴了又找到了；何况你们的孩子比你与雪瓶小时的岁数大得多。记忆好，总是好找。再说你吃了那么多苦，应该是苦尽甘来了吧？人说先苦后甜、幸福万年，便是如此。
郦　兰	谢谢大哥！（画外音汽车喇叭响）
林楚威	你们坐坐！（出，片刻又与玉来入，指着玉玺对玉来）你看看这是谁！
柳玉来	（瞅瞅玉玺，又莫名其妙地看看郦兰和楚威）我不认识。

柳玉玺　　　哥——！（一声哭喊扑过来拉住玉来的臂膀。楚威转身出了书房门）

内景 / 林楚威公馆楼上厅堂 / 白天

　　　　　（林楚威独自在桌旁坐着，思绪万千。这时郦兰也从她卧室出来，慢慢地走进了对面林楚威的卧室。画外音两姐妹的痛哭声）

内景 / 林楚威公馆会客厅 / 晚上

林楚威　　（与玉来议事）柳哥，公司事多，你也就不要跑外打杂了，就做我的贴身跟班。

柳玉来　　行！

林楚威　　我现在跟老家的三弟在做生意，那是一宗慎之又慎的"买卖"，千万不能出纰漏！我想交给你一个人专跑。

柳玉来　　没问题！

林楚威　　我已经购了一批货，一起装船的还有麻糖、红烛、火柴等物资，明天一早发往蕲城。

柳玉来　　同去的还有谁？

林楚威　　你只管负责押运。到岸后有人来接，是蕲城县城关的林江威。

柳玉来　　好！（接过货单）记住了！

外景 / 汉口货运码头 / 白天

　　　　　（柳玉来装好货物的轮船起锚，船离岸）

外景 / 武昌军用码头 / 白天 /

　　　　　（林汉威登上一艘过渡的军船）

外景 / 江面上 / 白天

　　　　　（巡江的国军船只发现了柳玉来押运的船只，将其拦下）

外景 / 货船上 / 白天

　　　　　（巡江士兵跳上货船，搜查。柳玉来阻拦，被推到一边）

士兵甲　　报告，船舱里有违禁物品。

士兵头　　什么东西？

士兵甲　　医药用品。

士兵头　　连人带船扣下！

柳玉来　　老总，行行好！这可都是民品啊！

士兵头	什么民品？明明是军品！走！
柳玉来	这是要到哪儿去？
士兵头	"武汉守备司令部"去！鲁道源，听说过没有？
柳玉来	不行啊！长官，求求你们了！老家的乡亲们急等着要用这些东西呢！

外景 / 江面上 / 白天

（林汉威的船只驶近）

外景 / 货船上 / 白天

（柳玉来仍求情，士兵强行搬运；玉来阻拦，被打倒在地。玉来爬起，大骂着从船舱里拿出一把猎枪，对着了巡江士兵。对方更是一支支装备精良的枪支对准了玉来和船工们）

外景 / 林汉威渡船上 / 白天

林汉威	（画外音吵闹吼叫声，引起警觉）出了什么事？
副　官	好像是两只船撞到了一起。
林汉威	开过去看看。

外景 / 江面上 / 白天

林汉威	（货船上闹得不可开交，林汉威的船靠拢来）你们怎么回事？
士兵头	报告林师长，我们是武汉守备司令部的，执行巡江任务，在这条船上发现了违禁物品。
林汉威	你们两方的人都过来！（士兵头和士兵甲、柳玉来等人上到林汉威船上）
柳玉来	长官，这是货单！（递过货单）
林汉威	（见了暗吃一惊，又瞟一眼货船，细看单子，看完后拍着单子大骂士兵）你们死眼啦？看不见啊？这上面的供货方是林楚威，收货方是林江威，自家人做买卖也不行啊？
士兵甲	（瘪瘪嘴，心声）知你就是林汉威，还林什么威林什么威的叫喊，不就是徇私枉法、相互包庇吗？
士兵头	林师长，这小船里除了副食和日杂外，还有不少的医药用品哦。
林汉威	（更是吃一大惊，心声）三哥的杂货铺不会做这类生意，只怕与

大别山有关、与八弟有关。这事不压在这里，闹大了可就麻烦了。（做出火气更大的样子）不要搞邪了！你们鲁司令的屁股蛮干净哪？要不我们一起到白长官那里走一趟？

士兵甲　（士兵头一时无话。士兵甲拉士兵头耳语）头儿算啦，眼前发国难财的人多得很，官越大越邪门。吵到最后，白长官挥一下手放了，鲁长官还得刮我们耳刮子。

士兵头　嗯，好！（转向林汉威）林师长，您怎么说怎么好吧。大家也知道做点生意的难处，我们这样也只是例行公事。

林汉威　这还差不多，总算还机灵。（转身对柳玉来）还不快出点辛苦钱，谢谢这几位兄弟们！大家都不容易。

柳玉来　是！长官！（递上十块大洋）

外景 / 兰雪绒家外江边小码头 / 白天 /

（柳玉来押船到岸，岸上兰雪绒、林昌威、林江威迎接）

内景 / 林汉威住处汉威卧室 / 晚上

林汉威　（与妻躺被窝里聊天）三叔和三娘做六十大寿，众儿女、侄儿侄女们这次都要到武汉来祝贺。

柳玉玺　太好了，太想他们了！

林汉威　九弟北大毕业，九弟妹也正在学医。他们俩等到老父、老母的寿辰过后，就要到美国留学去了。

柳玉玺　小时候，九弟好淘气哦。

林汉威　（笑）我们都喜欢他。这次众兄弟们的到来，也是为了给他俩送行和祝贺。

柳玉玺　那好热闹啊！

林汉威　是啊。大嫂也要来！

柳玉玺　大嫂？哪个大嫂？

林汉威　当然是涵儿她娘了。

柳玉玺　真的？

林汉威　涵儿和嫣儿长大了，要到省城来读书，她们娘送了她们来。但大嫂不好往大哥家里去，便带信要到我们这儿来住。

柳玉玺	太好了！（一掀被子）快快收拾房间！
林汉威	（一下子按住她）你干嘛？人家现在又没来！

内景／林楚威公馆郦兰卧室晚上

郦　兰	（夫妇靠在床头聊天）你做大哥的外差，与人接触得多，留个心打听打听冰儿和水儿的消息。
柳玉来	嗯！
郦　兰	要是找到了两个孩子，到那时，我们一家四口租下房子来，好好过日子，也算是不错的了。
柳玉来	昨天又有人回蕲城县，我托人打听去了。

内景／林楚威公馆餐厅／白天

郦　兰	（与田小螺就餐，小螺对着满桌饭菜没有食欲）怎么不吃了？
田小螺	（愁眉苦脸地）三叔和三娘做寿、九弟两夫妇出洋，亲戚们都来了。
郦　兰	是啊！
田小螺	大姐也带着涵儿和嫣儿来了，可她们不到我们这里来，而是住到五弟家去了。叫我们怎么好想？
郦　兰	大姐也确实有她的不方便。
田小螺	我要去看大姐！
郦　兰	唉！好吧，我们去看她！

内景／林汉威住处会客厅／白天

　　（林汉威、柳玉玺与小女儿同兰雪绒母女三人相见，热闹非凡）

佣　人	（画外音）林太太、柳太太到——
	（郦兰、田小螺出现在门口，所有的眼睛都在寻找对方。兰雪绒、林若涵、林若嫣齐望了她俩，她俩的目光也在那娘儿仨身上逡巡。林若涵和林若嫣见了郦兰，吃了一惊，两姐妹互望一眼。这五人就这样对视着、呆立着。林汉威见状，忙牵了女儿的手、拉一下柳玉玺，三人走出了那屋）

内景／林汉威住处大厅／白天

　　（林汉威和柳玉玺在座，画外音会客厅传出哭泣声。使女端茶入，复出）

柳玉玺	客人怎么样了？
使　女	正坐着慢慢讲话呢。（柳玉玺稍稍松口气。林若汉从大门入）
林若汉	爸爸、妈妈，我放学回来了。
林汉威	哦，玉玺，让若汉进去认一认，好岔开她们的思绪，让她们早些平静下来。
柳玉玺	好！
林汉威	若汉，你和妈妈进去，见过新来的大娘和姐姐们。

第三十九集

内景／林汉威住处会客厅／白天

柳玉玺	（带林若汉入）若汉，快叫！这位是大娘、这是若涵姐姐、这是若嫣姐姐。
林若汉	（一一鞠躬）大娘、若涵姐姐、若嫣姐姐、大伯母、舅娘！
五　人	哎！（林若涵和林若嫣立起致谢）
兰雪绒	（拉过林若汉来，十分亲热地左端详右端详，看得若汉很不好意思。突然对大女儿）涵儿，把棉袄脱下来，把袖子捋起来，让我看看你的左胳膊。
林若涵	干什么？（不情愿）这大冷的天，再说……（难为情地望一眼大小伙子若汉）
兰雪绒	（一下子变得很厉害）让你脱你就脱！ （若涵的脸涨得通红，在众人不知所以的目光下把棉袄脱了、捋起袖子来，露出了藕节似的白臂。兰雪绒瞅一眼若涵的小臂，又瞅着若汉的脸颊）
兰雪绒	她五娘、二姨、三姨，你们过来看看。 （大家只见若涵的左小臂上有三道明显、两道隐约的梳子齿似的疤痕，而若汉的脸颊上也有类似的疤痕。众人糊涂地齐望了雪绒）
柳玉玺	这是——
兰雪绒	孩子，你坐下吧！（拉着若汉坐了，又对若涵）把衣服穿好，别着了凉。（回头对玉玺）你刚才和她五叔告诉我说若汉是你抱养的，那他今年多大了？
柳玉玺	确切的出生年月不知道，应该是在十四到十五之间。
兰雪绒	嗯！（点点头，又转向若汉）你还记得你原来自己的家吗？
林若汉	不记得了。
兰雪绒	那你是怎么到外国人办的慈善院去的？

八　刀

林若汉	我只晓得很小的时候日本人来了，很多人天天在路上走，飞机丢炸弹。有一次在一个湖里起了大火，抱我的人朝前一个劲儿地跑，跑到芦苇边上了，看到一个采莲盆，那个人就把我放到盆里坐着，自己在水里游着推我。好远好远了，有只船上的人救了我们，可是推我的那个人给冻死了。那个船上的人把我送在了一家慈善院里。再后来，大概在我八岁的时候，就跟了我现在的妈妈。
兰雪绒	（长吁一口气，转身对柳玉玺）她五娘，若汉是涵儿和嫣儿的亲弟弟。
所有人	什——么？！
兰雪绒	是的！（紧抓着若汉的手颤抖着，语气却十分平静）
林若涵	哪一个弟弟？
兰雪绒	若咏！他就是我们的若咏！四岁那年我以为他和林石一起烧死在了芦苇荡里。他的经历跟我们的若咏非常相同，最明显的就是脸上的几道抓痕。
柳玉玺	啊？
兰雪绒	这使我想起了那年的中秋节。我带着他姐弟三人陪着老太太赏月，那年若咏还不到两岁。若苏用他娘给他蓄的尖指甲把若咏的脸刨去了几道沟，同时被抓的还有若涵。
林若涵	嗯，我还记得！
兰雪绒	那伤口结痂后太痒，他姐弟俩忍不住就去挠，就把血壳挠掉了。这样反复几次以后，他的脸上和若涵的膀子上都留下了非常明显的疤痕。
柳玉玺	（抚摸着林若汉的伤痕）是啊！
兰雪绒	还有，若咏脸上的疤痕也在这个部位，他们两个年岁相仿，和家里人失散的经过也一样。
郦　兰	是的！人说外甥像舅舅，我看他跟我们哥一模一样。
	（林若汉惊愕地望望这个、望望那个，不知如何才好）
柳玉玺	（慢慢坐下来，拉了儿子的手）大嫂，您的恩情我永生永世难以报答！却没想到，为了汉威领养的这个儿子，还会让我了却这样一份美好的愿望。今天，我正式把他交给您了！他是我的儿子，

也是您的儿子；既是大哥的儿子，也是汉威的儿子。我早就知道，我与您有没完没了的缘分！

林汉威　（牵了小女儿入）请大家就餐吧。

柳玉玺　（跳起来抱了丈夫）汉威，若汉就是若咏，我没有养错，他是你的亲侄子！

林汉威　（没有看儿子，倒把眼睛紧盯了雪绒）若咏？亲侄子？大嫂，这是真的吗？

兰雪绒　（点点头）是的！

林汉威　玉玺！好玉玺！（转身抱了妻）你简直就是送子观音活菩萨！

柳玉玺　（伏在他怀里哭起来）汉威，我想今天一定是个黄道吉日。我们与大嫂、涵儿、嫣儿她们重逢了，大嫂她们三姐妹也相聚了，若汉——哦，不——若咏也母子相认了！我想，我们应该好好地庆祝一下。

林汉威　要庆祝，当然应该庆祝了！可是，怎么能用哭来表示呢？我现在就是来请大家入席的。大嫂，人生苦短，悲欢离合总有时，让我们为团圆干杯，好吗？

兰雪绒　好！好！

内景／林荆威公馆会客厅／白天

　　（众人与林怡瓯和甘氏相见）

林鄂威　侄儿拜见三叔和三娘！

谭金簪　侄儿媳妇拜见三叔和三娘！

林若苏及弟、妹　侄孙拜见三爷爷和三奶奶！

林怡瓯、甘氏　好好好！

林孝威　侄儿拜见三叔和三娘！

任梓茗　侄儿媳妇拜见三叔和三娘！

林若印　拜见三爷爷和三奶奶！

林怡瓯、甘氏　好好好！（鄂威和金簪见江威携妻儿拜见寿星，面带讥笑）

林荆威　（入）爹、娘、二哥、二嫂、三哥、三嫂，开饭了，请大家入席吧。

甘　氏　哎，对对，吃饭了我还要到庙里去进香。

林若苏	三奶奶，您是说去进香吗？
甘　氏	是啊。人老了，更是信神信佛，现在儿女家业兴旺发达，总要感谢神灵保佑的。
林若苏	是不是到归元寺？
甘　氏	是的。
林若苏	那我要去。
众孩子	我也要去，我也要去！
甘　氏	好好好，都去。荆威，你去让准备两辆车（又对余氏）你陪着我们一起去。

外景 / 林荆威公馆门外 / 白天

（大人小孩挤了满满两车开走了。林楚威的车到，下车。众兄弟迎上去）

众兄弟	大哥来了？
林楚威	来了。二弟来了？三弟来了？

内景 / 林荆威公馆楼上客房 / 白天

任梓茗	（对金簪）二嫂近来还好吧？
谭金簪	还好，还好。我能有什么两样？（笑笑）倒是弟妹有了两样，从七弟妹摇身一变成了三弟妹，滋味不一样吧？
任梓茗	（听出话中含话）二嫂何以要这样耻笑弟妹？
谭金簪	我怎么会耻笑你呢？你想想啊，随你怎么变，你到底还是我的弟妹，可四弟、五弟怎么办？他们一个那么富的主儿、一个那么大的官儿，可你先是他们弟妹，后又成了嫂嫂，你不觉得难为情，别人还感到别扭呢！
任梓茗	（气愤地）这有什么别扭难为情的！我一不偷人、二不养汉，光明正大地做人，犯不着你来阴阳怪气！
谭金簪	（一拍桌子）你混账王八蛋的怎么光明正大地做人了？汉奸老婆！帮日本人干事！害死了当家人，又死皮赖脸地鬼缠大伯子……

内景 / 林荆威公馆楼口 / 白天

（林鄂威上楼，走到楼梯口，听到谭金簪的骂声，停住脚步）

谭金簪　　（画外音）想男人想发了疯，也不看看男人有没有用，就寻个不打鸣的公鸡抱到怀里！想儿子想颠了筋，弄个野种养到窝里！你不偷人养汉？可你男人以前的女人偷人养汉！

内景 / 林荆威公馆楼上客房 / 白天

谭金簪　　没人要的男人，你倒皇太子般供着，下贱坯子！鸡母猪婆！

　　　　　　（任梓茗闻言惊得目瞪口呆，反应过来，拼了命地就要上去撕扯谭金簪）

　　　　　　（门被撞开，林鄂威冲了进来，扬手照着妻子的脸就给了狠狠的一巴掌）

林鄂威　　简直不成了体统！越搞越不像话了！

谭金簪　　啊？你敢打我？

林鄂威　　你给我搞清楚！孝威也好、湖威也罢，他们都是我的亲弟弟，没有你这么侮辱他们的！不管任氏怎么样，可是夏氏已经死了，你还不放过她，实在是太过分了！

谭金簪　　你这个猪猡王八羔子吃里扒外，连这个无人要的小寡妇都要护着……啊——

　　　　　　（谭金簪披头散发地打滚、耍赖、号哭、痛骂，揪了任梓茗扭打起来）

　　　　　　（公馆里的人惊得奔上跑下地急救，可不管用，且越闹越厉害）

内景 / 林荆威公馆楼下大厅 / 白天

　　　　　　（林襄威夫妇、兰雪绒母子四人、林汉威一家三口、田小螺、郦兰人）

　　　　　　（众人听见楼上哭闹声，很是惊讶）

林襄威　　这是怎么回事？（仆人相告，有形无声）

　　　　　　（荆威见了汉威，如同见了救星，顾不得先同兰雪绒等人施礼打招呼）

林荆威　　五弟，快劝劝吧，二嫂太厉害了。不管谁说她都不听，你看怎么办啰！

内景 / 林荆威公馆楼上客房 / 白天

　　　　　　（谭金簪鼻涕眼泪糊了一脸，任梓茗气得脸色煞白，林汉威等人入）

林汉威　　（表情冷峻地）二嫂，你是有身份的人了，到这里来了还这样地撒泼，不怕别人笑话吗？

谭金簪　　（猛地止了哭）五弟，你见没见过你二哥的凶样子？

林汉威　　他为什么打你？

谭金簪　　（又呜呜地哭）我们女人之间的事要他什么相干？

林汉威　　女人之间？我想这样跟你说，第一请你不要借"女人"的名义贬低女人，如你要看轻你自己，那是你自己的事，不应圈及所有的女人。第二，女人之间确有一些事不与男子相干，但你污辱了他人，就不再是女人之间的事了。那样不仅会触怒女人，也会触怒男人，触怒所有的人！

　　　　　（屋里屋外站满了人，谭金簪便紧闭了嘴，没有了搭腔）

兰雪绒　　（回头对一仆人）打两盆水来给二位太太洗一把脸。

内景 / 林荆威楼下会客厅 / 白天

　　　　　（谭金簪、任梓茗盥洗收拾干净，林荆威命人沏上茶来，大家落座）

林汉威　　二嫂，你那年嫁到我们林家时，我们都还小，可一晃二十多年过去了，我们也都长大成人了。连最小的弟弟襄威也长大了，都结婚了，并且要出国留学去了。不容易啊！

林荆威　　就是嘛！

林汉威　　我们那样的大户人家，曾经那样的兴旺，可自从日本人打来、老太太去世，就渐渐地衰落解散了，成了一个个的小家。如今我们九弟兄，除了六弟和七弟，大家过得也都还可以，应该珍惜才对。要说家产，你心里最明白，你们爱的是土地，可老家的土地基本上都在你们名下了，你还有什么不满意的呢？三嫂不管她以前是不是做过七弟妹，但现今是堂堂正正的三嫂，我们就应该尊重她。你何苦紧盯住她不放？她幸福不幸福她自己知道，我们没有干涉的权力。再说三哥的病也不是一日两日的了，你骂出那样的话来，不说伤及别人，就是你自己也太不道德了吧？还牵扯出以前的三嫂，人死了你都不放过！何况你是到这里来做客的，不注意自己的言行，也还要顾顾四哥的面子吧？抖落出这些陈谷子烂芝麻给众人们听，是不是太无聊了？兄弟们一场，走到今天不容易，我们借了三叔、三娘和九弟、九弟妹的喜庆日子聚一聚，应该珍惜。今后天各一方，是见一次算一次，难道非要打架辱骂才是兄弟姐妹的情分吗？

（谭金簪脸上红一阵白一阵，无言以对）

林汉威　若苏呢？

林荆威　跟着我爹、我娘到归元寺去了。

林汉威　是啊，苏儿也大了，都已十七岁了吧？难道你愿意他以后学着你们，同他的兄弟们这样闹吗？（谭金簪猛地睁大眼睛）

林襄威　我倒在想啊，二哥、二嫂的田地还能守多久。

林鄂威　啊？！

林襄威　你们难道看不出来吗？共产党的军队从去年九月到今年元月底在辽沈、淮海、平津开展了三大战役，接着又使东北、华北、华东、中原及西北各解放区连成了一片，什么时候打到武汉都不敢说。共产党是要搞土改、分田地的呢。你们要那多田地，只怕会有很多的麻烦呢！（林鄂威、谭金簪的脸变成了死灰色）

林江威　（心软了）不谈国事！不谈国事！

任梓茗　不！不谈国事，要谈家事！二嫂骂人恶毒不拐弯儿，称王称霸惯了。我受你这多年的欺负，也就忍了，可不能因为江威又领养了个儿子你就心里泛酸、气不顺儿！江威名下的财产、湖威名下的财产全都归了你们，你还要怎么的？

（见大家都怒目，谭金簪哑言）

内景/林荆威楼下会客厅/白天

林汉威　涵儿、嫣儿，过来见过你们爹爹！

林若涵、林若嫣　（立起）爹爹！

林楚威　（眼圈红了）哎！

林汉威　咏儿，过来见过你爹爹！

众　人　（均吃一惊）咏儿？

林汉威　今天大嫂来，从若汉脸上的疤痕认出他就是我们的若咏。我已经把他交给大嫂了。

众　人	若咏！（感慨不已）
林楚威	若汉、咏儿，儿子！（紧拉了儿子的手，心声）我怎么这样粗心呢？怎么就没留意他脸上的疤痕呢？唉！可想父心不如母心细。（又转向雪绒）涵儿她娘，我对不起你！也对不起我们全家！（众人嘘唏）
仆　人	（画外音）八老爷昌威夫妇到！ （众人皆是惊讶。齐站了起来要出去看个究竟。林昌威和冯秋池、柳水儿、冯冰儿出现在门口，且身旁还伴有两个小娃娃。此时，屋子里热闹之极。你的、我的、他的、哥哥的、弟弟的、嫂嫂的、姑姑的、侄儿侄女的搅得都理不清楚了）
郦　兰	冰儿，你怎么找到这里来了？你怎么又和水儿走到一起的？又怎么会与林家八叔在一起？
林若涵	（对水儿）你怎么变成男的了？
林若嫣	喂，你们搞什么名堂？男的变女的、女的变男的，丑不丑哇？
冯秋池	（对雪绒）昌威自那年受伤时与您见过一面、后又去找您没有结果，打听到您已回了原籍，我们就去了安徽。皖南事变时我们死里逃生，后一直在苏皖一带，直到去年才回到湖北。
兰雪绒	水儿和冰儿怎么和你们在一起的？
冯秋池	我们在蕲城县一带打仗，他们从土匪手中逃出来就投奔了我们。
林汉威	（与昌威在一起）你们夫妇和冰儿、水儿带了两个孩子装成一家人进到武汉来开展工作的，是不是？
林昌威	我们本来就是一家人！
林汉威	不，你们是地下党！
林昌威	你看像吗？
林汉威	（顾左右而言他）来，让我抱抱你的小儿子！
柳玉来	（迫不及待地拉水儿来到玉玺面前）水儿，这是你的亲姑姑。
柳玉玺	（半信半疑，呆呆地）水儿！
柳水儿	（清醒过来，羞涩地）姑姑！
冯冰儿	（听水儿叫姑姑，冰儿沉不住气了，将郦兰拉到秋池跟前）娘，

　　　　　　　你看这是谁？

郦　兰　　　这是若涵她八娘！（笑着向秋池行个万福）

冯冰儿　　　不！她还是我的姑姑！

郦　兰　　　你的姑姑！（吃一大惊，忙细瞧）你是——秋池？

冯秋池　　　是的！嫂嫂！（拉了郦氏笑着，眼圈儿却红了）

郦　兰　　　秋池！这么多年你都在哪儿？你哥他——（说不下去）

冯秋池　　　我全知道了。是冰儿告诉我的，她给我们讲她的身世时我们就知
　　　　　　道了。

郦　兰　　　他们怎么会遇上你们的呀！真是老天爷爷睁了眼，不忍心我们骨
　　　　　　肉分离！

第四十集

内景 / 林汉威住处客厅 / 深夜

林昌威　　（与林汉威促膝长谈）五哥，上次截船那事，还得好好谢谢你呢！

林汉威　　（笑笑）哪里哦，碰上了，不得不管啊！顺便的事。

林昌威　　真的很感谢你！虽是"碰上了"，可碰上的是你啊！如果碰上的是另外的人呢？

林汉威　　那当然，没碰上我，就麻烦大了。八弟，送到三哥那儿的货是你要了的吧？

林昌威　　不瞒你说，是的！

林汉威　　（笑）我就知道嘛！

林昌威　　五哥，上次我俩面谈的事你现在想得怎么样了？

林汉威　　（沉吟）华中"剿匪"总司令白崇禧为了他的一系列目的，自去年下半年以来，就通过河南省主席、第五绥靖区司令张轸与中共联系，要搞和谈。

林昌威　　既然公开联络，那么就此机会，中共华中野战军通过张轸进行起义策反工作，以减少伤亡、及早解放豫南和鄂中地区。

林汉威　　可是白长官并非真的是要搞和平，而是为桂系的崛起曲回行走的一种计谋；同时"剿匪"副总张轸既不想投桂、也不想投共，为了自己四万子弟兵牢牢掌握在己手，一直犹豫不决、摇摆不定。

林昌威　　是啊，我们共产党除了做张轸的工作外，还在白部的军、师、团级里做了大量工作。中原野战军就一直与张轸部下鲍汝澧、涂建堂部频繁联络联系。

林汉威　　这里面自然包括我！

林昌威　　（微笑）上次截船之事前，我潜入武汉与你有过两次接触。加今晚是第三次了吧？

林汉威　　我是主和派的。中国人民无休止地自相杀戮，真的不能再继续下去了! 可是, 我也有我的难处!

林昌威　只要能停战, 天大的难处都能解决。

林汉威　相当一部分国民党将领都是左右为难。一边是作为军人的我们, 从来就以服从命令为天职, 在上峰面前只能回答一个字"是!" 而另一则, 南京方面又变化多端、朝令夕改、变幻莫测, 很令我们失望; 一直提供优良装备, 扶持国军的美国人最近也好像冷淡了许多; 李代总统还要得令于"垂帘听政"的溪口; 一面派了谈判代表到北平, 一面又加紧备战……

林昌威　五哥, 白健生要搞划江而治、建立新的"南北朝", 这是绝对不可能的! 共产党一定会打过长江, 解放全中国的!

林汉威　这个我相信。可是蒋总统元月十日下令将上海金库金银外汇运往台湾, 那是什么意思? 明摆着打不赢了就退守台湾岛。白长官搞划江而治成功的可能性不大, 然而……

林昌威　当然, 就目前武汉的形势来说, 白崇禧的谋划还有下一步, 长江一旦失守, 他桂系将退守广西, 并且还捣鼓武汉守备现任司令鲁道源与他一起建立滇黔粤防线。他们现在以老乡为线进行联络, 五哥你和他们除了军政上有一共同点外, 能走到一起吗?

林汉威　其实在这一点上, 我也是很憋气的。那些人扭成一股绳, 明眼人都看得出来。不过, 我一直以事业为重, 这些"鸡毛蒜皮"的事也不能太计较。

林昌威　仔细想想这些事, 心里有些发酸哪!

林汉威　我知道, 其实我跟他们是很不一样的。他们一个个不是黄埔的元老, 也起码是保定、昆明等军校的枪杆子。我呢, 一个从外国回来的笔杆子, 民国二十九年才到重庆, 抗战期间一直在湖北、四川两地跑, 小仗打过不少, 可从没参加过什么大战役。抗战结束了, 刚安静了年把, 又闹起来, 你说这……

林昌威　作为"剿总"司令的白崇禧, 抢夺了大量民用物资。前些时在武昌徐家棚火车站直接装上车皮, 加盖上绿色军用帆布并打上"军用物资"标记, 由一个排的士兵押运至广州。东西到哪儿去了?

林汉威	在香港脱手了嘛，将所得款项存入其妻马佩璋在香港银行的账户下……
林昌威	可是，兵临城下，五哥你们还在为他们卖命……
	（墙上的自鸣钟"当当"地敲着，林汉威抬头看钟，无奈地叹口气）
林汉威	茫然，一片茫然……

内景／林荆威公馆会客厅／夜晚

（林鄂威、林荆威、林襄威三对夫妇议事）

艾鹿荞	（对襄威）我们把若苏两个大点儿的先带出去？
林荆威	这样最好！他们大了，本来就在外面寄读，生活可以自理了。二哥把钱给足了，九弟你们给找好学校，应该问题不大的。
林襄威	好，就这么说！
林鄂威	我们的田产卖不出去，也变不了钱，可我库里有钱。还有那么多的田租，农业的粮、棉、油、麻、丝、茶，畜牧业的猪、牛、羊、鸡、鸭、鹅、鱼，副业的榨油、熬糖、酿酒、豆腐和粉丝作坊等，这么多年来，我们基本上不需要购进原材料的就能生产出这些东西，出售后就都攒起来了，除了手头上用的，全是现洋和黄金。
林荆威	那好！亲兄弟，明算账。二哥给的钱，九弟和苏儿各记一本账，清清楚楚两不耽误！
林鄂威	两本账就算了吧？那多生分啊！
林荆威	不！公事公办！该怎么的就怎么的！（看一眼谭金簪）再说二嫂又是个过细人！
	（大家笑起来，谭金簪窘得满脸通红）

内景／林荆威公馆客房／夜晚

（整箱的金条和金砖摆到林荆威和林襄威的面前，他们吓一大跳）

内景／林荆威公馆／白天

（照相师为大家留影。先是所有人合影，再是分类组合。老寿星照后，是威字辈，再是若字辈。兄弟照了、妯娌照，一个小家一个小家的照，林姓照了兰姓照，还有柳姓、冯姓，其乐融融）

内景／林荆威公馆／晚上

（所有人给老寿星贺喜祝寿，仪式完毕，又一起入席）

林鄂威　九弟、九弟妹，此一去功成名就，为林家光宗耀祖的大任就寄托在你们身上了！

林襄威、艾鹿荞　谢谢！谢谢！谢谢父亲、母亲，谢谢各位兄嫂！

兰雪绒　（眼里淌下泪来）人生真的是离多聚少，这个大团圆，实际上是林氏大家族的一次大分离。

柳玉玺　大嫂！

林楚威　（喝醉酒，摇摇晃晃地站起用筷子敲着盘子，唱起了苏辙的《水调歌头》）……座中客，霞羽帔，紫绮裘。素娥无赖，西去曾不为人留。今夜清樽对客，明夜孤帆水驿，依旧照离忧。但恐同王粲，相对永登楼。

　　（除了林汉威、林昌威和林襄威，大家莫不惊骇。林荆威见林楚威失态，忙扶了他坐下。这边，林襄威也唱起了韦庄的《古离别》）

林襄威　晴烟漠漠柳毵毵，不那离别酒半酣。更把玉鞭云外指，断肠春色在江南。

　　（酒席上的喜气已荡然无存）

　　（恰在这时，留声机里滑出了一曲哽哽咽咽、细腻酸涩的《别梦依稀》）

留声机　别梦依稀，别梦依稀，风流云散鸣怨笛。天涯海角寻思遍，无穷无尽愁别离。别梦依稀，别梦依稀……

内景 / 林荆威公馆会客厅 / 晚上

兰雪绒　涵儿、嫣儿，你们马上就要在武汉上学了。离了娘身边，自己好好照顾好自己。

林若涵、林若嫣　是，娘，记住了！

柳玉玺　大嫂，若汉呢？哦，若咏呢？

兰雪绒　啊！咏儿！

柳玉玺　相认当日，我就当面许诺归还儿子于亲母的。

兰雪绒　嗯，谢你帮我找回他来，也谢你帮我养他这多年！

柳玉玺　（眼圈儿发红）大嫂，没有你当年待我亲姐妹般的相助，哪有我今天！

兰雪绒　　好！这是你对我最大的回报，今天我领了！我带他回蕲城县！

柳玉玺　　你还是回我那儿住段时间吧。近日时局动荡不安，回蕲城县的陆路水路都已阻断，一时半会儿无法启程。

兰雪绒　　啊？

林荆威　　是的。

柳玉来　　现在街面上乱糟糟一团。大姐最好不要出去。

兰雪绒　　哦，好吧！（对林若咏）咏儿，我们再在妈妈家住段时间好吗？

林若汉　　好！

兰雪绒　　（对柳玉玺）咏儿是长子，可他小小年纪四处漂泊、饱受磨难。自从跟了你，幸福从天降，后来又能与爸爸相逢，是你们给了他父爱、母爱，早有了很深很深的感情。其实，要他马上又和你们分离，这真一时半会儿适应不了。

内景 / 林汉威住处 / 晚上

　　　　　（兰雪绒与柳玉玺闲聊，孩子们在一边看书学习）

林汉威　　（入）大嫂！

兰雪绒　　啊，他五叔回来了！

林汉威　　哎！我们又要走了！

兰雪绒　　啊？

柳玉玺　　走？怎么走？往哪儿走！

林汉威　　时局越来越紧张，我们白长官坚决不放下继续抵抗的指挥棒，江北岸又实在防守不住了，命令撤退到江南岸去。

柳玉玺　　那你呢？

林汉威　　当然是把所有的部队全撤退到江南岸去了。

柳玉玺　　那我呢？孩子们呢？

林汉威　　你和孩子是家眷，一定要跟着走！明摆着，南京总统府被解放军攻占，现在白崇禧又败走江城，国军在大陆的气数已尽，将来我的归宿在哪里都是无法预言的。如果不把你带在身边，以后天各一方的局面将会形成。到那时，玺儿，你我的分离可能就不是

	二年、二十年的了！
柳玉玺	刚安定下来！又要……
勤务兵	（走到门口）报告，外面林二老爷到！
林汉威	二哥？快请进！（鄂威和金簪、三个孩子入。众人寒暄，就座。佣人上茶）
林汉威	（对林鄂威）家里都处理好了？
林鄂威	都处理好了。苏儿两兄弟随他九叔去了美国，我这边把蕲城县家里的事都处理了，都不要了。除了搬不动的田地山河，只要能搬得动的钱财珠宝，我都带来了。
林汉威	可是，二哥，我帮不了你了。我们部队马上要撤退，我和玉玺带上孩子要走了。
林鄂威	啊？你们也要走啊？
林汉威	早就跟你说过的。
林鄂威	（转向兰雪绒）那大嫂呢？
兰雪绒	涵儿和嫣儿在武汉上学，去寄读。我带上咏儿回蕲城。
柳玉玺	二哥别着急，还有大哥和四哥在武汉啊。
林汉威	我们走了，这屋就空出来了，你们一家就在这里住吧。
林鄂威	好，还省得出去租房子。外面乱死了，好怕！多少钱？
林汉威	什么钱？
林鄂威	房子钱啊！我要买你这房。
林汉威	哦，这……
谭金簪	五弟，不要这啊那的了。亲兄弟，明算账，这购房款是一定得付的。
林汉威	啊，二嫂，（笑）你现在真直爽啊！
谭金簪	唉，（羞愧地）把大家一看，把这时事一看，什么都看穿了！林家那大家产，还不是说没就没了！
林鄂威	五弟，你真是个漂泊的命，自打小时候就不着家，这都人到中年了又还要四处颠簸。我们做兄长的没关照好你，惭愧！眼见得大家团聚了吧，忽地又全分离了！
林汉威	好，就冲二哥、二嫂这番话、这番心意，我也把这房子卖给你们。

兰雪绒	（对林汉威夫妇）你们走时我去送你们！
林汉威	那就算了，外面好乱的！
兰雪绒	不！你们养咏儿一场，他是一定得去送的。可他去，我怎么能不去呢？
林鄂威	我们也去！
林汉威	好吧，大嫂和咏儿去。你们大家就不要去了，怕出事。二哥你们才来，还有很多事要处理。先到大哥和四哥那边去，学学在武汉生活和做生意的经验，还要给孩子们找学校。
林鄂威	好吧。
林汉威	涵儿嫣儿你们也不用争，在家陪你们二娘，也教教她在城市生活的一些基本知识。
林若涵、林若嫣	听五叔的。

内景 / 林汉威住处 / 白天

（柳玉玺的行李物品已经收拾完毕，等着动身。勤务兵入）

勤务兵	林太太，林师长昨夜在江南岸忙于修筑工事，无法返回汉口，让我接你们过江。
柳玉玺	啊？这样啊！（无奈地）好吧，那我们走吧！

外景 / 林汉威住处外 / 白天

（一辆美式军用吉普车停在门外，柳玉玺母女兰雪绒母子上到车上。车辆启动，离开了林汉威家）

外景 / 华中"剿匪"总司令部门外 / 白天

（吉普车从门前驶过。国民党华中"剿匪"总司令部门牌醒目，里面一片混乱，穿黄军装的人们蜂群般的忙上忙下、蚂蚁似的跑进跑出，楼下腾起焚烧文件的烟雾和火光，各种箱子摆了一地）

外景 / 汉口各码头 / 白天

（各码头一片繁忙与混乱）

外景 / 渡船码头 / 白天

（更是乱哄哄一团糟。船少人多，负责过渡之事的军官烦躁不安地指挥着）

军　官	（大声吼叫）快、快！
	（军官和家属们、士兵们慌乱地跑着。勤务兵搬着柳玉玺的行李先上船去）
兰雪绒	（看人手不够便对林若咏）咏儿，你帮着妈妈去送送行李。
林若咏	好！（林若咏提着两个箱子随勤务兵上船去）
柳玉玺	大嫂，我要走了！
兰雪绒	（拉着柳玉玺的手）多多保重！
军　官	（催促）快！快！谁还没上船啊？快点！马上开渡了！
柳玉玺	大嫂，我走了！
兰雪绒	去吧，到地方了记着来信！
柳玉玺	好！（与雪绒分了手，牵着女儿向船上走去）

外景 / 渡船上、岸上 / 白天

（柳玉玺走上渡船。林若咏放下行李还没来得及下船，那缆绳呼噜噜一收、铁栅门哗啦啦一关，渡船竟要离岸启渡了）

兰雪绒	（着急地）咏儿——
林若咏	哎——娘！（着急了，转向柳玉玺）妈妈，怎么办啊？
柳玉玺	（对勤务兵）快去找那位长官，说还有人没来得及下船！
勤务兵	这，这——（勤务兵东张西望，满船的溃军，军官早不见了人影）
林若咏	娘——！
兰雪绒	咏儿——

外景 / 江面上 / 白天

（渡船渐行渐远，隐在了迷雾中，天上有哽哽咽咽歌声飘来……）

歌　声	别梦依稀，别梦依稀，风流云散鸣怨笛。天涯海角寻思遍，无穷无尽愁别离。别梦依稀，别梦依稀……

——全剧终

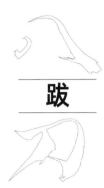

跋

乡情难舍终徘徊

发生在鄂楚地界上蕲城县的影视作品《八刀》的故事，素材来源于我母亲邓智珠娘家的兴衰史，剧中时间、地点、人物、故事，多有对应。如莲藕塘对邓兴湾、县城对蕲州，林氏对邓氏、兰氏对朱氏，兰雪绒是我外婆朱英，林楚威和林汉威分别是我外公邓文榘和二叔公邓文勷，林若涵是我姨妈邓掌珠、林若嫣是我母亲邓智珠。生活在黄石阳新的姨妈邓掌珠，95岁的高龄现仍健在。

母亲少小离乡，热血青年参加革命，稍稍年长，思乡情结便日日萦绕梦中，时常与我们聊起家乡，多少儿时记忆深情表述。然而母亲英年早逝，那鄂东风情、那蕲春民俗、那邓氏祖辈信息，我们只瞟得一鳞半爪却难知全貌。

外婆后来定居黄石那是我们过年探亲必去的地方，年少时我曾在那里居住上学数年。但也许是家庭成分较高的缘故，老外婆朱英很少谈及她的过去。姨妈那里可以获取不少故事，然而她忙于生计似乎总没有闲下来的时候。好在我也曾在阳新的贾清伍生活过一段时光，对接近于江西的鄂东南生活习性、风土人情知道一些皮毛，虽然不多，但幸好还有这个"不多"。

1998年的春天，汉口胜利饭店（老字号饭店，据说店名来自于1945年的抗战胜利）的大厅里灯火通明，一群耄耋老人在台上引吭高歌："我们是童工队员，舞台是我们的堡垒，街头是我们的营盘……打倒日本强盗，收复大好河山！"老人们唱完最后一句，就在台上相互拥抱，热泪奔涌。

他们是抗战时期第五战区儿童工作队的小演员们，当时他们最大的17岁、最小的11岁。如第五战区有名的大诗人、大才子程光锐爷爷，他主办的《战火》文学社、参与创办的《襄樊日报》在战区影响极大，新中国成立后在《人民日报》工作40余年直到离休；如从抗战初期开始就一直活跃在文艺战线，被老谋子称为赵老，敬重有加，在《老井》中饰演秦疯子的著名影视演员赵世基爷爷；有在三幕话剧《小三子》中饰演小三子的时年11岁的祝鸿镛爷爷，当演到日本兵的子弹射中他"壮烈牺牲"时，坐在前排的李宗仁将军带头起立，脱帽，全场观众为抗日小英雄肃立默哀……

这次武汉相会名为"三氏大团聚"，即邓氏、贺氏、童氏大团聚。发起人和资助者便是书中人物林汉威、我的二叔公邓文勤先生，故为邓氏；贺氏便是邓氏夫人、我二婶婆贺玉玺；童氏便是所有当年"童工队员"们。因大家都已年迈，允许有子女陪伴，济济一堂，包下了胜利饭店的两层楼，是为怀旧叙情。

六十年了，"三氏"聚会，邓氏来了不少人，叔公叔婆姑公姑婆都是不认识的老人，还有众多的表兄弟姐妹；又因怀旧，在这里我自然听到了许多有关邓家的故事包括朱家的故事。就在那个时候，灵感闪现，我动了写一部有关家族兴衰史题材长篇小说的念头。其时工作繁忙，心心念念的是等到退休后，一定去到母亲的故乡长住，回到母亲儿时的乡土人情中去。然而，创作的激情容不下等待，所获各种素材于胸中杂糅引起发酵，犹如香甜的米酒放久了会变得老辣一样，那就不好了。所以，趁着味道正美，要把它舀到瓷碗里，在养眼的过程中品味其醇正的香甜。

1999年的仲秋，我动笔了，计划在新世纪到来之际完成初稿。感谢老天总是照顾我的情绪，2000年的钟声敲响之时，写完了最后一个字，取名《别梦依稀》，由作家出版社出版发行。两年后，同名20集电视连续剧本改编完成，在《中国剧本》杂志刊载，由此我加入了中国戏剧文学学会，在编剧的道路上和圈儿内学得更多的知识与技巧。

而今，《八刀》在《别梦依稀》基础上又经过二十年的仔细打磨，以40

集新作的面貌即将问世。她拥有了更多的内涵，且更注重"分别"二字特有的"刀"部构成，给人生、给民众、给社会甚至一个国家造成的难以愈合的伤痕。

新作完成的初衷也是最终的目的，只愿世上太平灾难少，唯求人间和美团圆多！

李晓梅

2024 年 5 月 2 日于湖北宜昌